CRÔNICAS da TORMENTA

ANTOLOGIA DE CONTOS

VOLUME 2

ORGANIZADO POR
J.M. TREVISAN

COM CONTOS DE
ANA CRISTINA RODRIGUES
BRUNO SCHLATTER
DAVIDE DIBENEDETTO
DOUGLAS "MAGO D'ZILLA" REIS
GUILHERME DEI SVALDI
IGOR ANDRÉ PEREIRA DOS SANTOS
JOSÉ ROBERTO VIEIRA
KAREN SOARELE
LEONEL CALDELA
LEONEL DOMINGOS
LUCAS BORNE
MARCELO CASSARO
MARLON TESKE
REMO DI SCONZI
ROGÉRIO SALADINO
VAGNER ABREU

Copyright © 2016 por Ana Cristina Rodrigues, Bruno Schlatter, Davide DiBenedetto, Douglas Reis, Guilherme Dei Svaldi, Igor André Pereira dos Santos, José Roberto Vieira, Karen Soarele, Leonel Caldela, Leonel Domingos, Lucas Borne, Marcelo Cassaro, Marlon Teske, Remo di Sconzi, Rogério Saladino e Vagner Abreu

CRÉDITOS

Organizador: J. M. Trevisan

Projeto Gráfico e Diagramação: Samir Machado de Machado

Capa: Dudu Torres

Editor-Chefe: Guilherme Dei Svaldi

Tormenta é © 1999-2016 por Gustavo Brauner, Leonel Caldela, Marcelo Cassaro, Guilherme Dei Svaldi, Rogério Saladino e J.M. Trevisan. Todos os direitos reservados.

Rua Sarmento Leite, 627 • Porto Alegre, RS
CEP 90050-170 • Tel (51) 3012-2800
editora@jamboeditora.com.br • www.jamboeditora.com.br

Todos os direitos desta edição reservados à Jambô Editora.
É proibida a reprodução total ou parcial, por quaisquer meios existentes ou que venham a ser criados, sem autorização prévia, por escrito, da editora.

1ª Edição: dezembro de 2016 | ISBN: 978858365061-4

Dados Internacionais de Catalogação na Publicação
Bibliotecária Responsável: Denise Selbach Machado CRB-10/720

C634 v.2	Trevisan, J. M. Crônicas da Tormenta / organização de J. M. Trevisan; capa de Dudu Torres — Porto Alegre: Jambô, 2016. 336p. 1. Literatura brasileira — Ficção. I. Trevisan, J.M. II. Torres, Dudu. III. Título.
	CDU 82-91(084.1)

APRESENTAÇÃO

Guilherme Dei Svaldi

Cinco anos depois, estamos de volta com uma antologia de contos de *Tormenta*. Foi um longo tempo afastado do lado literário do cenário, e sentimos falta.

Mas por que tanto tempo sem material de literatura? A simples verdade é que estivemos ocupados. Eu e os outros criadores de *Tormenta*, isto é. Nesses últimos anos, o cenário cresceu — muito. O que começou como uma ambientação para jogos de RPG se tornou um verdadeiro universo de fantasia. O maior do Brasil. Temos séries em quadrinhos, livros-jogos, *games* e, claro, muitos títulos de RPG.

Mas se Arton cresceu como um mundo para histórias, não fazia sentido que não contássemos histórias nele na sua forma mais pura, ou seja, literatura. Por isso, estamos de volta. E com novos autores — se há algo que se aprende jogando RPG, é que grupos de aventureiros conseguem fazer o que nenhum herói solitário consegue.

E voltamos com alguns níveis de experiência a mais, também. Este segundo volume tem 16 contos em 336 páginas, contra 14 histórias em 288 páginas de seu antecessor. Como antes, a maior parte dos contos são inéditos, mas temos alguns clássicos revisitados.

Agora, vire a página. Veja o mundo de Arton, escolha seu destino e prepare-se para a jornada. Haverá monstros e vilões. Perigo e morte. Impérios milenares caindo e deuses esbravejando com mortais.

Ou seja, dias típicos em *Tormenta*.

Boas aventuras!

MAPA de CONTOS

Corre | p. 9
Ana Cristina Rodrigues

Kalibab | p. 23
José Roberto Vieira

Ecos pelo tempo | p. 39
Bruno Schlatter

Anábase | p. 51
Davide DiBenedetto

Intervenção profunda | p. 67
Douglas "Mago D'Zilla" Reis

Dedicação | p. 91
Guilherme Dei Svaldi

Tempo de reencontro | p. 105
Igor André Pereira dos Santos

Martelo pendente | p. 121
A maior ambição | p. 127
Marcelo Cassaro

Rixa de sangue | p. 135
Vagner de Abreu

A nova armadura de Katabrok | p. 159
Rogério Saladino

Nêmesis | p. 175
Marlon Teske

Encontros & desencontros | p. 187
Leonel Domingos

O coração de Arton | p. 223
Lucas Borne

Jogo de damas | p. 239
Remo di Sconzi

A Companhia Rubra | p. 263
Leonel Caldela

A última noite em Lenórienn | p. 303
Karen Soarele

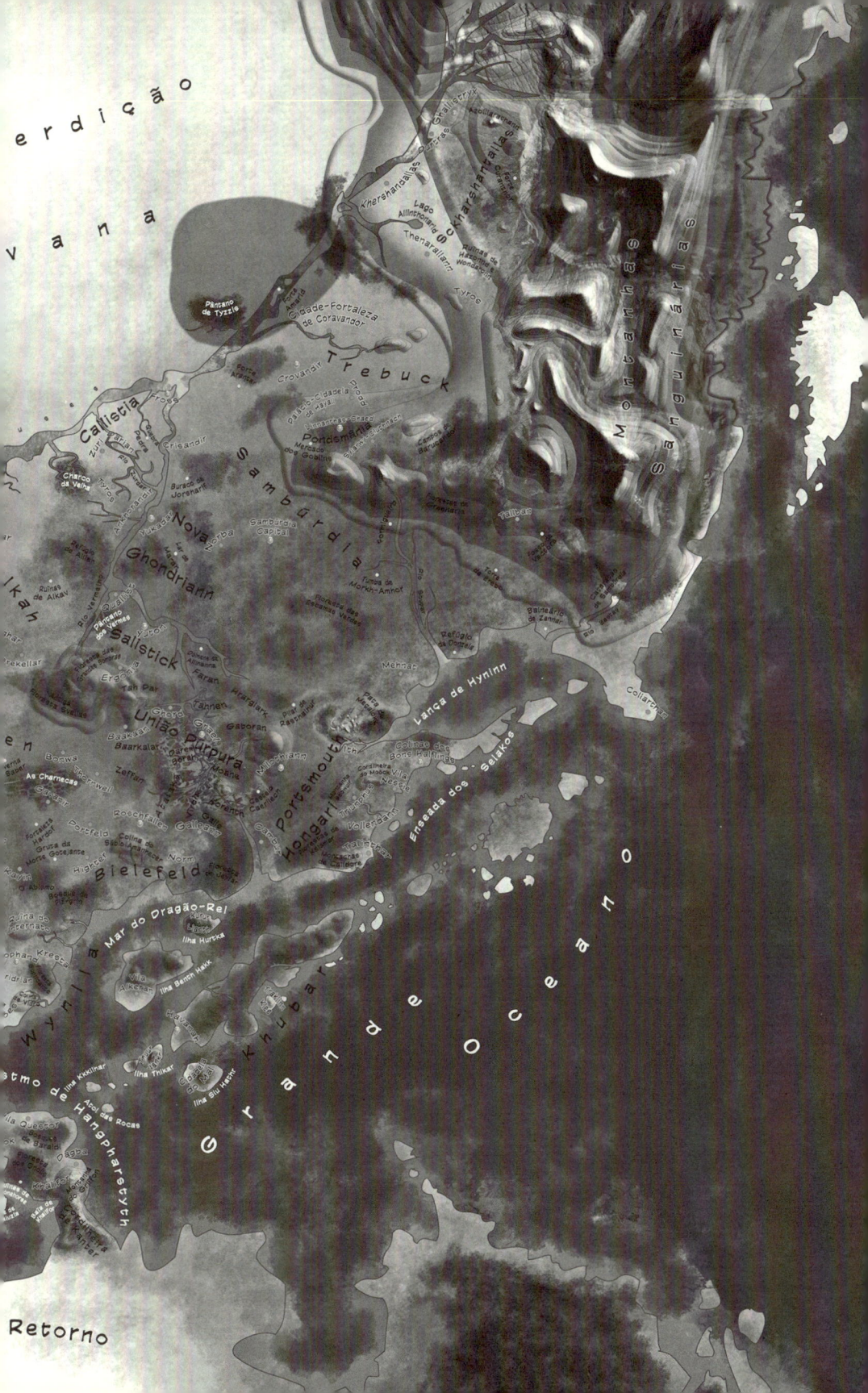

Ana Cristina Rodrigues é escritora/historiadora/tradutora/editora e mais algumas coisas, além de jogadora de RPG desde os loucos anos 1990. Contista com vários trabalhos publicados em antologias no Brasil e no exterior, acabou de escrever um romance sobre um deserto e um cavalo sem nome.

CORRE

Ana Cristina Rodrigues

— Corre!
— Como assim?
— Sai correndo, mexe os pés, some daqui. Fudeu, cara. Aquilo não é um exército comum, isso não estava no contrato...
— Do que você está falando?
— Corre, caralho! Fecha a merda da boca e corre!

Como dizia o lema da Companhia, "missão dada é missão cumprida". Os dois mercenários meteram o pé, colocando a língua para fora, mas sem sequer olhar para trás. Muriçoca corria por instinto de obediência puro. Trabalhava com Grude desde que decidira sair da zona e virar mercenária. Sabia que ele não ia sair correndo por nada. Depois seria a hora de fazer perguntas. Não tentaram ser silenciosos ou disfarçar seus passos. Atravessaram a floresta quebrando galhos, tropeçando na lama e sempre correndo.

— Você vai dizer qual foi o motivo do surto?

Já estavam razoavelmente longe de onde começaram a correr, não sabia o quanto mas era uma distância razoável. Grude diminuiu um pouco o passo, mas não parou de correr, ainda apressado. Muriçoca o acompanhou.

— Não para, temos que avisar o pessoal e sair daqui, voltar para Portsmouth agora.

— Mas e o contrato, Grude?

— O contrato não vale mais porra nenhuma. Aquele babaca do barão nos enganou...

— Vamos devolver a grana?

— Claro que não! O dinheiro é nosso, o cara tentou ser malandro, mas vai se dar mal. Cara, trazer a gente, meia dúzia do que sobrou da Companhia, contra um exército da Tormenta?

A mulher parou.

— Como é que é? Do que você tá falando, Grude?

O acampamento já estava próximo, podiam sentir o cheiro de fumaça. Os dois tinham saído de manhã cedo, antes dos outros acordarem, para baterem os arredores em busca dos inimigos de seu contratante. Com o sol já alto, os demais deveriam estar aprontando a comida e se preparando para um longo dia nas planícies ao sul de Cambur.

— Aquilo que a gente viu, Muriçoca, não é gente. Não é orc, elfo, anão, minotauro... Não é mais, pelo menos. Aquilo é um bando de criaturas de olhos vermelhos, todos dominados pela Tormenta. Não tava no contrato e agora a gente tem que sair daqui o mais rápido possível.

Um assobio longo cortou o silêncio que ficou entre os dois. Muriçoca respondeu com um piado choroso, identificando os dois batedores para os demais companheiros. Em instantes, um arbusto mais a frente na trilha se abriu.

— Viram fantasma?

Zé Bonitinho destoava do resto dos mercenários como uma rosa no meio de um monte de repolhos amassados. Era loiro, olhos verdes, pele pálida e imaculada, além de esbelto e bem formado de corpo. Grude, que para Muriçoca nem era tão feio assim, parecia um ogro perto dele. As fofocas do acampamento diziam que Bonitinho era meio-elfo, só que na única vez em que alguém se atreveu a perguntar ficou sem um pedaço da orelha.

— Cala a boca, Bonitinho. Chama todo mundo. Agora.

Grude não tinha treinamento, carisma ou sentido de liderança para comandar. Porém, era o oficial mais graduado que sobrara na Companhia depois de Tamu-Ra. Isso fez com que Zé Bonitinho se mexesse imediatamente, enquanto os dois batedores se aproximavam do acampamento.

Maria Vesga estava mexendo uma panela, de onde saia um vapor grosso. O cheiro não era de todo ruim e o estomago de Muriçoca roncou, apesar da tensão em que estava. Delicado, um meio-orc, estava amolando a montante enquanto rosnava alguma música de guerra. Faltavam ainda Tripa-Seca, Cheiroso e Doutor Caveira, além de Zé Bonitinho. Oito mercenários sujos, cansados e que em breve estariam assustados eram tudo o que restara da maior companhia mercenária de Arton. Grude olhou para os demais, totalmente arrependido de ter aceito aquele serviço. Orgulho besta de achar que ia reerguer a companhia com aquela meia dúzia de gatos pingados. Ia acabar de vez com eles, isso sim.

— Qual foi o galho, Grude?

— Começa a pegar o essencial, Vesga. Tamos caindo fora. Quando os outros chegarem, a gente vai embora.

Ao contrário de Muriçoca, Vesga não tinha curiosidade nem questionava ordens. Era a melhor atiradora de facas que qualquer um deles jamais conhecera, além de boa cozinheira e ajudante de curandeiro. Entrara na Companhia quando perdera o marido, um saltimbanco, e acabara casando novamente, com o Capitão. Muito azar que ele tivesse morrido em Tamu-ra com os outros, deixando-a viúva pela segunda vez.

— E o contrato?

— Não vale nada, Delicado. O velho Alhanas nos enganou. Aquilo lá não é gente. Não mais — o contrato parecia tão simples. Sondar um exército de Bielefeld que se aventurava pelas florestas desabitadas ao sul de Cambur. Simples demais para uma companhia de mercenários que só se chamava A Companhia por ter sido uma das primeiras a existir em Arton. Grude aceitara para reerguer o prestígio e o moral de seus companheiros. Um bom serviço poderia atrair novos recrutas e ajuda-los a se levantar depois do desastre em Tamu-ra.

— É o que então?

— Zumbis da Tormenta — Vesga deixou cair uma panela e Delicado assobiou. Muriçoca, que estava se recuperando da carreira desabalada, quase caiu sentada. Finalmente compreendera o que Grude tentara dizer. Tinham ouvido relatos, bastante imprecisos, de que algumas pessoas ao serem tocadas pela Tormenta não enlouqueciam, mas desvaneciam. Suas almas simplesmente deixavam o corpo para trás, uma casca vazia e funcional, que então era utilizada como escrava pelas criaturas que habitavam a maldição rubra.

— Isso é impossível!

— Não grita, Vesga! Porra, tô contando o que eu vi. Um bando de gente, humanos, elfos, orcs, a porra toda lá... de olhos vermelhos, olhando para o vazio, sentados em fileiras. Nenhum se mexia, mal pareciam respirar.

Delicado era grande, mas não era burro.

— Calma aí, cacete. Se o que você tá falando é verdade, tem que ter um demônio da Tormenta por perto.

— Isso, gênio! É por isso que temos que ir embora. O mais rápido possível!

A mulher mais nova não se conformava.

— Isso é impossível, Grude. Estamos a quilômetros das áreas de Tormenta conhecidas. Não pode ser, não pode.

— Olha só, Muriçoca. Na boa mesmo, tô de saco cheio disso tudo. Eu não queria assumir a porra da liderança. Mas todo mundo morreu na merda daquela ilha e vocês cretinos me escolheram como chefe. Vou tirar a gente daqui, mas se você continuar a dar gritinhos que nem uma puta do porto, eu corto a sua língua.

Engolindo em seco, a garota foi ajudar Maria Vesga. Delicado aproximou-se de Grude.

— Cê acha que a gente vai conseguir?

— Se eles não nos perceberem aqui, sim. Não estamos em área de Tormenta, então eles não podem nos sentir. Não somos os alvos deles e nem quero saber o que seria. Mas se o Zé Bonitinho não voltar logo, estamos fudidos e mal pagos...

Um grito cortou sua frase justamente naquele momento dramático.

— Isso foi o Tripa-seca. Estamos na merda, chefe.

Os dois já estavam com as armas na mão. As mulheres juntaram-se a eles, Maria com facas e Muriçoca com uma funda. Grude balançou a cabeça.

— Maldito seja aquele filho da puta do Ferren Asloth por proibir magia. E mais maldito seja o Capitão por ter teimado em manter a Companhia em Portsmouth.

A Vesga soltou um grunhido, mas estava acostumada às maldições de Grude.

— Falando demais, agindo de menos. O que a gente faz agora?

Ele parou pra pensar. Não podia deixar os outros para trás, mas se tentasse ajudá-los estaria condenando a todos.

— Que inferno. Vamos atrás daqueles idiotas.

E foram, correndo na direção do grito. Os gritos, aliás, já que sons de batalha se misturavam a berros potentes vindos da garganta de Cheiroso, o anão que tinha alergia a água.

A batalha estava transcorrendo em uma clareira perto de um riacho. Acostumado com a rotina do acampamento, Grude sabia o que tinha acontecido. O Doutor Caveira tinha ido se lavar, como fazia todas as manhãs, acompanhado de Tripa-seca. Zé Bonitinho deveria ter encontrado Cheiroso pelo caminho e foram recolher os outros. Mas tinham perdido tempo demais e os zumbis os encontraram.

Zé Bonitinho estava mais distante, no fim da clareira, coberto de sangue e rodeado por cinco elfos já bastante desmembrados. Tripa-seca apoiava-se numa árvore enquanto segurava a barriga com a mão esquerda e tentava acertar um imenso minotauro de olhos vermelhos e vazios. Cheiroso equilibrava-se em um toco perto do rio para proteger o Doutor, mas a quantidade de corpos em pé ao redor deles era pouco animadora.

— Delicado, ajuda o Tripa-seca. Muriçoca e Vesga, pra cima das árvores. Eu ajudo o Cheiroso.

O meio-orc avançou com uma rapidez incrível para seu tamanho avantajado e foi o primeiro a aparecer na clareira. Conseguiu girar o montante e partir o minotauro ao meio, cada metade ensanguentada caindo no chão com um ruído molhado. Grude estava logo atrás, tentando atravessar a muralha de carne que o separava de Cheiroso e seu machado, sem muito sucesso. A quantidade grande de zumbis deixava claro que queriam o anão ou o médico. A suspeita de Grude era no Doutor, um cara estranho e quieto que vivia recolhendo coisas ainda mais estranhas por onde passava. Vai saber o que ele tinha encontrado dessa vez.

Em um momento em que conseguiu respirar, depois de retirar a espada do peito de uma velha que já estava sem um dos braços, conseguiu olhar para trás. Delicado estava agora no meio de três orcs, porém o que realmente preocupou Grude foi ver Tripa-seca caído no chão, os olhos fechados. "Vamos todos morrer aqui desse jeito!"

Zé Bonitinho estava irreconhecível, o rosto e o corpo cobertos de sangue. Quanto mais zumbis ele matava, mais apareciam, vindos da trilha. Se continuasse assim, em breve todo o exército que avistaram estaria ali. E não teriam chance nenhuma de sobreviver. Vesga e Muriçoca estavam em cima de um grande carvalho, derrubando as criaturas com suas armas de arremesso. Vesga já ficara sem facas e tinha apelado para a funda. Felizmente, os zumbis não tinham raciocínio suficiente para atacá-las, permanecendo determinados em sua trilha para chegar ao curandeiro da companhia.

Com um movimento rápido, Grude conseguiu cortar mais dois corpos e se aproximar de Cheiroso.

— Como cê tá?

— Tenho um corte no braço... nada demais. Já estive bem pior.

— E você, Doutor? — teve que gritar para ser ouvido por cima do barulho de batalha. Os zumbis não faziam nenhum som, mas a Companhia era ruidosa por eles.

— Inteiro e bem, por enquanto. Isso não vai dar certo, Grude. Eles são muitos e não param de aparecer... E os outros?

Grude espichou a cabeça. A cena a sua frente não tinha mudado muito, só aumentado a presença de zumbis.

— Bonitinho está coberto de sangue, mas não creio que seja dele. O Tripa-seca tá caído e parece que tem um corte feio na barriga.

— Ele está inconsciente?

O líder do grupo decapitou mais um elfo antes de responder.

— Sim, já tem um tempo.

— Mil maldições, ele pode estar em choque! Preciso chegar até lá.

— Agora não vai rolar, Doc. Fica na sua aí pra não atrapalhar a gente — e voltou a se concentrar na tarefa a sua frente. Cheiroso grunhia, o esforço começando a cobrar seu preço. Não iam aguentar mais muito tempo, aliás, nem sabia quanto tempo já tinha passado desde que chegara na clareira. Um barulho acima da cabeça chamou a sua atenção.

Vesga estava no galho de uma azinheira.

— Grude, isso não está funcionando.

— E o que você quer que eu faça?

— Tenho um plano. Mas você não vai gostar dele — ela mostrou um embrulho e sorriu, entre triste e triunfante. Ele sabia o que tinha ali dentro e realmente não estava gostando nada daquilo.

— Não, nós vamos sair daqui todos juntos e vivos.

— Não vai rolar. Você sabe disso — ele sabia que estava tudo perdido. Mas o pensamento de sobreviver às custas de uma das pessoas que o tinha escolhido como líder era duro demais.

— Vesga...

— Cuida da Muriçoca. A guria é nova e já sofreu demais na vida. Dizendo isso, ela voltou a subir na árvore, sumindo da vista.

— Vesga, volta aqui, porra! Eu tô mandando, caralho!

O único efeito do grito foi ter se distraído e quase levado uma punhalada de goblin. Cheiroso perguntou.

— Ela vai mesmo explodir a porra toda?

— Vai! Tenho que avisar Delicado e carregar Tripa-seca. Espero que o Zé Bonitinho consiga sair de lá a tempo.

— Vai que eu te dou cobertura.

O anão começou a girar seu machado por cima da cabeça, causando um estrago fenomenal e abrindo caminho para que Grude passasse. Ele teria que correr pois, por mais forte que Cheiroso fosse, não ia conseguir manter aquele movimento por mais que dez minutos. Gingando com a espada de um lado para o outro, conseguiu vencer a distância que o separava do meio-orc.

— Delicado, temos que sair daqui. A Vesga vai usar a bomba...

— E Cê vai deixar? — sem virar a cabeça, continuava a manter os zumbis afastados.

— Não tive escolha, ela não me ouviu. Ela foi avisar Bonitinho e Muriçoca, temos que tirar o Tripa daqui, rápido.

— Tá bem, segura as pontas aqui que eu carrego o monstrengo — Grude assumiu a defensiva, satisfeito que o colega tinha derrotado todos os orcs a vista. Só Delicado seria capaz de erguer os mais de cem quilos do Tripa Seca, o maior espadachim da Companhia. Eles andaram na direção de Cheiroso, que já estava acompanhado de Muriçoca.

— Cadê o Zé?

— Falou que ia ficar lá o máximo possível para segurar os troços enquanto a gente foge.

Tudo o que Grude queria era jogar a espada no chão e dar um berro, frustrado. Mas nem isso ele podia. Só restava torcer pro Bonitinho conseguir sair a tempo da área da explosão.

— Bora, todo mundo pro rio — Grude continuava repelindo os zumbis, mas Cheiroso estacou ao ouvir essa frase.

— Sério isso?

— Olha aqui — o suor ardia nos olhos, o cheiro de sangue parado estava insuportável e os braços dele doíam mais do que imaginara ser possível. Não estava com paciência para preconceitos raciais sobre água corrente. — Se não quiser entrar, ótimo. Você fica aqui e explica pra esse monte de bosta que anda o seu problema com rios.

— Porra, não é assim também...

— Entra na merda do rio logo, caralho!

Pedindo com tanta delicadeza, foi atendido de pronto. Ele ainda estava na margem quando ouviu um silvo familiar.

— Cuidado, ela acendeu a bomba! — Zé Bonitinho passou por ele correndo, zumbis em seu encalço. — Todo mundo se abaixa!

Só Delicado, ainda com Tripa-seca nos braços, permaneceu em pé, protegido por uma pedra mais alta. O chão tremeu com o impacto e pedaços de carne voaram pelos ares.

— O que a gente faz agora, chefe?

— Corre. Vamos descer o rio e torcer pra eles demoraram a se reposicionar. Temos que ganhar tempo e descobrir porque vieram atrás de nós.

Em silêncio, chapinharam rio abaixo, colocando a maior distância possível entre eles e o exército atormentado. Andaram até o sol ficar a pino e ainda mais, só parando no meio da tarde. O primeiro a fraquejar foi o Doutor.

— Grude, não dá mais. Temos que parar, eu preciso cuidar do Tripa...

— Chefe, detesto concordar com o caveirão, mas já não sinto mais o meu braço.

Suspirando, Grude assentiu.

— Ali na frente o rio tem uma praia. Vamos descansar e tentar pensar numa solução para o que está acontecendo.

Sem Vesga para cuidar do fogo, sobrou para o próprio Grude se virar para preparar uma refeição. Antes de entrar na Companhia, fora ajudante de cozinha em uma taverna de Valkaria. Se tivesse conseguido manter-se longe da filha bonita e virgem do dono, ainda estaria por lá. Seu único consolo era não ter deixado mais um bastardo para trás. Ele sofrera muito por não ter conhecido o pai.

Todo o material de acampamento ficara para trás, abandonado na urgência de salvar a própria pele. Com a pederneira milagrosamente seca e alguns gravetos, conseguiu montar uma fogueira. Muriçoca arranjou alguns peixes que assavam enquanto esquentavam água em um recipiente improvisado com folhas. O Doutor iria precisar, pela cara que fazia ao examinar Tripa-seca, de toda a água quente possível.

Zé Bonitinho estava de guarda em cima de uma árvore, enquanto o líder daquele bando esfarrapado encarava as chamas sem muito ânimo para continuar.

— Grude, más notícias.

— O que foi, Doc?

— O Tripa ainda não acordou... e nem acho que vai acordar. Perdeu sangue demais, o corte nem foi tão fundo, mas demoramos muito a cuidar — aquilo doeu muito em Grude. Primeiro Vesga, agora Tripa-seca. A Companhia era famosa por ser precisa, letal e certeira, por sair ilesa de suas missões, sempre cumpridas a risca. Tudo começara a ruir quando o Capitão aceitara escoltar um grupo de mercadores até a ilha da Tamu-ra. Justo quando a Tormenta se manifestara pela primeira vez. E agora, alguns anos depois, só restavam cinco pessoas, das mais de quatrocentas almas que formavam a companhia. O seu grupo sobrevivera ao grande desastre por estarem se recuperando de ferimentos em Portsmouth. Mas provavelmente não iriam escapar vivos daquilo.

— E o braço do Cheiroso?

— Limpei o ferimento e costurei. Só rasgou a pele...

— Será que tem algum perigo? De infecção ou...

— Dele ser contaminado? Sei lá, Grude. Ninguém sabe muito sobre essa porcaria de Tormenta. E quem sabe não espalha o conhecimento por aí, não para um curandeiro de uma companhia mercenária. Mas parece que não é um troço como vampirismo ou licantropia.

— Doc, por que os bichos estavam atrás de você? Você andou caçando relíquias de novo?

— Juro por todos os deuses do Panteão que não foi assim! Eu estava tomando banho e encontrei!

Uma pontada de dor atravessou a cabeça de Grude, com a sensação de que os problemas estavam apenas começando.

— Como assim, Caveira? O que foi que você encontrou?

O curandeiro colocou a mão no bolso e tirou uma pedra vermelha estranha, que reluzia. Dentro, dava pra ver fios de cabelo, dentes, unhas e pedaços de roupa.

— Encontrei isso aqui na beira do rio. Achei interessante.

— E que porra é essa? Isso tem dentes dentro!

— Não tenho certeza, mas acho que é um bezoar, uma pedra formada dentro do corpo de alguns animais...

Grude estendeu os braços para o céu.

— Mas que tipo de animal ia fazer um negócio desses?

O Doutor não respondeu, simplesmente o encarando por alguns segundos, até que o próprio líder percebesse a verdade.

— Por Keenn, você tá brincando com a minha cara? Isso aí saiu de um bicho da Tormenta? E é por isso que eles estão vindo atrás da gente?

— Não tenho outra explicação... Até onde sei, eles não comem como nós, mas é a única explicação que tenho. Pode ser até mesmo de algum animal corrompido pela Tormenta.

Grude refletiu por alguns instantes no tipo de animal que poderia produzir aquilo e resolveu que tinha problemas mais urgentes.

— Isso não importa agora. Precisamos dar um jeito de escapar. Jogue a pedra no rio.

— Não! Você não vê que é uma chance de ouro para todos nós? A Academia Arcana provavelmente teria muito interesse nessa pedra. Com o dinheiro da venda, poderíamos reconstruir a Companhia, recrutar gente nova, nos reestabelecer!

Grude queria não ter ficado tentado. Queria ter dito 'não'. O Capitão teria sido firme em suas convicções e não arriscaria a vida dos seus comandados. Só que o Capitão estava morto e a Companhia iria pelo mesmo caminho se o ex-cozinheiro não fizesse alguma coisa. Tinha que arriscar.

— E como vamos nos livrar dos zumbis?

— Vai ver eles não vieram atrás de nós ou a Vesga os destruiu de vez...

Zé Bonitinho escolheu aquele momento para se aproximar.

— Os bichos estão vindo aí, Grude. Tem um monte deles seguindo pela trilha no meio da floresta nesta direção.

— Merda, merda, merda! Caveira, temos que sair daqui logo.

— E o Tripa?

Mais um problema. Abandonar um amigo à própria sorte, mesmo inconsciente e quase morto, era contra tudo que a Companhia representava para eles. Ser parte daquele grupo era mais do que pertencer a uma família, era saber que você jamais seria abandonado ou deixado para trás. Antes que Grude pudesse responder, Muriçoca, Cheiroso e Delicado se aproximaram.

— Doutor, o Tripa se foi. Botou um monte de sangue pela boca e parou de respirar.

— Eu vou lá ver se ainda temos chance de...

Delicado o segurou pelo ombro.

— Ele está morto. Já o enterramos.

Um arrepio passou pela espinha de Grude ao ver os olhos assustados de Muriçoca. Mas não tinha tempo para pensar ou discutir. Se ficassem ali mais tempo, seriam pegos.

— Temos que sair daqui, depois a gente chora os nossos mortos — Cheiroso estava quase totalmente recuperado, apenas uma faixa amarrada no braço esquerdo mostrava onde tinha sido ferido.

Ao longe já conseguiam ouvir o exército se aproximando pelo barulho que faziam ao se arrastar por galhos baixos.

— E para onde vamos?

— Para Bielefeld. Estamos longe demais de Cambur e talvez consigamos ajuda indo mais para o sul.

— Cê tem certeza, Grude? — Muriçoca interveio. — Se cruzarmos a fronteira, podemos perder nossos privilégios em Portsmouth.

— Antes privilégios do que a vida, garota.

Dessa vez não correram tanto. Enquanto caminhavam apressados, Grude explicou o que tinha descoberto com o Doutor. Ninguém ficou surpreso ou questionou a sua decisão, o que ele agradeceu. Já tinha dúvidas demais sozinho.

O sol estava caindo rápido e uma névoa começou a se erguer do rio.

— Não vamos conseguir chegar em lugar algum antes do anoitecer — Delicado observou.

— Só que também não vamos descansar essa noite. Tô cansado pra caralho e sei que vocês também, mas não dá pra arriscar. Hoje não.

E eles continuaram pelas sombras do crepúsculo. Zé Bonitinho ia na frente, Grude atrás. Delicado e Cheiroso fechavam o cortejo, deixando Muriçoca e o Doutor protegidos no meio. A lua já começava a surgir quando Zé Bonitinho parou de repente.

— O que foi, Zé?

— Tem alguma coisa na nossa frente — todos tomaram posição de combate, até o Doutor. Não era o melhor espadachim do mundo, mas não ia se entregar de graça para o que quer que fosse. Andaram devagar, olhos e ouvidos espichados, mas não foi suficiente. Sem que percebessem, algo se materializou bem a frente de Zé Bonitinho, que deu um berro de gelar os ossos.

Era uma criatura mais alta que Delicado e ainda mais massivo, coberto por uma casca vermelha que escondia parcialmente a massa muscular pulsante. A forma era humana, dois membros inferiores e dois superiores, mas não dava para chamá-los de braços e pernas. Eram garras adaptadas, afiadas como lâminas que rebrilhavam na luz fraca do luar nascente. A cabeça era comprida, com uma boca fina na ponta serrilhada em um eterno sorriso sarcástico.

— Merda, um lefeu — Delicado disse, com um rosnado. Eles estavam tão perto de conseguir atravessar a fronteira, quem sabe encontrar ajuda. — E agora, Grude?

Estavam todos estáticos, menos Bonitinho, que batia no próprio peito, murmurando palavras incoerentes. Grude queria ajudá-lo, mas ele estava perto demais daquele horror, não tinha coragem para dar sequer um passo naquela direção.

— Não sei. Não sei mesmo — sussurrou, com medo da criatura se mexer. Não conseguia pensar numa saída. Talvez porque ela não existisse — Esse bicho não devia tá aqui. Isso não faz sentido nenhum.

Aqueles momentos de hesitação custaram caro. Zé Bonitinho se silenciou de repente. A ausência dos seus gemidos incoerentes fazia com que a tensão aumentasse ainda mais. Em um impulso, sem dar tempo de nenhum dos seus colegas ter tempo de reagir, se arremessou na direção do monstro. Muriçoca gritou e tudo aconteceu rápido demais.

A garra superior direita do lefeu moveu-se com fluidez e arrancou a cabeça de Zé Bonitinho de uma só vez. Sem parar, ele deu um passo na direção de Muriçoca, que o encarava estática, sem reação. Para sua sorte, Delicado pensou mais rápido e se colocou entre ela e o monstro.

O meio-orc soltou um gemido profundo quando a lâmina coriácea atravessou seu peito. Em um último fôlego, ainda conseguiu gritar.

— Deem o que ele quer e saiam daqui.

O corpo de Delicado preso na lâmina comprou algum tempo para os três mercenários.

— Ele tá certo, Caveira. Devolve essa merda pra ele e a gente salva a nossa pele!

O curandeiro segurava o benzoar com as duas mãos, o rosto crispado.

— Não, essa é nossa chance de reerguermos a Companhia! — além de médico, era responsável por guardar os imensos tomos mofados que contavam a história de gerações de mercenários, a memória da Companhia. Grude sempre achara que ele dava mais importância àquele monte de papel velho do que às vidas sob seus cuidados. Ali estava a prova.

Muriçoca não tinha mais paciência para aquilo. Ela gostava de ser mercenária, gostava da Companhia, mas gostava mais ainda de viver. Deu um pulo, arrancou a pedra das mãos do Doutor Caveira e a arremessou na direção do monstro.

Grude só teve tempo de gritar.

— Não, Caveira!

Mas ele não ouviu. No auge do seu desespero, alimentado pela presença do lefeu, não conseguiu deixar sua obsessão se desvanecer no ar. Como acontecera com Zé Bonitinho, ele também se atirou a frente, gritando ensandecido. Os berros só pararam quando a lâmina, já livre do corpanzil de Delicado, atravessou seu rosto.

Grude e Muriçoca estavam lado a lado, encarando a monstruosidade a frente. Estavam prontos para morrer, pois tinham esgotado todas as possibilidades.

— O que ele tá fazendo? O que é isso? — o bicho começava a desaparecer na frente deles. Grude desviou os olhos. Sentia sua mente gritar de medo.

— Não olha, Muriçoca, deixa ele ir!

Segundos depois, estavam sozinhos na trilha, os corpos de seus amigos jogados no chão. Não havia nada que pudessem fazer por eles.

— Vamos, guria, me ajude a jogá-los no rio, é o melhor enterro que podemos dar.

— E a gente, Grude? O que vamos fazer?

Puxando Delicado pelos braços gigantescos, Grude simplesmente respondeu.

— O que qualquer bom mercenário faz. Sobreviver.

José Roberto Vieira, também conhecido como "Zero Vier", é autor de fantasia e steampunk. Escreveu *O baronato de Shoah*, o primeiro romance steampunk brasileiro, e morou no Canadá onde estudou Psicologia e Inglês. Estuda magia e ciências mais ou menos com a mesma seriedade, apesar de duvidar das ciências.

KALIBAB

José Roberto Vieira

— Onde você vai estar daqui três anos? — ela perguntou, esticando a mão em direção ao céu estrelado.
— Ao seu lado — Caliban entrelaçou os dedos nos dela. Virou a cabeça, beijou-a. Aproveitou o momento para se dobrar sobre a garota e imobilizá-la. Ela riu.
— E se eu estiver nas Uivantes? — ela perguntou.
— Eu viro dragão branco.
— Se eu for para as Sanguinárias? — ela devolveu.
— Viro bárbaro.
— Mas, se eu for para a Tormenta? — ela continuou.
— Viro lefeu — ele a beijou de novo, cortando a brincadeira.
— Se eu morrer? — Ela o afastou, preocupada.

Uma garoa esparsa cobria a relva, mas o sol continuava a brilhar por entre as nuvens. Há tempos aquele lugar fora bonito. Sobrara uma região sem atrativos, extensa e natural, com indícios de presença humana aqui e ali, representados por muros de pedra e cabanas abandonadas.

Caliban não se lembrava do começo da jornada. O rosto cansado e ferido; os olhos, sem brilho; o sorriso, puro rancor. A calça preta acinzentara nos joelhos, a camisa de linho desfiara.

Parou no meio do campo. O vento não lhe afagou os cabelos pretos e curtos, o sol não aqueceu sua pele suja e o regato não aliviou seu cansaço. Mais à frente havia marcas de terra, últimos indícios de estradas que não eram mais usadas.

— Falta tão pouco — murmurou, apesar de ninguém ouvi-lo. — Tão pouco para te encontrar e te matar, meu amor. — os olhos encheram-se de lágrimas, sua única companhia era uma espada velha.

O pai se fora há dois anos, como seu vilarejo, tomado pela Peste Cinzenta. Caliban se lembrava de entrar em casa e vê-lo sobre o corpo da mãe, arrancando-lhe nacos de carne e se esbaldando em seu sangue. Furioso, atacou-o com uma cadeira e arremessou uma lamparina nas cortinas, correndo antes das chamas nascerem.

O fogo queimou tudo o que ele amava. O crepitar da madeira cobriu os berros do pai-zumbi, soterrado pelos destroços. Encontrou a espada na oficina, levou-a para casa, a fim de proteger a esposa e a filha recém-nascida.

— Nós vamos sair daqui. — dizia à esposa — Você vai ver, antes que isso se espalhe nós fugiremos.

Jovem, inexperiente, cheia de sonhos, Liz assentia e sorria para o marido. Com a filha no colo, trazia-lhe esperanças de um futuro melhor longe dali.

Caliban não sabia como a Peste Cinzenta começara. Chegara aos vilarejos de repente. Alguns diziam que era uma maldição de Ragnar, outros que Tenebra invadia Arton. Os sintomas eram famosos: pele acinzentada, olhos avermelhados, fome por carne quente e sangue, raciocínio baixo, corpo resistente enquanto o infecto se alimentasse dos vivos.

O ataque ocorrera como em tantos outros vilarejos. Três viajantes surgiram no meio da noite, pedindo abrigo ao clérigo local. Dormiram no banco do templo e, ao amanhecer, quebrariam o jejum e prosseguiriam viagem.

Quando o sol raiou, os três se alimentaram do clérigo local e de seu aprendiz, despertando o vilarejo com berros. Ao invadirem o templo, os moradores tiveram seu primeiro susto: os dois sacerdotes agora faziam parte dos infectos.

Sem terem como fugir ou lutar, os moradores foram abatidos um a um. Os zumbis eram rápidos e vorazes, não se importavam de receber pequenos ferimentos, desde que se satisfizessem.

Caliban despertou quando um zumbi entrou em sua casa pela janela. Infelizmente não foi tão rápido, pegou a espada após o morto comer a mão de sua filha.

— Saia daqui! — gritou ele na hora em que Liz, mesmo sob uma chuva de protestos, pegava a filha no colo e corria para fora. Caliban já sabia o que aconteceria, correu atrás da esposa a fim de salvá-la de sua prole. — Liz, solta ela!

Disparando por Hidran, viu o clérigo correndo atrás de dois meninos; uma senhora engolir as patas de um cachorro; a vizinha arrancar o braço do amante; e os três viajantes mordendo um cavalo. A pior das cenas aconteceu no meio da vila, quando Liz parou e tremeu no lugar sem cair. Um rio de sangue escorreu de seu peito e ela apertou a criança contra si.

Caliban não se aproximou. Jamais machucaria as duas mulheres que mais amava.

— Maldição. Eu te avisei.

Liz voltou-se para ele, os seios à mostra: o direito inteiro, o esquerdo comido, revelando as costelas e uma parte do coração arrebentado. Caliban desviou o olhar, mas ainda ouvia o choro alto de Sophie pedindo por mais alimento.

— Sophie, Liz... — choramingou Caliban — Por favor, não façam isso.

Seu pedido foi em vão. Com um gesto rápido ela pulou em sua direção.

Caliban pensou em não lutar, mas seus instintos falaram mais alto e, um instante antes de ser pego, se jogou para direita, emendando um golpe forte que ferira a ex-mulher nas costelas. Aproveitou seu cambalear e correu para a floresta.

Aquilo fora há quanto tempo? Meses? Dias? Horas? Não sabia. Perdera o contato com as pessoas depois disso. Empreendeu uma caçada sombria à horda da qual sua família fazia parte.

Durante os últimos meses aprendera muita coisa sobre os zumbis cinzentos: caçavam em bando, precisavam se alimentar de tempos em tempos, ou definhavam. Cada vez que comiam, seus corpos se regeneravam e suas mentes ficavam mais argutas. Maldição ou benção, Caliban descobriu ser mais resistente à praga que outras pessoas. Se ferira uma dezena de vezes, arranhões, cortes, mordidas pelo corpo, não se importava. Tinha um objetivo claro e iria cumpri-lo a qualquer custo.

Levou a mão esquerda ao braço direito. Uma longa cicatriz ia do cotovelo ao pulso, espiralando. Recente, a pele amarronzada doía no frio. Um bom observador notaria as marcas de dentes.

Ele caminhou mais um pouco, as estradas se espalhavam entre florestas e vales, igualmente perigosos. Decidiu seguir o leito de um rio, pois a água diminuía seu cheiro e não o denunciaria para possíveis zumbis. Teria mais espaço para correr, caminhos nos vales e espaço para escapar.

Além disso, os mortos eram péssimos nadadores.

Outro campo se espalhou à sua frente e ele viu uma casa. Para chegar a ela deveria atravessar o campo aberto, mas algo lhe dizia para não ir.

Sorriu com a possibilidade de morrer. Seria um merecido descanso.

Os raios de sol diminuíram, intercalados pelos traços azuis e roxeados da noite. Gotas de chuva ganharam força, empurradas pelo vento. A natureza, ao menos, não se corrompera com a Peste Cinzenta. Chuva ainda tinha gosto de água e o sol mantinha quentura. Caliban esquecera como era ouvir o canto dos pássaros ou o mugir das vacas. O último animal que encontrara fugia desesperado enquanto os mortos arrancavam-lhe pedaços.

Era um cachorro ou um lobo? A memória desgastara. A cada dia se deixava ficar mais animalesco, menos humano. Os trapos que vestia serviam mais para protegê-lo de insetos ou espinhos que cobrir suas partes. Quem se importaria com um homem nu quando um exército de zumbis inteligentes corre atrás de sua família? Em um mundo infestado, os loucos eram o menor dos problemas.

Logo que fugira de Hidran, encontrara bandoleiros na estrada. Tentaram assaltá-lo, mas devido à suas marcas e o estado lastimável em que se encontrava, pensaram tratar-se de um infecto e fugiram.

Dias depois viu dois sujeitos atacando um garoto atrás de um estábulo. O maior deles deitado sobre ele, usando seu corpo para aprisioná-lo, o outro agachado ao lado, rindo.

Foi a primeira vez que Caliban correu para ajudar um estranho, mas parou quando o choro da vítima se transformou num ronco cavernoso e a garganta do homem maior jorrou sangue. O outro, desesperado, tentou fugir sem sucesso. Caliban, endurecido pelas desgraças, se afastou.

O menor chorava. As mãos encharcadas do próprio sangue. O garoto deitou sobre ele, exatamente como seu companheiro fizera momentos antes. Começou a se mexer, o homem tremia. Quando achou que nada mais aconteceria, o zumbi se debruçou, arrancou sua língua, enfiou os dedos em seus olhos e puxou suas orelhas. Caliban foi embora, como se nada tivesse acontecido.

A casa onde isso acontecera era idêntica a que surgia na beira da estrada agora. Conforme se aproximava, Caliban notava os detalhes da região. Um fosso, uma carroça, um declive para o rio. Atravessara tantos lugares abandonados que quaisquer mudanças no cenário chamavam a atenção.

A relva era escura; o tipo de lugar, onde, quando chovia, um lodaçal se formava, impedindo a passagem de carroças. Havia uma floresta de árvores baixas, nem um pouco assustadora e cheia de placas carcomidas. Caliban pensou em escrever avisos nelas, mas achou improvável que alguém chegasse até ali.

Na porteira da casa havia uma carruagem tombada. Dentro dela cadáveres espalhavam-se, servindo de abrigo para moscas. No teto um buraco, provavelmente por onde os zumbis atacaram. A ossada dos cavalos sorria. A chance de aqueles cadáveres acordarem era nula, mas, por precaução, Caliban os decapitou.

Não aguentou de curiosidade e olhou dentro da carruagem em busca de algo que lhe pudesse ser útil. Achou uma lamparina e meio frasco de óleo. Se precisasse, podia usá-lo para obter fogo e aquecer a comida, mas antes tinha que achar o que comer. Havia mais objetos lá dentro, mas nada que lhe servisse: uma blusa, sapatos e um abridor de cartas.

O céu enegrecera, e Caliban observou a própria sombra desaparecer, misturando-se a Tenebra. Um ruído lhe chamou a atenção. Puxou a espada, dois zumbis corriam pela mata, sem nota-lo. Apesar do susto, não os reconheceu como membros da horda de Sophie e Lis. Resolveu poupar as energias. Conhecia muito bem aqueles que caçava, convivera com eles durante anos.

Caliban pensou em queimar a carroça para não deixá-la atrair mais zumbis, mas o óleo que tinha era muito precioso. Como a casa não estava tão longe, podia se abrigar nela a noite e partir de manhã. Deixou a carruagem para trás e continuou.

Entrou pela porta da frente. A casa tinha só um andar, três camas vazias, o fogão limpo, toras na chaminé. Os donos saíram correndo sem levar nada. Um cesto de frutas jogado próximo ao fogão. Caliban podia ficar ali um tempo, provavelmente a vida inteira. Mas não queria. Seu desejo era matar a esposa, com a filha, e morrer logo. Além disso, não valia a pena morar sozinho. Os riscos eram grandes demais, zumbis podiam atacá-lo enquanto dormia ou recolhia água, sempre teria que sair para buscar comida e deveria desconfiar de tudo que se mexesse. E havia a Tormenta, a tempestade rubra que cobria o mundo, mas ele não queria saber disso, já tinha problemas o suficiente com os mortos.

Caliban nunca vira elfos ou anões. Por mais que lhe dissessem que nas capitais estes povos surgiam aos montes, jamais colocara os olhos num deles. Sabia, pelas histórias dos bardos, que eram seres longevos e mágicos, e se perguntava como poderiam ser infectados. Pensando bem, queria saber como, afinal de contas, qualquer criatura podia ser infectada pela Peste Cinzenta. Dragões-zumbi? Elfos? Anões? Orcs? Os humanos, normais, já eram assustadores o suficiente.

Cansado, se jogou na cama e dormiu.

Em seus sonhos estava em Hidran. O vilarejo continuava pacato e bonito, dois moinhos preenchiam as vertentes e o riacho murmurava. O pequeno templo na praça principal mantinha as rosáceas com símbolos dos deuses do Panteão.

Sentado na fonte, Caliban examinava os rostos e expressões de seus conterrâneos. Um carro de boi passou na sua frente e o condutor acenou com a cabeça.

Viu a própria casa, onde Lis aguardava com Sophie no colo.

— Vem amor, o almoço está pronto! — ela chamou.

Receoso, Caliban procurou a espada, mas não encontrou. Observou a si mesmo. O tom moreno da pele voltara, e os cabelos clarearam. Sophie tinha a pele rosada de bebê, Lis ostentava oa lábios vermelhos que tanto amava. Elas sorriam. Caliban correu e as abraçou, em lágrimas.

— Que aconteceu, querido? Alguma coisa errada? — Lis perguntou.

— Não, nada — ele respondeu.

Entraram, os pais sorriram por seu retorno. Os pratos estavam à mesa, o fogo crepitava, mantendo a panela quente. Caliban cumprimentou-os desconfiado, aprendera a não acreditar em sonhos.

Entregou Sophie para a vó e foi buscar a panela, ao colocá-la em cima da mesa e puxar a tampa, escutou um grito horrível que arrepiou seus pelos.

— Khalmyr! — ele recuou, tapando os ouvidos.

Tentou chamar os pais, a pele deles adquirira o tom cinzento dos mortos. Apoiou na mesa, um par de mãos saiu da panela e tentou erguer o resto do corpo, mas foi empurrado de novo para dentro pelo pai de Caliban, que ofereceu.

— O almoço está servido.

A família segurou os braços e puxou dedos, carne, músculos e tendões. Sangue escorreu pela borda da panela e Lis ofereceu-o como uma sopinha para Sophie. Caliban correu para a porta, mas antes de abri-la escutou a própria voz.

— Socorro!

Deparou-se consigo mesmo tentando sair da panela. Um Caliban sem braços nem olhos, gritando.

— Me ajuda, me ajuda!

Lis o beijou e arrancou sua língua, silenciando-o.

— Dá oi pro papai, amor — a esposa falou, a voz rouca, semelhante a madeira raspando em metal. Sophie deu um beijinho na cabeça do Caliban na panela e arreganhou os dentes, mastigando suas bochechas.

— O papai alimenta a gente tão bem, né querida? — Lis prosseguia.

— Não! — Caliban gritou, afastando-se da porta.

Golpeou o pai com uma faca de sobremesa até que o velho parasse de se mexer. Em seguida puxou uma cadeira e esmagou a mãe, em prantos. Pela janela viu os moradores do vilarejo se ajoelhando, rosnando, acinzentando. Levantavam-se e corriam em direção à casa.

Num movimento brusco, arrancou Sophie de Lis, girando-a pelos pés e jogando-a através da janela. Um brilho intenso o cegou quando a criança sumiu de vista.

Parou. Só faltava Lis.

— Me dá um beijo, meu amor — ela ordenou. Caliban se aproximou com a faca em riste, pronto para massacrá-la também. Entretanto, soltou a arma e grudou o corpo à garota.

Sentiu o gelo de seu ventre, acariciou o seio normal. Tirou a camisa, deitou no chão, a faca próxima à orelha. A esposa veio por cima, ritmada pelo prazer funéreo. Caliban sentiu-a se encaixar contra seu corpo, permitiu que ela mordesse seu pescoço e arrancasse dali um naco gordo de carne.

Sorriu. A mulher continuava se mexendo. Puxou seus cabelos e lambeu seu pescoço cinza. Ela mordeu seu braço, em cima da cicatriz, e rasgou a pele. Caliban deu-lhe um tapa na cara, ela devolveu. Os dois riram.

Ele parou. A morta olhava-o. Uma luz forte preencheu a única janela da casa. Caliban se virou, Lis o aguardava lá fora. Sem a infecção.

— Me mate — disse a garota em cima dele. — Me mate, meu amor.

Lentamente, Caliban pegou a faca e a cravou no peito da esposa. A que olhava de fora da casa gritou.

— Me mate, Caliban — ordenaram as duas. — Me mate.

Caliban continuou golpeando. A luz da janela se intensificou, uma explosão o acordou.

Empapado de suor, se levantou e foi até a porta. Abriu uma fresta e teve uma surpresa desagradável: próxima à carruagem havia uma horda de zumbis, farejando. Um deles se virou em direção a casa e rosnou.

Aquele que rosnara Caliban conhecia bem: era um dos viajantes que trouxera a Praga à Hidran.

Caliban trancou a porta e a bloqueou com a cama. Sentiu um impacto forte que quase o jogou ao chão, mas resistiu. Precisava de um pouco mais de tempo para enfrenta-los.

— Vamos ver o quanto vocês aguentam, malditos. — murmurou pegando a espada.

O primeiro deles tentou entrar pela janela e foi degolado, seu corpo tombou. O segundo foi transpassado e bloqueou a passagem.

Caliban precisava de estratégia para vencer. A maior fraqueza dos zumbis era a fragilidade de seus corpos conforme deixavam de se alimentar. Mesmo Caliban estando magro, guardava força em seu corpo. Um murro seu era capaz de despedaçar um crânio de zumbi, seus chutes partiam costelas facilmente e sua espada, ainda que velha, se mostrava capaz de esquartejar.

Os zumbis recuaram, mal tinham começado e já perdiam dois de seus companheiros. Andavam ao redor da casa, farejando e raspando as unhas na parede.

— Querem me enlouquecer? — indagou Caliban. — Vocês não podem, já tiraram tudo que eu tinha.

De longe era impossível saber quem era zumbi e quem era o homem. Vestiam trapos, as peles estavam marcadas, os rostos destruídos. A única coisa que diferenciava Caliban era sua respiração ofegante e sua consciência mais apurada.

A porta da frente foi empurrada devagar, Caliban não impediu a entrada das criaturas.

— Eu vou exterminar todos vocês. Vou acabar com cada um.

O zumbi líder balançou a cabeça.

— Não, não vai. — retrucou. — Nós vamos comer você antes disso.

Com o susto, Caliban soltou a espada. Um dos zumbis se desgarrou da horda e partiu pra cima dele, jogando-o no chão. Caliban retomou a consciência quando a criatura mordeu sua orelha. Deu um empurrão, afastando-o, depois esmurrou sua cabeça.

Foi o suficiente para os outros atacarem. Os zumbis correram e Caliban pisou naquele que estava caído. Pegou a espada de volta. Gingou, recebeu um rasgo nas costas e correu para fora.

— Não há como escapar. — disse o líder. — Pode correr o quanto quiser. — O líder parou. Caliban não lhe deu ouvidos e continuou. Os zumbis atrás. Era normal que atacassem desse jeito, sempre os mais fracos antes, para distraí-lo, depois os mais fortes ou o líder.

Seus olhos pousaram na carruagem, Caliban se jogou para dentro dela e se apertou num canto, não havia muito espaço para usar a espada. Os zumbis o cercaram, o líder sentenciou.

— Os olhos são meus.

Os zumbis entraram. Caliban bateu e chutou, amassando a cabeça de um. Alguém mordeu seu pé, ele gritou e bateu mais uma vez. Se continuasse ali seria comido aos poucos e desmaiaria quando o sangue rareasse. Deu algumas estocadas com a espada, atingindo outro dos inimigos. Mas a arma ficou presa no corpo, o zumbi continuou se mexendo, agarrou sua mão esquerda e puxou para abocanhar.

Por sorte a mão livre de Caliban encontrou um abridor de cartas e fincou-o na cabeça do zumbi. A criatura não morreu, mas demoraria a se recuperar. Cansado, Caliban se arrastou para o outro lado da carruagem sem que os inimigos percebessem. O líder e uma mulher magrela e loira, com metade do rosto bom, estavam em cima do zumbi com a espada, tentando entrar pela frente da carruagem. Caliban achou que poderia correr, mas as pernas fraquejaram e ele foi ao chão. O barulho atraiu os inimigos. A mulher demorou mais para perceber que ele estava tentando fugir, já o líder levantou a cabeça na mesma hora.

Caliban não ficara com nada que o fizesse lembrar-se da esposa e da filha. Não havia um broche dado no leito de morte ou um lenço encontrado nos destroços de casa. Contava apenas consigo mesmo para levar a cabo sua vingança. Enquanto os zumbis se aproximavam ele tentava se agarrar a isto para não desistir. Mas era difícil, o corpo chegara ao extremo, mesmo que a mente insistisse em prosseguir.

Sem alternativa, Caliban pôs-se de pé e correu em direção às criaturas mortas. decidido a dar um fim à sua própria vida antes que ela lhe fosse tomada. Só lhe restava uma parcela ínfima de força. Não ia desperdiça-la chorando ou se lamentando. Esquivou da mulher e foi de encontro ao líder.

O zumbi riu. Caliban continuou correndo.

— Isso aí, garoto. Vem pra mim. — murmurou a criatura.

Caliban se aproximou o suficiente e se abaixou, fez um jogo de pernas que confundiu o zumbi e arremeteu um gancho tão forte que a criatura voou uns dois metros para trás, já sem a cabeça.

O punho do humano deu um estalo horrível e ele gritou de dor, mas não podia desistir agora ou estaria tudo perdido. Recuou, a mulher se encolheu de medo após ver o que fizera. O zumbi que estava com o abridor na cabeça se levantava, mas foi jogado de novo ao chão e Caliban empurrou a lâmina até ela penetrar mais na carne fraca. Puxou a espada em seguida, desacreditando na sorte.

A mulher parou, sem saber o que fazer. Caliban foi para cima dela e chutou suas pernas. Os joelhos dobraram para trás e ela estatelou-se.

— Vocês são como abelhas. Sem um líder, não conseguem agir.

— Eu só quero saber uma coisa, então deixo você ir — murmurou Caliban. — Onde está o líder?

A mulher-zumbi emitiu um som esquisito, nojento, incapaz de ser reproduzido por uma garganta viva. Caliban a esmurrou. Ela não podia fugir porque ele lhe quebrara as pernas. Ainda assim, era perigosa e tentava arranhá-lo.

— Mais uma vez: onde estão os outros? — ela não respondeu. Caliban se afastou e entrou na mata. Voltou um tempo depois trazendo um coelho morto. Mudaria a estratégia para encontrar o ninho dos monstros.

— Aqui, coma. — jogou o coelho para a mulher, que o devorou avidamente. — Vocês se recuperam quando comem, não é? Essa maldição os torna poderosos, mas vocês definham sem carne.

Mal ele acabara de falar, a zumbi se pôs de pé, rosnou e correu. Caliban foi atrás. Ela era rápida, atravessou a floresta numa corrida alucinada sem se importar com ferimentos causados por cipós e raízes. Quando passava, deixava atrás de si um cheiro de podridão, contrastando com o aroma natural da floresta.

De repente, ela parou. Caliban interrompeu sua própria corrida bruscamente. Ela andou devagar até sair numa clareira e Caliban notou um grupo a frente.

Zumbis. Dezenas deles.

De relance Caliban contou quase cinquenta. Crianças, homens, mulheres, velhos, e três cavalos. Nunca vira animais zumbis, mas não se espantou com aquelas criaturas. No meio da roda estavam os outros dois viajantes que haviam trazido a Peste à Hidran.

A mulher andou até os companheiros. Caliban não fez questão nenhuma de se esconder.

— Finalmente. — a roda de zumbis parou ao ouvi-lo.

A mulher olhou para eles, depois para o invasor. Só agora se dera conta de sua presença.

Os zumbis rosnaram para ela. A mulher recuou quase até trombar de novo com Caliban.

— Não se preocupe, eles não vão te fazer mal.

A mulher se virou. Por um momento Caliban viu humanidade em seus olhos. Parecia acreditar que ele poderia salvá-la. Mas não teve tempo de pensar nisso: o homem a decapitou.

— Eu só quero dois de vocês, o resto pode ir embora. — exclamou.
— Lis! Sophie!

Os zumbis entreolharam-se. Não entendiam o que aquele homem-vivo estava fazendo ali. Arreganharam os dentes. Caliban sentiu a tensão no ar, sorriu novamente com a possibilidade de morrer.

— Não! — berrou a voz rouca entre os inimigos. — Ele não será comida, não merece.

Os líderes se destacaram, o mais alto deles já fora um homem gordo. Agora era um amontoado de peles sobrepostas. O outro era alto e loiro.

Avançaram.

Caliban golpeou com toda a força que lhe restara, mas a pele do zumbi parecia aço. Os dedos reclamaram do impacto e Caliban recuou. Sentiu um chute na perna, o líder alto avançara. Mais fortes, bem alimentados, Caliban nunca enfrentara aquele tipo. Começou a repensar o que sabia sobre eles. Havia uma diferença enorme com aquele que matara na carruagem.

Golpeou os dois a esmo, levou um murro na boca e foi jogado três metros para trás, batendo contra uma árvore. Não se levantou. Os zumbis fecharam o cerco, mas foram impedidos pelo líder gordo de novo.

— Não, eu já disse, ele apodrecerá! Ninguém irá comê-lo.

O líder alto chegou até Caliban e o chutou várias vezes até quebrar suas costelas. Quando escutou o barulho, deu mais um golpe, forçando os ossos a perfurarem os pulmões. Caliban arfou, o ar saía em jorros e ele guinchava como um morcego.

— Deixem ele morrer — o monstro se afastou, satisfeito.

Os zumbis se organizaram e sumiram na floresta. Caliban ficou deitado, imóvel. Não acreditava na própria estupidez. Como achara que enfrentaria um grupo inteiro armado de uma espada enferrujada? Que tolice a sua pensar que salvaria a esposa e a filha daquela maldição.

Ia morrer ali, abandonado, jogado como os restos que nem os zumbis queriam. Tentou se mexer, as costelas doeram e veio ao chão de novo. Cuspiu uma bola de sangue.

Então, passos. Ergueu o rosto.

Uma menina zumbi se aproximava. Caliban sorriu.

— Vem cá gatinha, tenho uma coisa para você.

Ela deu uns passos tímidos, cutucou-o com o pé.

— Aqui, pega pra você — Caliban ofereceu o braço, sangue se espalhava dos vários ferimentos. Ele sabia que a criatura não negaria uma refeição assim tão fácil.

— Ninguém vai saber — continuou — pode ficar com esse braço para você.

A menina se abaixou e cravou os dentes. Caliban segurou o grito. O alívio surgiu rápido quando ela parou de mastigar. Torcendo pra que ela não o matasse, Caliban fechou os olhos e aguardou. Sua outra mão rastejou até encontrar a espada.

Calculara aquele momento milhões de vezes. Era a última de suas opções, jamais a descartara. Era arriscado, podia voltar como um monstro sem consciência, igual aos zumbis mais fracos do grupo. Porém, era um risco que estava disposto a correr. Não havia mais para onde escapar. Respirou fundo mais uma vez, a menina zumbi o fitou.

Num golpe certeiro Caliban cravou-lhe a espada na têmpora. Ela tombou ao seu lado, morta.

Ele tombou para o outro. Morto.

Ou quase.

A horda estava quase saindo da floresta quando o rugido explodiu na floresta. Seguido de passos, ele atravessou a mata numa explosão de fúria e desespero. Tarde demais os zumbis perceberam que seu inimigo estava no meio deles.

Caliban emergiu por entre as árvores esmurrando o que via pela frente. Quatro zumbis caíram antes de saber o que estava acontecendo. Foi só quando estava próximo demais que eles reagiram e o socaram de volta: mas era tarde para isso.

Caliban estava tão forte quanto os líderes.

Depois de acordar, teve espasmos terríveis que minaram sua consciência; mas em um surto de fome devorou o corpo da menina zumbi que o transformara. Era o segredo dos líderes, descobriu naquele instante: devorar outros zumbis mantinha seu eu no corpo. Caliban sentia que aos poucos a força o abandonava e logo teria de se alimentar novamente, mas, por enquanto, podia vencer.

Sua pele acinzentara. Não usava camisa e as calças eram trapos frouxos. O braço esquerdo era um fiapo de carne e osso. Golpeava com precisão, arrancando cabeças e destruindo corpos. A carne que ficava próxima, ele comia. Mantendo-se sempre acima dos outros zumbis.

— Lis! — gritou, um ruído com cheiro e cor: era podre e preto.
— Sophie!

Os zumbis tombaram. Ele socava o que via pela frente, os mais fracos recuaram com medo daquele monstro.

— Chega! — gritou o líder gordo.

— Ele vai matar a todos! — reclamou o alto, partindo para cima de Caliban. — Se você insiste em nos desafiar... — continuou, mas nunca terminou a frase, por que Caliban enfiou-lhe um murro na cara e afundou sua cabeça como uma fruta podre.

Caliban era uma mistura de demônio e zumbi. Outros homens do grupo tentaram interromper seus golpes, mas ele estava fora de controle. Seu caminho estava marcado por nacos de carne e cérebros projetados.

Um punho cinzento usava os dedos para se arrastar no chão. Uma cabeça sem corpo olhava ao redor, uma perna chutava ninguém. Caliban passou por eles, às vezes usando membros decepados como armas. Às vezes alimentando-se.

— Sophie! — berrou furiosamente. Um zumbi mordeu seu braço, Caliban o segurou e bateu contra o chão, estourando-o. Outro tentou fugir, Caliban o puxou de volta e desmembrou com os dentes.

— Lis...

O líder gordo e pelancudo tentou correr de Caliban, mas não conseguiu. Sentiu a clavícula rompendo e um osso usado como alavanca para quebrar-lhe o pescoço. Tentou gritar, mas Caliban juntou os lábios aos seus e arrancou a língua dele.

Ao invés de comê-la, Caliban cuspiu-a no chão. A língua rastejou como uma minhoca e foi pisoteada por outro zumbi.

O líder gordo caiu de joelhos. Caliban soltou-o e andou lentamente até suas costas. A cabeça do líder pendia de lado, acompanhando as ondas de pele morta. Caliban segurou-a entre as mãos e olhou demoradamente para a horda derrotada.

— Abelhas. — deu um torção e puxou a cabeça, ergueu-a como um troféu, os zumbis se ajoelharam. A raiva diminuiu. Era engraçado, porque ele não sentia o coração batendo no peito, nem os pulmões ardendo. O corpo não estava cansado, e também não havia dor.

Duas figuras que ele conhecia muito bem se aproximavam: a maior era uma mulher-morta, a segunda era um bebê, também morto. Por um motivo que ele jamais saberia, as duas não o estranharam. Lis deu um sorriso fúnebre em sua direção e entregou-lhe Sophie.

Caliban olhou ao redor, usou os corpos dos antigos inimigos como trono. Apoiou Sofie no peito e acariciou seus cabelos falhos. A criança choramingou.

— Calma, filhinha, papai está aqui. Vai ficar tudo bem agora.

Deu-lhe um beijinho na testa fria e guiou seu povo para fora da floresta.

Bruno Schlatter, como muitos brasileiros, começou a escrever aos seis anos de idade. Além de colaborador da linha de RPG da Jambô Editora, possui contos publicados no Brasil e Portugal, e outros textos diversos nos blogs *Rodapé do Horizonte* e *RPGista*. No tempo que sobra, é professor de História da rede municipal de Porto Alegre.

ECOS PELO TEMPO

Bruno Schlatter

Era um dia frio.

É sempre assim nas Montanhas Uivantes, pensou Grigory István V.

Caminhava com cuidado, os sentidos alertas, mantendo a espada que pertencera ao bisavô em punho. Vestia uma armadura de couro reforçada com mantas de lã para mantê-lo aquecido, e levava uma pequena bolsa nas costas, presa pelo ombro esquerdo. Com calma, circundava uma das montanhas de gelo que formavam a região.

Levara anos para que seu pai descobrisse como vencer Victor Gorgia, que gerações inteiras da família falharam em destruir. Um mago detentor de poderes profanos, havia vencido a própria morte, tornando-se uma aberração nem viva nem morta. Mas, agora, estava preparado — não falharia como os anteriores. Bastava encontrar a entrada para a caverna que, segundo investigara, servia como último refúgio do vilão.

Um leve brilho azulado botou Grigory em posição de combate. Inscrições na lâmina da sua arma formavam letras de um alfabeto misterioso e emitiam uma luz bruxuleante. Logo à frente de Grigory um conjunto de ossos foi jogado ao ar em uma grande explosão na neve; antes que voltassem ao solo, encaixaram-se e montaram-se, tomando a forma de um enorme paquiderme com olhos brilhando em um fulgor avermelhado.

O tamanho da criatura talvez assustasse um jovem inexperiente, mas Grigory era filho de um dos maiores guerreiros que já caminharam pelo Reinado. Com um passo rápido para o lado, evitou a investida da criatura, fazendo-a perder momento para se recompor e virar-se. Antes que completasse o movimento, Grigory já havia acertado dois golpes nas patas traseiras, restringindo sua mobilidade.

Mas o monstro ainda reagia, e, com dificuldade, avançou outra vez contra o guerreiro. Mais uma vez Grigory esquivou sem esforço, acertando agora as patas dianteiras. Com a criatura caída à sua frente, ergueu a espada com ambas as mãos e a desceu sobre o crânio morto-vivo. Ouviu o som de ossos perfurados, e viu as luzes nos olhos se apagarem enquanto o esqueleto desmontava sobre o chão.

A adrenalina do combate deixou Grigory atento. Uma criatura como aquela surgindo sozinha da neve não podia ser coincidência; estava próximo ao seu objetivo. Buscando ao redor, logo encontrou uma entrada escavada na montanha. A luz refletia no gelo e dava a impressão de ser uma parede maciça, mas bastou um passo para quebrar a ilusão e adentrar a escuridão fria do lado de dentro.

Antes de prosseguir, Grigory puxou a bolsa por sobre o ombro e procurou por algo dentro dela. Tirou de lá um pequeno cordão preso a uma pedra, que emitia um brilho claro o suficiente para iluminar alguns metros ao redor. Amarrou-a no pescoço e continuou com a exploração. Conhecia bem a rotina: monstros errantes, armadilhas, percalços em geral. Os desafios aumentavam conforme se aprofundava na caverna — e também a sensação de que se aproximava do inimigo verdadeiro.

Chegou, enfim, a um grande aposento escavado no gelo. Era claramente uma formação artificial, com paredes retas e uniformes demais para terem surgido naturalmente. A impressão era reforçada pela armadilha mágica que encontrara na entrada; desviara com dificuldade, mas o braço esquerdo ainda ardia no ponto em que os projéteis de energia pegaram-no de raspão.

Grigory observou o local com atenção. Estava completamente vazio. Caminhou devagar para dentro, cuidando cada passo; olhava para os lados e para cima, tentando encontrar algum sinal de truque, como a ilusão que guardava a entrada da caverna. Se aproximou de uma das paredes e começou a tateá-la.

De repente reparou em uma saliência sobre o chão, próximo ao centro do aposento. Caminhou até lá e pisou sobre ela: a saliência afundou e, com um clique abafado, uma das paredes se moveu, revelando um espaço secreto do outro lado onde um pedestal de gelo suportava um pequeno baú.

O guerreiro se aproximou, cuidando para não ser pego em outra armadilha. O baú tinha aparência simples, construído com madeira comum, ainda que levemente carcomida, e sem ornamentos. O topo era claramente separado da base, mas não havia uma fechadura ou espaço para qualquer tipo de chave. Mesmo assim, quando tentou abri-lo, Grigory sentiu que estava trancado firmemente.

Puxou a bolsa novamente, e retirou de lá um pedaço enrolado de pergaminho. Abriu-o, murmurou as palavras que estavam escritas e ele desmanchou em suas mãos. O baú à sua frente iluminou-se intensamente por alguns segundos; quando o brilho se desfez, abriu sozinho. Grigory esboçou um pequeno sorriso, que logo se desfez ao ver o conteúdo da caixa.

Sabia exatamente do que se tratava. Um filactério: o item que continha o espírito de seu inimigo. Ao realizar o ritual que o livrará da morte, um mago deve prender a própria alma em um objeto de sua escolha. Separado daquilo que garante a vida, mas sem estar realmente morto, o corpo passa a ser efetivamente imortal — e o mago se torna um lich, um ser morto-vivo de extremo poder arcano. A única forma de derrotá-lo passa a ser a destruição do filactério: a do corpo é meramente um incômodo, logo regenerado de volta ao estado original.

O que estava no baú, no entanto, era diferente do que Grigory esperava. Um fino cordão metálico, prendendo um anel contendo uma espada sobreposta por uma balança. Uma piada de mau gosto: um amuleto de poderes profanos feito do símbolo sagrado do próprio Khalmyr, deus da ordem e da justiça.

Grigory não pensou — apenas ergueu a espada e golpeou com força, derrubando-o junto com o baú do pedestal. Então olhou-o caído sobre o chão.

Nada. Nenhum arranhão.

Puxou outro pergaminho, este selado com um lacre prateado. Rompeu-o e abriu-o, segurando-o com firmeza frente ao rosto; desta vez não murmurou, mas leu as palavras com clareza e convicção.

— Eltov Á Amrof Edlimuh Euq Ecerem!

Ao fim da última palavra o pergaminho se desfez em suas mãos. Por alguns segundos pareceu que nada aconteceria; mas então o amuleto começou a brilhar intensamente, e Grigory sentiu uma presença repentina invadir o ambiente, como se fosse transportada de algum lugar indefinido há vários quilômetros de distância. Uma forma etérea vagamente humanoide, com os olhos tomados por um negrume vazio de qualquer substância, saiu de dentro do item e se desfez no ar, seguida de um grito ensurdecedor que ressoou pelo aposento e ecoou por toda a caverna e talvez além.

E então, silêncio.

Estava terminado.

Grigory tentou iniciar uma gargalhada, mas foi interrompido por um tremor repentino. Logo o teto começou a desmoronar; correu em direção à saída — mas já era tarde. A entrada do aposento estava completamente bloqueada pelo gelo.

O guerreiro sentou-se no chão, recostando em uma das paredes, e suspirou profundamente. Ainda havia tremores, pedaços do teto caíam ao redor, mas já não importavam mais.

Olhou para a espada mágica que recebera como herança de família. Nunca tinha reparado no padrão intrincado formado pelas runas, como um desenho abstrato. Era bonito.

Lembrando-se do pai, tentou recapitular os passos que o levaram até ali. Recordou o começo da carreira de aventureiro, instigado por Bardolph, um velho mago amigo de seu pai que, após a sua morte, o instruiu na missão deixada por ele. A busca por pistas que levassem ao filactério havia consumido quase toda a curta vida; morria jovem, sem tempo de constituir família.

Sua linhagem acabava junto com seu grande inimigo.

◉

Quando ainda era criança, Grigory István IV, que no futuro teria como filho Grigory István V, encontrou uma velha espada empoeirada em um baú de pertences esquecidos do pai. Ao retirar o pó e examiná-la, ficou fascinado com os estranhos desenhos que adornavam a lâmina, como padrões abstratos gravados a ferro e fogo no aço. Voltaria a ela muitas vezes nos meses seguintes; o coração palpitava cada vez que abria escondido o baú, como se provasse de uma emoção proibida, e cada vez que a segurava entrava em um mundo secreto de sonhos e devaneios.

Eventualmente foi descoberto, e, entre repreensões por mexer com algo perigoso e que poderia machucá-lo, ficou sabendo da história por trás da arma. O pai de seu pai a havia adquirido em uma terra distante, onde fora forjada por seres antigos de mistério e magia para ajudá-lo a cumprir uma missão. O próprio pai de Grigory viera com ela até Valkaria, a capital do Reinado, atrás de pistas que o ajudassem a completar a mesma missão. Quando decidiu que jamais a terminaria, enfim, pensou em vendê-la, mas não conseguiu se desfazer da única lembrança que restava da sua origem.

Anos depois, já órfão, Grigory levou a espada consigo quando decidiu abandonar a capital e conhecer o mundo. Logo descobriu que as gravações na lâmina eram mais do que desenhos: seus traços intrincados formavam runas místicas, que brilhavam na presença de magia e agravavam o dano dos cortes que fazia em inimigos. Tê-la em mãos o salvou muitas vezes no começo de carreira, e a arma ajudou-o a construir uma reputação em meio aos aventureiros de Arton.

Foi apenas quando já era um aventureiro experiente que Grigory conheceu Bardolph, um velho mago e antigo companheiro de seu pai, e tomou conhecimento da missão de família que ficara incompleta. Victor Gorgia, um arcano de grande poder, havia matado pelo menos dois de seus antepassados, o avô e bisavô de Grigory; e recaía sobre ele, agora, o destino de vingá-los.

Antes um simples guerreiro mercenário que lutava por pouco mais além fama e glória, Grigory pareceu encontrar ali um sentido para suas jornadas, que prontamente abraçou. Não demorou a reunir informações e descobrir o paradeiro do inimigo, em uma torre escondida nas profundezas da floresta de Greenaria, no reino de Sambúrdia. Foi lá que o encontrou pela primeira vez. Vestia um manto enrugado e empoeirado sobre o corpo esquelético, os braços e mãos praticamente apenas ossos cobertos por nacos de carne apodrecida. Seus olhos eram meros pontos brilhantes na escuridão envoltos por uma caveira de pele ressecada.

— Quem são vocês? — a voz do mago era aguda e estridente, como se não ecoasse por carne suficiente antes de sair pela garganta.

— Sou Grigory István IV. — Grigory empunhava a espada da família, e estava rodeado de companheiros aventureiros. As runas na lâmina brilhavam com intensidade. — Vim para cumprir a missão que meus antepassados não terminaram.

Victor pareceu paralisado por um instante. Levou a mão direita até o pescoço, mas o que quer procurasse não estava lá. Grigory aproveitou a oportunidade para avançar e desferir com violência os primeiros golpes no inimigo; e foi logo seguido pelos colegas que o acompanhavam.

O grupo venceu, mas a muito custo. Apoiando-se uns nos outros para manterem-se em pé, ouvindo o som do sangue dos ferimentos respingando sobre o chão, saíram da torre e da floresta rumo ao lar.

Os meses seguintes não foram de sossego, mas preparação. O que encontraram na torre não deixava dúvidas: Victor não era mais humano, e sim algum tipo de criatura morta-viva. Por histórias e lendas contatadas por outros aventureiros, concluiu que o mago realizara um ritual profano para atingir a imortalidade, tornando-se um lich; e, como tal, não seria vencido por meros golpes de espada, por mais mágica que ela fosse.

Com a ajuda de Bardolph, Grigory buscou uma forma de derrotá-lo em definitivo. Pesquisando em tomos antigos da grande academia de magia da capital, aprendeu o que era um filactério, e que muitos liches o levavam sempre consigo, para protegê-lo de inimigos. Outros, no entanto, preferiam guardá-lo em um local seguro, que fosse distante e inóspito, e cercá-lo de armadilhas e proteções mágicas.

Grigory sabia que Victor viera de Lamnor, o continente ao sul do Reinado. Antigamente era o lar de reinos humanos prósperos; hoje, no entanto, havia sido dominado por um poderoso exército de monstros. Viajar até lá, sem pistas concretas de seu paradeiro, seria complicado. Decidiu apostar na primeira opção e partir novamente atrás do lich.

Antes da jornada, no entanto, visitou pela última vez sua casa em Valkaria. Seu filho já possuía dez anos, a mesma idade de Grigory quando o pai morreu. Via-o brincando com uma espada de madeira, combatendo dragões e monstros imaginários, e pensava em como crescia rápido; entre tantas viagens e aventuras, era a primeira vez que o via em muitos anos. Talvez fosse mesmo a hora de parar — precisava apenas cumprir a última missão.

Quando anoiteceu, despediu-se do garoto no seu quarto e prometeu que logo voltaria para vê-lo. Preparava-se para partir quando foi tomado por um pressentimento ruim, e hesitou por um segundo. Pensou por alguns instantes, e, antes de sair, deixou para trás a velha espada da família, apoiada de pé na parede ao lado da cama do filho.

◐

No seu leito de morte, olhando pela janela para fora da casa em que morava na capital, Grigory István III pensava na primeira vez em que viu a grandiosa estátua de Valkaria. A deusa estava ajoelhada, como que suplicando aos céus por piedade, em um colosso rochoso de meio quilômetro de altura; era maior em muitas gradações do que qualquer construção ao redor, até mesmo o luxuoso palácio do Imperador-Rei. Um povo capaz de uma obra de tamanha magnitude e devoção, pensara então, estava certamente destinado à grandeza. Quanto tempo levaria até que ultrapassassem os velhos e decadentes reinos do sul?

Eventualmente, descobriu que a estátua não havia sido construída realmente pelos povos do norte. Séculos no passado, quando a caravana de exilados de Lamnor, o continente ao sul, cruzou o Istmo de Hangpharstyth para colonizar as terras do norte, já a encontraram lá, na mesma posição de súplica ao Panteão. Tomaram a descoberta como um sinal, lembrando como que por milagre, como se os próprios deuses sussurrassem seu nome em seus ouvidos, da deusa que haviam há muito esquecido; e construíram ao seu redor a nova capital.

Quem lhe explicou os detalhes da história foi Bardolph Tobias, um aprendiz de mago que fazia as vezes de guia pelas terras do norte. Grigory nascera vários quilômetros distante, nas mesmas terras do sul de onde os refugiados haviam saído em peregrinação forçada tanto tempo antes. Vinha agora aos novos reinos com uma missão: encontrar e destruir Victor Gorgia, o mago que havia matado seu pai, e o pai dele antes disso.

Não sabia com clareza de todos os detalhes da história. Sabia que o pai fora um aventureiro de renome em Lamnor, e possuía uma espada mágica encantada por arcanos elfos da capital misteriosa da raça, Lenórienn. Grigory ainda levava a arma consigo, a última lembrança que possuía do seu progenitor. Já o avô fora um paladino da Ordem de Hedryl, o deus da justiça.

— Hedryl? — perguntou Bardolph.

— Quero dizer, Khalmyr. É assim que o chamam aqui no norte, não?

Anos de investigação o levaram a concluir que Victor não estava mais em Lamnor. Grigory então juntou os poucos pertences e partiu para o outro continente. Cruzara a cidade-fortaleza de Khalifor havia apenas alguns meses, sabendo que nunca voltaria: a guarnição local era instruída a permitir passagens em apenas um sentido; os que a atravessavam em direção ao norte não poderiam retornar pelo mesmo caminho.

Seguiram-se novos anos de buscas, todas infrutíferas. Grigory viajou de um lado a outro dos reinos fundados pelos refugiados, indo das metrópoles labirínticas dos minotauros do oeste, até cavernas sem fim habitadas por monstros sanguinários no leste. Conheceu mais heróis, lugares e paisagens do que uma pessoa comum esperaria encontrar em muitas vidas.

A verdade, no entanto, é que não era um grande aventureiro. Era eficiente e cumpria as missões que lhe eram dadas, mas faltava-lhe a ambição da conquista, e o ímpeto da descoberta. Apreciava muito mais os momentos de sossego e calmaria, as noites em uma taverna aconchegante ao lado de um bom ensopado e uma lareira aquecida, do que a adrenalina e incerteza das jornadas.

Certa vez, ao retornar a Valkaria após seguir mais uma pista sobre Victor que não dera em nada, espantou-se ao ver uma criança engatinhando pela taverna que frequentava. Além da mera presença insólita, seu rosto lhe parecia de alguma forma familiar.

— É seu filho. — disse a taverneira, vendo a confusão na sua expressão.

Foi quando decidiu que era hora de parar. Vivera aventuras o bastante, e elas já não valiam os riscos que corria. Os ganhos que tivera até então eram mais do que suficientes para dar a ambos uma vida tranquila.

Talvez seu filho crescesse e continuasse a missão que não terminou, e encontrasse enfim o inimigo jurado que jamais conheceu. Talvez não. Chegava a preferir que não. Quanto tempo, e quanto vida, já haviam sido perdidos nessa sina? Pensava de repente em tudo que deixara para trás no antigo continente, e que jamais veria novamente.

Uma década depois, quando a peste chegou à capital, foi logo tomado de dores e uma forte febre. Morreu em paz, ao lado da mulher e do filho que amava.

Vingança era tudo o que importava para Grigory István II. Seu pai fora um paladino de Hedryl, o deus da justiça, mas ele não era tão nobre. Ainda levava no pescoço o cordão metálico que pertencera a ele, com o símbolo do deus, uma espada sobreposta por uma balança, preso na extremidade; mas era apenas uma lembrança, e não um sinal de devoção.

Às vezes se perguntava o que ele diria se o visse hoje. Sempre fora tão certo e resoluto. Talvez não fosse muito brilhante, mas possuía a sabedoria das pessoas simples que Grigory aprendeu a admirar. A vingança nunca é plena, parece algo que ele diria.

Mas o que importava agora? Estava morto. E para Grigory, só restava a vingança.

Talvez jamais conseguisse ser um bom paladino — bem que tentou, seguindo os passos do pai, e logo descobriu, entre reprimendas e choque de seus instrutores, que a Ordem de Hedryl não tinha espaço para gente como ele —, mas tinha outras habilidades. Sabia lutar de forma certeira e cruel; pensava rápido, e tinha os reflexos e agilidade para realizar o que pensava; e não poupava recursos ou preparação na hora de enfrentar um inimigo.

Em uma jornada de anos, adentrou as profundezas da floresta de Myrvallar, lar de elfos misteriosos e da Infinita Guerra que travavam contra seres monstruosos. Dizia-se que eram reclusos e isolacionistas, e que jamais conseguiria sua cooperação; mas um povo em guerra sempre possui razão para negociar, e Grigory estava disposto a tentar, e a oferecer o que pedissem em troca. Assim, na metrópole cristalina de Lenórienn, fez pactos e forjou alianças.

Saiu de lá com uma espada de runas intrincadas, letras de alfabetos místicos gravadas como cicatrizes na lâmina. Não eram feitiços de natureza ou proteção que continham, mas sim da mais sangrenta magia de guerra élfica: o mero toque da lâmina ardia e queimava a pele; suas runas brilhavam na presença de magia, e trespassavam proteções místicas em direção à carne como se fossem nada mais do que ar. Barganhara alto para obtê-la.

— Seu inimigo será derrotado. — lhe garantiram durante o ritual de encantamento. — Mas sua história terminará junto com a dele.

Era essa mesma espada que empunhava quando adentrou a pequena torre de pedra construída nas margens de uma estrada de chão. As runas brilhavam intensamente desde que cruzou a cerca de madeira, em meio a passos firmes e um caminhar decidido. Subiu andar após andar até chegar ao laboratório do último piso, onde, entre livros empoeirados e frascos preenchidos de líquidos borbulhantes, encontrou seu inimigo.

— Victor Gorgia.

O mago se virou para encará-lo, deixando cair o tomo que tinha em mãos. Vestia um manto de linho escuro e bem cuidado, e possuía no rosto uma expressão de confusão, com a boca aberta e os olhos arregalados, que logo mudou para uma de reconhecimento.

— Você é... Grigory.

— Vejo que reconhece a semelhança com meu pai, que você matou. Mas não importa. A hora é da vingança!

— Aquilo foi um acidente.

— Desculpas não vão salvá-lo agora.

Grigory avançou com ferocidade. Victor começou a gesticular para conjurar uma magia, mas o golpe veio rápido demais; caiu para trás, derrubando um livro de um pedestal e quebrando frascos sobre o chão. Com dificuldade, empurrou outro pedestal, que caiu sobre o guerreiro dando tempo ao mago para se levantar e afastar.

— Você não entende...

— Cale-se!

Outra investida se seguiu, mas desta vez Victor teve tempo de formar uma barreira etérea à sua frente. Não adiantou: a espada a atravessou como se não estivesse lá, atingindo-o no ombro e espirrando sangue sobre uma pilha de pergaminhos.

O mago fez um gesto rápido e Grigory sentiu um puxão nas costas, fazendo-o bater contra uma estante. Frascos caíram sobre ele, encharcando-o com líquidos coloridos. Victor não parou por um instante; começou a recitar outro feitiço, flutuando levemente sobre o chão do laboratório, preenchendo-se de luz e eletricidade. As runas na espada élfica brilhavam com mais intensidade do que jamais fariam novamente.

Uma grande explosão preencheu o laboratório por completo. A base da torre começou a tremer, e logo cedeu; a construção inteira desabou, formando uma grande nuvem de poeira até o outro lado da estrada.

Grigory sentia a carne queimar. Os líquidos que cobriam seu corpo derretiam a pele e respingavam nos ossos. Quando a torre caiu, foi soterrado pelas pedras que se amontoaram sobre ele.

Nos últimos segundos antes que a escuridão o tomasse para sempre, sentiu o cordão metálico que pertencera ao pai ser arrancado do pescoço, e ouviu passos cambaleantes se afastando do lugar onde se encontrava.

①

Sob o céu avermelhado do fim da tarde, dois garotos estavam sentados na beirada de uma estrada de chão batido. Atrás deles, uma cerca de madeira separava o espaço reservado a uma pequena propriedade, com um casebre rústico no interior e uma pequena horta de vegetais que recém começavam a brotar. Ao longe, uma carroça puxada por burros já desaparecia no horizonte, deixando uma nuvem de poeira para trás.

— E é por isso que, depois de estudar magia por vários anos, eu vou virar um lich. — o que falava era magro, de baixa estatura, e vestia as roupas simples de um camponês. Se expressava com convicção, como alguém que pensara por muito tempo a respeito do que dizia.

— Mas Victor. — o outro garoto era maior, mas também traía alguma insegurança na sua resposta. Além das roupas humildes, tinha amarrado no pescoço um cordão com um anel contendo uma espada com uma balança sobreposta. — Eu vou ser um paladino de Hedryl. Paladinos e liches não podem ser amigos. Eu... Eu vou ter que te matar!

— Burro! — o garoto balançava a cabeça enquanto falava. — Não ouviu o que eu disse? Liches não podem morrer. Se você me matar, eu regenero e volto depois.

— Mas então... O meu filho vai ter que te matar. Ou o filho dele.

— Mas isso não...

— Victor! Volte para dentro! —uma figura feminina se projetava de uma janela do casebre, dirigindo-se aos dois garotos.

— Mas mãe, estamos só conversando...

— Mas já está tarde, meu filho. Tenho certeza de que a senhora István está preocupada com o Grigory também.

— Ok então. — o garoto já se levantava, conformado. — Até amanhã, Grigory.

— Até amanhã, Victor.

Davide Di Benedetto já foi um rei-filósofo italiano, mas hoje ganha a vida disfarçado de vendedor numa loja de produtos geek. Fã e mestre de *Tormenta* desde criancinha, ama a diversidade desse cenário e irá defendê-la até o fim!

ANÁBASE

Davide DiBenedetto

Chamar as terras emersas de mundo seco era gentil. Naquele momento, pareciam os nove infernos. A luz da manhã atravessava a cortina de fumaça do vilarejo incendiado, enquanto gritos de aldeões ecoavam junto ao crepitar das chamas.

Fintan tossiu, acentuando a sensação de sufocamento que sentia há horas. Dobrou-se, de joelhos. Sede intensa. A falta de umidade violava a sanidade do elfo-do-mar. A pele azul-acinzentada ressecava e rachava, perto do fogo. E mudava. Sentia o corpo se transformando.

Estava preso na armadilha — Fintan era ele, não ela; o gênero nada tinha a ver com aparência física. Aprendera a modificar o corpo com cardumes de peixes quando criança, mas a matéria nem sempre acompanhava a mente. Características de fêmea apareciam sem controle, intrusas, em temperaturas altas.

Alberich planejara tudo meticulosamente — e ele caíra na emboscada do antigo súdito. Enquanto Fintan recuperava o fôlego e tentava fazer os pulmões atrofiados funcionarem mais depressa, Alberich irrompeu através da parede de chamas, ignorando o fogo queimando a barba longa e espessa.

Nos olhos do anão havia ódio. Nas mãos, o sabre afiado.

— Finalmente resolveu voltar para a festa, alteza. Achei que tinha nos abandonado!

Fintan recuou, de costas, se arrastando no chão. Mão tateando à procura do tridente.

— Deixar outra pessoa matar meu usurpador de exércitos favoritos? Achei que tivesse mais fé em mim, Alberich.

— Outra bravata e vomito — disse o anão, levantando a arma.

Assovio. O golpe devia ter encontrado carne, pele e osso. Mas o sabre resvalou num jorro que não era sangue. Água. Uma parede líquida surgiu entre os oponentes.

— Maldito elemental — disse Alberich.

Fintan sorriu. Bolha sempre chegava no momento certo. O amontoado de pseudópodes fluidos que era o elemental d'água de estimação se interpôs entre o inimigo, soltando um grito de guerra como o rebentar de ondas.

Fintan finalmente conseguiu estender a mão até o tridente. Mas então parou. Por mais que quisesse apanhar a arma e lutar, não conseguia. Calafrio. O coração acelerado no peito. Lembrou-se do corpo transfigurado debaixo da armadura de coral. A voz na cabeça.

Fêmeas não lutam.

Era uma asneira. É claro que lutavam. As sereias lutaram e quase haviam vencido a guerra. E sua própria avó, uma elfa-do-mar, mesmo nunca tendo pegado em armas, lutara contra as sereias. As humanas lutavam o tempo todo no mundo seco.

E, além disso, ele não era fêmea. Seu corpo, aquilo que se mostrava enquanto parte de si, na realidade, não refletia a verdadeira essência. Era Fintan, apenas e tão somente.

Mesmo assim o tabu pesava. Odiava lutar com o corpo transfigurado em formas intrometidas. Uma trava. Palavras martelando na cabeça, repetidas por bocas diferentes, durante anos. A mão incapaz de obedecer à razão e apanhar a arma.

Fêmeas não lutam.

Bolha não resistiria. Em meio ao incêndio e aos golpes do sabre imbuído de energia profana de Alberich, o elemental evaporava a cada instante. Tudo questão de tempo.

Então o tempo parou. Literalmente.

As chamas do incêndio estavam congeladas, como se o fogo do qual eram feitas fosse sólido. Faíscas e colunas de fumaça permaneciam estáticas no ar. Alberich, a sua frente, mantinha os dentes arreganhados numa expressão de fúria permanente.

— O que está acontecendo?

Fintan olhou ao redor, sem entender.

Uma pequena criaturinha surgiu, trazendo consigo o odor de enxofre. Tinha asas diminutas em suas costas, sustentando o peso do corpo de uma criança pequena, mas voava mesmo assim. Usava cartola e no rosto ostentava um sorriso exclusivo de dentes pontiagudos, como presas caninas. Parecia familiar.

— Seus problemas acabaram! — disse a criatura.

— Uma diabrete? — disse Fintan, os olhos arregalados

A diabrete gargalhou e apanhou sua cartola num gesto teatral. Fez surgir lá de dentro uma garrafa de vidro, contendo um líquido de cor vermelha.

— Diabrete? Assim você me ofende. Sou apenas uma humilde vendedora. E peço somente um minuto do seu tempo para apresentar essa incrível Poção de Resistência Contra Chamas! Um litro de água do mar, trezentos gramas de farinha de flor de lótus, dois dentes de dragão triturados e uma gota de limão pra harmonizar. Invulnerabilidade contra bolas de fogo e lava de vulcão garantida por um dia inteiro. Mas ainda tem mais.

— Ela vai isolar o calor e deixar eu transfigurar o meu corpo como bem entender? — disse Fintan, tentando enxergar sentido na torrente ininterrupta de palavras vindas da diabrete.

— É isso mesmo! E por apenas um terço da sua alma... repito, apenas um terço, você leva inteiramente de graça esse lindo tapete de brinde! — disse a criatura, fazendo surgir uma estranha tapeçaria abaixo dos pés de Fintan, protegendo-os das cinzas em brasa no chão. — Pagar barato não é pecado!

Fintan levantou-se e, deixando a tensão ser quebrada pelo momento. Suspirou.

De todos os monstros errantes, de todos os encontros aleatórios que aventureiros podiam enfrentar durante jornadas, com certeza diabretes vendedoras eram as piores. Abutres do desespero alheio, prospectoras de indivíduos que pudessem servir aos interesses de mestres ocultos.

E muito irritantes.

Fintan contemplou a cena de combate congelada, o tridente ainda jogado ao chão. Mediu a escolha. Enquanto isso, lembrou como começara aquele dia impossível. O último da longa viagem.

O sol ainda não tinha se levantado quando Thállata deixou a tenda que servia como pequena biblioteca improvisada. Outras espécies, mesmo outros devotos de Tanna-Toh, deusa do conhecimento, teriam dificuldade para reconhecer a biblioteca como tal.

Não havia livros naquele lugar. Não livros de papel, pelo menos. Uma coleção enorme de conchas estava posicionada na forma de espiral, sobre o chão. Ali estavam aprisionadas as últimas palavras de soldados moribundos, as histórias de guerreiros veteranos, as confissões de inimigos capturados, relatos enaltecendo os feitos do General Fintan, príncipe regente do reino submerso de Imladyrr, bem como crônicas e relatos que a própria Thállata acrescentara sobre a cultura dos povos do Mundo Seco.

Uma única concha continha o som nostálgico das ondas.

As terras emersas eram desagradáveis. Para uma sereia, era nauseante manter-se constantemente sobre duas pernas. Sentia saudade de estender a longa cauda, o que só era possível quando havia água suficiente para um mergulho demorado, e não havia tempo para descer até o rio.

Andar em meio a mestiços de elfos-do-mar não era exatamente o que imaginara para sua vida. E os humanos a confundiam como nativa de determinado reino — algo a ver com a cor da pele — mas o trabalho como cronista e soldado a havia cativado.

Devia boa parte a Fintan, outra a si mesma. Não se esquecera do dia que convencera o General a fazê-la sair da prisão, encerrando o período como prisioneira. Ela era agora parte daquele exército. Seria até o final.

Mesmo que o fim não estivesse longe.

Das inúmeras tropas de hoplitas, retiários e bestas anfíbias que haviam seguido o general na expedição rio acima e continente adentro, agora, mal restavam algumas dezenas de soldados.

O remanescente das tropas que não havia desertado acampou do lado de fora do vilarejo de Jansford, nas ruínas de uma antiga fortificação humana. Os habitantes haviam recebido a todos num misto de curiosidade e temor. O lorde local — um velho cavaleiro — havia ouvido falar dos feitos do general e até mesmo o desafiara para uma justa amistosa, na manhã seguinte.

Mas por mais que as tradições do reino humano de Bielefeld fossem fascinantes, elas teriam que esperar. Após deixar que um dos serviçais acabasse de raspar as laterais de seu cabelo e a ajudasse a vestir a armadura de coral, Thállata dirigiu-se para o interior da fortificação onde aguardava Fintan.

Encontrou o general no topo das ruínas de uma velha torre de pedras mal encaixadas. Fintan estava imerso dentro de Bolha, seu elemental d'água de estimação. Uma enorme extensão fluida de um formato esférico impreciso, flutuando em meio ao ar. Nadava com a tranquilidade de peixes protegidos em aquários humanos e mal parecia se dar conta do que acontecia ao redor.

Às vezes, após gritar ordens, após horas ouvindo os relatórios de seus comandados, o general se entregava com prazer àquele ritual demorado. Somente vários minutos depois, Fintan nadou para fora do elemental e aterrissou a frente de Thállata, salto acrobático.

— Perdão. Não havia percebido sua chegada.

Thállata ajoelhou-se, em reverência.

— Desculpas não são necessárias, alteza. Vim informar que as montarias foram preparadas e está tudo pronto para subir a colina ao amanhecer.

— Levante-se, Thállata. Sem cerimônia — disse Fintan. — Montarias não serão necessárias, pode desfazer o feitiço e soltar os hipocampos para que voltem ao rio. Os pobres coitados não aguentam mais nadar no ar. Subirei a colina a pé, estou precisando de exercício. Partirei antes que o maldito sol apareça. Vem comigo?

Thállata assentiu com a cabeça.

— Alguma notícia de Alberich?

A sereia mordeu os lábios ao ouvir o nome do traidor.

— Nossos batedores seguiram sinais de tropas até uma aldeia, não muito longe daqui. Outro massacre — hesitou. — Sinto muito, alteza.

Fintan virou-se de costas e caminhou pela beirada da torre semidestruída, enquanto Bolha se converteu num longo e afilado jorro d'água que serpenteava ao redor.

— Fui ingênuo, não fui? — disse Fintan — De acreditar que ele continuaria me seguindo quando ordenei que cessassem os saques.

— Você não errou. Deu a Alberich uma nova chance, mas ele é danificado demais para ser consertado. Mesmo de volta à terra firme, continua sendo o pirata que sempre foi. Às vezes, os soldados dizem que não amo nada... e essa é uma inverdade. Mas Alberich tenho certeza de que ama apenas o ouro.

Fintan permaneceu parado, os olhos em busca de algo em meio à névoa matinal.

— O que é engraçado; lá no fundo, esperava isso dele. Não imaginava é que outros soldados fossem me deixar.

— Às vezes, a correnteza dos mares pode levar um cardume a se dispersar, alteza. Mas ele irá se reunir outra vez, ao subir o rio — disse Thállata. — É um antigo ditado de meu povo.

— As sirenas?

— Na cidade de coral não temos problemas em ser chamadas de sereias. Não descartamos as histórias que os forasteiros tecem sobre nós. Posso servir a uma deusa que busca a verdade, mas meu povo aprecia as múltiplas ficções ao seu respeito.

— Bom, uma coisa eu sei: reunir e unir são coisas bem diferentes! Ainda não é ditado, mas um dia vai ser — disse Fintan. — Pode gravar isso em suas conchas.

A névoa se quebrou, revelando parte da colina. O ponto mais elevado daquele reino de planícies não era tão alto assim. Ao longe, a pequena elevação parecia tentar manter um mínimo de mistério e de dignidade.

— Esse é o fim da jornada, Thállata. Tenho certeza que a Matriarca está aqui. Vamos convencê-la a voltar a Imladyrr e reinar. E então terei cumprido meu dever.

Thállata sorriu.

— Reúna minha guarda pessoal. Vamos subir — disse Fintan.

— Sim, alteza!

Thállata entoou uma canção, deixando a melodia ecoar e se espalhar pela torre. Ao comando da sereia, as tropas no acampamento se perfilaram com a rapidez e precisão de peças colocadas num tabuleiro.

A Colina do Sábio Amanhecer não era exatamente o que alguém esperava como sendo o destino final de qualquer tipo de aventureiro. Não a grande montanha intransponível ou repleta de labirintos subterrâneos. Mesmo no oceano elas existiam, na forma de grandes cordilheiras submersas.

De fato, apenas uma colina.

Enquanto andava ao lado de Thállata por uma trilha cavada por pastores de cabras, Fintan não conseguia deixar de olhar para os lados, em busca de algum desafio. Um eremita que iria propor enigmas indecifráveis. Armadilhas mortais ativadas por passos em falso. Monstros errantes vagando pelo local, que saltariam sobre todos em busca de uma refeição fácil.

Nada.

A única coisa digna de atenção durante todo o trajeto foi o animal voando no céu escuro sobre eles, algo como ave ou morcego. Não entendia bem a fauna do mundo seco, mas Thállata achou melhor ordenar que os soldados o espantassem para longe, arremessando lanças.

Alberich não tinha particular apreço por magia, mas se o anão não se importava de empunhar aquele sabre arcano maldito, com certeza não se importaria de contratar os serviços de um mago. E mesmo Bielefeld, com seus cavaleiros honrados — que não mantinham mais confiança em magos do que os vizinhos de Portsmouth, diga-se de passagem — não estavam isentos de empregar artimanhas, como animais-espiões.

Andaram pela trilha durante cerca de uma hora e ela não impôs desafio maior ao remanescente das tropas do que atravessar córregos d'água e evadir a bosta de cabras e ovelhas deixadas ali por algum pastor. Abaixo deles, era possível ver as luzes do vilarejo de Jansford, com seu forte em ruínas coberto de tochas e cabanas de camponeses soprando fumaça através das chaminés.

Fazia sentido que houvesse um templo da paz ali, próximo daquele lugar tão pacato. Encontraram a entrada dele numa caverna, junto das encostas.

— Minha avó deve ter odiado esse lugar — disse Fintan.

Mesmo a caverna não era muito profunda, apenas a velha toca de um urso-coruja. No chão forrado com palha e peles de animais, havia o pequeno altar em homenagem a Marah. Thállata ouviu falar que um monge ou clérigo viveu ali, mas, aparentemente, mesmo ele se cansou de tudo e foi embora, deixando aquele que seria o refúgio final da Matriarca.

E ali mesmo Fintan e Thállata a encontraram. O cadáver de elfa-do-mar, decomposto, coberto de fungos, semi-escondido. A constatação da morte da avó não decepcionou Fintan mais do que todo o resto. Desde que deixara Imladyrr, o general se preparara para aquela possibilidade. As preces corretas poderiam trazê-la de volta a vida.

Bastaria convencê-la a voltar.

Thállata demorou aproximadamente uma hora para posicionar as conchas e iniciar o ritual. Ela conduziu cada voz aprisionada como uma orquestra. Uma litania religiosa, orando em uníssono.

— Tanna-Toh, seja a nossa ponte.

Respondendo às preces da sereia, uma substância translúcida formou-se no ar, enquanto o calor foi tomado da caverna subitamente. O fantasma era um elo fraco e instável. Thállata se ofereceu para ser veículo. O espírito tomou o corpo da sereia.

Através da voz melodiosa de Thállata, Fintan reconheceu as palavras da avó falecida.

— Pelas bolas salgadas do Grande Oceano! Não precisava se dar todo esse trabalho.

Fintan suspirou com alívio. Era mesmo ela.

A Matriarca.

— Diga-me, senhora, quem a matou. Foi o falso apóstolo que tomava conta desse lugar? Eu a vingarei.

Thállata, agora servindo de veículo para o espírito, pareceu se contorcer.

— Sil-Kar? Ele era um amor. Ficou tão triste quando deixei Arton, que abandonou o templo. Uma gracinha aquele homem... Não. Temo que não haja ninguém que você possa enfrentar para vingar minha morte. A menos que queira desafiar para duelos a velhice, a amargura e a passagem dos anos — disse a Matriarca. — O que você quer, Fintan?

O general dobrou-se de joelhos, em reverência.

— Vim me desculpar. Em nome de meu pai. Em nome de todo o reino de Imladyrr. A senhora foi nossa maior heroína. Tomou o poder no momento de nossa maior crise, venceu as tropas das sirenas. Suas estratégias ainda são estudadas, senhora, embora ninguém mencione teu nome. Quando a ameaça foi vencida, poderia facilmente ter tomado todo o poder para si. Mas respeitou as tradições.

— E o que esperava que fizesse? Que ficasse sentada, orando aos deuses, enquanto aquelas piranhas do mar tomavam o reino? Foi apenas meu dever, Fintan.

Thállata se contorceu novamente. As palavras eram do espírito, mas com certeza, lá no fundo, ela se incomodara com a ofensa proferida contra o próprio povo.

— Mesmo assim, não valorizamos seu sacrifício. Nós...

— Exílio e esquecimento — disse a Matriarca.

— Nós...

— Ainda lembro. Embaixadora Vitalícia do Mundo Seco. Esse cargo nem existia. Foi criado especialmente pra mim. E fiquei especialmente honrada, só que não.

— Todo erro pode ser reparado. Volte comigo. Ajude-me a restaurar Imladyrr a sua glória passada.

Thállata acelerou a respiração, ainda em transe.

— Aprecio isso que está tentando fazer por mim, Fintan. Realmente aprecio. Mas não, obrigada!

— Preciso dos seus conselhos, senhora. O reino está em caos! Não sirvo para governar. As finanças estão arruinadas. As casas nobres conspiram minha morte e o povo, a morte das casas nobres. Se eu não voltar com uma resposta, tudo ruirá.

— Então deixe ruir — A matriarca falou com voz tomada de pesar — Não houve glória, Fintan. Esqueça o que te ensinaram. Nosso reino nunca foi e nunca será glorioso. Acompanhei tua jornada. Não importa o que diga, sei que no fundo nunca pensou em voltar para aquela merda. O que você arquitetou foi um bom plano de fuga.

— Eu não fugi.

— Não há demérito em recuar de batalhas que não podem ser vencidas. O bom comandante sabe escolher suas lutas. Não confunda inteligência e covardia.

— Não posso continuar fugindo de minhas responsabilidades.

— Conheço essas palavras. Vieram de outras bocas. Suas verdadeiras responsabilidades são para aqueles ao teu lado.

— Preciso voltar. E as tradições?

— Fodam-se as tradições! Segui todas, vejas até onde elas me levaram. Queria muito ter a solução mágica que espera, poder voltar para casa e consertar tudo. Sinto muito decepcionar, mas não vai acontecer. Cresça.

— Não vou abandonar meu reino.

— Sabe, é triste admitir... eu mesma não havia percebido, até agora — disse a Matriarca, elevando sua voz, antes que silenciasse em definitivo — Imladyrr nunca foi nosso reino.

O efeito da prece mágica de Thállata cessou, junto com a melodia vinda das conchas. Restou apenas o balido de ovelhas vindo de fora da caverna.

— Sinto muito, Fintan — disse Thállata, ao despertar.

— Não preciso de comiseração. Deixe-me, quero ficar só.

— Você quer que eu traga seu elemental?

Tudo o que Fintan mais queria naquele momento era imergir na água e poder esticar o corpo. Ficara mais fatigado por aqueles minutos na caverna do que subindo a colina. Mas não quis se humilhar ainda mais perante Thállata.

— Não é necessário. Saia.

A sereia preparou-se para deixar o aposento, recolhendo as conchas. Antes de sair, contudo, parou e encarou o general.

— Sei que está num dilema, alteza. A Matriarca pode não tê-lo ajudado, mas talvez possa conseguir o que procura, de outra maneira. Registrei as histórias dos humanos e eles não chamam esse lugar de A Colina do Sábio Amanhecer à toa. Dizem as lendas que se você se ajoelhar e meditar sob a luz do sol, suas perguntas serão abençoadas com respostas.

— As coisas não se resolvem tão facilmente.

Thállata deixou a caverna.

Fintan não tinha ideia do que fazer. Por todos aqueles longos meses, aguardou aquele momento. Simplesmente evitou pensar o que aconteceria se falhasse, no que gastara e as tropas que sacrificou para chegar até ali. Nas consequências e o labirinto de complexidades que o aguardariam se voltasse para casa. Esticou-se sobre as peles sujas que eram o forro do templo e descansou alguns minutos, antes de se levantar.

Em breve, o sol também iria.

Fintan se ajoelhou numa rocha próxima à encosta da colina. O vento frio da madrugada soprava no topo da elevação. No céu, a estranha avemorcego havia voltado, parecendo observar o general de longe. Fintan ignorou a presença dela. Fechou os olhos e se dedicou por alguns instantes a respirar — apenas respirar — enquanto buscava concentração.

Foi saudado com o brilho do sol. Esperou que a luz iluminasse sua mente, como Thállata havia lhe dito. Porém, teve uma percepção súbita, que fez com que se colocasse de pé.

Amanhecia na direção errada. Não era o nascer do sol.

Jansford estava em chamas.

O tempo ainda corria dentro da área de tempo congelado.

Fogo sólido, a fumaça estática. A diabrete adulava Fintan oferecendo cada vez mais brindes. Armas forjadas com ferro para o exército. Moedas de ouro para recrutar novas tropas mercenárias. E uma linda lamparina.

Mas ele sabia que a diabrete não só o espionara, como usara telepatia para sondar suas memórias. Podia sentir o desespero. A criatura sabia o que viria seguir.

Fintan segurou a poção, analisando o líquido colorido que continha. A cor dessa poção era azul como sua pele. Era exatamente como a primeira poção que a diabrete oferecera. Exceto que essa teria efeito permanente. Nunca mais precisaria se preocupar em não ser capaz de modificar o corpo em situações como aquela. A diabrete teria um pouco mais que o terço de sua alma, claro, mas isso era o suficiente apenas para exigir dele uma única tarefa durante a vida, e nada mais.

Sacudiu o vidro na mão, como se pesasse o conteúdo.

— Já que vossa alteza decidiu levar o sortilégio irei buscar o contrato. Qual poção vai querer, vermelha ou azul?

Fintan apanhou o tridente do chão num movimento ágil e empalou a diabrete. A criatura soltou um ganido, numa expressão que denotava mais aborrecimento do que dor.

— Nenhuma. Estava só dando uma olhada.

E o tempo voltou a correr.

Alberich completou o giro do seu sabre profano inclinando o corpo para frente ao desferir o ataque, mas o elemental de água se dividiu, fazendo com que o anão perdesse o equilíbrio e passasse através dele.

Fintan investiu contra Alberich, que mal teve tempo de aparar o golpe do tridente.

— Não sei o que presumiu saber sobre mim. Mas presumiu errado.

— Quer dizer que finalmente resolveu parar de se esconder, General? Estou honrado — disse Alberich, tentando esconder a surpresa.

O anão esgrimiu, misto de técnica e fúria, mas os golpes foram bloqueados um a um pelo tridente de Fintan. Uma nova investida precisa foi evadida pela esquiva ágil do general.

— Não fique, Alberich. A armadilha funcionou.

— Então você admite derrota? Quebrá-lo é mais fácil do que achei que seria. Você devia ter ficado comigo, Fintan! Teríamos feito rios de dinheiro saqueando esse reino patético. Rios! Oceanos se preferir! Você poderia até mesmo nadar no ouro.

Alberich gargalhou, deleitado pelas próprias palavras. Para ele, graça genuína.

— Eu disse que a armadilha funcionou. Não disse que foi a sua.

De dentro de uma das cabanas em chamas, o som se elevou, abafando o crepitar do fogo. A música era cantada numa voz pesada e fúnebre como um réquiem. Invadia a mente, tanto quanto os ouvidos. Convidava a um único destino possível. Alberich a reconheceu e, mesmo em meio ao incêndio, sentiu o calafrio.

A canção da sereia.

Sem que pudesse controlar, as mãos de Alberich cravaram o sabre no chão do vilarejo, fundindo a lâmina arcana com a terra, abandonando a arma para trás. Suas pernas se mexeram em direção ao fogaréu. Um passo de cada vez.

— Não pode ser... Thállata, aquela desgraçada. Você não ousaria sacrificá-la — disse Alberich, olhando para a cabana pegando fogo, os olhos arregalados. A música implorando que ele viesse até ela e se entregasse a morte. Negando a vontade do anão.

— Sacrificar quem? Estou bem aqui, Alberich.

Thállata surgiu em meio ao campo de batalha, conjurando uma rápida prece curativa, fechando os ferimentos do corpo de Fintan.

— Desculpe a demora, General. Tive alguns contratempos — disse, enxugando suor misturado ao sangue no rosto.

— Sua voz! — Alberich olhou para a sereia em confusão.

Thállata estava ali ao lado de Fintan, mas a música dela provinha do coração das chamas. A música pedia que ele desistisse de tudo, que se deixasse entregar, que corresse para os braços da sereia, mesmo que Alberich soubesse que ela não estava realmente lá.

— Estranho, Alberich. Onde está o sorriso? A gargalhada? Minha coleção de conchas não te parece tanta perda de tempo assim agora, não é? — cuspiu no rosto do anão. — Babaca.

Alberich se dobrou, levou as mãos aos ouvidos, tentando tapá-los. Mas o ex-pirata sabia que era inútil. Sua vontade já havia sido anulada, tudo que queria era ser o objeto do réquiem. Se entregar ao fogo.

Voltou-se para trás uma última vez.

— Agora lembro porque resolvi segui-lo, alteza.

Não mais lutando, mas resignado, andou em direção às chamas. A música foi abafada pelo som de gritos terríveis. E então, música como e gritos cessaram.

— Bolha, agora! — disse Fintan, gritando o mais alto que conseguia.

O elemental entendeu o comando. Serpenteando no ar na forma de um enorme jorro de água se despediu e flutuou, elevando-se sobre o vilarejo. Assumiu a forma que lhe emprestava o nome, cresceu e se expandiu com velocidade constante, até explodir numa rajada súbita de magia que extinguiu o incêndio.

Thállata aproximou-se de uma pequena poça no chão e se ajoelhou, recolhendo o conteúdo numa garrafa. Registraria os acontecimentos do dia fatídico em suas crônicas, mas não estava certa sobre o que iria incluir, o que deixaria de fora. Muitos aldeões haviam abandonado o vilarejo e se abrigado nas ruínas da fortificação, mas muitos haviam morrido tentando defender as casas contra os saqueadores. Junto aos cadáveres deles, havia o de um velho cavaleiro. O lorde local, morto, em meio às cinzas com armadura e montaria.

Na madrugada, Thállata passara a noite sonhando sobre as canções que iria compor em louvor aos feitos heroicos daquele dia e sobre o retorno da Matriarca. Mas aquela havia sido, afinal, a crônica de uma batalha. E não havia nada de belo ou alegre na guerra.

— O que faremos agora, alteza? Temos poucos soldados. Não poderemos voltar a Imladyrr.

Fintan andou pelo vilarejo, em silêncio. Aproximou-se do cadáver do velho cavaleiro. Parece que a justa para o qual fora desafiado teria que esperar. Apontou para as ruínas do forte.

— Recomeçamos — disse Fintan.

Ordenou aos soldados remanescentes que ajudassem os feridos e deu instruções para que entrassem em contato com os sobreviventes na fortificação. Foi até Thállata e estendeu a mão, ajudando a sereia a se colocar de pé.

— Imladyrr nunca foi nosso reino. Mas esse pode ser.

Andaram um ao lado do outro, em direção aos muros do forte, deixando o que fora o centro do vilarejo para trás. Ali, sobre o chão coberto de cinzas, o sabre maldito de Alberich permaneceu abandonado, reluzindo ao sol.

E ali permaneceria, para sempre.

Douglas "Mago D´Zilla" Reis é escritor, contista, quadrinista, roteirista e fã do gênero ficção científica. Já colaborou com as publicações *Dragão Brasil*, *Revista Tormenta* e *Quark Magazine*, com matérias, contos e resenhas. Tomou contato com o RPG em 1991 quando comprou, leu e usou o sistema GURPS, mestrando-o em sua primeira sessão de jogo.

INTERVENÇÃO PROFUNDA

Douglas "Mago D'Zilla" Reis

Trebuck, 1410.

A chuva forte castigava impiedosa, já há quase uma semana, as terras ao redor da pequena vila de Norgus. Na Taverna do Velho Bodd, um inesperado movimento de viajantes trazia tibares e notícias que se espalhariam pelo lugarejo ao longo da semana seguinte. O taverneiro e as duas ajudantes zanzavam atarefados por entre a clientela.

Tyros, cidade mineradora a cerca de uma semana de viagem a nordeste dali (em bom tempo), não via uma gota d'água dos céus já há seis meses. Mexericos da corte do reino, em Crovandir. Uma espécie até então desconhecida de monstro voador atacando a rota de caravanas entre os Campos de Barucandor e Tyros (que já não eram tão próximas assim das Montanhas Sanguinárias, origem usual dessas feras), de modo que Norgus podia esperar um aumento no número de viajantes nas próximas semanas.

Felippos Bodd, o taverneiro, gostaria muito de acreditar nesta última informação. Já achara um milagre aquela pequena caravana ter conseguido atravessar as estradas transformadas em lamaçais traiçoeiros pelas chuvas pesadas dos últimos dias. Com uma corriqueira olhadela pela janela, contudo, agradeceu novamente aos deuses por não ver nuvens rubras e relâmpagos escarlates da Tormenta sobre a pequena cidade.

Apenas a boa e velha chuva normal.

Talvez não tão boa. Talvez não tão normal, nem para a época nem para o local. Mas ainda melhor do que ter ácido, veneno e demônios se derramando sobre tudo e todos.

Por estar com demônios em mente, Bodd tomou um susto quando fortes batidas ressoaram à porta da taverna.

— Serpentes de Sszzasz, quem trancou as portas? — praguejou guardando a garrafa que havia acabado de esvaziar no copo de um freguês e indo à entrada da taverna — Está escuro como breu, mas ainda é meio-di...

A grossa capa de viagem escorria água e lama na pequena varanda que dava acesso à taverna, e o capuz repuxado para frente e para baixo ensombrecia as feições do viajante. Felippos, porém, reconheceu num segundo quem estava ali à porta, acabando de chegar.

Não "chegar", na verdade. Retornar.

— Entre e se aqueça, primo Lup! — disse o taverneiro, com a voz menos calorosa do que a ocasião sugeriria apropriado — Tem uma mesa livre, pode aguardar ali enquanto providencio comida quente e vinho.

— Obrigado, Fel! — disse o viajante, surpreso, puxando o capuz para trás e revelando um rosto magro e aquilino, cabelos cor de ferrugem curtos e espetados, com proeminentes entradas apesar da aparente juventude. Esperava ainda menos cordialidade do parente em cuja casa viveu parte da infância, quando os pais haviam aceitado a "caridade" do tio em troca de trabalho na taverna dele.

Os tempos mudaram, oportunidades foram aproveitadas, e cinco anos depois a família Volpax — ex-refugiados do primeiro avanço da Tormenta sobre Trebuck — pôde mudar-se dali para Coravandor, onde a habilidade da mãe na confecção de boas botas e peças de couro batido foi muito bem-vinda frente à necessidade de partes de armaduras para as tropas ali sendo reunidas. Com a ajuda do pai e dos outros dois irmãos, a pequena manufatura familiar foi capaz de arcar com a despesa inicial de enviar Lupien Volpax a Valkaria para estudar na Academia Arcana. Uma vez lá, o rapaz fez por onde ter trabalhos e pagar os próprios estudos.

— Onde está o tio Feedor? — indagou Lupien ao primo, quando este veio trazer o assado e a bebida — Está doente?

— O pai faleceu no último inverno. — respondeu o outro, com voz contida — Muitas casas foram visitadas pela doença naquela estação. Eu cuido daqui, agora.

— Lamento por tua perda, Felippos. — disse Lupien, sem entonação. O velho Feedor o espezinhava, e até espancava vez por outra chamando-o de "magricelo inútil", então pelo que lhe dizia respeito não lamentava tanto assim. Mas não imporia ao primo mágoas antigas contra o tio.

"Então agora VOCÊ é o 'velho Bodd' da taverna, primo!" — pensou Lupien, com uma disposição ácida. Envergonhou-se do pensamento mesquinho, mas só um pouco.

Após levar de volta ao balcão a garrafa do vinho que servira, Felippos retornou e sentou-se diante do mago com um olhar intenso.

— Voltou por quê? — indagou de chofre — Teus pais foram embora há muito, e não imagino que tenha saudades dos "bons tempos" em Norgus!

— Estou em missão. — respondeu Lupien, tirando do bolso da capa e abrindo diante do primo uma pequena carteira em couro, com um tipo de distintivo dourado numa placa de cristal gravada — Ainda vou esticar a viagem para ver meus pais, mas antes eu e meus colegas temos uns assuntos a resolver na região.

As letras "C.A.P.T." gravadas na placa logo acima do distintivo não diziam nada ao taberneiro, mas o nome do primo logo abaixo, com uma imagem do rosto duro e afilado incrustada de algum jeito no cristal, davam ao objeto uma aparência autoritária. Bem como deveria, mesmo.

Desta vez a porta foi aberta facilmente pelo lado de fora, e um novo grupo ingressou na Taverna do Velho Bodd. Dois homens e três mulheres, uma delas halfling, com capas idênticas à de Volpax, examinaram rapidamente o ambiente e, ao avistarem o mago, andaram a passos duros direto à mesa em que estava.

Felippos levantou-se rápido, anotou os novos pedidos e foi tratar deles.

O grupo fez da "Velho Bodd" um tipo de base informal. Em duplas ou trios alternados, iam tratar de outros serviços que precisavam da vila, como ferreiro, consulta ao clérigo dos deuses no templo local, renovação de suprimentos, e retornavam. Conversavam em murmúrios ao redor de um mapa desenrolado sobre a mesa, e quando alguém se aproximava por qualquer motivo o mapa era fechado até a intrusão acabar. Jantaram ali e também ali passaram a noite chuvosa, levantando e partindo bem cedo no dia seguinte. Tomaram a estrada que levava a Sckharshantallas, bem na rota alertada como perigosa pelos outros viajantes na taverna.

Conforme a druidisa previra, a manhã já trouxe à região apenas um céu nublado, porém claro, sem nada mais do que chuviscos rápidos e esparsos. Martuk e Murtak, os rústicos e corpulentos gêmeos guerreiros, cavalgavam na dianteira do grupo, acompanhados de perto por Radix, a druidisa halfling, montada no companheiro animal (um enorme lobo branco chamado apenas de "Irmão"). Lupien vinha logo atrás, à direita da inspetora Zandra, líder do grupo. Fechando a comitiva e defendendo a retaguarda seguia atento Stygson, paladino de Tanna-Toh. A estrada encharcada impunha um ritmo lento à jornada, o que deixava todos bastante nervosos.

E assim seguiu a comitiva até a parada do meio-dia. O simples fato de não terem sido atacados ainda, por feras locais ou por bandidos das estradas, já dava uma boa medida de que algo não estava certo naquelas redondezas.

— Quem você acha que construiu a tal "cidade perdida" que estamos procurando?

— Difícil dizer sem um exame das ruínas em si, Zan. — respondeu Stygson, pensativo entre uma mordida e outra na ração de viagem — Houve uma série de civilizações pré-coloniais, ou seja, anteriores ao Grande Exílio de Lamnor, que prosperaram aqui no continente norte. E desde as que desapareceram deixando poucos vestígios até as que definharam à barbárie ou tornaram-se o que hoje conhecemos como as tribos do Deserto da Perdição, esta região pode ter abrigado...

— Você não sabe, diz logo! — rosnou Radix, sempre impaciente com as longas explicações do mago — Esse falatório todo não me deixa ouvir os sons da mata!

— Há duas fortes possibilidades. — prosseguiu o paladino, em voz mais baixa e se aproximando da inspetora-chefe do Centro de Apoio à

Pesquisa da Tormenta — E uma terceira, bem mais fraca, mas possível dentro dos próprios parâmetros. E seria a mais perigosa, também.

— Provavelmente a que vamos encontrar! — respondeu Zandra, amassando o embrulho da barra de ração que havia comido e guardando o lixo num alforje que carregavam só para isso — Fale-me mais dessa última!

O pouco que era sabido por Stygson sobre a Convenção Nekrath foi partilhado com Zandra e com Lupien, que aproximou-se tão logo percebeu conhecimento sendo divulgado. Os gêmeos guerreiros (oriundos de um dos povos bárbaros da União Púrpura) e Radix, pouco se interessaram pelo falatório dos colegas, desde que não atrapalhasse o almoço.

— Em suma, se eram uma guilda de necromantes ou cultistas de alguma divindade maligna muito antiga, não se tem certeza. Sabemos que faziam uso intensivo de mão de obra morta-viva, e que se infiltravam nas cidades e aos poucos minavam a cultura e as fidelidades locais até transformarem o lugar em uma nova Fortaleza afiliada à Convenção. Há indícios de que as antigas nações negociavam uma união para a guerra contra os Nekrath, logo antes da Grande Calamidade.

— Este sendo o misterioso evento que supostamente causou o colapso de todas as civilizações pré-coloniais mais ou menos ao mesmo tempo. — complementou Lupien, que tinha a arqueologia como um interesse paralelo. — Mas eu concordo com Sty. Relíquias dos Nekrath são costumeiramente encontradas muito mais ao sul daqui, em Wynnla e Bielefeld principalmente.

— Com essa lama toda, teremos sorte de chegar lá depois de amanhã, então! — resmungou Radix, ouvindo apenas a última parte da frase do paladino. — Isso se não houver contratempos!

Mas houve.

O arco composto de Zandra tiniu duas vezes em sequência lançando flechas para dar cobertura ao ataque em carga de Stygson, espada e escudo sagrados em posição.

Radix contornava a área da batalha saltando pelas árvores enquanto Irmão corajosamente acuava a monstruosidade que surgira inesperada, rosnando com as formidáveis presas arreganhadas e atacando a mordidas velozes.

Martuk e Murtak brandiam as armas, maça e espada, contra a carapaça da coisa, o pouco efeito que obtinham era graças às magias lançadas nelas por Lupien. Com as bizarras asas quebradas o bicho não conseguiria voar, mas parecia regenerá-las aos poucos, de um jeito asqueroso.

Já a uma distância considerada segura, o mago analisava a fera impossível. Tinha o porte de um urso dos (muito!) grandes, a conformação de um tipo de lagarto espinhento, e a aparência associada comumente a criaturas modificadas por efeitos da Tormenta. Não era um lefeu, como são conhecidos os nativos da dimensão aberrante, mas era tão ruim quanto. Só de olhar para a coisa, um horror alienígena ameaçava torcer-lhe algo importante dentro da mente.

O grupo havia avaliado que não combateriam ainda naquele dia, mas agora Lupien dava graças a Wynna por ter sido paranoico, ou melhor, "previdente" a ponto de preparar ao menos algumas magias voltadas a favorecer o combate do grupo.

A coisa contraiu o pescoço e expeliu pelos olhos um jorro duplo de líquido rubro que se incendiou ao contato com o ar e ao mesmo tempo queimou e corroeu um trecho de solo exatamente onde Zandra estava um instante antes. A proteção mágica que Lupien conseguiu lançar na inspetora fagulhou onde os respingos daquele ataque a atingiram, e evitou ferimentos mais graves do que queimaduras superficiais.

Radix finalmente se posicionou para atacar a coisa pelas "costas". Sem conseguir fechar a cobertura quitinosa das asas ainda arruinadas, o monstro não podia contar com aquela blindagem dorsal contra esse tipo de ataque. Mas a druidisa precisava de uma distração. Por reflexo o mago tocou no cartucho cilíndrico lacrado que trazia à cintura, igual ao que cada um dos colegas também tinha. Mas ainda não era hora daquele recurso extremo.

Lupien juntou as mãos num gesto místico e lançou quatro setas fulgurantes de energia arcana. Atingida em cheio, a criatura teve o corpo momentaneamente paralisado por um espasmo de dor, e na sequência a grossa estaca de madeira, especial, vinda do reino de Tollon, de Radix ("lança", para a halfling) penetrou-lhe fundo no dorso.

O último urro do monstro extinguiu-se pela metade, e ele desabou diante dos aventureiros. Ainda empunhando a lança, Radix fez um movimento de torção antes de arrancá-la com violência, e em poucos estertores a profana luz de vida nos olhos da criatura finalmente se apagou.

— Que tipo de monstro é esse, Tuk?! — indagou Murtak, ainda posicionada como se a coisa fosse se levantar e atacar. Martuk, sob a guarda da irmã, aproximou-se da carcaça e chutou com força.

— Agora é um monstro do tipo "morto", Tak! — rosnou o guerreiro, cuspindo bem na cara da criatura inerte.

Com gestos silenciosos Lupien ativou ampliações sensoriais mágicas sobre os olhos e aproximou-se lentamente do cadáver, examinando-o como fazia também o paladino de Tanna-Toh, ambos aproveitando a oportunidade de obter conhecimento.

— Encontraremos outros como ele. — revelou Lupien, apanhando o paladino pelo ombro e afastando-o do corpo — Ou melhor dizendo, como ela. Cuidado!

Um súbito rasgo abriu-se na lateral do abdômen da criatura morta, e por entre mais daquele sangue cáustico começaram a sair crias semiformadas, do tamanho de pequenos cães, que já tentavam atacar tudo o que percebiam se mexendo ao redor.

Foram todas mortas a pisadas, sob protestos gaguejados de Radix.

◉

— Monstros da Tormenta, Rad! — arreliava Murtak bem depois da retomada de marcha do grupo — Não são bichinhos fofinhos que você cria com leitinho!

— Eu sei, Tak! Maldição, eu SEI! — Radix, cavalgando Irmão na dianteira do grupo agora, procurava reagir o mínimo possível às provocações, para não estimular ainda mais o assunto, mas às vezes o temperamento irascível levava a melhor sobre ela. O lobo albino, por sua vez, respondia à irritação da parceira ao dorso rosnando alto na direção dos guerreiros.

— Já chega de perturbar nossa rastreadora, vocês dois. — disse Zandra para os guerreiros.

Seguiam o que havia restado de uma antiga estrada de pedra, encoberta há muitos séculos pelo crescimento da vegetação cerrada ao redor deles. Para todo o grupo, exceto para a druidisa, os vestígios do antigo calçamento e os marcos de pedra periódicos não passavam de parte integrante de um terreno selvagem de vegetação nativa.

Stygson já colecionava anotações sobre as inscrições que haviam conseguido identificar naqueles marcos. Para Lupien, o interesse maior era a vegetação em si, e a topografia do terreno.

— A estrada sumiu! — disse Radix, erguendo a mão para deter o avanço do grupo logo ao final de um declive.

— Na verdade, creio que ela "afundou", Rad! — disse Lupien, admirando o terreno — Vejam, estamos na fronteira da antiga erupção da caldeira vulcânica que conferiu aos Campos de Barucandor a notável fertilidade de que goza hoje. Há milênios, todo este lado do reino foi inundado de lava e cinzas vulcânicas, que...

— Lup, guarde o discurso para a palestra na Academia! — interrompeu Zandra, antes que o mago se alongasse numa explanação que apenas Stygson acompanharia — Como seguimos a partir daqui?

— Bem... creio que estávamos descendo para o que antigamente era um vale, agora soterrado. A estrada vinha seguindo mais ou menos reta, então talvez devêssemos...

Foi interrompido por um som que alarmou a todos de imediato. Já haviam ouvido aquele zumbido forte e grave antes: era o bater de asas como as da criatura que haviam derrotado no começo do dia. Armas e magias foram preparadas, mas a fonte do zumbido passou direto sobre as árvores acima do grupo, deixando entrever um fugidio vulto de escamas e carapaça em vermelho fosco.

— Talvez devêssemos seguir aquele monstro! — finalizou Lupien — Desconfio que o ninho fique exatamente nas ruínas que estamos procurando.

— A gente penou para matar UM daqueles bichos! — exclamou Radix — Como é que vamos explorar um lugar com um ENXAME dessas coisas?

— Não vamos saber se não dermos uma olhada! — disse Stygson, estimulado pela perspectiva de examinar ruínas de uma civilização antiga — Mas acho melhor avançarmos devagar daqui em diante.

O restante do dia foi pontuado por mais zumbidos acima das árvores, que pararam de soar ao cair da noite. Resolveram acampar num espaço apertado entre três grandes árvores, e manter turnos de vigilância em duplas. Zandra e Lupien ficaram com o primeiro dos turnos, os irmãos guerreiros fariam o segundo, e os conjuradores divinos finalizariam a vigília até o amanhecer.

— Você conhecia os aventureiros de Crovandir, não é? — indagou Zandra durante o turno dos dois, aos sussurros tentando não incomodar o sono dos outros. — O tal Pelotão Pária?

— Um deles. Era amigo de meu pai. — respondeu Lupien, no mesmo tom — Ele e o outro sobrevivente levavam para a Academia Arcana o cadáver de um lefeu até então desconhecido, quando foram parados por uma tropa deheoniana a duas semanas de viagem da capital Valkaria. Três soldados cometeram suicídio só por terem visto a coisa morta sob as lonas da carroça.

— Os membros do C.A.P.T. debatiam sobre qual Área da Tormenta eles teriam invadido, prosseguiu o mago, após um longo suspiro — pois já não conseguiam respostas coerentes dos aventureiros. Foi só por acaso, meses depois, que reconheci uma das peças trazidas com o cadáver da coisa. Aquele artefato de que falamos hoje cedo. Então...

— Então estamos atrás de quê? Uma Área de Tormenta desconhecida?

—Não, não creio nisso. — descartou Lupien — Um tipo de posto avançado lefeu, talvez. A criatura que o Pelotão Pária derrotou era provavelmente a mais forte do lugar, e esses mutantes que avistamos, resultado de uma contaminação no ambiente. Creio que estamos bem equipados para o que encontraremos lá. — finalizou o mago, tocando outra vez o longo cartucho selado preso à cintura. Zandra rangeu os dentes ao perceber o movimento do outro, e assentiu. Cada um deles havia recebido um cartucho como aquele, com o mesmo conteúdo. Não agradava à inspetora andar por aí com um item perigoso daqueles, mesmo com a instrução oficial para usá-los apenas em áreas afetadas pela invasão lefeu.

A grande dúvida que tinha era se, com uma carga cada um, aqueles itens seriam poder demais ou de menos.

A noite transcorreu sem novidades. Turnos foram trocados, aventureiros descansaram o suficiente e ao raiar de Azgher os conjuradores debateram e prepararam as magias que julgaram necessárias para o dia.

Os fortes zumbidos recomeçaram cerca de uma hora depois, sempre indo para e vindo da direção na qual seguiam desde o dia anterior. Foi apenas depois da parada de almoço que Radix encontrou os primeiros indícios de um aglomerado urbano soterrado na região, e logo se depararam com um possível acesso, suficientemente distante da atividade barulhenta que indicava a proximidade do que quer que fosse o "ninho" das criaturas.

— O que é isso, um poço?

— Uma antiga torre. — identificou Lupien, espiando as profundezas escuras do buraco artificialmente regular. Erguendo a cabeça, apontou — Aquele resto de corda podre amarrado naquela árvore mostra que alguém já desceu por aqui, provavelmente o próprio Pelotão Pária!

O destino final do grupo de exploradores anterior era conhecido de todos eles, assim ninguém manifestou grande entusiasmo com aquela informação. Martuk desprendeu um rolo de corda dos suprimentos e foi amarrar uma das pontas dela à mesma árvore, ajudado por Radix. Desceram em duplas, o próprio Martuk e Stygson primeiro, Lupien e Zandra a seguir e por fim Radix e Murtak, esta carregando Irmão amarrado às costas.

Com tochas e luzes mágicas, examinaram cada vestígio dos antigos pisos, desabadas há muito até o fundo daquela torre reduzida a fosso de acesso à velha cidade. Entre escombros e restos arruinados da antiga civilização, um túnel se projetava para o leste.

— Sistema de esgotos. — identificou o mago — Se tiver resistido bem, temos uma via de acesso aos principais pontos da cidade.

— Um panorama da engenharia urbana de uma civilização antiga! — disse Stygson, entusiasmado — Vamos na frente, Lup, nós dois podemos ir estudando a arqui...

— Não, rapazes! — fez Zandra, interrompendo o entusiasmo dos intelectuais do grupo — Isso aqui não é um passeio no museu, é uma exploração de masmorra! Murtak e Martuk vão na frente; Lup, lance proteções mágicas sobre os dois — precisa SIM, Martuk, sem teimosia! Eu vou junto deles, desta vez Radix fica com Lup logo atrás e como sempre nosso paladino fecha a coluna protegendo a retaguarda!

Lupien fez os escudos dos guerreiros emitirem luz mágica pela mossa de metal no centro das faces externas, deixou encantamentos engatilhados de ampliação mágica nas armas deles e protegeu os irmãos o melhor que pode (normalmente reservava esse tipo de proteção para a inspetora, mas ela preferiu que os guerreiros a tivessem). Stygson finalizou algumas orações de proteção para o grupo e para si confiou no escudo sagrado da Ordem Enciclopédica e na espada Luminar, brilhando desembainhada.

Radix e, estranhamente, Lupien, carregavam simples tochas acesas. A druidisa e o companheiro animal, desconfortáveis presos entre paredes artificiais, precisavam de doses extras de força de vontade para prosseguirem naquela exploração.

— Escória rubra! — comentou Murtak na dianteira. De fato, a luz que carregavam mostrava um amontoado esmaecido da substância lefeu no chão diante deles, e a seguir as paredes do túnel estavam recobertas do material, em uma tonalidade um pouco mais vívida e repugnante.

Apenas olhar para o caminho adiante, contaminado pela corrupção lefeu, provocava náuseas e sensações ainda piores, indescritíveis, nos aventureiros. Lupien lançou Proteção Contra a Tormenta sobre os outros e sobre si mesmo, e em concordância muda todos romperam os lacres dos cartuchos às cinturas. Mas ainda não os abriram.

— Ainda diz que isto não é uma Área de Tormenta, Lup? — resmungou Radix, com desconforto redobrado.

— Digo, e podemos confirmar. — afirmou o mago — Tuk, acerte uma boa pancada nessa parede aí.

Recebendo a confirmação silenciosa de Zandra, o guerreiro percutiu a pesada maça que empunhava na parede à esquerda, que rachou e desprendeu um caco de matéria vermelha. Sob o que se provou uma camada de mais ou menos dois dedos de espessura, os blocos de pedra originais da construção se revelaram, corroídos e debilitados.

— É como aquelas jóias falsas apenas folheadas com metal precioso? Só que ao contrário!

— Em parte, Tak. — discordou Lupien — Há um componente de transmutação envolvido, sim, mas em essência é isso, como uma "falsificação" de uma área de Tormenta. Ao menos, neste estágio inicial. Acredito que quanto mais avançarmos em direção do covil original do lefeu que foi morto aqui, mais profundas serão as transformações observadas.

— Mas nossa realidade está retomando o espaço! — afirmou Stygson — A matéria vermelha da fronteira do efeito parecia desgastada.

— Talvez. — respondeu Lupien, não tão confiante na capacidade da realidade artoniana em se recompor sozinha ante a corrupção lefeu.

— Bem, vamos adiante! — comandou Zandra. — Nossa missão é determinar o nível de ameaça desta nova descoberta.

Encontraram sinais de luta num entroncamento mais à frente. Corpos despedaçados, inconfundivelmente lefeu, pareciam prontos a se juntarem outra vez numa combinação ainda mais repugnante e os atacar. Martuk chutou alguns dos pedaços mais para longe dos outros, porém nada de notável aconteceu.

Mais além encontraram algo que para Zandra pareceu um tipo de lefeu emboscador, talvez morto pelo Pelotão Pária. Um emaranhado repulsivo, porém inerte, de pernas e garras torcidas e quebradas que se projetavam de um pequeno lago de líquido rubroacastanhado foi contornado e evitado, sem consequências.

Lupien vinha fazendo marcações cifradas num papiro especial, que serviriam para criar depois um mapa das ruínas que exploravam. A tocha, iluminando o trabalho e o caminho, vinha carregada por uma dobra da capa, que se movia como se fosse ainda outro braço à disposição do mago.

Um rugido brusco de Irmão chamou a atenção de todos no grupo.

— Cheiro de morte! — traduziu Radix, aspirando ela mesma o ar, com uma careta de concentração e desgosto — Podridão, profanação… e vestígios de magia negra!

— Magia tem cheiro? — indagou Martuk.

— Depois! — interrompeu Zandra, vendo Lupien e Stygson tomando fôlego — Viemos para investigar possíveis ameaças, e isso se enquadra. Onde, Rad?

— À esquerda!

Chegavam a um entroncamento de galerias. Adiante podiam ouvir, prestando atenção, o mesmo zumbido grave dos monstros alados que Lupien havia registrado como Pseudodraco volpaxus nas anotações que fizera, longínquo porém preocupante. À direita, um antigo desmoronamento bloqueava a passagem a apenas metros dali. Na direção indicada pela druidisa, em apenas poucos minutos de exploração encontraram uma grande câmara abobadada, onde, sem dúvida, havia se dado o último combate do Pelotão Pária.

Muitos deles ainda estavam ali.

— O antro do monstro. — anunciou Martuk, sem necessidade, quando ingressaram naquela câmara de absurdos.

Ali sentia-se a opressão lefeu com uma intensidade avassaladora. As paredes não apenas eram recamadas de matéria vermelha, como pareciam pulsar em um arremedo de vida à visão periférica. Qualquer parede que se olhasse diretamente, porém, se mostraria sólida, lúgubre e infecta. O ar rescendia às névoas pestilentas de uma área de Tormenta verdadeira, mas a proteção mágica sobre os aventureiros não falhou, e apesar de quase engasgarem a cada respiração, não foram mortalmente envenenados.

Um hediondo tentáculo segmentado, medindo uns oito metros e com o diâmetro de uma cabeça humana, jazia amputado perto do centro da câmara. A meio do comprimento, uma estrutura orgânica com tétrica similaridade a um olho segmentado insetoide parecia ainda emitir um vestígio de luz escarlate. Perto do tentáculo, uma estátua de matéria vermelha de um guerreiro, numa postura como se prestes a empalar aquele olho com a lança.

Fazia sentido. O cadáver lefeu que o Pelotão Pária derrotou e tirou dali tinha um dos tentáculos amputados, e lesões severas no mesmo lugar em cada um, numa estrutura diferenciada a meio da extensão com vestígios de olhos multifacetados similares aos dois na "cabeça" de onde brotavam os horrendos membros. Por algum motivo os Párias consideraram importante inutilizar aquelas estruturas em algum ponto do combate.

Projetando bolhas mágicas de luz, Lupien fez mais daquele lugar apavorante se tornar visível, tanto quanto a névoa aberrante permitia. Puderam assim ver todos os corpos, putrefatos e roídos de vermes, caídos pelas beiradas daquela que foi para eles a derradeira masmorra.

— Doze cadáveres. Treze, se aquela estátua for o resultado de uma forma aberrante de petrificação. — comentou Lupien, com uma dureza atípica na voz — Quem se candidata à recompensa que a Academia Arcana oferece por espécimes lefeu devia ver isso antes de aceitar a incumbência!

— O C.A.P.T. não pode estar em todos os cenários, Lupien. Não podemos contar vidas, quando toda a Existência está em jogo. — repreendeu Zandra, ainda que com suavidade. — Vamos juntar os corpos, assim Radix e Stygson podem dar a eles os ritos fúnebres…

— NÃÃÃO!! — o grito partiu de Radix, ressoando na câmara. Ao mesmo tempo ecoou um agonizante ganido.

Irmão havia se afastado da druidisa para farejar um dos cadáveres, e estava agora sendo agarrado e mordido por um deles.

Como se respondendo a um sinal profano, os outros mortos começaram a se erguer. Um grito de alerta de Murtak colocou todos em guarda a tempo de darem combate a esta nova ameaça. Não eram zumbis comuns, os abdômenes inchados e semitransparentes deixando entrever centenas de vermes asquerosos coleando e se enroscando lá dentro. A pele, pútrida e pustulenta, também abrigava dúzias daqueles parasitas amaldiçoados.

— São Infectos! — bradou Lupien, enquanto olhava ao redor procurando uma rota de fuga. Sem sorte, pois os desmortos atalhavam cada saída que podia ver — Não os deixem tocá-los!

O mago já fizera tudo o que podia pelos amigos combatentes. Incapaz de liberar uma rota de escape para os colegas, optou por acudir a pequena halfling, paralisada naquele instante pela partilha da agonia do companheiro animal. Arrastou-a para o lugar menos perigoso, a depressão côncava no centro. De repente despertou do torpor para gritar e espernear.

— ME SOLTA, lixo da cidade! ME LARGA! ME AJUDA a salvar...

— Irmão está MORTO, Radix!! — gritou Lupien, ainda mais alto, diante do rosto da druidisa. Detestava destratar assim os sentimentos da halfling, mas a situação era desesperadora demais para se darem ao luxo de amenidades emocionais. — Não se deixe morrer também, lute por tua vida! Se preza a deusa que louva, LUTE!

Lupien podia ver os efeitos, tanto do choque de ruptura do elo sobrenatural entre Radix e Irmão quanto da opressão do ambiente lefeu, em conflito com o caráter e a determinação da druidisa em cumprir a missão. Se o conflito interior seria vencido a tempo de salvar-lhe a vida (e a de todos os outros ali), talvez nem os deuses soubessem ainda.

Levantando o olhar, o mago percebeu o inimigo avançando. Mesmo com Murtak e Martuk dando combate a vários oponentes cada, os infectos eram muitos para apenas quatro deles. Teria que participar ativamente daquele combate.

Invocando tanto magia quanto fé em Wynna, Lupien alvejou um desmorto prestes a atacar Stygson, este já dando combate a dois outros. A rajada de luz azul-elétrica pulsante que brotou-lhe das mãos fez o monstro ferver por dentro, inflar como um sapo e cair de costas, em espasmos.

Virando-se, viu Zandra de espada em punho, já sem flechas, cercada por outros dois inimigos próximos demais. Combate corpo-a-corpo não era das melhores habilidades da inspetora, e mesmo com um oponente destruído de dentro para fora pela última Luz Cegante elevada que o mago tinha preparada, a amiga teria problemas suficientes com o outro.

Voltou-se para conferir brevemente a condição de Radix, e ao invés dela encontrou outro infecto já prestes a agarrá-lo num abraço empesteado de vermes e podridão aberrantes. A Rajada Prismática brotou dos lábios e mãos junto com o susto, e só depois de ter recuado dois passos percebeu que por sorte a magia teve algum efeito, desnorteando brevemente o monstro.

A mão direita pousou sobre o cartucho na cintura, mas mesmo ali aquele recurso era exagerado, perigoso demais. Não via Radix em lugar algum, e os colegas estavam sobrecarregados com as próprias lutas. Se usasse a última magia ofensiva que tinha contra o zumbi que o atacava, em pouco tempo outro companheiro seria derrotado e o mago seria a próxima e indefesa vítima.

Ignorando o infecto que já se recuperava a menos de três metros de si, concentrou a magia e as últimas esperanças nas quatro setas de luz destrutiva que lançou contra o inimigo restante de Zandra. Chegou a ver a magia atingindo em cheio o alvo e Zandra, finalizando o combate com um golpe certeiro, correr a dar apoio a Stygson.

O morto-vivo bizarro cegado há pouco já recuperava qualquer que fosse a visão que tinha, e efetuou nova tentativa de agarrar o mago. Esquivando-se por pouco, Lupien recuou e tropeçou no tentáculo amputado, caindo e enrolando-se todo na coisa. Ainda mais horrorizado do que antes, o mago viu que o brilho na estrutura multioculada no meio do tentáculo, antes fraco e embaciado, agora pulsava num escarlate vívido. E apontava diretamente para si.

Zandra encaixou uma estocada direta nas costas de um dos infectos que Stygson combatia. Ao puxar a arma de volta trouxe também a atenção do oponente, afastando-o do paladino enquanto defendia-se dos ataques do monstro. Em questão de três contragolpes a inspetora foi recompensada pela visão do brilho sagrado da espada Luminar, extinguindo o que quer que passasse por vida profana animando aquele cadáver ao desenhar um arco de luz entre a cabeça e o tórax da coisa.

— Vá ajudar os gêmeos! — comandou a inspetora, apontando com a mão livre para o paladino. Sem esperar para ver a ordem ser cumprida, virou na direção em que havia visto Radix pela última vez.

Pelo que percebera de relance, a druidisa empunhava a lança num desesperado ataque em carga contra o infecto que havia atacado Irmão. A pobre halfling não tinha chance num confronte direto contra uma daquelas coisas, e Zandra meio que esperava encontrar o cadáver da amiga em pedaços ou pior, transformada em ainda outra daquelas coisas a ser destruída.

O que viu foi um tipo de árvore escura e desfolhada, o tronco ramificando em grossos galhos encimados por cabeças disformes, terminando de despedaçar um infecto. Radix, desassombrada ao lado do estranho vegetal, afagou-lhe um dos troncos e o atiçou também contra os desmortos ainda ativos.

— De onde veio aquilo, Rad?

— Allihanna. — respondeu a druidisa, olhando enquanto o ser vegetal avançava e dilacerava mais inimigos, em conjunto com os outros. — Mas não tinha Natureza suficiente aqui para atender minha oração pedindo ajuda, tive que usar minha lança tollon e o... corpo... de Irmão, como foco.

A luta acabou. Os gêmeos urravam comemorações bárbaras, Stygson orava em agradecimento a Tanna-Toh, e a árvore-matilha criada pela magia de Radix deu uma última olhada para a druidisa antes de se afastar dos aventureiros, procurando o próprio caminho de volta à natureza.

— Foi Lup quem me tirou do choque de perder Irmão a tempo de ajudar! — reconheceu a halfling — Onde ele está?

— Pensei que com v... LUPIEN! — chamou a inspetora, alarmada. Estavam acostumados a uma demora no retorno do mago, de onde quer que fosse a "posição de vantagem estratégica" (usualmente bem longe), após um combate. Mas ali estiveram lutando em um ambiente restrito, ela devia ter pensado nisso logo. Na depressão côncava no centro da câmara viu, sentindo o sangue gelar nas veias, DUAS estátuas de matéria vermelha.

E, com um suspiro de alívio, o mago sentado no chão escrevendo algo no diário de jornada.

— LUP, seu palerma! — ralhou Zandra, se aproximando com o rosto vermelho — Não me ouviu chamando?

— Ouvi. — murmurou Lupien, sem parar de escrever — Este membro amputado ainda tinha alguma atividade vital, e tentou usar o poder restante em mim. Consegui forçar o "olho" a virar na direção do infecto que me atacava. Infelizmente a transformação foi lenta, e o monstro ainda conseguiu empurrar o outro corpo transmutado. A estrutura ocular foi destruída, uma pena. Mas preciso registrar o que vi enquanto ainda fresco na lembrança.

Por instantes o balbuciar do mago não fez sentido para a inspetora. Mas de fato, o primeiro guerreiro transformado em estátua de matéria vermelha estava meio tombado, apoiado na lança que agora atravessava aquele "olho" bizarro no meio do tentáculo. A "órbita" abrigava algo que se transformara em uma massa queimada meio derretida.

A outra figura transmutada quedava-se inerte, uma ameaça prenhe de vermes e pústulas para sempre paralisada em meio a um passo.

Lupien finalizou um diagrama rudimentar e fechou o diário, guardando-o no alforje com uma careta de dor ao usar o braço esquerdo. Ato contínuo, apressou-se a afastar os rasgos da manga manchada de sangue, para inspecionar o ferimento até então não percebido.

— Rad, ainda consegue uma cura? — chamou Zandra — Lup está ferido!

Ainda abalada e bastante dispersa, a halfling aproximou-se devagar. Andava como se procurasse o apoio de Irmão, como quando fazia quando ele ainda estava vivo. Pedindo para ver o braço ferido de Lup, suspirou ao ver a gravidade.

— Desculpem, eu... não imaginei que tantos... — gaguejou ela, desconsolada — Já ajudei Martuk, Murtak e Stygson, hoje não tenho mais...

Nas costas do antebraço de Lupien, um ferimento arroxeado e redondo já formava uma pústula brilhosa, muito parecida com as inúmeras feridas que recobriam os corpos dos infectos. Todos sabiam que, lá dentro, um daqueles vermes havia contaminado o corpo do mago. Sem tratamento de magia divina, a morte e transformação em uma daquelas abominações era uma questão de dias.

Levariam muito tempo para voltar ao ponto onde haviam descido. Para isso teriam que pernoitar ao menos uma vez nos túneis, e naquele ambiente contaminado pela Tormenta era incerto que conseguissem recuperar mana e vitalidade para que os conjuradores obtivessem novas magias.

O "ninho" dos lagartos-insetos mutantes, por outro lado, parecia estar mais próximo. O zumbido que ouviram na entrada do túnel logo antes daquela câmara indicava uma exploração mais curta, com a certeza de uma saída direta para a superfície, restando "apenas" lidar com uma quantidade incerta e ignorada daquelas criaturas. Em acordo, todos abriram os cartuchos às cinturas e tiraram os objetos guardados neles para inspeção.

Eram hastes grossas de carvalho enegrecido, ornadas com filigranas cristalinas num padrão intrincado, e um pequeno fragmento de alguma gema faiscante numa das extremidades. Diferentes de varinhas mágicas, com as quais guardavam similaridade apenas na aparência, funcionariam até mesmo nas mãos de não-conjuradores. Cada um deles lançaria UMA vez a perigosa magia aprisionada nele e se tornaria um item ordinário.

— Estejam cientes que esta será uma luta de extermínio! — explicou Zandra, depois de ter recuperado tantas flechas quantas pôde dos infectos destruídos. — Se não matarmos TODOS os monstros, não teremos opção de recuo, eles nos caçarão dentro dos túneis e acabarão conosco!

— A atividade dos "pseudracos" parece se reduzir em muito ao cair da noite. — ofereceu Stygson, usando uma corruptela do nome criado por Lupien para as criaturas — Se os encontrarmos nesta ocasião, teremos uma chance melhor, não?

Todos concordaram e abandonaram juntos aquela câmara de morticínio, avançando cautelosos pelo túnel barulhento adjacente ao que haviam tomado antes. Logo encontraram as galerias ocupadas pelos pseudracos, nitidamente iniciando o ciclo noturno de letargia.

Escondidos além de uma curva da galeria, os aventureiros puderam observar a macabra rotina das criaturas. O cheiro nauseabundo que vinha do túnel não deixava dúvidas que havia carne animal em decomposição adiante, possivelmente humana se aquelas fossem as tais "novas criaturas aladas" atacando as caravanas na rota de Sckharshantallas.

Além dos túneis um vestígio de luz natural indicava uma grande abertura para a superfície, mas a luz diminuía a olhos vistos. Lá em cima Azgher se punha, e o manto de Tenebra começava a se estender sobre Arton.

Radix já se compunha melhor ante a morte de Irmão, e ajudou na resolução da tática a adotarem. Precisariam atingir o "centro" do ninho e juntar o máximo de pseudracos possível para colhê-los todos nas poucas magias de ataque de que dispunham. E importante, precisavam fazer as magias dos artefatos detonarem a mais de cinquenta metros de si.

Quando a escuridão dominou os túneis e o zumbido dos pseudracos ficou reduzido a uma vibração surda mais sentida do que ouvida, começaram. Zandra, Martuk e Murtak avançaram com cautela, orientando-se pela luz ainda brilhando nos escudos dos guerreiros, abrigada pelas mãos dos portadores para que não incidisse diretamente sobre os monstros. Diante deles, agarrados às paredes e abanando as asas de vez em quando dentro das capas quitinosas, as criaturas pareciam de outra forma inertes.

Zandra retesou o arco e lançou uma flecha contra o monstro mais próximo, mirando onde Radix havia descoberto um ponto vital dos pseudracos. O movimento espasmódico da capa quitinosa ajudou a expor a fraqueza pelo precioso segundo que a flecha precisou para atingir o lugar, e a criatura caiu de costas ao chão, agitando as pernas num silêncio frenético por longos segundos antes de finalmente parar.

Conseguiu a proeza com outros dois pseudracos, a cada vez levando mais tempo para escolher o momento preciso da exposição da fragilidade do alvo. Na terceira, contudo, uma agitação noturna mais pronunciada da criatura fez a flecha cravar-se na articulação da perna no abdômen, e o guincho de dor emitido pela coisa fez o zumbido típico começar a soar dentro do túnel, e ao longo do ninho.

— Droga! — exclamou Zandra baixando o arco e recuando um passo, ao que Martuk e Murtak avançaram e dispararam juntos os artefatos. Fagulhas gêmeas de magia espiralaram através do túnel e um pouco além dos monstros que acordavam e zumbiam furiosos, pareceu que Azgher voltava de súbito no meio da noite.

A dupla deflagração da magia de Explosão Solar colheu os monstros do túnel e vários outros lá fora, na grande abertura do ninho para o exterior. Com o poder normal já elevado da magia em si incrementado por outros procedimentos, a esfera de luz dourada causticante causou níveis letais de dano, e os gritos de dor e morte ressoaram ensurdecedores pelos túneis.

Murtak e Martuk largaram os artefatos agora inúteis e empunharam devidamente escudos e armas, avançando no túnel. Pseudracos ainda vivos pelo caminho foram sendo executados sem piedade, os débeis ataques acabando contra os escudos sem causar dano, e com ataques intercalados de Zandra lançando as últimas flechas o túnel foi rapidamente liberado até o exterior.

Os outros correram e juntaram-se à coluna que avançava. Por todo o ninho o alerta havia se espalhado, e agora o zumbido recrudescia à plena potência diurna. De várias outras aberturas escavadas na parede curva do profundo e largo fosso que era o ninho, mais e mais pseudracos brotavam e convergiam à fonte da invasão, fúria e instinto em iguais medidas.

— Lá vai LUZ! — berrou Zandra, o sinal combinado para disparos posteriores. Cobrindo os olhos no momento oportuno, evitavam a cegueira que a deflagração da magia causava nos alvos e preservavam capacidade de luta mesmo se por azar estivessem na área de efeito.

A noite se iluminou por mais um instante, o enxame de pseudracos colhido pelo brilho mortífero caía ao chão em agonia que variava da dor de ferimentos graves aos estertores da morte.

Lupien lançou novamente esferas luminosas e as espalhou bem além da saída do túnel, para cima e para os lados. Não queria tanto enxergar os arredores imediatos, quanto novas ondas de atacantes que caíssem sobre eles. Stygson e Radix, a cada lado, mantinham os artefatos prontos em punho.

— Lá vai LUZ! — gritou Stygson, disparando a carga diretamente acima deles. Dezenas de outros pseudracos vinham rastejando pelas paredes, as asas guardadas nervosas sob as capas. Os guinchos de dor quase se sobrepuseram aos gritos de Lupien para que os amigos corressem, e por pouco escaparam da chuva de corpos mutantes que bloqueou completamente o túnel de onde haviam vindo. Não tinham mais para onde recuar.

A uma ordem de Zandra os guerreiros correram para proteger cada portador de uma carga restante. Ela e Stygson sacaram as espadas e se posicionaram aos lados da formação, enquanto o zumbido ao redor deles parecia redobrar de furor.

— Teria sido mais seguro... retornarmos à torre... por onde entramos. — ofegou Lupien, começando a sentir febre.

— Mais seguro, mas não mais divertido! — rosnou Martuk através de um sorriso feroz — Fica frio, Lup, a gente sai junto dessa ou entra junto na próxima vida! Por Rhor!!

Ao redor deles, mais criaturas saíam dos buracos nas paredes do ninho. Indivíduos jovens, se podiam confiar na parca luz das esferas de Lupien, mas potencialmente tão letais quanto os monstros adultos. Parte da mente do mago estava fascinada com as similaridades de organização do ninho com um vespeiro.

Mais e mais cabeças furiosas apontavam nos buracos, e alguns pseudracos saíam para ficar voejando próximos dali, sem tirar os olhos dos aventureiros, mas também sem se animarem a atacar.

— O que... o que eles querem?

— A vantagem do enxame! — respondeu Radix — Atacar o inimigo em campo aberto e em superioridade.

— Então vamos nos afastar dessa pilha de cadáveres e dar a eles essa isca! — resolveu Zandra — Vamos, todos juntos!

Mantendo a formação, o grupo se deslocou para o centro do fosso, onde se contraíram ainda mais uns juntos dos outros. Entreolharam-se resignados e acenaram com as cabeças, compreendendo a estratégia desesperadora em que apostavam as vidas.

— Juntos? — indagou Lupien.

— Juntos! — confirmou Zandra, respirando fundo e apertando a empunhadura da espada.

Acima deles, o ninho estava se agitando. Mais dos pseudracos saíam dos buracos agora, e de repente não havia mais cabeças saindo dos túneis. Estavam todos no ar. O enxame de monstros voejava ao redor, circulando os aventureiros de longe ainda mas se aproximando aos poucos. Um ou outro arriscava uma surtida rápida, mas uma espada ou uma maça brandida velozmente mandavam o monstro atrevido de volta ao enxame.

— Espere, Lupien... Espere, ainda não... — ia orientando Radix, observando o comportamento dos monstros. Precisariam de ambos os disparos para apanharem o restante do enxame. E o enxame teria que estar virtualmente sobre eles para...

— Vai! LÁ VAI LUZ!!!

O disparo duplo coincidiu com o despenhar do ataque conjunto das criaturas. Contraindo-se sob a limitada proteção dos três escudos do grupo, os membros do C.A.P.T fecharam os olhos e trancaram os dentes sabendo o que viria. Lupien e Radix, apontando em direções opostas, buscaram ampliar ao máximo a região do efeito.

A dupla explosão de luz apanhou os monstros restantes, mas atingiu também os aventureiros. Os guerreiros e o paladino se posicionaram para absorver a maior parte do dano, mas todos foram em algum grau atingidos. Com o aviso combinado, contudo, não ficaram cegos, e puderam ver o resultado da manobra.

○

Após o primeiro descanso Radix recuperou os poderes e uma remoção mágica de doenças salvou Lupien de uma morte horrível e um destino ainda pior. O verme extraído era mantido para futuros estudos em um tubo de vidro especial de Selentine, recoberto internamente por uma fina camada de pó de aço-rubi. Levaram dias finalizando a destruição do ninho. Uma câmara cheia de filhotes em variados graus de crescimento ocupou-lhes boa parte do tempo, mas a maior surpresa foi encontrar o "Sanctum" do ninho.

Nele havia não uma "rainha", como se esperaria em um vespeiro, mas uma pilha de esferas escarlates do tamanho de melancias, cujas superfícies translúcidas deixavam entrever os horrores lefeu que aguardavam para vir ao mundo. Pareciam crânios humanoides, feitos de placas como carapaças de insetos, dotados cada um de oito tentáculos muito parecidos na forma, se não no tamanho, com aquele amputado lá na câmara dos nfectos. Um por um os "ovos" foram tirados dali e esmagados, sem preocupações em preservar amostras intactas.

Mas Lupien fez diagramas muito bons.

Por fim, sem monstros ou aberrações nos calcanhares, o grupo escalou com alguma dificuldade as paredes do "ninho", que haviam descoberto, para a alegria de Stygson, ter sido algum tipo de grande arena da cidade antiga.

Uma vez na superfície, porém, encontraram facilmente o ponto de ingresso, desmontaram acampamento e cavalgaram de volta para Norgus.

— Aquele primo seu não vai ficar nada feliz, não é? — indagou Zandra, ela e Lupien outra vez no centro da formação de viagem.

— Ele nunca fica feliz, Zan. Por que mudaria agora?

— Ora, as caravanas não vão mais desviar da estrada principal e passar pela vila dele! — explicou a inspetora, num raro rompante de ironia — Nós matamos os "monstros alados" que obrigariam a isso!

— Matamos mesmo, não foi? — respondeu Lupien, pensativo.

O mago estivera a dois passos da morte, ante a perspectiva nada atraente de se tornar um amaldiçoado da Tormenta. Fazer parte do C.A.P.T., trabalhar na pesquisa da Tormenta significava uma possibilidade muito maior de algo assim — ou até pior — vir a lhe acontecer. Rivalidades e rancores da adolescência pareciam picuinhas medíocres em comparação.

Um movimento nas folhagens ao redor chamou-lhe a atenção. Entendendo o que era, olhou de relance para Radix, cavalgando agora na garupa de Murtak, e a druidisa lhe devolveu o olhar com um sorriso maroto.

A insólita árvore-matilha tollon, criatura criada/invocada em desespero pela halfling na câmara dos infectos, os estava acompanhando a uma distância prudente. Com o tempo, e realizando os devidos rituais, imaginava que a druidisa pudesse em breve ter aquela criatura nova e fascinante fazendo o papel de companheiro animal.

— Bem, as caravanas de comércio não vão mais passar lá, mas as missões de exploração da cidade soterrada deverão se basear em Norgus. E temos que lembrar que, conforme o ninho crescesse, a própria vila acabaria sendo encontrada e atacada pelos pseudracos. Isso sem mencionar aqueles "ovos" lefeu! Nossa missão, cumprida, beneficiou muito mais do que prejudicou.

E aquele era, enfim, um bom motivo — senão o melhor — para prosseguir fazendo aquele trabalho.

Guilherme Dei Svaldi tem experiência das "ruas" — já jogou RPG na sarjeta, cuidando para os dados não caírem no bueiro, quando era piá/moleque e não tinha mais onde jogar. Hoje tem um templo dedicado ao culto, o RPGZódromo, onde o destino de muitos reinos já foram decididos. Também joga online, na *Guilda do Macaco*, onde você pode acompanhá-lo destroçando os personagens dos outros autores de *Tormenta*. E quando não está jogando RPG, está escrevendo sobre os mundos mágicos do jogo.

DEDICAÇÃO

Guilherme Dei Svaldi

Era uma manhã de sol. O treino estava para começar.

Todos os dias eram assim. Com sol, chuva ou neve os seis alunos de Mestre Myashi acordavam, vestiam suas calças de lona e subiam a colina para o treinamento.

Eram todos jovens, os mais fortes e valentes da vila de pescadores. Construída numa enseada, com uma colina atrás, a vila era um lugarejo escondido do mundo, sem nada de especial. Com exceção, é claro, de Mestre Myashi.

Nenhum dos pescadores sabia por que Myashi havia decidido morar ali. Ele aparecera num dia qualquer, anos atrás. Erguera sua cabana no topo da colina e oferecera ensinar os jovens da vila em troca de comida. Os pescadores aceitaram. Eram pessoas humildes e, ao ver Myashi com sua postura ereta, músculos como que feitos de pedra e longa barba cinzenta, souberam que estavam frente a alguém especial.

Nos anos que se seguiram, ser escolhido como aluno pelo mestre se tornou a maior honra que um jovem da vila podia ter (a bem da verdade, a única). Treinar com Myashi podia significar um futuro como guarda de um senhor de terras — um destino muito mais glorioso que o de pescador. Por isso, naquela manhã, os seis alunos subiam o caminho em direção à cabana com orgulho.

Mas havia um sétimo aluno, e ninguém sabia de sua existência.

◉

Kasumi recém havia completado onze anos e era franzina demais para participar dos treinos. Normalmente, poderia esperar alguns anos, até que se desenvolvesse e os músculos se fortificassem. Mas era menina e, como tal, jamais seria aceita por Myashi. Eram as regras.

Assim, treinava escondida. De seus colegas e do próprio professor.

Já fazia um mês que Kasumi assistia aos treinos. Não estava ali por glória; a menina era feliz ajudando seu pai na pesca todos os dias, e parte dela poderia passar o resto da vida fazendo isso. Mas outra parte sentia falta de algo a mais e, ultimamente, esta parte estava no comando.

Myashi era um mestre do budokei, uma antiga disciplina tamuraniana. Envolvia a luta, usando apenas o corpo como arma, mas também filosofia e autoconhecimento.

— Cada golpe tem três etapas — dizia Myashi. — Observação, preparação e ataque. Muitos se preocupam apenas em desferir socos e chutes, mas isso é só o fim. Primeiro vocês devem observar o inimigo, procurar a abertura em sua defesa. Para isso, comecem observando os pássaros no topo das árvores. Quando conseguirem perceber o momento em que eles irão alçar voo antes mesmo de eles abrirem as asas, sua mente estará treinada.

Kasumi ficava extasiada com tais ensinamentos. Era muito mais do que escutava na vila! De seu esconderijo, um bambuzal próximo à cabana do mestre, não conseguia entender tudo o que era dito. Ainda assim, absorvia sedenta cada palavra.

Havia, claro, o medo de ser descoberta, mas queria aprender mais. Naquela manhã, Kasumi estava determinada: iria se aproximar o suficiente para ouvir tudo.

Inspirando fundo, a menina avançou em direção à cabana, deixando o bambuzal para trás. O sol já havia surgido, e os alunos de Myashi deveriam chegar logo. Quando já estava escutando a risada alta de Yoso, o maior e mais forte discípulo, viu um pequeno buraco tapado pela relva, perto da cabana. Sem pensar duas vezes, se atirou.

Instantes depois, os alunos surgiram. Como sempre, ajoelharam-se em frente à cabana, em silêncio, esperando o mestre sair. Kasumi estava perto o suficiente para escutar a respiração dos rapazes.

Myashi saiu pela porta, a expressão severa analisando cada um dos rapazes, como fazia todas as manhãs. Os alunos cumprimentaram-no encostando suas testas no chão e depois se levantaram para que o treino começasse.

O primeiro exercício era uma sequência de movimentos imitando posições de animais: a postura do cavalo, o passo da garça, a pata do urso. Kasumi observava atentamente. Talvez os outros fossem motivados por visões de um futuro glorioso, mas ela via apenas o aprendizado.

A voz forçadamente grossa de Yoso quebrou a concentração da garota.

— Mestre, há uma coisa que não entendo.

"Há muitas coisas que você não entende", pensou Kasumi, segurando o riso.

— Por que o senhor veio para cá? — continuou o rapaz. — Alguém forte como o senhor poderia ter uma escola em qualquer lugar de Ta-mu-ra, até mesmo na capital! Poderia ter muitos alunos! Fama e riqueza!

Myashi nunca respondia questões sobre si mesmo e o aluno sabia disso. Mesmo assim, insistia vez ou outra.

— Yoso, vá até a encosta da colina, vire-se na direção do mar e diga-me o que o vê.

O rapaz correu em direção à encosta com suas pernas compridas. Kasumi viu o aluno se aproximando de seu esconderijo, mas não teve tempo de fazer nada. Yoso tropeçou desajeitadamente no corpo da garota, revelando a presença dela.

— O que é isso? — gritou Yoso.

— Você não olha por onde anda? — disse Kasumi, erguendo-se com dificuldade, depois de ter sido atropelada. Percebeu o que havia feito apenas quando viu sete pares de olhos fixos nela.

"O que eu fiz?" pensou Kasumi. De pé, no centro dos sete homens, Kasumi parou. Não conseguia se mexer, apenas ver os alunos ao seu redor, aproximando-se cada vez mais, prendendo-a em um círculo. Viu alguns rilharem os dentes, apertarem os punhos. Sentiu seu coração batendo mais rápido, suor escorrendo de sua testa. Mas antes da primeira gota cair no chão, foi atingida por uma voz firme.

— O que está fazendo aqui, menina? — disse Myashi chegando perto, os olhos estreitos fixos em Kasumi.

— Eu a conheço! — disse outro aluno — É a filha de Takiro, um pescador.

Fez-se silêncio. Kasumi se viu cercada pelos lutadores e, por um mero instante, acreditou que por sorte ou providência divina pudesse escapar da confusão. Talvez o mestre reconsiderasse. Talvez a admitisse como aluna ao saber de sua vontade. Talvez.

— Volte para seu pai, criança — disse Myashi finalmente, destroçando os devaneios de Kasumi — Seu lugar não é aqui.

Suja de terra, Kasumi pensou em responder algo, mas quando percebeu já estava correndo colina abaixo, tomada pela vergonha. Tropeçou em raízes, pois não conseguia ver o caminho com clareza. Seus olhos já estavam tomados pelas lágrimas.

Correu de volta para sua casa, mas encontrou-a vazia. Seu pai ia sempre cedo preparar a jangada e as redes para mais um dia de trabalho árduo. Kasumi sabia que devia ajudá-lo, mas em vez disso ficou em casa, sozinha.

A manhã de quietude amorteceu a dor da garota. Respirando fundo, foi em direção à praia e à jangada de seu pai, de volta à única vida que havia restado.

Naquela tarde, Takiro estranhou o silêncio de sua filha. Mas não reclamou; a quietude era boa para a pesca. Não demorou muito para sentir a linha puxar com força — havia pegado um dos grandes! Mas fisgar a presa era só metade da batalha. Era preciso arrastá-lo até a jangada.

Takiro e o peixe mediram forças, as veias do pescador saltadas, mas foi em vão. A vontade de viver do peixe foi maior, a vara se partiu e Takiro caiu para trás.

— O senhor está bem, pai? — perguntou Kasumi, preocupada.

Takiro riu.

— Você viu, filha? Viu como ele era forte? — e riu de novo.

Kasumi não entendia. A pesca não andava boa e o dinheiro rareava nos últimos tempos. Seu pai havia perdido a oportunidade de pescar um peixe que valeria umas boas moedas no mercado. Por que sorria ainda assim?

— Vamos voltar para a praia, pegar outra vara e zarpar mais uma vez — disse Takiro como se sentisse a confusão da filha — O peixe sobreviveu porque não desistiu. Mesmo fisgado, tentou se livrar até conseguir. Como o peixe, não podemos dar as costas para o nosso objetivo por causa de um único tropeço, filha. Temos que continuar lutando, sempre.

E passou as mãos cheias de calos carinhosamente pela cabeça da menina.

Kasumi não respondeu, mas entendeu as palavras do pai. E, no dia seguinte, antes que o sol nascesse, subiu a colina de novo.

Como da outra vez, foi descoberta.

— Não pode fazer isso! — bronqueou Myashi, marcando as palavras com batidas de seu cajado no solo. — O treino é apenas para os escolhidos. Será punida! O inverno se aproxima. Irá encher todo meu pátio com lenha para minha fogueira.

Kasumi escutou em silêncio, com medo de falar qualquer coisa. Mas não fugiu.

— Mestre, só há madeira para lenha na base da colina. — disse um dos alunos. — Ela é menina! Franzina desse jeito, vai demorar uma semana para trazer lenha suficiente.

— Então é melhor que comece logo! — riu Yoso.

Sob o som o eco das gargalhadas dos alunos, Kasumi partiu, correndo.

Ao longo da semana, Kasumi passou as tardes cortando lenha e levando-a colina acima. Era uma rotina extenuante: de manhã no mar, ajudando o pai, e de tarde na floresta, fazendo o trabalho de um homem adulto. Quando enfim achou que havia lenha suficiente, voltou a assistir aos treinos, escondida.

E foi pega mais uma vez. Demorou meses, pois Kasumi estava mais cuidadosa, mas enfim foi vista por Yoso, no caminho de volta à vila.

— Você não me engana, garota! — disse sem esconder o ódio. — Sei que continua assistindo aos treinos escondida!

Kasumi pensou em negar, pensou em fugir. Mas em vez disso, plantou os pés no chão e fechou os punhos.

— Sua insistência pode ter amolecido o coração do mestre — Yoso sorria — mas o meu não.

Yoso deu um passo longo, e terminou o movimento com um soco. Mas Kasumi saltou para trás, como havia visto Myashi demonstrar várias vezes, e então para frente com um chute. Yoso não se esquivou. Simplesmente absorveu o golpe, enrijecendo os músculos, e agarrou Kasumi pelo pescoço.

— Basta!

Deu três socos rápidos e certeiros, largou a menina e foi embora.

Caída na estrada, contorcendo-se de dor, Kasumi não conseguia parar de pensar no peixe que havia vencido seu pai.

Demorou alguns dias para que Kasumi se recuperasse. Seu pai não fez nada. Se sua filha havia apanhado de um aluno de Myashi, algo de errado deveria ter feito.

Enquanto se recuperava, Kasumi imaginava como poderia ter evitado os golpes. Mas por mais que pensasse, só chegava a uma resposta: precisava de mais treinamento.

Mais uma vez voltou ao topo da colina. Mais uma vez o ciclo se repetiu. Mesmo mais prudente, eventualmente era vista. Quando Myashi estava junto, recebia punições em forma de mais tarefas. Caçar lebres para o jantar, entregar cartas para outro professor em uma cidade distante, cuidar da horta ou se livrar dos ratos no porão do mestre.

Quando Myashi não estava, os outros alunos atacavam-na. Nas primeiras vezes, apanhou. Depois, quando já não era tão menor que os outros, era preciso que dois se juntassem para surrá-la. Então, três.

E assim, cinco anos se passaram.

Na vila, pouco havia mudado. Takiro continuava trabalhando no mar. Alguns aldeões sabiam que Kasumi assistia aos treinos, e apontavam em sua direção.

— Que esquisita — diziam. — Por que insiste nisso?

Que Kasumi assistia às aulas também não era segredo para Myashi e seus alunos. Ultimamente, entretanto, ela ficava longe, para evitar problemas. Tinha que se esforçar para entender as instruções de Myashi.

— A mente é lenta para a luta — dizia Myashi. Se pensarem nos golpes, irão errar. Mas se suas mentes estiverem vazias, seus golpes serão indefensáveis.

Assim, Kasumi normalmente se contentava em observar os movimento do mestre, e imitá-los. Mas nem isso impedia os outros alunos de desafiá-la.

Numa manhã como qualquer outra, Yoso foi até ela, acompanhado dos outros cinco.

— Vou partir! Irei até o castelo de Lorde Ysato oferecer meus serviços como guarda. É claro que não me aceitarão se descobrirem que uma garota sabe as mesmas técnicas que eu. Prepare-se!

Com isso, o jovem tomou posição, erguendo os punhos. Os outros cinco também se prepararam, e começaram a circundar Kasumi.

Foram interrompidos por um relâmpago. Estranho, porque instantes antes o céu estava azul e limpo.

— Uma tempestade... Papai pode precisar de ajuda. Saiam de minha frente, não tenho tempo para essas bobagens.

Kazumi já estava acostumada a lutar contra os seis. Assumiu postura de luta, erguendo as mãos na altura do peito, fechando um dos punhos e mantendo o outro aberto, e colocando a perna esquerda à frente. Então saltou, trocando a perna da frente. Yoso se distraiu com o movimento rápido. Neste momento Kasumi atacou, derrubando Yoso com um chute alto. A garota então saiu correndo, em direção à vila. Os outros tentaram persegui-la, mas ficaram para trás.

A tempestade atingiu a enseada antes que Kasumi chegasse à vila. Nuvens grossas taparam o sol, deixando a manhã escura como a noite. Mas ela só notou que havia algo errado quando escutou os gritos vindos da aldeia.

— Monstro do mar!

E Kasumi, ainda na colina, viu. Escondida entre as ondas e espuma, era difícil ver onde a criatura começava e onde terminava. Mesmo quando pisou na praia, Kasumi não conseguiu enxergá-la com clareza. Lembrava um inseto imenso, mas diferente, estranho, com uma forma que desafiava qualquer entendimento. Possuía frente e costas, mas não profundidade; quando ficava de lado, desaparecia. Ao mesmo tempo, era tão longa quanto uma jangada.

Aproximou-se da praia carregando um porrete em uma de suas garras. Não, não um porrete. Uma perna recém decepada. Então, um novo relâmpago iluminou o céu com uma luz rubra, as nuvens se avolumaram e as portas do inferno se abriram. O dia já não estava mais escuro como em qualquer tempestade; estava vermelho como em um pesadelo.

Do mar, surgiram mais criaturas disformes. Sedentas por sangue, urrando e zunindo, arrastavam-se na direção do que quer que encontrassem, mordendo, cortando e mutilando. A própria água adquiriu uma consistência viscosa e tornou-se avermelhada. De dentro dela, tentáculos protuberavam, esmagando e sugando. O caos tomou conta da aldeia, e o único som humanamente reconhecível eram os gritos de morte dos aldeões.

Kasumi correu na direção dos casebres procurando o pai, mas seu caminho foi impedido por um dos monstros. Com corpo de carapaça vermelha e cristalina, a criatura atacou com um de seus três braços terminados em garra. Kasumi girou para o lado, tirando o peito do caminho, mas ainda assim o golpe a atingiu de raspão, rasgando suas roupas. Kasumi tinha certeza de que iria escapar, e não entendeu como havia sido atingida. Mas escolheu não pensar nisso agora, e se concentrar em atacar. Sabia que a criatura não seria detida com um único golpe, por isso concentrou-se em desferir uma saraivada: chutes, socos e joelhadas, três, quatro, cinco vezes.

Em vão. Era como bater num rochedo.

O monstro sequer se abalou, como se soubesse que seria atacado, mas não ferido. Ergueu as três garras, baixou-as na direção de Kasumi. E foi arremessado para longe.

— Erga-se criança.
Mestre Myashi havia chegado.

Kasumi se recompôs e olhou ao redor. Na vila, apenas retalhos de corpos. Mais e mais criaturas surgiam do mar, e agora algumas também das nuvens, voando em direção à terra com suas asas translúcidas. Viu perto da praia a jangada de seu pai, e o corpo dele caído, o bucho aberto, um braço arrancado, a cabeça dilacerada. Queria desviar o olhar, mas não conseguia. Tentou correr para lá. Queria abraçá-lo, sacudi-lo, despertar de algum jeito alguma fagulha de vida. Mas foi interrompida por Myashi.

— Volte para a colina. Não há nada que você possa fazer aqui. Tentarei encontrar sobreviventes. Vá!

Contrariada, Kasumi correu, deixando para trás o único lugar que conhecera. No bosque que cobria a colina, já não ouvia mais os gritos de pavor e morte dos pescadores. Havia apenas o som da chuva, dos trovões. Então caiu no chão, chorando. Seu pai estava morto, sua casa destruída. Todos que conhecia estavam mortos. A chuva ardia, queimava sua pele, mas ela não sentia. A dor que a corroía por dentro era maior.

— É por isso que meninas não podem treinar. — disse alguém. — Ficam chorando quando é hora de matar.

Kasumi ergueu os olhos e viu Yoso. "É claro", pensou, "Yoso e os outros estavam na colina, não foram atacados". Por um momento, ficou feliz ao ver o rapaz. Mas então percebeu que os olhos dele agora eram globos vermelhos e pulsantes. A pele de seu peito se descolava, revelando uma carapaça rubra como a dos monstros que desciam das nuvens sobre a vila. E, em suas mãos, sangue.

— É claro que não estou falando dos novos mestres. É hora de matar humanos. Já exterminei meus colegas. Agora é sua vez. Irei fazer o que devia ter feito há muito tempo.

A mão de Yoso subiu e desceu como o machado de um lenhador furioso, mas com mais força. Muito mais força. Kasumi, ainda ajoelhada, rolou para o lado e ergueu-se num salto.

Yoso já estava ao seu lado. Era muito maior que ela, e com apenas um passo venceu a distância. O rapaz desferiu dois socos mirando a cabeça de Kasumi. A menina ergueu os braços e bloqueou ambos. Com toda sua defesa alta, não bloqueou a joelhada que Yoso desferiu em seu abdome. Caiu abraçando o próprio estômago, a cara na lama empoçada pela chuva ácida. Ergueu os olhos, encarou seu algoz.

— Yoso, por quê? Você gostava de seus colegas!

— Eu vi a nuvem, menina. Enquanto os novos mestres saíam dela, por um instante vi o mundo deles. Vi o vermelho. Eu não matei meus colegas, porque não há vida. Só há o vermelho.

Lentamente os globos oculares do rapaz se desmancharam, escorrendo em pequenas lágrimas de muco e pus. Seu crânio rachou como uma fruta podre, e dois apêndices de carne, úmidos de sangue, se elevaram do topo de sua cabeça. Na ponta de cada um, novos olhos, multifacetados e peludos.

— Agora enxergo como os mestres.

E os dedos de sua mão esquerda se uniram em dois, que se esticaram, os ossos rasgando a pele, uma carapaça rompendo os ossos. Onde havia uma mão se formou uma pinça.

— Agora posso servir aos mestres. Só há você em meu caminho.

Kasumi conseguia apenas olhar o rapaz arrogante, mas forte e belo, se transformar em uma criatura. Ainda estava no chão quando ele desceu a pinça em direção ao seu peito. Sua mente não teve reação.

Mas seu corpo sim.

Suas pernas percorreram um arco longo, e atingiram as pernas de Yoso. O rapaz monstro caiu. Kasumi se ergueu de um salto, surpresa. Então entendeu: quando parou de se preocupar com a luta, pôde começar a lutar. Sua mente ficou vazia; seu golpe, portanto, ficou indefensável.

O monstro que fora Yoso se contorceu, revirou-se, livrando-se dos últimos vestígios de humanidade do estudante de artes marciais, e aos poucos se levantou também, as pernas agora arqueadas como as de um animal.

Furioso, atacou diversas vezes, por todos os lados, em um frenesi sanguinário. Kasumi se defendeu de todos os golpes. Estava acostumada a lutar contra mais de um inimigo, de tanto ser atacada pelos alunos. Yoso recuou, para preparar um novo ataque. Mas Kasumi saltou logo atrás dele — para quem caçava lebres com as mãos, ser mais rápida que a criatura foi fácil. E, perto de seu adversário, golpeou com toda sua força. Força adquirida ao longo de anos cortando e levando lenha morro acima.

O monstro cambaleou, balbuciou e caiu, a carapaça em seu peito destroçada, expondo os órgãos esmagados. E por um instante Kasumi pareceu entender as últimas palavras da criatura, ainda com uma ponta do tom de voz de Yoso mas sem a arrogância desafiadora de sempre: "Não entendo".

Kasumi andou mais um pouco e encontrou os corpos dos outros alunos. Ninguém havia restado. Assim como aqueles jovens e o resto da vila, a arte ensinada há tanto tempo pelo mestre também havia morrido.

Triste, exausta, ajoelhou-se tentando entender o porquê de tudo aquilo. Seria um castigo? Uma punição por sua teimosia? Por ter desafiado as regras?

Levantou a cabeça por um instante e, com os olhos nublados, viu Myashi surgir na trilha que vinha da vila. Suas mãos estavam cobertas de gosma, seu peito estava coberto de cortes que se cruzavam, mas nenhuma das duas coisas parecia afetá-lo. Ele passou Kasumi, colina acima. A menina foi atrás.

A tempestade ainda estava forte quando chegaram à cabana, mas entre as paredes de madeira o som ficava abafado.

— O que está acontecendo, mestre? — perguntou Kasumi, aproveitando a breve calmaria. — O que são esses monstros?

— Não sei, Kasumi. — era a primeira vez que ela escutava Myashi dizer que não sabia algo. — Mas sei que você precisa sair daqui. Voltei apenas para buscá-la. Vamos descer a colina por dentro do bosque. Quando chegarmos à praia, irei distrair os monstros. Pegue a jangada de seu pai e parta. As criaturas já estão todas na praia. Você estará segura no mar.

— Não, mestre! Venha comigo!

— Você é teimosa, mas não é burra. Se nós dois tentarmos fugir, eles vão nos alcançar, destruir a jangada e nos matar. E nem pense em se oferecer para distraí-los. Você não conseguiria.

Kasumi começou a soluçar, entendo o que o plano implicava.

— Sou apenas uma ferramenta, Kasumi — disse o mestre como se lesse os pensamentos da menina — Meu corpo é desnecessário. O que importa é que o estilo não morra.

— Seus alunos estão todos mortos...

— Não. Você está viva.

— Mas... Eu não sou sua aluna!

Myashi gargalhou paternal.

— Você se engana. Sempre foi minha aluna. Minha melhor aluna. Cada punição que recebia era um ensinamento. Cada surra que levava dos outros era um treino. Eu lhe ensinei, mas apenas porque você queria aprender.

Kasumi escutou boquiaberta. Myashi continuou.

— Yoso certa vez perguntou por que eu não ensinava em uma cidade grande. Eu nunca respondi, mas a verdade é que num lugar assim não encontraria alguém como você. Você não queria treinar comigo pela glória. Não queria fama ou riqueza. Queria apenas aprender. E por isso me honrou.

Kasumi cobriu a boca com as mãos, murmurando:

— Mestre, eu nunca imaginei —

— Cale-se! — interrompeu Myashi. — As bênçãos de Lin-Wu estarão com você. Honre-me mais vez mais. Sobreviva.

Os dois desceram a colina. Kasumi obedeceu a seu mestre, como aluna, pela primeira e última vez. Pegou mantimentos, correu para a jangada e começou a remar. Já estava longe da praia quando viu as criaturas cercarem-no como um enxame.

Viu os braços e pernas de Myashi se movendo como um borrão. Rápidos, certeiros, mas insuficientes. Cada vez mais monstros chegavam, amontoando-se uns sobre os outros. Então não pode ver mais nada.

Mesmo assim, sabia que seu mestre havia partido.

◊

Semanas depois, em uma vila costeira no Reinado, os pescadores correram na direção de uma jangada exótica. Eram pessoas humildes e, ao ver aquela menina com olhos amendoados, corpo esguio e definido e postura ereta, souberam que estavam frente a alguém especial.

Igor André Pereira dos Santos é cientista da computação por mero acaso, historiador por opção e RPGista por puro prazer de contar histórias cujos finais são determinados pelo rolar de dados. Ah, e é autor do livro *A derradeira caçada*.

TEMPO DE REENCONTRO

Igor André Pereira dos Santos

Novamente sozinho.

Sangrava através de mil cortes causados pelas lâminas que surgiram do feitiço conjurado por Sovaluris. O vermelho de seu corpo escorrendo e se misturando ao vermelho que cobria o chão esvaindo lentamente da ferida aberta na garganta de seu antigo companheiro. O mesmo que antes havia lhe chamado de *aberração*.

Próximo dali os outros corpos. Theodor e Jarek carbonizados. Placas derretidas de suas armaduras misturadas às carnes e pústulas que estouravam nauseabundas e se juntavam ao cheiro ferroso dominando o ar do aposento que era muito mais um covil. Ali também estavam os objetos de Meliandre. Jogados displicentes no chão de pedra cobertos pelo pó que já fora o corpo sinuoso da mulher que amava antes do raio fatídico.

Admirou por um longo tempo a mistura das tonalidades rubras enquanto se entregava a lembranças recentes. E também às antigas.

Novamente sozinho.

Como sempre, detestava a sensação.

Antes.

— Eu mato o desgraçado! — o soco de Jarek foi suficiente para quebrar um pedaço meio podre da mesa de madeira. Derrubou a caneca de vinho sobre Meliandre, que não fez a pilhéria costumeira. Houve um momento de tensão na taverna, mas nenhum dentre os sujeitos de índole duvidosa que proliferavam no local pronunciou uma palavra. Era difícil mostrar-se hostil diante daquele acesso de fúria. — Nenhum de vocês está sentindo o mesmo que eu. Convivi com ele desde que era um moleque ranhento e chorão. Se aquele maldito realmente fez essa cagada, eu mesmo acabo com ele!

As lágrimas improváveis que lutavam para brotar, um tanto motivadas pela bebida, impediam qualquer tentativa de argumento. Somente depois que a serviçal surgiu relutante trazendo o pedido, Theodor decidiu reiniciar a conversa.

— Ainda não temos certeza sobre os crimes de nosso — pausa — antigo companheiro. Por outro lado, se realmente for esse o caminho que escolheu para si é certo que a morte seja sua única chance de redenção.

Kantho levava um pedaço de batata à boca, mas desistiu. Por um motivo que lhe era estranho sentiu que não conseguiria engolir depois de ouvir as palavras do cavaleiro. A atitude chamou atenção de Meliandre.

— Kim, você não vê mesmo problema em voltar depois de tudo o que aconteceu? — o tom meigo de suas palavras era inebriante. Mesmo assim, e talvez exatamente por isso, Kantho não tinha coragem de encará-la.

— Não o subestime — Theodor tocou seu ombro com dignidade e gratidão sincera. Somente a sagacidade de Meliandre captava o incômodo sutil — Kantho é um companheiro valoroso. Poder contar com sua ajuda nessa jornada é uma benção de Khalmyr.

— Você tem razão, Theo — se desculpou Meliandre enquanto dava uma rápida piscadela em direção ao tímido companheiro. — Ele é mesmo ótimo.

E Khanto, como era típico, corou diante da insinuação.

Não era como o de costume. E assim não vinha sendo desde que Sovaluris decidiu partir sozinho sob o argumento de "buscar novos conhecimentos". Não que fosse estranha para um mago a decisão de optar por um hiato na vida de aventureiro a fim de dedicar-se um pouco mais às artes arcanas, visto que se trata de algo que se aprende "muito mais enfurnado entre as quatro paredes de uma biblioteca sobre dúzias de livros bolorentos do que metido entre as quatro paredes de uma masmorra coberto do sangue de dúzias de criaturas", nas palavras de Meliandre.

No entanto, mesmo suas justificativas não foram suficientes para abrandar o que era o senso de Theodor, a intuição de Jarek e sua própria lógica que ponderava sobre uma questão: *Por que exatamente agora?*

Surpreendentemente havia sido Kantho — que quase nunca se pronunciava — quem chamou atenção para o que haviam encontrado entre os pertences do necromante que derrotaram em Hershey.

— Foi quando ele começou a fazer perguntas sobre o que aconteceu em minha terra natal — dissera.

Segundo ele, Sovaluris queria saber detalhes sobre os acontecimentos que há alguns anos afligiram o lugar onde havia nascido. As conversas, quase interrogatórios, sempre se iniciavam depois que o mago passava horas e horas estudando aquele livro estranho. Em uma tarde, depois de atravessarem o Rio dos Deuses e pegarem a estrada rumo a Altrim, no reino de Petrynia, conversaram sobre a tragédia pela última vez. No final ele dissera:

— Quem diria que uma aberração como você me seria útil?! — E partiu com um sorriso estranho.

Uma revelação suficiente para traduzir os presságios. Theodor, Jarek e Meliandre eram aventureiros experientes. Eram pouco mais que crianças quando assumiram a vida errante de perdas e ganhos. Também não eram desprovidos de inteligência, longe disso. Por isso lutavam consigo mesmos para não relacionar as ambições do amigo com a bizarria dos acontecimentos que envolviam a terra natal de Khanto.

Não por serem alheios ao que parecia ser óbvio, mas porque o que parecia ser óbvio era na verdade terrível demais. Assim decidiram partir para o local acreditando ser uma jornada de resgate. Acreditaram que poderiam salvar Sovaluris de sua insaciável avidez por poder.

Assim decidiram ir para *Adolan*.

◈

A paisagem era um convite a jornadas heroicas.

Azgher, o deus-Sol, era complacente naqueles dias. O que sentiam era apenas um resquício dos ventos gelados do fim da estação vindos das Montanhas Uivantes a oeste. Clima propício a longas viagens.

Cruzavam as estradas ouvindo histórias de aventuras e conquistas em cada um dos vilarejos que pontilhavam o reino. Impossível não querer tomar parte de pelo menos uma delas. Mesmo viajantes calejados como eles, que sabiam muito bem a realidade por trás das canções e *o que os bardos não cantam*, permitiam-se por algum tempo encarar as próprias vidas de maneira mais romântica, como se todos os aldeões fossem criaturas honradas e indefesas contra as agruras do mundo ou todos os aventureiros fossem pessoas extraordinárias e estivessem acima de necessidades mundanas pouco nobres. Porque estavam em Petrynia, o reino das histórias fantásticas.

— Um dia irei compor *A balada da barda menstruada*. Todos irão saber como é heroico atravessar uma floresta inteira evitando que o sangue escorra pelas minhas coxas atraindo animais enquanto tento, em vão, explicar aos meus companheiros de viagem porque mulheres sangram regularmente e não morrem — Meliandre ironizava, com rosto torto de enfado bem humorado, como uma conclusão crítica ao desempenho do bardo que se esforçava para entreter a clientela.

Era certo que ainda se preocupavam com Sovaluris, mas os dias de viagem através das planícies convidativas de Petrynia foram suficientes para arrefecer parte dos ânimos. O sorriso aos poucos voltava às faces.

Kantho estava satisfeito por estarem voltando a ser o que eram quando os conheceu, mas, acima de tudo, estava satisfeito por poder fazer parte de algo maior.

A vida dele não havia sido nem um pouco fácil desde a fuga de Adolan. Na verdade nem antes.

Foi criado por Zoroastra, uma boticária sem vaidade. A típica mulher que pela solidão, atividades e aparência acaba sendo chamada de bruxa, tanto por crianças mal criadas quanto pelos pais delas. Poucos sabiam que sob tais circunstâncias muitas acabavam fazendo pactos ou coisa assim, tornando-se bruxas de verdade.

Mas esse não era o caso de Zorastra, pelo menos até onde sabia.

A mulher apiedou-se da trágica morte da mãe de Kantho, assumindo para si o fardo de criar o "filho dos mortos", alcunha que carregava consigo desde sempre. O apelido vinha das circunstâncias de seu nascimento.

Diziam que Kantho nascera no mesmo dia em que Adolan viu com horror a passagem da criatura que viria a ser conhecida como Albino. Sua mãe, então às portas de dar a luz, testemunhou algumas das atrocidades causadas pelo invasor. Tamanho horror fez com que o coração da jovem falhasse. Zoroastra foi quem tentou socorrê-la, mas quando se aproximou, já a encontrou morta. O sangue esvaia aos borbotões e a criança lutava sozinha para alcançar o mundo, mas não tinha forçar. Só sobreviveu graças à intervenção da boticária e talvez de um ou dois deuses, pois o feito era, sem dúvida, um milagre.

Desde então era evitado por todos exceto a mulher. As manchas nos antebraços, mãos e pernas que com o passar dos anos iam engrossando e se tornando algo parecido com cascas de feridas duras e vermelhas só contribuíram para que todos na aldeia mantivessem uma distância segura, evitando que seus filhos compartilhassem com ele as brincadeiras típicas de criança, que na maioria das vezes envolviam machucar uns aos outros ou pequenos animais.

Ele e Zoroastra eram os estranhos. Os motivos por trás da maioria dos assuntos conversados à boca miúda. Mas tinha a companhia e o carinho da mulher.

Possuía alguns brinquedos, mas preferia brincar com os insetos, flores e plantas dissecados para dar aroma às soluções produzidas e vendidas na pequena loja. Tinha hora pra comer e para dormir. Aprendeu a ler e escrever o Valkar. Crescia normal, como qualquer outra criança de sua idade, exceto pelas marcas vermelhas.

Kantho, porém, sentia que algo lhe faltava. Sentia que alguma coisa estava fora do lugar. Não sabia se era ele mesmo ou se era o mundo. Não se sentia *completo*.

— Novamente o passado? — Meliandre rompeu o silêncio.

Estavam na varanda da estalagem. Tenebra cobria o céu com seu manto negro há algumas horas. A lua cheia vaidosa teimava em expor seu brilho mesmo entre as nuvens. Mas foi a luz acanhada do lampião que permitiu admirá-la enquanto se aproximava.

Trajava uma blusa leve que balouçava ao sabor do vento frio da noite. Dedilhava o alaúde com delicadeza. As notas mais difíceis faziam o tecido escorregar exibindo o ombro e parte do colo convidativo. Sua pele tinha a cor do cedro e seu cheiro lembrava vagamente terra molhada. O melhor dos perfumes.

— Estava... sem sono... — respondeu tentando lembrar-se das palavras. Era difícil quando estava perto dela. Isso, talvez mais que a timidez, fazia com que Kantho falasse tão pouco quando junto de seus companheiros. Sentiu um arrepio no corpo e não saberia dizer se pelo frio ou pela aproximação.

— Entendo — disse Meliandre dedilhando algumas notas distraídas em seu instrumento enquanto sentava-se ao seu lado. — Não voltou desde aquilo. E agora Adolan é nosso destino. Sei que foi muito difícil escapar, mas regressar deve ser ainda mais...

Ela se referia à *Coluna Fantasmagórica* que tomou de horror os corações e espíritos dos habitantes da aldeia anos depois da chacina promovida pelo Albino. Mais do que isso, a coluna tomou vidas. Mais do que as vidas, tomou a *Fé*.

Aqueles foram os dias dos mortos.

Fantasmas dos habitantes de Adolan emergiram de suas antigas casas, de oficinas, de tavernas ou de *lugar nenhum* expondo como medalha os motivos de suas mortes, trazendo na aparência estados de decomposição variados, que tinham muito mais a ver com caráter do que com o tempo de morte. Formaram uma coluna em procissão, evangelizando, trazendo para os vivos, quase sempre entes queridos, as boas novas: *o deus Tormenta*.

Garotas fantasmas de vestido rendado, ainda segurando suas bonecas prediletas, visitavam seus pais e revelavam com alegria que *na morte não havia recompensa ou punição*. Assassinos condenados revelavam aos parentes de suas vítimas que *não havia descanso ou castigo*. Sábias clérigas de Lena mortas há anos diziam aos seus fiéis que *não havia nada porque os deuses eram fracos*. Vítimas do Albino caminhavam como apóstolos, ferimentos expostos e ossos partidos, trazendo consigo a única verdade: *só havia a Tormenta*.

Era uma provação cruel demais para os sentimentos daqueles que haviam enterrado seus mortos e tentado seguir em frente. Era um teste de fé insuperável para os religiosos. Acima de tudo, era uma proposta *sedutora demais* para os que possuem a necessidade inconsciente de adorar algo, mesmo que não o conheça, mesmo que não o entenda, mesmo que *o tema acima de todas as coisas*.

Assim houve catarse. Muitos morreram de puro pavor indo se juntar ao préstito reverberando para novos ouvidos suas ladainhas.

Muitos outros, menos sortudos, sobreviviam à visão da coluna, mas ajoelhavam em beatitude, acabando com suas próprias vidas para se tornar parte. *Suicídio e Adoração*.

Zoroastra, que sempre foi sozinha, indesejável, chorou fartas lágrimas de gratidão ao enxergar os braços abertos e o sorriso receptivo da mulher que ainda usava o vestido manchado com o sangue e os líquidos do parto. A boticária chegou a procurar o filho adotivo para acompanhá-la, mas não encontrou e por isso o deixou para trás. Não podia esperar.

Kantho voltava da caça quando se deparou com a magnitude da Coluna Fantasmagórica. Sentiu-se impelido, como todos os outros, a fazer parte. Não sentira o mesmo vazio que os outros e jamais havia pensado em adorar alguma divindade, mas sua vontade de fazer parte de algo maior era periclitante. Ansiava por ser *mais um* no todo.

Já se aproximava do séquito quando enxergou no meio de tantos indiscerníveis aquele que todos em Adolan conheciam. Muitos somente através de relatos de tirar o sono. Talvez fosse maior que todos os homens. A pele branca como cal. As mãos enormes e os cabelos desgrenhados. Vestia apenas um trapo que cobria suas vergonhas. O sorriso feroz cheio de dentes e os olhos vermelhos de pura crueldade. Era o Albino.

Khanto ficou apavorado ao encarar os olhos do maior flagelo de sua aldeia. Aquele que era indiretamente responsável pela morte de sua verdadeira mãe.

Decidiu fugir, mas de costas para a coluna hesitou diante do ímpeto de se entregar ao todo. O Albino ainda observava sem dizer uma palavra. Apenas o sorriso tétrico na boca enorme. Ouviu em sua mente uma ordem que até hoje não sabe ao certo se veio dele mesmo ou do algoz:

— *Corra*.

E correu.

— Essa sim é uma história de causar arrepios — admitiu Meliandre com um riso forçado que pouco fez para esconder o temor.

— Desculpe, eu não deveria... — Khanto sentia o remorso de um criminoso arrependido.

— Não tem do que se desculpar, seu bobo.

O tabefe no braço se tornou uma carícia e Meliandre convidou com o olhar e o sorriso acanhado uma aproximação.

Khanto pensou em dizer algo, mas foi calado pela boca de Meliandre.

◉

Acordou sobressaltado. Estava em uma das camas de palha da estalagem. Olhou para lado e encontrou Meliandre dormindo despojada, coberta por uma pequena manta.

— Bom dia — ela disse enquanto espreguiçava o corpo nu.

Khanto sorriu ao ouvir seu nome na boca dela. Ainda se sentia incompleto, mas não estava sozinho.

Para ele era suficiente.

◉

— Esses já morreram. Só se esqueceram de deitar — rosnou Jarek para todos e para ninguém. E tinha certa razão.

Os dias de viagem foram vencidos e finalmente haviam chegado ao seu destino. Ou quase.

Caminhavam relutantes pela estrada precária observando a desolação que se abateu sobre Adolan. Os poucos que ainda residiam, por conformismo, falta de opção ou ambos, tinham olhares de esperança nenhuma. Nada faziam diante de sua passagem, nem para o bem, nem para o mal. Dormentes para o mundo, incertos sobre ainda fazerem parte dele.

Kantho parou. Avistou o fantasma de um anão que, se bem lembrasse, possuía um armazém que vendia utensílios para agricultura. Corria apressado em direção a qualquer coisa e o aventureiro não sabia dizer se era um fantasma do presente ou do passado.

Meliandre tocou seu ombro e apertou com afago. Theodor se certificou de que estava tudo bem. Continuaram.

Era flagrante que Adolan não trazia boas lembranças. Por sorte estavam de passagem. Na última aldeia encontraram uma pista quente acerca de Sovaluris.

"Os ventos não trazem notícias boas do norte. Coisas sinistras foram vistas nos arredores do Templo Profanado desde a chegada daquele mago", disse o bardo enquanto trocava algumas melodias e canções com Meliandre. Em poucos lugares se podia encontrar informação sem pagar por ela com tibares, com o corpo ou com sangue. Petrynia era realmente uma dádiva para aventureiros.

O *Templo Profanado* era o seu real destino — em todos os sentidos, pode-se dizer. Outros aventureiros experientes gastariam mais tempo com preparativos, tentando descobrir mais sobre o local. Não era o caso deles. Queriam encontrar Sovalurís. Trazê-lo a justiça ou resolver o assunto ali mesmo se fosse necessário. A vida de um amigo estava em jogo e a deles também. Isso era problema mais do que suficiente.

Exceto por não ser.

— Estamos a algumas horas do templo. Melhor descansarmos essa noite e partirmos pela manhã. — sugeriu Theodor quando chegaram ao centro da aldeia, em frente a uma estalagem pouco convidativa.

— Descansar é para magos e clérigos. Desde que inventaram a poção de cura, aventureiros não precisam de descanso — Jarek fez um chiste.

A pilhéria era uma tentativa de disfarçar a profusão de sentimentos que reviravam seu estômago agora que estavam perto de julgar seu amigo de infância.

— Além disso, duvido muito que Kantho consiga descansar nesse pardieiro — era rude, mas, não desprovido de razão.

— Esta pode ser minha noite derradeira. — provocou Meliandre.

— Pois bem, encontre seu melhor parceiro e seu melhor vinho, milady — ironizou Jarek entre uma gargalhada de trovão enquanto fazia um movimento largo com a mão apresentando a realidade do lugar.

Theodor fulminando ambos com os olhos.

— Só precisaria encontrar um bom vinho... — acrescentou Meliandre lançando um sorriso de cúmplice em direção a Kantho.

— Acho que teremos tempo para isso depois, não é? — gaguejou Theodor, tentando de forma pífia apaziguar parte da raiva que parecia querer transbordar.

Por fim, decidiram partir naquela mesma noite. Não podiam saber que tempo era algo que não mais teriam.

◉

— Por que você faz isso comigo, Meliandre? — disse Theodor se aproximando da barda enquanto caminhavam, tentando ponderar a voz para que os outros não os ouvissem.

— São as minhas pernas — respondeu em desafio — Eu escolho para quem quero abri-las.

— Suas atitudes envergonham sua família — atacou o cavaleiro.

— Minha família está morta — as palavras da mulher começavam a criar farpas. — Foram mortos por cavaleiros como você. Não se pode envergonhar os mortos, Sir Theodor.

Theodor estacou. A raiva começando a derreter e se transformar em tristeza. Limites haviam sido extrapolados.

— Não eram como eu — disse como se ele mesmo quisesse se eximir da culpa. — Eram traidores. Malditos que se entregaram à loucura. Não me compare a eles. Não jogue nas costas de todos os cavaleiros da Ordem da Luz a morte de nossos familiares.

— Você tem razão, Theo — os olhos marejados diante de Meliandre eram prova de que tinha ido longe demais. — Por favor, me desculpe.

— Você não está sozinha — lembrou Theodor. — Você ainda tem a mim.

— Eu sei que tenho você — suspiro — meu irmão.

◉

Sovaluris usou uma faca enferrujada para retirar um naco de carne da bochecha do homem pendurado pelos pulsos com arames farpados e alimentou o corvo que era seu familiar.

— *Bom garoto* — sussurrou afago. A ave trouxera a notícia de que seus antigos companheiros se aproximavam das ruínas e, claro, ele iria recebê-los.

Chafurdou na pilha de excrementos de várias épocas que se acumulavam em um canto do aposento que era quase um santuário. Tomou um inseto vermelho de corpo alongado entre os dedos. As dezenas de patas afiadas faziam uma carícia dolorida em seus dedos. Não tardou em deixar a criatura rastejar até seu rosto e entrar por uma fossa nasal, encontrando seu cérebro e espetando seu ferrão em uma parte macia. A sensação era lasciva e o mago tremeu de prazer.

Sua jornada levara até aquele lugar. Lá encontrou o que procurava: poder. Ouvira, como todos em Arton, sobre os simbiontes que traziam consigo a corrupção da Tormenta. Como muitos, fora tolo em acreditar que poderia controlá-los, obtendo das criaturas novas habilidades sem ter que pagar com a própria sanidade ou mesmo identidade. Não tinha motivo especial pra fazer isso. Ninguém a salvar. Nenhuma vingança a levar a cabo. Interpretava com a própria vida o papel do vilão de histórias mal contadas, que se exila em um local inóspito na espera de desafiar e derrotar "as forças do bem". Medíocre.

Por anódino que fosse, ainda era perigoso. Sem querer — ou sem se importar — tornara-se uma ferramenta nas mãos de um poder maior, mais cruel e nem um pouco medíocre. Existia um plano em andamento. Seus antigos companheiros não sabiam. E ele também não.

Quando subiu as escadas que levavam à nave principal do templo em ruínas, com o corpo envolvido por uma carapaça insetóide e as recém adquiridas asas de mosca escorrendo um líquido pegajoso, encontrou os companheiros.

— *Sejam bem-vindos!* — disse. Uma saudação repletas de clichês e ironias.

— Você vai morrer — trovejou Jarek. Eram amigos de infância e cresceram juntos em um dos inúmeros vilarejos que orbitavam Deheon. De quantas surras prometidas pelos garotos mais fortes o havia livrado? Quantas vezes consolou sua choradeira dizendo que a força não era feita apenas de músculos, mas também de inteligência e por isso era o garoto mais forte do vilarejo? Quanto arrependimento!

Não tinha esperanças de salvar o amigo agora corrompido pela Tormenta. Mas fraquejava por conta das lembranças, e isso fazia seu sangue ferver. Seu urro transcendeu a fúria costumeira que o abençoava em combates triviais. Era ódio.

Theodor rilhou os dentes ao ponto de sentir o gosto ferroso escorrendo da gengiva diante da corrupção que quase houvera decretado o fim da ordem de cavaleiros da qual tinha orgulho.

Diante daquilo não restava o que dizer.

Theodor e Jarek investiram juntos e em sincronia. Queriam alcançar o inimigo antes que ele tivesse tempo de conjurar qualquer feitiço. Sovaluris voou desajeitado escapando da espada de Theodor, mas não do devastador machado de Jarek. Nem mesmo a carapaça de corrupção foi forte o bastante para resistir ao golpe. Sua perna despencou displicente, despejando jatos de sangue impuro até cair tremendo no chão do templo.

Sovaluris deu um berro histérico e desafinado. A dor pungente e desconhecida fez verter lágrimas dos olhos verdes de mosca. A covardia o impelia a se render, mas seu corpo não era mais sua propriedade. Os simbiontes agiram em conjunto com sua mente perturbada, oferecendo subsídios para que lembrasse rapidamente as palavras arcanas memorizadas. As asas de mosca mantinham o corpo flutuando em equilíbrio enquanto as mãos gesticulavam padrões decorados até que um comando verbal fez evocar uma barreira capaz de arranhar o chão, as paredes e o teto. A muralha cortante atingiu em cheio os dois combatentes fazendo com que recuassem. Mas não a tempo suficiente de evitar as dezenas de cortes.

Meliandre tirava melodias inspiradoras de seu alaúde controlando o tremor de seus dedos para não errar os acordes. O vislumbre da corrupção rasgando seu espírito e esmagando seu coração. Kantho, arco retesado, disparou duas flechas que se cravaram na dura carapaça que cobria o peito e o abdómen de Sovaluris. O corpo indiferente a dor.

Theodor e Jarek encorajados pela canção de Meliandre tentavam se erguer com estoicismo de obstinados. Pernas vacilando. Visões nubladas. Vidas esvaindo através dos cortes.

Mais duas flechas cruzaram o ar. Uma não conseguiu vencer a barreira. Outra rasgou uma das asas, fazendo com que o mago perdesse parte do equilíbrio. Cavaleiro e bárbaro já erguidos, embora gravemente feridos, preparavam-se para apostar suas vidas em uma nova investida contra a barreira de lâminas.

— Não sejam apressados — gritou Meliandre para os dois, mudando os padrões de seus acordes para que a música pudesse dissipar a barreira.

Sovaluris — ou aquilo que dominava seu corpo — leu a intenção da barda e reagiu. Da ponta de seu dedo indicador fez surgir uma fumaça negra de aspecto ameaçador. Recitou palavras que eram quase um mantra.

O vapor envolveu o corpo de Meliandre e devorou o seu corpo como piranhas famintas triturando até mesmo ossos. Durou o tempo de duas batidas de coração. Não houve despedida. Não houve últimas palavras.

Kantho enxergou atônito o corpo da mulher que amava transformado em pó na sua frente e soube que gritar não a traria de volta. Porque essa era a realidade. Theodor encontrou os olhos de lamento da irmã em um ínfimo instante através do borrão da semi-consciência e pensou que esse seria o momento em que seu corpo reagiria ao trauma, dando-lhe a força necessária para correr até Sovaluris e fazê-lo pagar com a vida pelo crime hediondo que cometera. Mas isso não aconteceu, porque essa era a realidade.

— Eu falei que acabaria com o desgraçado — as palavras de Jarek saíram através dos retalhos de carne que eram seus lábios. Sangue por tudo e ainda uma boa dose de ira inócua — mas não dará tempo. — admitiu, chegando a sorrir, quando enxergou o brilho incandescente que crescia nas mãos do mago.

A esfera de fogo atingiu bárbaro e cavaleiro ao mesmo tempo sem permitir chance de fuga. As chamas consumindo o amargo da inépcia junto com suas vidas.

Morreram.

Estavam em Petrynia, mas não houve heroísmos.

Porque essa era a realidade.

— *Pensei fosse eu quem seria morto* — balbuciou Sovaluris com os olhos arregalados.

A voz era um fiapo débil de surpresa. A loucura devorando de vez o que restava de consciência, enquanto via, com um misto de pavor e admiração infantil, os corpos inertes de seus antigos companheiros e de seu melhor amigo.

As asas de mosca perderam a força e ele caiu tentando se apoiar na perna que restava. Não viu a aproximação do homem a quem chamara de aberração. Não teve tempo de evitar que a espada de Khanto abrisse um buraco em sua garganta. Talvez nem quisesse.

Sovaluris estava morto, mas o vilão havia vencido. O verdadeiro vilão.

Novamente sozinho.
Ainda incompleto.

A voz fez Kantho despertar dos devaneios e desviar o olhar da poça vermelha. Era um sussurro. E também um chamado. Não podia vir de lugar nenhum exceto de sua mente, mas era desconhecida. Não desconhecida. *Alienígena*. Dizia:

Lefou!

Kantho não sabia, mas era o que era. Pertencente a uma raça pouco conhecida, resultado da influência da Tormenta sobre Arton. Um híbrido entre a criação e a anti-criação. O limiar de algo que jamais poderia permutar e por isso fadado a ser temido por ambos os lados. *Solitário. Incompleto.*

Lefou!

A voz parecia ter deixado sua mente e agora se projetava à frente, como um guia, convidando a seguí-la. De repente, embalada por acordes delicados que Kantho conhecia bem e aprendera a amar.

Chegou ao santuário guiado pela voz e pela doce melodia e viu o homem ainda meio vivo preso aos arames. Viu a sujeira e as carnes de animais em decomposição. Eram *oferendas*. Moscas gordas orbitavam as pedras empilhadas em padrões dignos, manchadas de sangue enegrecido. Era *um altar*. Mas para *qual deus*?

Lacraias e baratas rubras de anatomia abjeta rodeavam seus pés temendo galgar a escalada para a corrupção. Era um deles e também não era. Por isso, para os simbiontes, era asqueroso.

Lefou!

A voz saíra das pedras do altar. Súbito Kantho se viu em um mundo que não era. Projetava-se em geometrias absurdas. Esticava e encolhia o tempo e assim a vida. Refletindo tudo em um vermelho de fazer doer os olhos. Absorveu as características do lugar impossível e entendeu que ali *tudo* era *todos*. Impossível não admirar.

Percebeu a aproximação da criatura. Não somente através dos olhos ou ouvidos. Sentia no peito, no ventre, na cabeça, no céu da boca, na garganta e em cada pelo do corpo. Encarou sua real aparência por mais tempo que um artoniano comum poderia aguentar antes que seus sentidos traduzissem o que *não podia existir* para o horror de corpo insetóide, pinças afiadas, carapaça vermelha pontiaguda e quelíceras que babavam ácido corrosivo. Algo capaz de esmagar a sanidade, mas que ainda era plausível. Kantho ouviu os estalos e sons produzidos pela criatura, capazes de dilacerar o espírito. Um chamado. Uma *convocação*.

Chorou de pavor e gratidão. Correu até o coração explodir de esforço sem sair do lugar. Cada fibra do que era artoniano se esforçando pra resistir, castigando a sanidade se necessário. Ouviu a melodia mais alta e notou que algo surgia ao lado da criatura. Era Meliandre. Ou o fantasma do que havia sido. A pele de cedro, o perfume de terra molhada. Sorriso nos lábios e voz inebriante:

— Meu amor, não há descanso após a morte. Não há recompensa ou punição. Não há nada porque o Panteão é fraco. A Tormenta é o futuro.

Diante do sorriso de aprovação de sua amada, Kantho se prostrou diante da criatura. Recebeu sobre si o jorro de imundices que era um batismo. Sentiu a dor de cortes pelo corpo. Placas vermelhas surgiam de dentro cobrindo o peito, as costas, tomando parte do rosto. A carne que era artoniana sendo rasgada, derretida. *Substituída*. Um universo sobrepujando outro.

Simbiontes correram em profusão alegre sobre seu corpo, não para corromper, mas para *fazer parte* e foram recebidos. Fechou os olhos e enxergou um céu negro pontilhado por inúmeros pontos vermelhos. Era Arton. Cada estrela rubra, um lefou. Alguém incompleto como ele havia sido. Sua intuição era uma bússola capaz de apontar a direção para alcançar cada um deles. Sua missão era encontrá-los. Mostrar-lhes a Tormenta. Poderia ser um *arauto a convertê-los* ou um *algoz a destruí-los*.

Kantho — ou aquele que o fora — ouviu novamente a voz que não era sua, embalada pela melodia de Meliandre. Dizia:

— *Lefeu!*

Não estava sozinho.

Completo.

Marcelo Cassaro começou a carreira profissional em 1985, nos Estúdios Mauricio de Sousa, como animador assistente e auxiliar de design. Foi contratado pela Abril Jovem em 89, como roteirista e desenhista para as revistas *Os Trapalhões*, *Aventuras dos Trapalhões*, *Heróis da TV* e outras. Em 95 começou a *Dragão Brasil*, primeira revista mensal especializada em jogos de RPG, e única a completar mais de 100 edições. É também um dos autores de *Tormenta*, o mais bem-sucedido RPG no Brasil; e *3D&T*, jogo de RPG baseado em mangá e anime.

A MAIOR AMBIÇÃO

Marcelo Cassaro

A mão macia deslizava pelo mármore da sacada. Nenhuma rachadura, nenhuma falha. Nenhuma imperfeição, por mínima que fosse. A mesma exatidão seria encontrada em cada parede, aposento ou objeto naquele palácio. A mesma simetria implacável.

Não apenas no palácio, mas também no mundo à volta. Ao longe, uma cadeia de montanhas exibia picos de mesma altura, a intervalos iguais. No céu de azul impecavelmente uniforme, nuvens idênticas corriam em velocidade constante e formações rígidas. Rios de margens retas e curvas exatas cortavam planícies de formas geométricas. Mesmo as árvores e suas folhas cresciam seguindo padrões rigorosos, exatos.

Contra o cenário correto de Ordine, sua forma esbelta e seminua parecia ainda mais deslocada, mais imperfeita. Espirais lilases dançando sem rumo sobre a pele rosada, imitando o movimento dos cabelos de mesma cor. Mesmo absolutamente imóvel, mesmo observando a paisagem serena, ela parecia inquieta.

Khalmyr nunca entendeu o que a fazia tão linda. Claro, as deusas sempre são belas, são a perfeição — e perfeição, ele bem sabia, é o objetivo final de todas as coisas. Glórienn era a perfeição entre os elfos. Wynna era a perfeição entre os gênios e fadas. Allihanna, entre os seres da natureza, e Tenebra entre suas criaturas da noite. Todas perfeitas. Todas belas.

Como Valkaria podia ser bela por sua imperfeição? Por suas falhas? Seus defeitos?

Como sua raça eleita poderia desejar alcançá-la, se não havia algo a alcançar? Como seguir as regras de sua padroeira, sem regras a seguir? Tal anarquia, em uma entidade supostamente igual a ele, perturbava Khalmyr profundamente.

Ainda assim, lá estava ela. Nunca a mesma, mas sempre ela. Não o caos mutante e insuportável de Nimb, mas mesmo assim diferente a cada olhar, a cada momento.

O Deus da Justiça chegou mais perto, a armadura exalando música metálica ao mover-se. Cruzou os braços. De todos no Panteão, era o único que parecia mais gentil de braços cruzados.

— Você sabia que seria apanhada. Sabia que seria castigada.

— Eu sabia que isso poderia acontecer — Valkaria respondeu, sem tirar os olhos da paisagem. — Não tinha certeza. Gosto de não ter certeza.

— Achou que poderia conseguir? Achou que vocês três tomariam o Panteão?

— Havia uma chance.

— Aqui não há "chances" — grunhiu Khamlyr, com evidente desprezo pela palavra.

— Perdão. Vivo esquecendo.

Ela virou-se e sentou na murada. Fitou o irmão deus com olhos que mudavam constantemente de cor.

— Como é estar sempre certo? — disse, em tom de acusação. — Jamais ter dúvidas sobre o que se deseja? Jamais chorar por um erro cometido, jamais lamentar algo que não fez? Como consegue?

— Você gostaria de ser como eu? Por isso tentou usurpar minha liderança?

— Não! — ela quase gritou, então acrescentou insegura. — Não é nada disso.

— Então por quê?

Silêncio. Uma brisa de temperatura constante soprou. Valkaria não sentiu frio, mas mesmo assim segurou os próprios ombros.

— Você conhece a história do sapo e o escorpião?

Khalmyr conhecia. Mas deixou a deusa falar assim mesmo.

— O escorpião queria atravessar o rio. Pediu ao sapo para fazer a travessia em suas costas. O sapo tinha medo de ser picado, mas pensou:

se ele me matar, vou afundar e ele morrerá também. Certo de que não seria atacado, o sapo concordou.

"Então, no meio do caminho, o escorpião picou o sapo. — Por quê?! — o sapo perguntou, enquanto o veneno agia e ele morria — agora vamos os dois morrer! Por que fez isso?"

"E o escorpião respondeu."

"Porque é a minha natureza."

Khalmyr não precisava da parábola. Ela era a Deusa da Ambição. A deusa de uma força, uma emoção, que impele todo ser senciente a alcançar o inalcançável. Uma qualidade que, se nem sempre pode ser admirada, deve entretanto ser respeitada. Talvez tanto quanto a ordem, o bem ou a vida.

Valkaria nunca seria verdadeiramente feliz. Ela sempre estaria em busca de algo que não tinha. Ou pior, de algo que nunca poderia ter. Como agora.

— Entendo que você seja assim — ele disse, em seu tom sempre grave. — Teria acontecido cedo ou tarde. Ambos sabíamos.

"Mas e quanto a eles?"

Khalmyr apontou com o olhar, de uma forma que apenas deuses podem, para além dos limites de seu reino. Para o Plano Material, onde estava Arton. Para as vastas nações que prosperavam e guerreavam no continente sul, ainda populoso e civilizado naquela época.

— Por que fazê-los assim? Por que precisam passar pela mesma angústia, pelo mesmo martírio?

— Olhe para eles, Khalmyr — ela disse quase ofegante, soltando os braços, os olhos cheios de orgulho. — São indomáveis. Conquistadores. Invencíveis.

— As crias de Megalokk também eram. Tivemos que contê-las.

— Não creio! — a deusa vociferou, em tom de revolta. — Como pode compará-los a monstros? Não acredito que não consiga ver a diferença!

— Ah, mas eu vejo a diferença.

E desta vez Valkaria ficou surpresa, pois havia compaixão na voz de Khamlyr.

— Eles não são maus. Não são cruéis. Eles temem o desconhecido, mas mesmo assim o enfrentam. Eles aprendem com seus erros, mas não cessam de cometê-los. Contagiam outros com sua energia. Têm vidas curtas, mas intensas. Não importa o que aconteça, nunca deixam de ser eles mesmos — mesmo sem saber quem são eles mesmos. Pois não existe o humano perfeito.

"Incrível. Uma raça que nunca será perfeita, mas nunca desiste de tentar. Admiráveis, esses humanos. De todas, Valkaria, não pensei que seria você a mãe da raça dominante. Mas agora parece tão lógico..."

— Você os admira?! — Sussurrou ela, incrédula. — Eu não fazia idéia.

— Eu os admiro. Mas também lamento por eles.

"Você os fez à sua imagem. São eternos descontentes. Mesmo com a conquista do mundo, não vão descansar. Mesmo com a soberania sobre as outras raças, não vão parar. E nunca, nunca vão encontrar a felicidade verdadeira. Nunca vão conhecer a realização. Sua jornada não terá fim."

— Lin-Wu costuma dizer que o importante não é o destino, mas sim a jornada — ela disse, orgulhosa de como o Deus Samurai também acolheu os humanos como seus eleitos, e fez deles um povo de honra.

— Justamente! Uma jornada de desejos irrealizados, de anseios nunca satisfeitos. Não acha isso cruel? Fazer com que os mortais sofram como você sofre?

Valkaria sorriu suave, sentindo o peito aquecido. Por alguma razão, era confortador saber que Khalmyr não tinha todas as respostas. Não entendia todas as coisas.

— É assim que você me vê? Acha que estou sempre infeliz? Algum tipo de eterna amaldiçoada?

A deusa tocou o rosto rígido de Khalmyr, sentindo uma estranha e inadequada piedade. Nem parecia ser ela prestes a receber o castigo divino.

— Seus dois parceiros serão afastados do Panteão para sempre — ele disse, como se lendo a mente de Valkaria. — Outros dois logo vão ascender para tomar seus lugares. Mas você não terá o mesmo fim.

— Não...? — espantou-se outra vez a deusa.

— Os humanos não merecem pagar pelo crime de sua criadora. Eles já sofrem o bastante, não serei eu a impingir-lhes mais tristeza. No entanto, ainda deve haver castigo.

"Você diz que os humanos são movidos pelo desejo. São movidos pela busca, pela jornada. Pois que eles tenham uma busca. Um desafio. E quando esse desafio for vencido, você estará livre para retornar."

De alguma forma, naquele momento, cada ser humano em Arton podia sentir um estranho entusiasmo enquanto Khalmyr explicava as regras e Valkaria ouvia com excitação crescente.

— Você será transformada em pedra. Aprisionada na forma de uma grande estátua, em meio ao desolado continente norte. No coração do colosso, haverá um labirinto. O mais perigoso labirinto jamais pisado por mortais. Cada membro do Panteão — incluindo você e eu — contribuirá com seus próprios desafios.

Havia ainda uma série de outras regras, como o fato de que Valkaria não seria mais reconhecida ou lembrada em áreas distantes da estátua; seus clérigos e paladinos teriam seus poderes reduzidos; e também o próprio segredo do desafio, conhecido apenas pelo sumo-sacerdote da deusa. Mas nada daquilo importava. Quanto maiores as dificuldades, quanto mais obstáculos Khalmyr apresentava, mais a deusa brilhava de emoção.

— Tem certeza de que entendeu? — O Deus da Justiça sabia não ser correta uma reação tão feliz diante do que estava por vir.

— Sim! Claro que sim! Você está colocando meu destino... minha vida... nas mãos deles!

— Não está preocupada?

— Como poderia?! Como, se agora tenho a certeza total de que serei salva?

— Como pode ter essa certeza?

— Porque confio neles! Foram feitos assim. Feitos para nunca desistir. Feitos para superar qualquer coisa, não importa quão difícil seja.

— Levará muito tempo.

— Esperarei. De joelhos. Clamando por sua ajuda.

— Em geral os devotos oram aos deuses pela salvação. O contrário não é comum.

— Eles não são um povo comum.

Sem mais nada a dizer, Khalmyr sacou a espada Rhumnam. Valkaria recuou um passo: mesmo com a confiança que tinha na própria salvação, o castigo não era fácil de enfrentar.

A deusa chorou. Suas lágrimas caíram em diversos pontos de Arton.

— Olhará por eles até a minha volta? — pediu.

— Sim. Tem minha palavra.

— Então estou pronta.

Deu as costas a Khalmyr, pousando as mãos trêmulas na sacada, e esperou pelo golpe. A espada riscou no ar um arco perfeito de luz, mas parou no meio do caminho. Khalmyr sentiu que a deusa condenada ainda tinha algo a dizer.

— Haverá, sim, um fim para a jornada.

"Os outros deuses querem a adoração e admiração de seus povos. Querem que seus devotos sejam iguais a eles. Mas eu, Khalmyr, não quero os humanos se ajoelhem para mim. Não quero que sejam iguais a mim."

"Quero que sejam melhores que eu."

"Melhores que nós."

E nesse instante, fitando seu carrasco com o rabo dos olhos, acrescentou:

— Eu criei os humanos para que superem os deuses.

A espada terminou sua jornada.

Mas a jornada humana apenas começava.

MARTELO PENDENTE

Marcelo Cassaro

As mãos perenes ao alto, acariciando as nuvens. Os olhos vazios, mas plenos de esperança. A imensidão nua, espiralada, indefesa, indestrutível.

Impossível olhar, sem sentir. O desejo de proteger a dama em perigo, a urgência em salvá-la do cativeiro. O entusiasmo, o coração em fogo, a vontade de gritar. De lutar, de vencer. A dúvida entre ficar ali para sempre, vigiando, amando, louvando sua fragilidade de pedra. Ou correr o mundo por ela, vencer guerras por ela, desbravar masmorras e matar dragões.

Por ela.

Era o espírito humano.

Não sem motivo, a estátua de Valkaria era o marco zero do mundo conhecido, o coração do Reinado. Ali, de joelhos, recebera os primeiros povos humanos. E ali, à sua sombra, eles ergueram a maior cidade de Arton.

Valkaria olhava para tudo aquilo, orgulhosa. Vaidosa. E queria mais.

Por séculos fora prisioneira do colosso que vestia sua antiga forma. Castigada por seus irmãos deuses, por algo que julgaram ser proibido. Tinham toda a razão. Era mesmo proibido, insensato, perigoso. Ainda assim, algo que ela não podia evitar.

Porque era uma deusa, mas também era humana. O erro estava em sua alma.

Agora estava livre outra vez. Heróis épicos haviam vencido o desafio imposto pelos deuses. Salvaram Valkaria. Desde então ela vinha saboreando a liberdade em mordidas grandes e suculentas — percorrendo horizontes, vencendo estradas, visitando cada palácio, taverna, ruína. Às vezes sozinha, quase sempre ao lado de aventureiros. Amava estar com eles. Lutar com eles. Cantar para eles. Levá-los à vitória sem que soubessem. Mas nem sempre — sem risco real, não há aventura.

Já não lembrava em nada uma vítima suplicante, adornada de espirais delicadas. Envergava uma armadura prática, comum, até desgastada. Em vez de brancura mármore, queimada de sol. Um anel de ouro tentava, sem muito sucesso, prender em trança o cabelo farto e rebelde. No punho da espada, gemas luziam alegria.

Indumentária bem modesta, para Valkaria — a deusa e a cidade. Na fervilhante e colorida capital do mundo, nenhum vestuário (ou falta dele) era extravagante demais. Ela passaria por uma guerreira mercenária qualquer, bebendo na taverna, esperando o próximo contrato para matar alguma coisa. Exceto, talvez, por estar pisando nas nuvens.

Desde sua liberação, era a primeira vez que voltava à capital. Não era incomodada por lembranças ruins — apenas tinha muito a ver e fazer.

Mas sempre podia achar tempo para um velho amigo.

O zumbido severo, profundo, anunciou sua chegada. Um vulto escuro e férreo, emergindo lento através das nuvens. Constelações de joias minúsculas luziam alinhadas sobre o metal fosco, pulsando promessas de força contida. Força para destroçar cidades, dizimar gigantes, matar dragões com os dedos.

— Se convite foi uma bela surpresa! — sorriu Valkaria. Os lábios curvados fariam uma nação chacinar outra, rebeldes derrubarem impérios. E haviam feito, muitas vezes, em tempos remotos.

Se fora abalado pelo sorriso, Arsenal foi também capaz de dissimular.

— ENTÃO, OS DEUSES TAMBÉM SE SURPREENDEM.

— Não todos. Acho que não. Mas eu me permito ficar surpresa. Gosto de surpresas.

— "ACHA" QUE NÃO.

— Acho. Não tenho certeza. Eu me permito não ter certeza.

Arsenal meneou a cabeça, o metal anelado zunindo com o movimento. Alguns diriam que ele, especialmente, deveria estar habituado a ter com deuses. Visitava a fortaleza planar de Keenn com regularidade, para traçar planos de batalha, comandar exércitos, até mesmo entreter-se com torneios e jogos. Também conhecera Khalmyr, Nimb e tantos outros.

Mas era um clérigo. Um sumo-sacerdote. E aqueles tão atrelados ao mundo divino sabiam — um encontro com um deus nunca é casual. Nunca é sem significado.

E estar ali com Valkaria era desconcertante, porque ela fazia parecer casual.

A deusa sentou-se à beira da nuvem, olhando a metrópole muito abaixo, sorvendo o perfume da agitação urbana.

— Havia deuses, de onde você veio?

— HAVIA. MAS NÓS OS VENCEMOS.

Valkaria fechou os olhos e fantasiou alto. Em algum lugar, alguém sentiu-se envergonhado ao fazer sua prece diária.

— Meus irmãos temem que, um dia, o mesmo aconteça aqui. Eu sonho com esse dia.

— COM CERTEZA, VOCÊ NÃO É COMO OUTROS DEUSES.

— Nem você é como outros homens.

Arsenal pairou mais perto, a capa inflada, as jóias na armadura expelindo ondas de força quente.

— VOCÊ PERMITE AOS HUMANOS LUTAR SUAS PRÓPRIAS BATALHAS. VOCÊ ENTENDE QUE AS VERDADEIRAS CONQUISTAS SÃO OBTIDAS PELA PRÓPRIA FORÇA. AQUELE QUE AJOELHA E ORA POR AJUDA NUNCA SERÁ COISA ALGUMA.

— E você também entende. São palavras estranhas, vindas de um clérigo. Um servo dos deuses.

— NÃO SOU SERVO DE KEENN. SOMOS ALIADOS.

Arsenal não estava sendo arrogante. Enquanto outros no Panteão cercavam-se de gado servil, o Deus da Guerra nunca procurara por ovelhas — buscava leões. Guerreiros. E o verdadeiro guerreiro não se curvava. Seguia ordens de seu general, sim. Entendia a cadeia de comando. Mas não se curvava.

Aquele digno de servir a Keenn não deveria ser capaz de servidão.

— Claro. Desculpe, não foi minha intenção ofender.

Dentro do elmo, Arsenal torceu o rosto incomodado. Uma deusa pedindo desculpas!

— Então, o grande dia está chegando. Lembra-se de quando nos conhecemos? Você já caçava tesouros para os reparos de sua "fortaleza".

Arsenal lembrava. Sua chegada a Arton era ainda recente, ele era um guerreiro de aluguel. Formava equipes, como outros guerreiros faziam. E Valkaria, aquela Valkaria, era apenas um avatar. Uma sombra de si mesma, incapaz de viajar muito longe do monumento-prisão.

— EU PODERIA TÊ-LA SALVO.

— Eu sei. Nunca tive dúvidas sobre isso. Mas havia regras. Você sabe, quando se trata de Khalmyr, há regras para tudo.

— IMAGINEI TER SIDO ESSE O MOTIVO.

O clérigo decidiu levar a conversa em outra direção. As excêntricas regras do Deus da Justiça não eram seu assunto favorito.

— FOI MESMO UMA LONGA CAMPANHA. MAS CONSEGUI REUNIR OS ARTEFATOS DE QUE PRECISAVA. O KISHIN PODE LUTAR DE NOVO.

— Lembra de como chamaram? "O Dia dos Gigantes".

— E CHAMARÃO OUTRA VEZ.

— Parabéns. Sei como você se esforçou. Mas não veio aqui apenas para se gabar, veio?

Outra divindade apenas saberia. Valkaria preferia perguntar.

— VIM SABER SOBRE O PANTEÃO. SABER SE ELES PRETENDEM INTERFERIR.

A deusa, até então bem-humorada, encrespou o cenho. Os céus ficaram um pouco mais cinzentos.

— Arsenal, o que está pensando? Planeja marchar com uma máquina de guerra gigantesca contra dezenas de nações. É certo que vão interferir! É certo que seus clérigos, seus paladinos —

— NÃO ME SUBESTIME — ele chegou a altear a voz. — NÃO TENHO NADA A TEMER DE LACAIOS SIMPLÓRIOS.

Valkaria arqueou uma sobrancelha. Nem tanto por ter sido interrompida, coisa que outros deuses tomariam como ofensa mortal. Estava curiosa.

A voz de trovão explicou:

— HÁ ANOS VENHO REUNINDO FORÇAS PARA ESTA GUERRA. COLETANDO ARMAS MÁGICAS. RESTAURANDO MEU COLOSSO. ORGANIZANDO TROPAS. FAZENDO PACTOS COM ALIADOS PODEROSOS. TUDO ISSO SEM AJUDA

DIVINA. NUNCA TIVE AUXÍLIO DE KEENN. NEM DE QUALQUER OUTRO DEUS.

— Você pensa... receia que os deuses tentem detê-lo... diretamente?

— ESTE É UM ASSUNTO DOS MORTAIS.

Apesar do longo cárcere, Valkaria havia presenciado muito, conhecido todos os tipos de pessoas e criaturas. Mas ali estava alguém raro. Um homem que não temia enfrentar nada inferior aos próprios deuses. Em uma terra de dragões-reis, arquimagos e demônios aberrantes, ele não temia nada.

Voltou a sorrir.

— Não sou ainda tão influente entre os meus. Mas Khalmyr lidera. E o que você diz é justo. Se triunfar com sua própria força, seus próprios meios, não cabe aos deuses interferir.

"Khalmyr pensa assim. Caso contrário, eu ainda seria prisioneira. Os elfos ainda teriam sua nação. Sszzaas não estaria de volta. E muitas outras coisas seriam diferentes".

O elmo acenou pesado e zumbiu, as gemas vítreas que eram seus olhos fulgindo em aprovação.

— AGRADEÇO, DEUSA DA AMBIÇÃO. COM SUA LICENÇA, DEVO IR AGORA. TENHO AFAZERES.

— Por que não fez essa pergunta a Keenn?

— NUNCA PEÇO NADA A KEENN. NUNCA PEÇO NADA A DEUS ALGUM.

— Pediu a mim, agora.

— SIM. COMO AMIGO.

Com uma mesura tão respeitosa quanto possível para sua forma couraçada, Arsenal despediu-se, sumindo com um brilho arcano. O céu pareceu resfolegar de alívio.

Deixou para trás uma deusa pensativa.

Ela sabia. O colosso Kishinauros era um engenho sem igual, forjado em uma terra de maravilhas mágicas. De onde veio, marchavam em largas tropas. Aqui, bastaria um deles para desequilibrar totalmente a balança de poder no Reinado. Não era surpresa que o clérigo tivesse empenhado tanto de seu tempo e recursos para restaurar o gigante de ferro.

Como se não bastasse, Arsenal era um prodigioso estrategista, não confiava apenas em sua máquina. Tinha aliados fortes — membros da

Ordem de Keenn, mercenários, monstros. Todos preparados para atacar em pontos nervosos, trazer caos aos reinos.

Tinha chances reais de conquistar seu objetivo, pela força. Jogar a civilização numa guerra sem fim. Seria um tirano invencível, em meio a déspotas menores. E claro, Keenn cresceria em poder e influência.

Mas o Reinado não estava indefeso, nem desprevenido. Naquele exato momento, Valkaria podia ouvir — regentes fazendo planos e assinando tratados apressados, equipes de heróis sendo mobilizadas para o contra-ataque. Um segundo colosso sendo forjado, tesouros mágicos sendo perseguidos para dar-lhe força. Aquilo que Arsenal levara duas décadas para conseguir sozinho, os reinos unidos tentavam igualar em poucos meses.

Um homem iria declarar guerra contra quase trinta nações.

O Deus da Guerra não era clemente com perdedores. Se falhasse, Arsenal não seria perdoado.

— Claro que não vamos interferir, Arsenal — ecoou a nuvem vazia, quando a deusa já estava a vários horizontes dali.

"Todos queremos ver como isso vai acabar".

Vagner Abreu trabalha com marketing de conteúdo e comunicação digital. Um de seus principais clientes é a Avec editora. Também colabora com o blog do Dínamo Studios escrevendo artigos sobre RPG, quadrinhos, cinema e literatura fantástica e participa do podcast ArgCast. Compartilha suas dicas de escrita semanalmente em seu site: *www.vidadeescritor.com.br*

RIXA DE SANGUE

Vagner Abreu

"Os mais fracos devem obediência aos mais fortes", é o que Tauron dita e os minotauros invasores pregam. Idriel Kalitch descobriu esse mandamento da forma mais dura.

E por isso está morta.

Em contrapartida, o Deus da Força e da Coragem também diz que "os mais fortes devem proteger os mais fracos". Idriel não teve quem a protegesse.

Mas as palavras malditas que proferi muitos anos antes de sua morte cuidaram para que ela e eu tivéssemos nossa vingança.

Assim, cá estou para pedir abrigo em seu Reino.

E, como vossa majestade ordena, contar-lhe-ei sobre a queda da Casa Kalitch. Minha linhagem, família ou clã.

A história de uma Rixa de Sangue.

Tudo aconteceu em um vilarejo típico em Fortuna, o Reino da Boa Sorte. Num local distante da capital e esquecido pela nação. Mas não esquecido por Tapista. Não pelos minotauros.

Impunham sua cultura escravista e de servidão a homens simples e preocupados demais com uma vida dura na lavoura.

Por que não pegamos em armas? Por que entregamos nossa liberdade a eles?

Vieram, bem-intencionados, oferecendo proteção contra os saques dos bárbaros das Montanhas Uivantes. Por que continuar pagando os altos tributos à coroa, se poderíamos financiar nossa própria guarda pessoal?

Nunca vi aquilo com bons olhos. Tentei alertar a comunidade. Sofri muito por culpa dessas bestas chifrudas. E mais: conhecia devotos de Tauron suficiente para saber que o preço que nosso vilarejo pagaria seria alto demais.

Não ouvira a mim, Mael Kalitch.

Deu no que deu.

Retiraram as armas dos poucos oficiais da lei que nos defendiam. Disseram que todos teríamos mais serventia na agricultura. Os que se recusaram foram castigados.

Logo, ídolos de sua divindade taurina foram colocados ao lado de Nimb, nosso Deus do Caos.

Então, tomaram nossas filhas para seus haréns. "Batalhas despertam o que há de mais bestial nos soldados, e suas filhas contribuem para que essa besta fique sob controle", dizia seu capitão, o legionário Tibérius.

O segundo ser que mais odiei em toda minha existência.

"Aplacar a besta"... Que os sonhos jamais me permitam ver o que acontecia a essas meninas. Ou o que tiveram que passar acompanhando as tropas.

Onde estava a justiça quando suas purezas deveriam ser entregues à Força? Para onde iriam os costumes dos nativos de Fortuna, a mercê dessa ditadura?

Diante do poder de Tauron, eu questionava a fraqueza do deus até então mais venerado em meu reino.

E foi a deusa para qual eu orava em segredo, aquela que vigiava a Casa Kalitch, quem atendeu minhas orações.

Tenebra, Senhora da Noite e dos Mortos.

Fui agraciado pelas Trevas no dia em que enterrei Idriel às pressas. Não houve lápide ou epígrafe. Nada contaria ao mundo as coisas belas que ela fez pelas pessoas daquele vilarejo.

Foi "a lei" quem proibiu que ela recebesse nossos ritos fúnebres. E isso me consumiu por dentro.

Os minotauros acompanharam o cortejo armados com suas espadas e lanças afiadas, enquanto aquele corpo de alguém que ainda tem muito a viver fora atirado como um saco de batatas em um buraco na mata.

Envolto numa mortalha, não pude vê-la uma última vez.

Esse tipo de enterro, segundo a sabedoria popular, faria sua alma ser atormentada no além. Vagaria como um fantasma condenado a existir entre os vivos e os mortos, sendo uma sombra àqueles que amou em vida.

Idriel seria esquecida.

"O castigo que merecem os traidores e desobedientes", disse-me Tibérius uma vez, enquanto eu me humilhava exigindo um tratamento digno para ela. Nunca mais precisou repetir essa frase. Ninguém ousou questioná-lo.

O capitão minotauro fora bem instruído por Minus, um clérigo de Tauron. Seu pai. Aquele que ocupa o primeiro lugar como ser que mais merece meu ódio.

Mas Idriel era filha de alguém.

Ela era minha filha.

Uma Kalitch.

O nome de meu clã também estava em jogo.

Idriel orava à Tenebra em segredo junto comigo. Em meu coração, eu sabia... A Senhora Morte e meu ancestrais não deixariam barato.

Minos e Tibérius tiraram muito de mim. Eu planejava usar as crenças de Fortuna para cobrar-lhes tudo a juros altos.

Eu teria uma Rixa de Sangue.

Meu avô, o historiador Leoni Kalitch, teorizou sobre a origem da "filosofia supersticiosa" em meu reino. Conforme seus escritos, diversos povos ciganos instalaram-se nessa região num passado distante. Eles lutavam entre sim. E muitos conflitos terminavam em morte.

Quando um cigano era assassinado, os familiares, dando ouvidos ao ódio em seus corações, podiam clamar aos deuses exigindo reparo. O que resultava na morte de um ente querido do assassino.

Esses povos acreditavam que Nimb "mexia seus dados", favorecendo o vingador em sua vingança. A vítima de uma vingança, também exigindo a Rixa, tornar-se-ia o assassino da nova Rixa e assim o ódio percorreria um ciclo imenso, até todos os envolvidos estarem mortos.

Segundo essa teoria, os nativos de Fortuna abominam a violência e a guerra, preferindo sempre a resistência pacifica ou a diplomacia ao ciclo de mortes gerado por essa tradição antiga.

Mas a dor da perda me cegava naquela época. Eu estava louco como Nimb, e não me importaria de sofrer, se fizesse Minus e Tibérius sofrerem também.

Não me importaria mesmo se meus atos trouxessem o fim para os Kalitch.

Eu não era um guerreiro, e nem um sacerdote digno dos maiores milagres, e ninguém lutaria ao meu lado para expulsar aqueles monstros. Então, como um pobre pode ter sua dívida paga?

A Rixa era a única saída. Felizmente, a Senhora Morte concedeu-me o necessário para ter a desforra. Algo que somente seus servos imortais conquistaram após centenas de anos: paciência.

Essa Rixa, como muitas, começou à noite em uma taverna…

Lembro-me até hoje dos detalhes.

— Volte lá e faça o sinal de proteção contra os maus espíritos — ordenou Roparz, o taverneiro da Pata de Lebre, indignado com minhas vestes sujas —Você, como clérigo de Nimb, deveria saber que é proibido entrar em qualquer lugar sem esse sinal.

Obedeci.

Precisava urgente de minha dose de álcool. Me disfarçava de clérigo de Nimb, mas rezava em segredo a Deusa dos Kalitch. Todavia, a única força capaz de me acalmar chamava-se álcool.

Melancólico e vermelho, Azgher, o Deus-Sol, lentamente se punha atrás dos brancos pontiagudos das Uivantes.

Quis ficar próximo a Roparz e logo me confessava sem saber o motivo. Talvez fosse a solidão a que fora arremessado desde o castigo de Idriel. Ou a bebida. Ou quem sabe tivesse sido um feitiço preparado por taverneiros para que nos envolvamos com suas conversas e gastemos todas as nossas economias em seus balcões.

Curioso como um gato, ele deu um jeito de saber o motivo de eu estar coberto de lama.

Revelei o que fiz durante o dia.

Roparz perdeu a expressão tranquila.

E nunca mais a encontraria naquela noite...

○

— Você fez o quê? É maluco? Desobedecendo a uma ordem de Tibérius... Você quer ter um destino semelhante a...

— Ao que Idriel teve? — interrompi — diga-me, Roparz, o que você faria em meu lugar? Se tivesse que ver sua filha enterrada em uma vala qualquer?

— Você não fez tudo isso sozinho, Mael Kalitch, fez? Quem o ajudou? Como convenceu alguém a desobedecer aos minotauros?

— Subornei quatro jovens com mais do que ganham em um ano de lavoura. Exatamente uma moeda de ouro para cada um.

— Se todas as ofertas dos fiéis no templo são confiscadas por Tibérius, onde foi que arranjou ouro?

— Foi o bardo quem me deu. Depois de tudo, era o mínimo que podia esperar daquele cigano.

As palavras de mau agouro fizeram o taverneiro beijar o olho de carneiro que trazia ao peito. Um pedido de boas vibrações. Já havia me servido um segundo copo, a dose era mais generosa e ele também bebia. Tremia como se fosse ser castigado como cúmplice.

E provavelmente seria.

— Não há como esconder a tumba de Idriel — alertou Roparz, soberbo — logo os minotauros baterão em todas as casas. Procurarão quem fez aquilo. Dizem que recorrem a tortura para arrancar confissões. Você e esses jovens estão condenados...

— Sorte sua Roparz, que sua filha não tem idade para servir no harém de um desses monstros. Me pergunto o que você fará daqui a dois anos...

O taverneiro deu uma pancada no balcão de carvalho.

— Ainda bem que tudo o que você tem a fazer é cuidar para que seus copos estejam sempre cheios — eu adorava militar contra os minotauros — Veja o que aconteceu com Robb, tentando esconder as filhas no celeiro. As jovens saáam apenas quando as feras iam batalhar. Um dia voltaram selvagens da luta e encontraram as meninas... E ele teve que assistir a tudo.

Roparz procurava uma resposta. Deu graças por ouvir alguns clientes fazendo gestos para espantar os espíritos e entrando na Pata de Lebre. Saiu para atendê-los, mas ordenou que sua filha e ajudante tirasse a noite de folga. Fugiu, assim, de meu questionamento.

Os quatros jovens que subornei também entravam na taverna. Sentaram longe de mim. Um deles era Aelle, o único que parecia tranquilo com tudo o que aconteceu durante o dia.

Os outros três pagaram com o ouro do bardo e adicionaram uma taxa extra para que o álcool chegasse logo a suas mesas. Era evidente que estavam nervosos. E, assim, descuidados.

Acabaram derrubando sal sobre a mesa.

Era um sinal: algo terrível estava para acontecer.

◉

Retornei às lembranças de minha filha. Tinha os cabelos negros como a noite, a pele pálida como a lua e a voz compulsiva e encantadora, como um eclipse. Todos vinham à Lebre para vê-la cantar e Roparz ganhou muito dinheiro sem nunca pagar um tostão por suas canções. Ela cantava como respirava, precisava disso e a música a fazia feliz. Era uma Kalitch.

Idriel era tão ingênua que nem se importava com isso. Entoava músicas e afastava o cansaço dos trabalhadores. Era minha "corujinha", e eu chamava-a assim desde seus primeiros anos de vida.

Como uma ave, Idriel deixou de cantar quando perdeu sua liberdade e somente voltou a libertar sua voz ao encontrar o amor.

◉

Eu estava perdido no passado.

Mais trabalhadores entraram na Lebre. Todos tiveram um dia difícil, e a bebida era o único alívio que restava. O desânimo era geral.

Roparz cuidava para que todos fizessem os ritos na entrada. Os esquecidos tinham de comer uma pimenta inteira. Quem não gostava precisava dedicar o primeiro gole de bebida ao Deus do Caos, deixando cair um pouco no chão.

Aqueles que trouxessem dados de Nimb, trevos, ferraduras ou algum outro talismã, ganhavam um mísero desconto.

Um cutucão em meu ombro obrigou-me a voltar ao presente.

Era Tito Cara de Bunda. Tinha esse apelido graças ao rosto cheio de rugas, principalmente em torno dos olhos e nariz. A boca fazia sempre um bico, de modo que cada frase do jovem terminava em piados.

Tito pedia minha benção pela trigésima vez.

"Nimb, abençoe esse homem de rosto estranho que resolveu fazer caretas em dia de ventania", orei como sempre fazia em resposta ao pedido. O jovem feioso foi para seu assento, assobiando de felicidade.

— Pare já com isso, Tito! Ou vai atrair cobras para dentro da minha taverna — decretava Roparz, muito irritado.

Nenhum acontecimento me interessava. Eu já havia me apossado de um jarro de destilado e continuava revivendo o passado. Desejando as canções da minha corujinha.

Foi então que ouvi o taverneiro declamando o velho discurso sobre deixar os maus espíritos lá fora, mas sua fala foi silenciando e perdendo força até se transformar no assobio que tanto condenava…

Quatro minotauros entraram na taverna.

○

"Boi, boi, boi. Boi da cara preta. Pegue esse menino…".

Assim começava uma cantiga de ninar cantada para assustar crianças em Fortuna. Qualquer adulto encontraria sabedoria nesses versos, se visse a expressão com que Tibérius adentrou a Lebre.

— Bebida para meus soldados — ordenou o capitão a Roparz, que não se atreveu a oferecer-lhe pimenta ou uva — Há menos sacos de trigo essa semana. Quero saber o motivo.

O touro de pelo escuro encarava-me como se eu soubesse a resposta. Marchou em minha direção.

Ficou parado na minha frente. Seu rosto bovino era difícil de decifrar. Bebeu do meu copo. Não ofereceu nada aos deuses. Pelo visto, Tauron não gostava de destilados.

— Por que não mandam esse homem santo abençoar o campo? — Tinha a voz de um lorde que pagou caro por um servo que não sabe trabalhar. E talvez Nimb estivesse cobrando os anos que me passei por um de seus clérigos. Mas eu não sentia medo. Era intolerável viver sem Idriel.

— Por que não me responde, sogro? O que você acha que está maltratando o trigo?

"Meu sogro".

Tibérius gostava de lembrar do casamento forçado que impôs a minha filha.

— Nimb não rolou bons dados para nossa lavoura. E fomos privados de toda a inspiração que restava — não foi uma resposta muito corajosa, admito.

Aquela cabeça de touro continuava me encarando. Não era a lavoura que o interessava.

— Estive no cemitério, antes de vir para cá... Você sabe o que fazemos com os desobedientes em Tapista?

Coloquei-me de pé apertando os dados que servem como símbolo da fé em Nimb, mas era à Estrela de Tenebra, escondida nos bolsos, a quem pedia proteção.

Toda a taverna nos encarava.

Os três soldados de Tibérius sentaram junto com os quatros jovens que me ajudaram com o enterro de Idriel. Eles estavam tão impassíveis que uma pequena pressão daqueles monstros seria suficiente para que abrissem o bico.

Principalmente depois dos legionários colocarem suas espadas sobre a mesa. Qualquer nativo de Fortuna concorda; armas em tavernas trazem má sorte.

Um soco no balcão de carvalho aquietou os ânimos. Pelo som, qualquer um teria quebrado uma falange, mas isso não era nada para o vigor do guerreiro minotauro.

— Você não vai tirar de mim o direito de preservar a memória de minha filha! — eu dizia aquilo mais para mim e para a Casa Kalitch.

— Memória. Há! Que tipo de homenagem merece uma traidora e meretriz? Meu pai, Minus, teria feito muito pior — Tibérius discursava como se ninguém ali conhecesse seu pai — E que tipo de fêmea era sua filha? Frequentava bares, cantava e dançava por dinheiro. Estava pedindo apra ser...

Perdi o controle e parti para cima dele.

Um soco de seu punho poderoso me jogou no chão. Meu queixo doía. Não desmaiei por sorte.

Diante de meu ato impensado, os legionários de Tibérius reagiram. Cortaram as gargantas dos jovens.

De todos, menos de um.

Aelle.

Somente dias depois fui saber. O patife vendia informações para Tibérius.

⊙

Com a morte dos três, os ânimos estavam a flor da pele. Ouviu-se gritos em protesto e haveria caos, se não fosse o berro do capitão.

— Quietos... Está vendo, sogro? Esse é o preço da desobediência.

Eu queria matá-lo. Ali, na frente de todos. Não era um homem de armas e não poderia combater quatro soldados sozinho. Porém, a Senhora Morte me concedia seus feitiços. Usaria sua magia para conjurar tentáculos de sombra e estrangular aquele verme. Pus a mão dentro do bolso e puxei a Estrela Negra. Ergui-a bem alto, revelando meu disfarce. Já estava visualizando a magia, fazendo-a tomar forma no mundo físico.

Já imaginava o choro de Minus ao descobrir que eu matei seu único filho e herdeiro. Seria o fim de sua Casa.

Mas o guerreiro foi muito mais rápido. Um soco e eu estava no chão. O símbolo sagrado caiu longe. O capitão ria da minha inutilidade.

Nenhum dos meus conterrâneos me socorreu. Tentavam ficar o mais longe possível, graças principalmente ao talismã de Tenebra. Acreditavam que fosse um item de mau agouro.

Deixaram-me sozinho para morrer e depois também ser jogado em uma vala qualquer. O último dos Kalitch.

— Mande lembrança para sua filha prostituta... Vá para o inferno junto dela, verme — a voz de Tibérius saia sem esforço algum. Não parecia que estava fazendo força para matar um homem.

Seus polegares apertavam fundo meu pescoço. O ar não chegava aos meus pulmões.

Meus chutes de nada adiantavam. Não enxergava nada, somente a escuridão. Viria algum mensageiro da Senhora Morte me buscar? Um antepassado, talvez? Ou o destino seria vagar como um condenado?

Se fosse para virar um morto-vivo, eu iria assombrar Tibérius e Minus para sempre.

Certo da morte, fechei os olhos e os abri esperando ver minha família em Sombria, lar de Tenebra.

Mas um estrondo, como uma trovoada inesperada, trouxe-me de volta da inconsciência. Minha execução não era mais o espetáculo da noite.

Todos olhavam a porta da taverna.

O estrondo de novo. E de novo.

Alguma coisa muito forte estava batendo na porta.

E queria entrar.

Talvez fosse Tauron querendo assistir minha execução.

Surpreso, Tibérius vacilou em me apertar. Até o capitão legionário se impressionou. Roparz, quase se molhando, dizia que era obra de espíritos malignos.

O capitão estava de pé dando ordens. Seus três legionários assumiram posição próximo a porta. Atacar o flanco de quem entrasse.

Espadas prontas.

— Mande entrar — ordenou o capitão ao taverneiro.

E, se o supersticioso Roparz soubesse o que permitiria acessar seu estabelecimento, teria preferido o açoite. Mas limitou-se a replicar o comando do legionário.

— Seja bem-vindo a Pat... — o resto da voz do taverneiro saiu como um ruído ininteligível. O queixo despencou de pavor.

A porta, capaz de resistir a uma investida de dragão, chocou-se à parede. Lembrava um furacão. Todavia, a maneira como a taverna foi arrombada foi o menos impressionante. Diferente do que entrava. Do que fazia os corações saltarem do peito. Do que eriçava os pelos e fazia as pernas baterem-se umas nas outras. Era uma pessoa.

Tinha um corpo magro, castigado pela fome. Andava a passos curtos, livrando-se de sua mortalha coberta de lama. O corpo era mais pálido que de costume, lembrando uma estátua de mármore.

Os olhos lembravam uma noite sem lua e um par de presas emprestava à figura um sorriso lupino.

A coisa olhava a todos como se já tivesse estado ali em um passado distante. Salivava como um cão esfomeado.

Até que olhou em minha direção.

Tibérius estava pronto para o combate. Um gesto e seus soldados investiram contra a coisa que parecia capaz de ler pensamentos. Com os reflexos de um lince, girou com os braços abertos. Arranhou.

Chagas surgiram nos pescoços dos três minotauros legionários. Eles desabaram e tingiram o piso com um rubro vivo. Morreram em um piscar de olhos.

Logo, a criatura estava diante do prato principal: Tibérius, o boi ao abate.

Mas ele oferecia mais resistência. Suas estocadas rápidas impediam a aproximação da criatura. Eu senti como se ela estivesse brincando com a comida. Uma tigresa caçando um bisão.

De repente parou de investir contra o capitão.

A figura gargalhava, insana como Nimb. A máscara que se formara em seu rosto era sinistra. O olhar demente que mata sem remorso.

A criatura gritou. Era fúria. E em meio a zombaria malévola, identifiquei uma sentença.

"É você".

Foi assim que Tibérius notou contra quem lutava.

— Mas... Eu mesmo açoitei-a. Lembro do seu choro enquanto berrava o nome daquele cigano sujo. Recordo de quando seu corpo desabou em uma poça de sangue. Eu matei você. Diga, clérigo, que tipo de truque é esse... — a descrição de Tibérius era uma confusão.

A coisa saltou sobre o minotauro.

Puxou sem esforço. Como uma criança arrancando a perna de um gafanhoto. O que veio depois foi um som molhado, acompanhado de algo se rompendo.

O braço poderoso do guerreiro foi arremessado à sua frente.

O capitão caiu de joelhos, berrando como um bezerro desmamado.

— Você sempre teve orgulho desses braços musculosos — proferiu a coisa. Sua voz era ainda mais encantadora após a transformação. E continuava.

— Pelo que fez comigo, você merece humilhação pior. E só conheço um castigo merecido para um minotauro. Quando íamos deitar, ainda lembro. Você vangloriava-se de como isso era avantajado…

O desespero fez Tibérius revidar com um soco. Mas logo a mão dela repousava em seus cornos. Apenas um puxão foi suficiente para quebrá-los.

O guerreiro caiu de joelhos, um rio vermelho escorrendo do local onde antes estavam seus cornos. Esse rio cobria sua orelha, focinho e olhos.

Mesmo não sendo um minotauro, senti em meus ossos a dor de Tibérius.

Ela jogou os chifres a frente dele.

— Agora sim você sabe o real significado de "descorneado", não é? Monstro — todos ali sabiam quem era aquela a pessoa.

Eu me sentia agraciado.

Humilhado e enfraquecido, a cena seguinte ainda deve assombrar os sonhos de meus conterrâneos. As garras da criatura abriram caminho no peito do capitão legionário.

Sem reação, Tibérius morreu como os seres fracos que acreditava merecer a escravidão.

Enquanto seu sangue aplacava a fome de uma vampira.

○

Todos os sacerdotes recebem treinamento especial contra as criaturas que voltam das tumbas: fantasmas, zumbis ou vampiros.

Era por isso que eu sabia exatamente o que fazer. Não demoraria muito para a vampira voltar a sentir fome que se torna intensa, após o renascimento.

Peguei a Estrela Negra e a ergui.

— Em nome de Tenebra, eu ordeno que atenda ao meu comando, Anjo da Noite.

A Senhora Morte permitia a seus sacerdotes um controle mental sobre qualquer morto. Buscava tempo para que os moradores fugissem. Ela me olhava fascinada. Quieta. Sem movimentos bruscos.

Era a minha deixa.

— Corram para suas casas. Coloquem trancas reforçadas nas portas. Pendurem colares de alho. Haja o que houver, não permitam a entrada de ninguém.

— Vão! — tive que reforçar o comando, pois todos estavam horrorizados demais. Mas me obedeceram. Apenas Roparz relutou em deixar a Pata de Lebre. O jovem Aelle saiu também. Parecia curioso em relação a vampira.

Voltei-me para a figura. Ela já estava recuperando os movimentos. Então falei.

— Vou livrá-la dos poderes de Tenebra. Prometa-me, corujinha, que não irá atacar mais ninguém.

Sim, era Idriel. Minha filha transformada em vampira. A graça maior que a Senhora Morte concede apenas aos servos mais devotados e competentes.

Ela havia reconhecido seu pai. Peguei a capa de um legionário e a cobri. Abracei-a e ela respondeu com o máximo de afago que sua nova condição permitia.

Minha filha de volta. E transformada em uma força da natureza. Era o próximo passo na cadeia alimentar. Estava orgulhoso como se ela estivesse se formando na Academia Arcana.

Uma honra a nossa linhagem. Meus antepassados Kalitch concordariam comigo.

No entanto, para minha tristeza, suas primeiras palavras não foram o que um pai gostaria de ouvir.

— Onde está Rômulo? Onde está o bardo. Onde está meu… amado? Responda logo, mortal, eu ordeno — parecia um viciado que não tragava a anos.

Idriel ordenava. Parecia Tenebra. Em seu olhar, seu senso de urgência e no som poderoso de sua voz. Era impossível ignorar os pedidos daquela a quem dediquei a vida. A Deusa dos Kalitch não deixou de atender a minha jura. A Rixa de Sangue.

Falei onde o bardo poderia ser encontrado…

Seu semblante mudou na mesma hora.

Ela andou até a janela. Fitou a lua vermelha. Por ser seu pai, conhecia aquele jeito de olhar; ela estava maquinando algo.

Uma fisgada em meu peito alertava-me do pior. Idriel iria para longe novamente. Havia tanto que queria lhe dizer sobre seus novos dons, tanto que queria ensinar-lhe.

Corri para agarrá-la.

— Espere, Idriel!

Acabei abraçando uma nuvem prateada.

Minha corujinha dominava mais uma habilidade de vampiro. Transformando-se em névoa, viajaria rapidamente a qualquer canto de Fortuna.

E só tive tempo de gritar um único conselho.

— Apenas evite os raios de Azgher...

Agora, é preciso uma breve pausa nesse relato.

Pois não há como vossa majestade entender o desfecho dessa história sem que compreenda porque Idriel queria tanto estar com Rômulo, o bardo.

Vou, então, relembrar esse amor proibido.

Prometo ser breve, sei que não tem toda a eternidade...

Tibérius, aconselhado pelo pai, resolvera parar de tratar sua esposa como uma concubina do harém. Ela merecia privilégios. Então, na primeira primavera após seu casamento, permitiu a Idriel voltar à casa do pai. Enquanto ele estivera numa nova investida, "defendendo-nos dos bárbaros das Uivantes".

Esse reencontro foi difícil. Já sabia que tinha entregue minha corujinha para o filho de meu maior inimigo e não havia um dia em que não me punisse por isso.

Porém, constatar o silêncio de minha corujinha foi um castigo derradeiro. Idriel não cantava mais. O sorriso abandonara seu rosto, substituído por marcas de abuso e espancamento.

Insistira em me ajudar com a limpeza do templo. Após uma semana, encará-la era um lembrete da própria covardia de outrora. Já não suportava encarar aqueles olhos azuis nublados pela tristeza.

Então, ela resolveu ficar no único lugar que lhe trazia conforto: o cemitério. Estar entre as tumbas, colocando jarros e limpando lápides a fizera lembrar os dias sem preocupações.

Em dois dias, já havia reaprendido a cantar.

Em uma semana, fizera duetos com os pios das corujas e o crocitar dos corvos. Lia epígrafes e compunha elegias a cada alma esquecida pelos vivos.

Certa vez, a vi cantando para uma procissão de fantasmas, sombras e espectros. Vinham de longe para ouví-la. Ao final do espetáculo, os mortos encontravam alento. Suas baladas lembravam-lhes que havia mais coisas entre Arton e o esquecimento. Reencontravam os caminhos para os Reinos dos Deuses.

A notícia se espalhou entre o povo da noite. Licantropos, vampiros e outros condenados se escondiam na mata. Acompanhavam o espetáculo e lamentavam as vidas desperdiçadas. Alguém os entendia.

Ninguém em Arton fez algo tão bonito por aqueles que já partiram. Com certeza, chamaria a atenção de Tenebra.

Os rumores serviram para atrair o maldito Rômulo àquele cemitério.

Ele era um corvo anunciando uma tempestade.

Vestia roupas largas e negras. Adornava-se com bandana, brincos e pulseiras. Assim como eu, descendia do povo cigano. Evidentemente, tinha mais orgulho dessa origem.

O bardo chegara em plena apresentação. Invadira o cemitério. Rabeca em punhos, acompanhava o canto de Idriel no ritmo certo. Nunca atrasado ou adiantado demais. Fizeram performance juntos, sempre sabiam qual a próxima música sem nunca terem ensaiado.

Nem haviam se visto uma vez se quer...

Eram irmãos. Almas gêmeas.

Sem demora, Idriel entregou-se ao nômade. Era a materialização de seus sonhos infantis. Além disso, falava de viagens, histórias e aventuras.

Se importava com as coisas da vida dela. Era tudo o que Tibérius nunca seria.

Juntos, eles compuseram uma balada sombria. Servia para marcar a história daquele romance proibido: A Balada do Negro Amor.

Idriel estava apaixonada. Precisava do bardo desesperadamente. Confessou: "Não tinha mais significado algum entregar-se a outro".

Ordenei que não mais visse o cigano e alertei para que nunca mais abrisse a boca para falar aquilo.

Mas o que não sabíamos era que Tibérius objetivava-a. Ela era como um título de nobreza ou lote de terra. Ele não deixaria um troféu sem um vigilante. Pagou a um jovem do vilarejo para espiá-la e reportar tudo envolvendo Idriel.

Esse espião era Aelle.

◉

O capitão minotauro voltou das Uivantes antes do final do conflito. Exigiu a presença de Idriel.

Minha filha quis proteger o bardo. Encarou o marido de frente, exigiu divórcio. Mas Tibérius era a encarnação do orgulho de um minotauro. Tomou o ato como alta traição. Sua esposa teria o mesmo castigo que um escravo insubordinado.

Não... Seria algo pior. Não bastaria a morte. Seu castigo deveria ser uma mensagem contra qualquer revoltoso em Fortuna.

Um pelourinho foi improvisado na praça do vilarejo.

E o resto, espero não precisar repetir...

◉

A vingança, disse um sábio elfo, é um prato melhor saboreado frio.

O que importava a mim naquela noite, na Pata de Lebre, era que o filho de Minus estava morto e, de certo modo, sentia-me vingando.

A notícia da morte do capitão legionário chegaria até Minus, na capital. Meu grande inimigo sentiria a mesma dor que senti: ver o fim de sua família.

Eu ansiava ver sua cara humilhada. Mas enterrei esse desejo. Precisava pegar Idriel e dar o fora antes da chegada de novas patrulhas minotáuricas.

Quanto aos mortos na taverna, as presas da vampira iria transformá-los em vampiros. Não permitiria: minotauros recebendo a graça maior de Tenebra.

Ateei fogo ao estabelecimento sem me importar com o que Roparz fosse pensar. Aquele foi meu segundo erro.

O primeiro, como já relatei, foi permitir a fuga de Aelle. O maldito fofoqueiro já estava cavalgando à capital. Ele venderia informações a Minus.

Logo, teria que confrontar meu grande inimigo.

Talvez não corresponda a verdade, porém foi tudo o que deu tempo de descobrir...

Aconteceu de repente.. Aqueles quatro pularam na cama de lençóis rosados e manchados de suor.

O único homem no cômodo acordou abruptamente, colocou-se de pé na cama puxando a adaga debaixo do travesseiro. Junto dele também havia três mulheres, que cobriram-se até esconder os seios desnudos. Mais por acreditarem que afastaria o sobrenatural. Há décadas, não sabiam o que era ter vergonha.

Paralisados de medo, fitavam a janela que se abriu, como se arrombada pelo vento. Em seguida, uma nuvem prateada invadiu o aposento de paredes vermelhas. Movimentava-se como a Tormenta.

As mulheres agarram-se às pernas do homem que se xingava por ter deixado a rabeca tão longe da cama. Sem usar seus encantamentos de bardo, não havia muito que poderia fazer.

A nuvem de névoa tomava forma; braços e pernas saíram de seu interior. Logo, o vapor desapareceu no ar, dando lugar a uma mulher.

O homem a conhecia muito bem.

— Idriel — constatou espantado.

Não houve tempo de dizer mais nada. A energia da frustração se convertera em ódio no coração da vampira. E eram as meretrizes aos pés do bardo que pagaram o preço.

Rômulo caiu de joelhos. Imóvel, assistia sua amada sugar a vida das mulheres. E deixar fria a pele daquelas que lhe aqueceram nas últimas noites.

A vampira finalmente entendeu. Ela havia morrido por esse amor e, no entanto, Rômulo estava aqui, num bordel. Não parecia ter guardado luto algum por ela.

A maneira como brincou com seus sentimentos tornava-o mais desprezível do que Tibérius, talvez.

O cigano, todavia, não era mais o malandro encantador de antes. Ridículo, jogou-se aos pés dela. Implorava pela própria vida.

— Patético. Não acredito ter amado um ser tão descartável como você. Darei um fim rápido à sua vida inútil.

A vampira fez surgir as mesmas garras horríveis que abriu as gargantas dos minotauros. Chegou próximo do bardo sem nenhum entusiasmo. Ergueu a mão para o golpe final.

Mas não suportou a reação engenhosa de seu desamor.

Rômulo cantava a música que compunham juntos, quando estiveram juntos pela primeira vez. Sua balada secreta.

A Balada do Negro Amor.

A canção fez Idriel recuperar sua humanidade. Deu as costas para o bardo.

— Vá, se mande, junto tudo o que puder levar — ela fez uma reverência.

Com isso, descarregou sua ira em todos os inocentes que buscavam amor naquele bordel.

Fez do local sua fortaleza, emprestando outro sentido ao que chamam de "inferninho".

◎

Rômulo veio me ver na manhã seguinte. Ele jurou sair de Fortuna e nunca mais voltar.

Tentei falar com ela na noite seguinte. Mas fui rechaçado como na taverna.

Idriel estava sozinha e assim queria permanecer. Queimava os corpos de cada vítima atacada para que não virassem vampiros.

Corpos queimados decoravam a entrada de seu Inferninho. Acredito ser sua forma de dizer "me deixem em paz".

Uma multidão armou-se de tochas, ancinhos e foices. Aguardavam meu retorno ao vilarejo. Eram um grande clichê e diziam que o mal precisava ser purificado.

Roparz culpava-me pelo incêndio na taverna e, como retaliação, inventou que Idriel iria embora com a morte do "feiticeiro maligno que a trouxe".

Na primeira tentativa de argumentar, uma pedra acertou-me na cabeça.

Caí desacordado ouvindo Aelle berrar.

— Amarrem o clérigo de Tenebra. Minus deve chegar amanhã pela manhã.

Só me restava orar para que Minus também não me reconhecesse.

Ou o último riso seria dele.

Vossa majestade deve entender outro detalhe sobre essa Rixa de Sangue.

Movido pela ganância, Minus ordenara às suas legiões que pilhassem os templos de Tenebra em todo o Império de Tauron. O motivo era a prata que usávamos em ritos e como adorno.

Eu estive no saque ao templo próximo a capital de Fortuna. Idriel também. Embora ainda criança, no colo de sua mãe. Minha esposa.

Kairin Kalitch.

Diferente de mim, Kairin era arrogante demais para passar-se por um seguidor de Nimb. Ela ficou e lutou. Conjurou magias contra os legionários e defendeu o templo.

Minha amada lutou enquanto eu fugia com Idriel nos braços.

Ainda me recordo de olhar para trás em fuga e ver a maça de Minus abrir uma fenda no crânio de minha esposa.

Eu amaldiçoei o nome do minotauro.

E o resto você já sabe...

Acordei trajando só de ceroulas. Os raios do Deus-Sol Azgher tocavam minha pele. Bloqueavam os poderes concedidos por Tenebra. Era a única exigência da Deusa das Trevas. Não teria como usar magia para fugir ou operar outros milagres.

Então, tive provas da ironia do Deus do Caos.

Aelle e Roparz estavam o tempo todo do lado de Minus. Haviam falado de minha ligação secreta com a Deusa das Trevas e no "demônio que eu trouxe para habitar a pele de minha filha".

O minotauro clérigo, agora, vinha em minha direção. Vestia uma armadura vermelha e carregava a maça que acabou com a vida de Kairin. Sobre o peitoral musculoso havia um tabardo com um grande pingente de prata; a cabeça bovina de Tauron. Ela me fulminava com os olhos bovinos.

Minus exibiu a espada de Tibérius. Estava danificada pelo incêndio que causei à Pata. Seu semblante taurino exigia respostas.

Então, falou.

— O que esperava conseguir com isso, verme?

Continuei de cabeça baixa.

O clérigo passou a dar ordens a minha comunidade:

— Tragam esse inseto junto comigo. Vamos aproveitar a luz para caçar a vampira. E você — agora se dirigia a mim — vai assistir sua filha ser destruída.

Parecia que o minotauro crescia em tamanho enquanto eu diminuía. Mas antes de me render, havia mais uma coisa que podia fazer. Mais um recado a entregar.

Escarrei e cuspi no pé dele.

O soco quebrou-me vários dentes da boca.

Mas valeu a pena.

Roparz, Aelle e demais nativos de Fortuna olhavam a cena impressionados pelo meu gesto. Eles sabiam o que aquilo significava.

Usei as superstições de Fortuna a meu favor.

◐

A multidão aguardava em frente ao prostíbulo. Fizeram gestos de proteção diante dos corpos queimados pela vampira.

Comandados por Minus, quatro soldados invadiram o Inferninho. Minutos depois, ouvimos seus berros apavorados.

Tauron não permitia que seus clérigos recuassem. O Deus da Força concedia um poder diferente de Tenebra aos seus representantes em Arton. Ao invés de hipnotizar os mortos-vivos, eles os expulsam. Obrigam-nos a recuar diante da fé.

Minus entrou no bordel invocando o nome de sua divindade.

○

Idriel banqueteava-se com o sangue dos minotauros, escondida nas sombras. Então, outra criatura de sangue quente nas veias entrou no Inferninho. Tomada por uma fome insaciável, Idriel abandou a caça abatida para predar a nova.

Mas o clérigo já estava com dois dedos em riste, fazendo chifres. Gesto a Tauron.

Então, a vampira de repente não conseguiu alcançá-lo. Uma força invisível impedia-a de encostar no minotauro. Na verdade, o máximo que ela podia era ficar a alguns metros dele.

Minus, então, retrocedeu dois passos. A vampira também o fez.

Mais dois passos. Idriel a imitá-lo sempre. Ele a levaria para fora, ao Deus-Sol.

O minotauro chegou no batente da porta. A luz de Azgher já provocava queimaduras na pele sensível da vampira. Logo, seria transformada em cinzas.

Preparei uma corrida em direção ao clérigo. Roparz, Aelle e os outros do vilarejo reagiram. Fui agarrado. Impediram os movimentos de meu corpo. Mordi o pescoço do homem à minha frente, tamanha raiva e frustação.

Arranquei um naco de carne de uma garganta. O jovem caiu gemendo. Ia morrer em breve. Era Aelle.

Minus impunha novamente a fé contra a vampira que o obedecia. Não havia mais esperança.

Preso por meus conterrâneos, eu seria obrigado a assistir.

○

Mas o que aconteceu foi inusitado.

Ouviu-se o som de rabeca. Uma melodia começava a ser tocada. Era a Balada do Negro Amor.

De onde Rômulo veio, nunca tive chance de descobrir.

Muitas lendas falam sobre os poderes mágicos da música do bardo. Poucos conseguiam vê-la em ação. Aquela música inspirava a alma Idriel. Em pouco tempo, o comportamento selvagem cessou. Minha filha recuava enquanto ouvia a melodia.

Idriel assumiu o controle da vampira.

Ficou longe da luz de Azgher, protegida pelas sombras.

Minus recuou. Sua fé abalada não servia de escudo. Mas tinha outros truques para usar. Conjuraria outro poder.

O bardo gritou:

— Acompanhe-me Idriel! Cante comigo mais uma vez.

Idriel, naquele momento, desenvolveu um poder vampírico único. Cantava como uma sereia. Era uma canção de beleza provocante.

Não murmurava uma palavra inteligível, mas atraia Minus para próximo de si. Uma mariposa ao fogo.

O minotauro andou para junto da vampira como um escravo obediente que admira e anseia o açoite de seu senhor. Invadiu o prédio até sair da proteção de Azgher e encontrar a garra poderosa de Idriel.

A vampira mostrou as presas e mordeu até que, finalmente, o minotauro morresse.

Era o momento mais esperado em minha existência. Mas não pude festejar. Estava ocupado demais com a multidão. Precisava desviar a atenção deles, ou ateariam fogo ao bordel.

— Você viram o que aconteceu com o minotauro que ousou desafiar os Poderes Negros de Tenebra. O mesmo acontecerá com todos vocês.

Ganhei a atenção. Roparz e os outros ainda acreditavam que eu deveria morrer para a vampira ir embora. Amordaçaram minha boca para que eu não cuspisse no pé de mais ninguém.

Havia uma superstição antiga em Fortuna que é do tempo dos ciganos. Levar uma cusparada é sinal de que se vai morrer, a menos que você lave o pé com arruda ou alfazema.

Fui levado para o pelourinho no centro da cidade e executado ao pôr-do-sol.

Era a Rixa de Sangue cobrando o preço. O preço que eu estava disposto a pagar e pagava com prazer.

◉

E essa é a história completa da queda da família Kanlitch.
E da Rixa de Sangue.
Obviamente, algumas respostas ainda são um mistério.
Idriel foi transformada por algum vampiro? Ou seria uma benção de Tenebra? Ou quem sabe os nativos de Fortuna estão certos? Será que ela voltou a viver por ser enterrada sem o rito fúnebre adequado? Lembre-se de que superstições ganham força em Fortuna.
Sempre acreditei que a verdade seria revelada depois que eu morresse. Aqui mesmo, diante do trono de vossa majestade, a Rainha de Sombria.
Por favor Tenebra, responda-me.

Rogerio Saladino é escritor, jornalista e editor. Foi editor da versão nacional da revista *Dragon Magazine*, pela editora Abril, editor-assistente da revista *Dragão Brasil* e editor de quadrinhos de super-heróis Marvel para a editora Panini, responsável por títulos como Homem-Aranha, X-Men e Wolverine. É cocriador de *Tormenta*, o mais famoso cenário de RPG brasileiro, e hoje é editor da Jambô, cuidando de títulos tanto de quadrinhos como de RPG na editora e da nova versão da revista *Dragão Brasil*.

A NOVA ARMADURA DE KATABROK

Rogerio Saladino

Thaethnem acordou assustado. O elfo mal tinha fechado os olhos.

Não estava "dormindo" de verdade; era um estado parecido com uma meditação ou reflexão que os elfos usam para repor suas energias, substituindo o sono comum das outras raças. Mas o descanso de Thaethnem foi interrompida logo no seu início, por sons altos e bem familiares.

E gritos. Gritos ainda mais familiares.

"Mas o que raios está acontecendo agora?" pensou o elfo enquanto instintivamente pegava seu arco e sua aljava, levantando-se com um salto ágil e silencioso. Os anos de treinamento como arqueiro de Lenórienn o faziam reagir dessa forma praticamente em qualquer situação.

Procurando pelo acampamento improvisado que ele e seus companheiros de viagem tinham levantado à beira da estrada, passou os olhos pela fogueira e por onde os outros deveriam estar. O que viu fez surgir em sua mente outra pergunta, esta também bem familiar e frequente nos últimos dias:

"Por que isso só acontece no turno de guarda do Katabrok?".

A cena diante do elfo arqueiro parecia ter saído da mente do próprio deus Nimb: um buraco enorme estava aberto no meio do acampamento, com pedras e terra revirada para todos os lados, como se algo tivesse saltado para fora do solo com a força de uma explosão. Um dos cavalos estava caído no buraco e tentava desesperadamente escapar da armadilha acidental — os outros doistinham conseguido fugir, agora dois pontos minúsculos à distância, provavelmente visíveis apenas aos olhos guçados de Thaethnem. Ainda no acampamento, estava a parte bizarra da cena; uma criatura encouraçada, atarracada e com uma boca imensa e cheia de dentes, suja de terra, rolava no chão engalfinhada com outra figura (não tão grande) igualmente suja de terra. Thaethnem conhecia as duas criaturas.

Uma era um bulette, também chamado de selako terrestre, um monstro que vive debaixo do solo e que estoura o chão para atacar suas vítimas incautas. Uma aberração voraz, violenta e que compensa sua mente simples com ferocidade inigualável.

A outra criatura era seu companheiro de viagens, Katabrok, um guerreiro destemido (até demais) afeito a se atirar ao combate totalmente incauto. Um humano de bom coração e corajoso, que compensa sua mente simplória com... bom, com nada.

Katabrok tentava cavalgar o bulette como se fosse uma montaria comum, caindo e rolando para os lados e batendo no monstro com um pedaço imenso de... carne seca? Correndo freneticamente ao redor do dois combatentes estava o terceiro integrante do grupo de aventureiros, Gordovorimm. O bardo anão (conceito que o elfo se esforçava para compreender) circulava o monstro e o guerreiro, com os braços para cima, berrando frases incoerentes com uma voz aguda e fina (outro conceito que o elfo não conseguia compreender). Para Thaethnem parecia que Gordovorimm estava tentando cantar alguma coisa, mas não conseguia lembrar a música.

Já Katabrok parecia estar sorrindo.

Passado o choque inicial da imagem, o elfo voltou a raciocinar de forma prática. O bulette é um monstro perigoso e que pode ser uma verdadeira ameaça se não for tratado de forma inteligente, coisa que Thaethnem não esperava de Katabrok. Os golpes do entusiasmado guerreiro praticamente não faziam efeito nenhum na pesada blindagem natural do monstro (ainda mais levando em conta que ele não estava usando uma arma de verdade).

O elfo se lembrava que quando um bulette atacava, levantava sua "barbatana dorsal", talvez para intimidar o oponente ou parecer maior, e que isso deixava exposto um ponto fraco, uma parte do corpo desprotegida. Saltando para trás do monstro -- e antes que qualquer dos seus colegas formasse um pensamento (se é que eles faziam isso) — , disparou duas flechas certeiras no ponto exposto no dorso do monstro. Não era o suficiente para acabar com a luta, mas serviria para que a criatura (não Katabrok, a outra criatura) voltasse sua atenção para Thaethnem, urrando de dor e exibindo fileiras de dentes afiados em sua boca enorme, e disparasse em sua direção.

Thaethnem esperava que o guerreiro de muitos títulos e pouco bom senso entendesse que esta era a deixa para que ele pegasse uma arma mais adequada para o combate. Ou que lembrasse do mangual que tanto gostava de usar.

Para a felicidade (ou alívio) do arqueiro, Katabrok gastou apenas poucos segundos olhando para o desproporcional pedaço de carne seca em sua mão até fazer uma expressão de susto e relativa urgência, largar a provisão de lado e correr para pegar seu velho mangual.

Nesse curto espaço de tempo, o bulette avançava para Thaethnem, que se preparava para disparar uma flecha com mais afinco que seus disparos comuns. Ele pretendia um alvo mais complexo e mais difícil, principalmente numa aberração galopante. Instantes antes do monstro alcançar o elfo, com sua bocarra escancarada, Thaethnem disparou a flecha, que mal saiu do arco e acertou o olho direito da criatura. Ao mesmo tempo, o elfo saltou de lado, se desviando da trajetória rompante do monstro, caindo dois metros à esquerda.

O bulette urrou de dor e raiva, num som grave e metálico. Parou sua investida, chacoalhou a cabeça algumas vezes e tentou, sem sucesso, tirar a flecha do olho, como se isso acabasse com a dor que sentia. Terminou quebrando a flecha e lançando mais ondas de dor adentro de sua cabeça imensa. Berrou mais uma vez e retomou o ataque ao elfo, mas não tinha chegado sequer perto dele quando sentiu uma pancada no dorso.

"Toma isso, bicho feio! Esquece o elfo e vem terminar nossa conversinha, vem!"

Katabrok entoava o desafio com voz alta, tentando atrair o monstrengo. Segurava seu mangual numa mão e o igualmente velho escudo de metal na outra.

Em se tratando de qualquer outro guerreiro artoniano, a imagem poderia ser intimidante ou até mesmo assustadora, mas se tratava de Katabrok e o conjunto todo acabava não ajudando. Mesmo estando em seu turno de guarda (uma situação em que soldados normalmente estão totalmente equipados), Katabrok fora surpreendido vestindo apenas sua roupa de dormir, um camisão de algodão que deveria ser bem confortável e que, por algum motivo que Thaethnem realmente não queria saber, era todo estampado escudinhos e espadinhas.

Surpreendentemente, Katabrok sabia como usar muito bem o mangual, provavelmente uma das armas mais desajeitadas da história do combate armado. Ele girava de forma que a corrente e o peso com pontas fizessem uma trajetória fluida e poderosa, ganhando cada vez mais momento e velocidade. Quando os giros terminaram no dorso da criatura, perto da base da cabeça, o efeito foi devastador. A arma certeira destruiu couraça, carne e ossos. Mais rápido do que se poderia imaginar, Katabrok puxou o mangual com um golpe contínuo, arrancando-o do bulette, girando-o ao redor do próprio corpo e desferiu outra pancada, desta vez na cabeça do monstro, ao lado da flecha que Thaethnem havia fincado no olho.

O bulette se desequilibrou como consequência da força do golpe em sua cabeça, da dor e da desorientação subsquente. Sangue grosso começou a verter em grande quantidade do olho vazado e o monstro cambaleou. Thaethnem aproveitou a oportunidade para disparar mais duas flechas no ponto fraco. A criatura soltou um ganido horrendo e, trôpega, se voltou novamente para o elfo.

Katabrok girava o mangual acima da cabeça, ganhando velocidade e momento. A arma que o guerreiro usava era pesada, desajeitada e exigia um enorme esforço para acertar o alvo sem se voltar contra o próprio dono. Uma arma que elfo nenhum em Arton se rebaixaria a empunhar; não tinha graça, elegância, sutileza e, pensando de forma prática, sequer devia existir. Mas Katabrok sabia usá-la como ninguém. Não só isso: considerava o mangual a melhor arma do mundo (e provavelmente era o único capaz de sustentar essa opinião) e, em suas mãos, realmente parecia ser. Seus golpes eram devastadores, uma dança caótica de destruição nas quais os participantes era uma corrente, um peso e um humano absolutamente sem noção do que está fazendo.

Satisfeito com a força acumulada, Katabrok desferiu um golpe de cima para baixo, com as duas mãos segurando o cabo da arma, no mesmo ponto que Thaethnem havia atacado. As pontas da arma afundaram profundamente no bulette, que tombou sem vida instantaneamente.

Thaethnem ainda se impressionava com Katabrok. O guerreiro humano era, na maior parte do tempo, uma piada. Tomava as decisões mais erradas possíveis, não parecia planejar nada em sua vida, e todas as suas "ideias geniais" eram prenúncios de desastres que mais davam trabalho do que resolviam qualquer coisa. Mas uma coisa ele sabia fazer direito: lutar.

Com o fim da ameaça, Gordovorimm se lembrou de parar de correr, de gritar e se deu conta que podia voltar a respirar normalmente, deixando-se cair sentado no chão. O anão tirou os olhos do monstro e se voltou para o elfo e para Katabrok.

— Ufa! Foi por pouco, não? Acabamos com a inefável ameaça!

"Acabamos?" pensou o arqueiro, incapaz de se recordar de algum feito o útil do anãodurante o episódio inteiro. E também tinha sérias dúvidas de que Gordovorimm soubesse o significado da palavra "inefável". Deixou o pensamento de lado e se voltou curioso para Katabrok.

— Por que você estava batendo no bulette com um pedaço de carne seca?

O guerreiro fazia poses de vitória metido em sua camisa de dormir, como se uma plateia estivesse assistindo a tudo. A pergunta do elfo o tirou de sua comemoração imaginária.

— Ah, era o que eu tinha na minha mão no momento! Estava fazendo uma boquinha pra me deixar acordado e atento, quando esta criatura sorrateira se aproximou de mim sem que eu visse e...

— Criatura sorrateira? — Thaethnem interrompeu. — O bulette parece uma carroça de guerra sem uma das rodas, carregando baldes vazios. *Tem* o tamanho de uma carroça! E, por Glórienn, saiu de um buraco no chão que ele mesmo abriu! Como você foi surpreendido?

Katabrok fez uma expressão pensativa (ou algo que ele pensava ser uma expressão pensativa) e colocou uma das mãos no queixo.

— Hmm... Vai ver esse aí era um bulette especial! Talvez um bulette mágico... Ou um bulette ladrão! Ladrões SÃO furtivos, isso você não pode negar!

Thaethnem desistiu de tentar argumentar. Mas pensou consigo mesmo que a performance do amigo humano merecia apreciação. Afinal de contas, ninguém havia se ferido. E o monstro estava morto, certo? Por mais bizarro que pudesse aparecer, avaliando-se o resultado, o combate havia sido positivo.

— Seja como for, você foi muito atencioso s preciso. Viu que eu havia atacado o ponto fraco da criatura e fez o mesmo! Certamente isso nos ajudou a derrota-lo.

— Ponto fraco? — Perguntou inocentemente Katabrok — Qual ponto fraco?

O elfo piscou algumas vezes, novamente impressionado com o quanto a sorte parecia favorecer ao atrapalhado guerreiro de pijama. "Os deuses devem ter um plano para ele, um propósito especial, um destino único... Só pode ser isso".

Na manhã seguinte, o pequeno grupo de três aventureiros retomou seu caminho. Conseguiram encontrar um dos cavalos, e o que havia caído no buraco do bulette ainda estava em condições de cavalgar. O elfo seguia carregando Gordovorimm de carona em sua montaria, enquanto Katabrok carregava as provisões em seu cavalo.

— Então, Katabrok — disse o elfo — Tem certeza de que a caverna que estamos procurando está por perto? A tal onde está escondida a armadura que você quer tanto?

Thaethnem sabia que a caverna estava próxima, a poucas horas de cavalgada dali. Já tinha experiência o bastante viajando e se aventurando com Katabrok — o suficiente pra checar ele mesmo todas as referências geográficas e mapas necessários que o guerreiro de muitos adjetivos dizia conhecer. Era um meio de assegurar que experiências desagradáveis do passado jamais se repetissem (como na vez em que foram parar em Sambúrdia quando deveriam estar em Malpetrim, confundiram um goblin com um nobre mercador e trocaram todos os Tibares que possuíam por vinte galinhas randômicas — tinham esse nome porque botavam itens aleatórios ao invés de ovos — na esperança de enriquecer fácil). Mesmo assim, perguntava não porque precisasse da informação, mas para levantar um pouco os ânimos dos amigos.

— Claro que tenho! Afinal, aqui é Katabrok, o Localizador! Não tem lugar em Arton que eu não conheça como a palma de minha mão! A caverna fica na base de uma montanha a norte daqui — Katabrok disse, apontando para o leste — Se a gente continuarmos, chegamos lá de noite. Não prevejo maiores problemas, meus amigos!

Katabrok encerrou o assunto orgulhoso, com o sorriso dos inocentes dançando nos lábios.

Já Thaethnem, pôs-se a certificar que as flechas estavam em ordem.

Obviamente, previa todo tipo de problemas.

○

O grupo havia concordado em partir naquela aventura por conta do entusiasmo de Katabrok para encontrar a tal armadura. Há tempos precisava de uma nova. A que usava, ou seja, os pedaços de indumentária metálica que tinha coletado aqui e ali por toda sua vida, não combinavam ou faziam sentido, já estava gasta e invariavelmente causava prejuízos. Para consertar um buraco, Katabrok gastou dois tibares de prata, literalmente. Ele martelou as duas moedas até que tapassem a falha na parte feita de cota de malha. O que deveria servir para proteção acabou virando um marcador prateado, que dizia "acerte aqui" aos inimigos. Katabrok precisava mesmo de uma nova armadura.

Alguns dias antes, o guerreiro veio com a informação de que havia uma armadura com qualidades mágicas, quase um artefato lendário, guardado em uma caverna não muito distante, numa das pequenas nações da União Púrpura.

Thaethnem então checou as informações e, para a surpresa do elfo, a tal armadura lendária realmente existia: era chamada de as Placas de Bado. O problema era que ninguém parecia concordar com seu real paradeiro. O elfo acompanhou Gordovorimm quando o anão deciudiu pesquisar as diversas histórias, atento a qualquer detalhe ou informação relevante que o bardo pudesse deixar passar. Por tudo que tinha visto, a chance da informação que Katabrok tinha encontrado ser verdadeira era incrivelmente grande, e valia a pena ser verificada.

Além do mais estavam relativamente perto do local. Que mal faria dar uma espiada?

O elfo cavalgava na frente, seguido das reclamações de Gordovorimm e, mais atrás, de Katabrok. No começo da tarde tiveram que desmontar e seguir o caminho a pé, seguindo as indicações. Depois de passar por um enorme descampado e algumas colinas, chegaram numa região com espinhais e mato duro e alto, onde os únicos caminhos eram sinuosos e tortos, fazendo o trajeto ficar ainda mais lento e demorado.

A noite caiu e foram obrigados a dormir no meio do espinhal, numa pequena clareira. Desta vez, Thaethnem faria os turnos de guarda. Todos eles.

O elfo ficaria um pouco cansado no dia seguinte, mas estaria mais seguro assim. Não correria o risco de presenciar nenhuma cena bizarra envolvendo Katabrok de pijamas e Gordovorimm tentando cantar. Além do mais, sabia que todos ficariam seguros naquela noite: estariam protegidos graças aos roncos de Katabrok, que certamente assustariam qualquer criatura num raio de dezenas de metros.

Pela manhã, o grupo se aprontou para continuar o trajeto até a caverna, mas por insistência de Katabrok, esperaram que Thaethnem descansasse algumas horas. O guerreiro disse que era a única coisa que os dois podiam fazer por ele, depois de ter passado a noite inteira vigiando o acampamento. Não foi a única, já que ele fez também uma coisa queimada e de gosto horrendo que chamou de "café da manhã especial" para o amigo elfo. Thaethnem fingiu comer e jogou fora assim que pode.

Seguindo mais à frente, o elfo andava atento, procurando qualquer pista ou indicação de possíveis inimigos, ameaças e armadilhas. A prudência deu resultado: encontrou indícios de uma tribo de goblins. Pegadas, flechas, pedaços de armas quebradas e trapos de roupas com o fedor típico goblinóide, tudo espalhado em vários pontos nas colinas e arbustos além do espinhal.

Thaethnem avisou seus companheiros : a tribo parecia ter de 20 a 30 indivíduos. Mesmo sendo criaturas pequenas e fracas individualmente, goblins podem ser extremamente perigosos em grandes quantidades. Ainda mais quando comandados por um líder competente ou poderoso. Menosprezar os goblins era, invariavelmente, um grande erro.

Enquanto o grupo se aproximava da caverna (já viam claramente a montanha onde ela ficava), alguns dos temores de Thaethnem aumentavam. Achou mais pistas e pegadas mais recentes. Recentes e numerosas. O arqueiro até esperava enfrentar uma ou outra criatura, monstro ou até mesmo um eventual morto-vivo na busca pela armadura, mas uma tribo inteira de goblins era outra coisa completamente diferente. Thaethnem não gostava da ideia de ter que invadir o lar dessas criaturas e ser obrigado a matá-las. Isso lhe parecia errado.

O dia foi passando e o pequeno grupo foi se aproximando da montanha. Alguns matagais e pequenos bosques de árvores baixas foram surgindo, o que foi providencial para que eles escondessem os cavalos e se reunissem para discutir o que ifazer. Thaethnem pediu para que esperassem um pouco. Queria fazer um reconhecimento da entrada da caverna.

Os temores do elfo se confirmaram. A tribo de goblins não apenas ficava perto da caverna, como ficava NA caverna. Era para eles um lugar de abrigo e proteção.

Guardando a entrada estavam alguns goblins armados de lanças, enquanto outros saíam e entravam, carregando animais pequenos recém abatidos, além de pedras, madeira, ossos e toda sorte de lixo e tranqueiras. Contando rapidamente, Thaethnem estimava que teria por ali uns quarenta ou cinquenta goblins, muito mais do que havia imaginado ou gostaria de encontrar.

No caminho de volta para onde os amigos estavam, o elfo pensou num plano. Mas era um plano arriscado porque dependia, em grande parte, de Gordovorimm.

— Podemos fazer é o seguinte — começou Thaethnem — Gordovorimm pode criar uma distração, algum som ou imagem que faça os goblins correrem para longe da entrada da caverna. Algo que eles queiram ou precisem ver. Enquanto isso, Katabrok e eu entramos da maneira mais silenciosa possível na caverna. Nós avançamos sem chamar atenção, pegamos a armadura e saímos de lá. Com um pouco de sorte, o máximo que teremos que enfrentar será um ou dois guardas goblins, sem chamar muita atenção. Consegue criar uma distração barulhenta, Gordovorimm?

O anão estufou o peito, orgulhoso.

—Claro que sim! Estudei por anos a arte da postergação alheativa como substrato de reação reflexiva em raças não-padrônicas de Arton! Sou capaz de entreter essa audiência verde e malcheirante por horas se for necessário!

Thaethnem entendeu apenas o "claro que sim", o que era suficiente para ele no momento. Olhando para Katabrok, fez um gesto de silêncio usando o dedo indicador da mão direita diante dos lábios, acenando com a cabeça para que os dois fossem na direção da caverna.

— Certo, meu caro amigo elfo! — disse o guerreiro, a voz duas oitavas ainda mais alta que o normal, como se algo dentro dele fizesse com que reagisse sempre da maneira inversa ao que lhe era orientado — Katabrok, o Silencioso, está pronto e vai acompanhá-lo até a caverna, fazendo mais silêncio do que qualquer pessoa no Reinado! Nem o próprio Galtran faria uma invasão tão silenciosa! Nem o pai, muito menos o filho! Serei tão silencioso que ninguém saberá o que entrou ou saiu da caverna! E não estou dizendo isso porque são goblins, não senhor! Veja bem, goblins tem orelhas grandes e sabem como usá-las, então ser silencioso com goblins é como tentar ganhar uma queda de braço com um minotauro! Algo difícil, mas não totalmente impossível. Com um pouco de dedicação, coisa que Katabrok, o Dedicado, tem de monte e...

Só então percebeu que estava sozinho. A frente, Thaethnem o aguardava, implorando aos deuses que nenhuma das criaturas tivesse ouvido Katabrok.

De repente, uma explosão de sons surgiu do lado de fora da caverna. Era como se uma banda completa de músicos tivesse se teleportado e desatado a tocar música. Mas era como se metade da banda estivesse tocando uma melodia, enquanto a outra metade tentava acompanhar tocando uma canção completamente diferente. O resultado lembrava vagamente um destacamento de soldados tirando suas armaduras e atirando-as no chão várias vezes, com uma revoada de pássaros saído da Tormenta trinando cantos insanos e desconexos.

Os goblins guardas (e os outros) saíram correndo da direção da barulheira, tapando os ouvidos com as mãos o melhor possível e cuspindo palavrões sem tradução. O arqueiro elfo achava que eles estavam mais vontade de acabar com o barulho do que proteger a tribo.

Era a oportunidade que os dois aventureiros esperavam. Eles correram na direção da caverna, que parecia estar vazia. Ambos avançaram pelo corredor natural que levava até uma câmara maior, mais larga e mais alta, iluminada por algumas tochas. Na câmara haviam vários pelegos e montes de palha no chão, com pilhas de refugo e lixo em alguns pontos da parede. Na parte oposta à entrada da câmara, estava um tipo de altar de madeira improvisado, feito a partir dos restos de uma carroça quebrada, onde ficava um baú lustroso de metal polido.

Na frente do altar estava um goblin, aparentemente empenhado em proteger o maior tesouro da tribo. Era pequeno (para os padrões goblins) e muito feio (para os padrões goblins) e usava uma pesada capa de peles nas costas enquanto segurava um cajado torto e cheio de penas, ossos e crânios de animais pequenos.

O goblin feio encarou a dupla de aventureiros, apontou um dedo torto para eles e cuspiu uma ameaça num valkar carregado de sotaque:

— Ocêis vir robar nóis! Ocêis querer pegar tesouro eterno! Eu não deixar! Eu matar ocêis!

O humano e o elfo se entreolharam e depois voltaram a olhar pro goblin. O primeiro a fazer alguma coisa foi Katabrok.

Colocou uma das mãos na cintura e levantou a outra, dedo em riste, tentando evocar um ar de superioridade. Como sempre fazia em situações assim (e em todas as outras em que por algum motivo o mangual não parecia a melhor opção), desfilou num palavrório infinito seus autoadquiridos títulos e habilidades, enquanto se aproximava do goblin. Quando estava bem perto, reforçou a postura desafiadora, abaixou-se para ficar na mesma altura do guardião e deu-lhe um sonoro peteleco em uma das orelhas.

— E o que você pretende fazer para nos matar, seu refugo de excremento de centauro?

O goblin manteve o olhar fixo em Katabrok.

— Eu faz isso! — a criaturinha então soltou o cajado e de repente pareceu inchar, primeiro de raiva acumulada (e mais alguma talvez tirada de algum outro lugar), depois se retorcendo de um jeito estranho. O corpo do goblin foi se rearranjando, encaixando e desencaixando enquanto crescia rapidamente diante dos olhos assustados do humano e do elfo. Pelos começaram a surgir, assim como músculos e garras e dentes. Num estante, onde antes havia um guardião diminuto estava um enorme urso negro, de pelagem suja e desgrenhada, com presas desiguais, maior e mais pesado do que Katabrok.

O urso-goblin berrou na cara do guerreiro com toda a força de seus recém ampliados pulmões. A cabeça de Katabrok no centro do urro bestial, ficou completamente coberta de saliva e ranho.

— Tá aí uma coisa bem boa pra me matar... um ursão... respeito isso... — respondeu Katabrok tirando parte da gosma que cobria sua cabeça.

◉

"Um goblin druida!" pensou Thaethnem, um tanto surpreso. Não era a primeira vez, em tempos recentes, que o elfo encontrava uma combinação bizarra de raça e profissão. Podia ser algum sinal de novos tempos, de novas definições. Ou os deuses estavam de sacanagem com ele.

Depois que o urso-goblin terminou seu urro, Katabrok saltou para trás e puxou o mangual, preparado para atacar a besta. Thaethnem também deixou o arco pronto.

A fera avançou na direção do guerreiro e se ergueu, deixando as duas patas dianteiras na posição certa para golpear o oponente. Katabrok agora parecia pequeno comparado ao urso-goblin, mas isso não diminuiu sua disposição para o combate. Seu mangual fazia trajetórias rápidas ao redor da cabeça dele, ganhando força a cada volta.

Sem esperar muito, o guerreiro se lançou na direção da besta furiosa com uma pancada certeira numa das patas da frente. Mesmo com o urro do urso, o elfo arqueiro conseguiu ouvir o som de ossos quebrando.

Usando um passo curto para ajustar sua postura, Katabrok aproveitou o retorno de sua arma com um movimento que também transferiu o peso do seu corpo para o mangual, e acertou o urso com outro golpe pesado e destruidor. Ao mesmo tempo, Thaethnem já havia cravado cinco flechas no corpo do goblin metamorfoseado. O sangue vertia farto.

Mas o que realmente preocupava Thaethnem é que o elfo estava ouvindo o som de vários passos se aproximando em alta velocidade. Os outros goblins da tribo estavam correndo para a caverna, o que poderia significar um massacre!

Durante os poucos instantes que o arqueiro usou para correr e se posicionar melhor, de frente para a entrada da câmara, Katabrok já tinha desferindo mais dois golpes no urso-goblin, já bem ferido. Parecia que a luta entre as duas bestas (a humana e o goblin) terminaria em poucos instantes, mas tinha dúvidas se isso realmente ajudaria, umas vez que , já que a tribo toda estava a instantes de entrar na câmara.

E foi então que aconteceu. Se Thaethnem achava que o senso de humor dos deuses era estranho e bizarro, tal crença estava prestes a ser reforçada de forma absurda.

No exato instante que todos os goblins da tribo entraram na câmara, Katabrok desferiu o último golpe certeiro no urso-goblin-druida, esfacelando seu crânio e matando a criatura de forma espetacular. Isto é, se "espetacular" puder ser usado como sinônimo de "sangrento e violento ao extremo".

O guerreiro humano ainda estava girando o corpo, terminando o movimento do golpe fatídico, quando ficou de frente para a pequena multidão de goblins que acabava de presenciar o extermínio de seu líder.

Thaethnem estava de costas para a parede de pedra, com o arco pronto para disparar suas mortíferas flechas ao menor sinal de ataque. Estava preparado para tudo, menos para o que aconteceu.

Um dos goblins da multidão deu um berro, apontou para Katabroke falou em valkar (ou algo que parecia muito com valkar):

—Istranho matar Crok! Istranho matar chefi! Istranho agora chefi!

"Como?" pensou Thaethnem, espremendo os olhos e baixando o arco.

Katabrok também estava surpreso. Mas usando toda a sua sagacidade e improviso (que não eram muitos), fez uma de suas (terríveis) poses de vitória e estufou o peito.

— Sim! Mim istranho! Istranho Katabrok, o Mata-Goblin-Feio! Mim agora chefi de tudo ocêis. — Katabrok torcia a língua comum de Arton na esperança de que ela fosse melhor compreendida pelos goblins.

E deu certo. Os goblins começaram todos a vibrar e berrar e saltar, levantando os braços e falando os nomes "Istranho", "Katabrok" e "Chefi". Uma das criaturinhas se aproximou e levantou uma mão em reverência.

— Istranho Katabroki! Você chefi. O que chefi mandar? O que chefi quer?

—Katabrok chefe quer baú brilhoso! — Respondeu o guerreiro, apontando para o baú de metal no altar.

— Tudo bem. Baú de chefi mesmo. Ninguém querer baú. Baú feio — complementou o o goblin verbalmente articulado.

—Katabrok chefe bom e generoso! Katabrok quer só o baú e depois vai sair em… missão importante só para chefes! Ir muito longe para lugarperigoso… e só de chefe! Katabrok chefe bom! Katabrok chefe vai apontar goblin quem vai mandar na tribo!

Thaethnem estava embasbacado. Não apenas a sorte do guerreiro humano era absurdamente favorável, como Katabrok estava sabendo de verdade como utilizá-la! O elfo não sabia dizer qual desses dois fatos o deixava mais boquiaberto.

Antes que Katabrok pudesse apontar o líder, o goblin que havia falando antes levantou a mão novamente.

—Katabroki chefi não se preocupa. Goblins da tribo fazer sistema equalitário e dinâmico de representação e escolher goblin mais compententi e capaz pra cuidar da tribo quando Katabrok chefi longe cuidando de coisas de chefi. Nós fazer chefi sentir orgulho de nós!

O guerreiro humano fingiu entender o que a pequena criatura verde tinha dito, fez uma expressão caricatamente séria e concordou com a cabeça. Depois foi em direção ao baú metálico. Ao levantá-lo, percebeu que era mais leve do que esperava.

Devagar os aventureiros foram saindo da câmara, enquanto os goblins saudavam o "chefi Katabroki". Estavam tão absortos que mal notaram o perplexo elfo arqueiro que o acompanhava o líder em sua retirada.

◎

Fora da caverna, mas dentro da área da tribo de goblins, a dupla de aventureiros ainda era saudada como pequenas divindades. Katabrok sendo chamado de "chefi" e Thaethnem de "goblin feio" por algum motivo que o elfo não tinha entendido muito bem. Mas conseguiram sair pacificamente d, sem causarem a chacina que o arqueiro temia. Então, para Thaethnem, era uma vitória. Um tanto estranha, mas uma vitória.

Cautelosamente, a dupla foi procurar Gordovorimm, que estava "escondido" no alto de uma árvore, o que levantou para o elfo algumas perguntas que permaneceram sem resposta. Os três se apressaram em voltar para a estrada, rumo a alguma cidade grande, longe dos goblins malucos.

Quando estavam a uma distância que consideravam segura, resolveram parar e fazer um acampamento. Precisavam se recuperar, descansar e finalmente abrir o baú que continha a nova armadura de Katabrok!

Os três estavam ansiosos para ver a armadura, mas quem conseguiu abrir de fato a fechadura do baú foi Thaethnem, forçando o trinco com jeito. O elfo ergueu cuidadosamente a tampa do baú, pedindo aos deuses que não houvesse nenhuma armadilha comum ou mágica. Para a sorte de todos eles, não havia. E então viu o que tinha dentro do baú. Nem precisou tirá-lo de lá para saber do que se tratava.

Cobrindo rapidamente o baú com a tampa, Thaethnem se virou para Katabrok.

—Katabrok, quem foi mesmo que falou pra você sobre a armadura?

Confuso (quer dizer, mais que o normal), Katabrok respondeu.

—Ah, foi... foi... o cara da estalagem, o Duram, eu acho.

E o elfo, com uma voz plácida e calma, perguntou mais uma vez.

—E você não lembra de nada em especial desse tal Duram?

Katabrok, não entendendo ainda o que o elfo queria, coçou a cabeça e olhou para cima, tentando puxar alguma coisa na memória que explicasse todas essas perguntas.

—Er... ele bebia muito... não sei... acho que usava um chapéu com pena... não lembro de mais nada não... por quê? O que você quer saber dele, Thaeth?

A voz do elfo assumiu um tom cansado.

—A pessoa que te falou da armadura, por um acaso, não era um halfling?

A luz da lembrança iluminou o rosto do guerreiro, que imediatamente assentiu.

—Isso! Ele era sim! Eu não me lembrava disso, não reparo muito na raça das pessoas, sabe elfo? Acho que é indelicado. Como você sabe disso?

O elfo abriu o baú e mostrou o conteúdo para os dois parceiros. Dentro havia uma belíssima armadura. Um peitoral de aço acompanhado de ombreiras e manoplas e guardas de perna. Com um porém.

—A armadura foi feita para um halfing. Tem o tamanho de um halfling. Só serve em um halfling. Não cabe sequer no seu braço, Katabrok. Não cabem nem no Gordovorimm.

A armadura era linda, mas inútil para Katabrok.

Os três aventureiros trocaram olhares que misturavam várias mensagens. Decepção, desânimo, vontade de rir, chorar, de jogar a pequena armadura longe... Até que Katabrok quebrou o silêncio entre os três.

—Hmm... mas a coisinha é bonitinha não? Viu que tem desenhinhos de panelas com comida nos ombros?

Thaethnem fechou o baú e olhou incrédulo para os outros dois. Os três começaram seu caminho de volta.

E tudo que o elfo conseguia pensar era em como eram felizes os aventureiros que enfrentavam a Tormenta...

Marlon Teske é catarinense de Timbó, onde pretende continuar escondido do restante do mundo por mais algum tempo. É autor e revisor da linha *3D&T Alpha* para a Jambô Editora. Também escreve histórias para antologias e sites há alguns anos. Em 2016, se tornou colaborador da revista *Dragão Brasil* e ainda está aprendendo a lidar com isso.

NÊMESIS

Marlon Teske

SEGUNDOS ANTES, LUZ. Uma explosão brilhante como o sol, que varreu as trevas de todo o imenso complexo de cavernas que exploravam. Depois o impacto, expulsando o ar dos pulmões, derrubando os cinco para trás, logo seguido pelo calor e pelas chamas que queimaram parte de suas vestes, destruíram pergaminhos e desfizeram proteções arcanas. Só então o barulho ensurdecedor e retumbante se fez ouvir. Um eco grave que se espalhou pelas profundezas, reverberando nas paredes de rocha.

E agora, apesar de tudo ainda parecer girar para Aurana, as mãos feridas dela já tateavam o entorno com urgência. Deslizavam sobre pedra e poeira, cinza e sangue, procurando de olhos fechados pelo véu que sempre lhe ocultava a face, mas sentindo apenas a terra queimada passar sob os dedos enquanto pequenas lascas de pedra e madeira em chamas ainda choviam.

Respirava com dificuldade. Havia fumaça em demasia no ar. Cheiro de enxofre, suor e cabelo queimado. Apesar do zumbido insistente, podia ouvir arquejos de dor muito próximos, ao mesmo tempo que em algum lugar afastado palavras de ordem eram gritadas. Felizmente, isso era sinal de que mais haviam sobrevivido além dela. Estavam ali, em algum lugar.

Se estivesse plena e sob controle, encontrá-los seria mais fácil. Mas havia batido com força em algo ou em alguém quando foi jogada pela explosão. Suas pernas estavam frouxas e a mente desorientada. Tudo o que conseguia fazer era se arrastar de joelhos, fugindo não sabia exatamente do quê, avançando às cegas sem direção. A bem da verdade, queria apenas estar longe, escapar para sempre.

Mas não podia.

Não enquanto fosse refém daquela situação.

Em meio à confusão, encontrou o primeiro caído. Tateou até o rosto dele e sentiu as linhas profundas da idade, a pele frágil feito pergaminho, a barba longa que imaginava ser alva ou grisalha, mas cuja cor real não tinha como conhecer. É o mago — pensou, aflita por não lembrar do nome prontamente — Erion.

Aproximou o rosto da boca velha do místico, tentando ouvir algum arquejo, algum último resquício de vida naquele corpo queimado. Como temia, quase já não havia mais nada.

Esperando pelo pior, beijou-o nos lábios em despedida. Os gemidos de dor dele ficaram cada vez mais fracos, até que num doloroso suspiro final, partiu. Após hesitar por alguns instantes, ela agarrou o manto do arcano e rasgou uma longa tira das vestes sujas do morto, repletas de runas que não podia ler e cujo significado ignorava.

Tremendo, enrolou o tecido puído em torno do próprio rosto. Um movimento quase inconsciente, treinado pelo hábito dos anos. Apenas quando sentiu-se suficientemente protegida por detrás daquela simbólica armadura de linho, suspirou aliviada.

Ainda não estava pronta para abrir os olhos.

— Aurana! Enfim te encontrei!

A voz arranhada do anão que chamava por ela denotava preocupação genuína, o que, apesar do tom de urgência, a confortou. O guerreiro sagrado de Thyatis chamava-se Skive, e era o pilar que sustentava todo o grupo. Aurana gostava dele. Foi Skive o primeiro a se apiedar dela quando a encontraram vagando pelo labirinto. Foi ele quem aceitou levá-la consigo mesmo indo contra a opinião dos outros três companheiros. Especialmente de Driane, que a odiou desde que a viu.

Mesmo agora, podia sentir na respiração pesada que farejava seu rosto que não confiava nem um pouco nela. A druidesa de Allihanna tinha a capacidade de transformar-se em um imenso felino de pelagem dourada e presas tão longas quanto adagas, forma essa que assumiu desde que havia discutido aos berros com o paladino. Irritada e vencida pela teimosia dele, refugiou-se naquela forma de pensamentos mais simples e práticos para, em suas palavras, não matar Skive ela própria.

Eram aventureiros, e assim como ela, tentavam escapar de um dos lugares mais maravilhosos e terríveis de todo o mundo: a cidade murada de Triunphus. Um lugar amaldiçoado pelos deuses da forma mais improvável, com vida. Forçada, imposta.

Todo aquele que morria de forma violenta ali voltava a viver em poucos dias. E como isso acontecia quase o tempo todo, a morte se tornou cotidiana. Trivial.

Só que havia um porém. Uma vez ressuscitado, você se torna prisioneiro de Triunphus. Deixar a cidade significa condenar-se ao fim. Aqueles que tentavam caiam mortos poucas centenas de metros além das altas muralhas, atitude essa que vinha se tornando cada vez menos comum. As pessoas preferiam se acostumar àquele lugar em vez disso. Restringiam seus horizontes e mudavam-se para a cidade. Pois, para a imensa maioria, era impossível fugir da maldição. Mas como ali ainda era Arton, sempre haviam aqueles dispostos a tentar o impossível.

Aurana não era uma dessas. Não conseguia sequer lembrar como havia chegado até aquele labirinto, tampouco por quanto tempo já vagava às cegas em meio a escuridão até ser encontrada por eles. Mesmo agora, sentia-se tão fraca e zonza que precisou de ajuda para ficar de pé.

— Você deve estar próxima da morte final. — cogitou Dario. Ele era o especialista e veterano da equipe; aquela seria sua sétima tentativa de escapar de Triunphus. Era bastante magro, com um corpo repleto de cicatrizes ganhas nas malfadadas incursões anteriores. Trazia na carne os sinais de cansaço típicos daqueles que já haviam experimentado o gosto da morte vezes demais.

— Morte final? — questionou. Era um termo novo para ela.

— Quanto mais vezes visitar o outro lado, menos fará parte desse mundo aqui — explicou Skive ajudando-a a colocar-se de pé — Você vai e volta até simplesmente não conseguir mais. É assim que condenam aqueles que cometeram crimes graves. Múltiplas penas de morte.

— Isso parece crueldade. Por que não obrigam os criminosos a partir? Eles morreriam de qualquer jeito!

— Fico feliz que ainda não tenha se tornado insensível. — comentou Dario com um sorriso que com alguma dificuldade sobrepujava os machucados do rosto — Mas, infelizmente, uma parte das pessoas já enlouqueceu por ficar tanto tempo presa nessa situação. E vários desses loucos estão hoje no governo. A situação única de Triunphus banalizou a pena capital, transformou o roubo em um crime mais grave que assassinato.

— A morte é apenas um instante. — cortou Skive. A conversa estava enveredando perigosamente em direção contrária às crenças do paladino — Todos vocês sabem disso.

— Sabemos, é claro. Já passamos por isso. Mas o especialista no assunto nesse momento é Erion — brincou Dario ajoelhando-se ao lado do corpo, procurando pela pulsação do velho mago. Após um breve momento, colocou em palavras algo que todos já sabiam. — Está mesmo morto. E o que vai ser agora? Quer tentar alguma coisa, Skive?

O anão queria. Era um guerreiro sagrado de Thyatis, afinal. Trazia a fênix, o símbolo do deus da ressurreição, gravado na armadura completa que vestia, no manto branco que lhe caía pelas costas, no martelo santificado e no pesado escudo que sempre carregava consigo. Bastava orar pelas benções de sua divindade protetora que talvez o mago pudesse reviver.

Thyatis acreditava em dar uma segunda chance para aqueles que pereciam antes de cumprir seu destino. E havia confiado aos seus clérigos e paladinos o dom de reviver os caídos, sempre ao preço de alguma nova missão de vida, que chegava através de visões. Para eles, todo recomeço demandava um novo propósito.

Mas Skive sequer conseguiu dar um passo para se aproximar do companheiro morto. Driane rosnou contrafeita, colocando-se em posição de ataque entre o paladino e o corpo do mago, os pelos das costas eriçados, mostrando as presas e arranhando o chão. Skive compreendeu o que a druidesa dizia com aquilo e aceitou, mesmo que contrariado. Era cedo demais para começar uma nova discussão.

— Então o pacto que firmamos continua valendo — disse Dario colocando-se de pé com as mãos nas costas, esticando os ossos da coluna — Quem cair dessa vez, fica para trás.

— Isso vai contra meus votos sagrados, Driane — falou Skive, o dedo em riste apontado para o focinho dela — Você também é uma devota ardorosa de sua deusa, então sabe o quanto isso é difícil para mim.

— De uma forma ou de outra, não podemos mesmo perder tempo aqui embaixo, camarada — falou Dario com as mãos apoiadas no ombro do anão — Erion iria voltar fraco, precisando de cuidados. É melhor deixar que a maldição faça o trabalho dessa vez.

— Vamos pelo menos colocar o corpo dele em segurança antes de seguirmos em frente — pediu Skive sem tirar os olhos de Driane — Quando ressuscitar, ele pode tentar seguir por conta própria. Ou voltar.

Voltar era algo que nenhum deles podia cogitar. A única forma de chegar ao labirinto era decifrando um enigma mágico inscrito no pináculo central de Triunphus, o que por si só já era uma façanha. Até mesmo a existência do encantamento que abria os portões para os subterrâneos era um segredo que precisava ser conquistado com grandes dificuldades.

Como cada erro consumia um pouco da vida de quem tentava, falhas eram inadmissíveis. Os cinco já haviam perdido a noção dos dias, de tanto tempo que estavam explorando as cavernas ocultas. Dario afirmava com certeza que aquele era o único meio que podia ser usado para escapar da maldição. Uma espécie de prova imposta pelos deuses para premiar apenas os mais ousados e corajosos com a liberdade.

— Vamos orar para que tenha a mesma sorte que você. — falou Skive com um sorriso tímido perdido entre as barbas chamuscadas pelo fogo, estendendo as mãos para a garota cega e oferecendo-se como guia — De que ele irá sobreviver até encontrar um novo grupo de fuga.

Aurana podia jurar que a respiração de Driane havia mudado. Em algum lugar no brilho daqueles olhos de gato havia um sorriso de escárnio. Ela acreditava tanto naquela possibilidade quanto na própria Aurana. Alheio, Skive carregou o corpo leve do mago até uma reentrância na rocha, onde o deitou com cuidado e reverência. Deixaram com ele alguma água, um pouco de comida e uma breve oração. Minutos depois, já estavam novamente à caminho.

Seguiram assim por um longo tempo, com o silêncio quebrado apenas pelo roçar dos pés de encontro ao piso irregular da caverna, explorando o caminho aos poucos. Dario ia à frente, verificando com cuidado sob a luz das tochas cada detalhe do trajeto. O ambiente mudava de tempos em tempos. De cavernas naturais úmidas e repletas de fungos, passando por velhas minas escavadas na pedra por mãos humanas e voltando para túneis novos onde a lava de algum vulcão ainda queimava, escorrendo lentamente de volta para as profundezas do mundo.

— O que acha que foi aquela explosão? — perguntou Skive em certo momento tentando afastar os pensamentos da ideia de que haviam deixado um amigo para trás, possivelmente para vagar sozinho no escuro para sempre, morrendo e voltando em desespero.

— Só conheço uma coisa que poderia ter provocado aquilo. — respondeu Dario enquanto examinava uma velha porta emperrada em busca de algum mecanismo ou armadilha. Inexplicavelmente, haviam dezenas delas espalhadas por todo lado. — O Moóck

Todos ali conheciam a criatura. Era uma espécie gigantesca de águia flamejante de duas cabeças, que cuspia fogo e destruição sobre a cidade. Ela era responsável indiretamente pela benção e pela maldição de Triunphus, e também pelas mortes da maioria dos moradores aprisionados ali. Foi após o primeiro confronto contra o Moóck que Thyatis ressuscitou todos que haviam perecido no ataque. E apesar das investidas constantes, ninguém faz ideia dos motivos do monstro.

— Se o sopro flamejante do Moóck afetou até as Cavernas Proibidas, estamos com sorte de estar aqui embaixo em vez de lá em cima nas muralhas — comentou Skive.

— Infelizmente, não estamos nas cavernas ainda — lembrou-lhe Dario — Esse labirinto é apenas o caminho. Deve haver algum portal de acesso, uma entrada escondida em algum lugar. É isso que estamos procurando.

— Como pode ter certeza? — perguntou Aurana.

— Simples — respondeu ele virando-se para a menina cega — Ainda não encontramos nenhum... Tirano!

Muitos clérigos e magos acreditam que palavras e ideias tem poder. Por isso, devemos ter muito cuidado com as coisas que pensamos e dizemos. É claro que Dario não tinha nenhum poder mágico como seus companheiros, mesmo assim, amaldiçoou-se naquela hora por, de certa maneira, o mero azar ter invocado aquela criatura profana. Talvez aqueles tenham sido os últimos pensamentos dele antes de perder a vida pela última vez.

Aurana estava de costas quando a imensa massa amorfa de carne flutuante aproximou-se silenciosamente por trás do grupo. Devia ter quase dois metros de diâmetro, num corpanzil inchado e doente que praticamente ocupava todo o espaço do corredor. Nada nele tocava o chão. Flutuava pouco mais de meio metro acima do solo, com uma bocarra tão grande que poderia devorar um homem inteiro, com várias fileiras de presas tortas espalhadas por gengivas tão apodrecidas quanto seu hálito.

Era mesmo um Tirano Ocular — ou como era costume simplificar, Tirano — os mais terríveis guardiões dos labirintos de Triunphus. Criaturas de maldade e crueldade tais que haviam sido condenadas por Thyatis a permanecer aprisionadas na escuridão para sempre. Os muitos olhos tinham diversos poderes mágicos, exceto pelo olho central, cujo efeito era o contrário. Ele queimava a magia, fazendo com que não existisse para onde quer que olhasse.

No lugar desse olho central havia apenas uma ferida horrenda e uma cavidade vazia e murcha com um corte gangrenado que o atravessava de cima para baixo. Dele, gotejava pus e sangue velho e venenoso. Doze tentáculos com dois palmos de comprimento cada um brotavam de lugares diversos, e na ponta de cada um deles, um olho menor brilhava com magia. Foi de um deles que surgiu o disparo que atravessou o peito de Dario, explodindo seu coração.

— Estamos sob ataque! — Skive gritou para o grupo — É um demônio!

Demônios. Para o paladino, todos os monstros eram seres infernais. Boa parte disso era fé, mas também havia um quinhão de ignorância naqueles comentários. Erion costumeiramente o corrigia, mas Skive sempre seria Skive e continuaria lutando contra seus demônios para sempre. Dessa vez, se Aurana pudesse ver, talvez concordasse com ele.

O guerreiro santo de Thyatis se colocou entre ela e a morte, erguendo o pesado escudo que sempre trazia preso ao antebraço, impedindo que a segunda rajada de morte atingisse Aurana dessa vez. Dario caiu nos braços dela quase ao mesmo tempo que Driane saltou sobre o monstro, cravando as poderosas garras na lateral da criatura e arrancando um dos tentáculos além de um grande naco de carne podre, ambos numa só mordida.

— Dario! — clamou Aurana abraçando-o, aninhando o corpo magro e judiado entre os braços dela, tentando em vão protegê-lo de uma morte inevitável. Ele, contudo, sorriu. Não estava com medo, afinal já havia morrido antes, tantas e tantas vezes que já havia se acostumado com a ideia. Ele olhava tranquilo para Aurana quando esta afastou as bandagens que lhe cobriam a boca, deixando-o ver seus lábios. Chorando, ela o beijou em despedida.

Foram os rugidos do monstro que a arrancaram daquele estado de torpor. Skive havia sido derrubado por um golpe e de joelhos, protegia-se atrás do escudo, cedendo pouco a pouco. Driane continuava agarrada às costas do ser, arranhando pele, mordendo e arrancando mais daqueles tendões da morte. Haviam sulcos profundos na carne da criatura, tiras de carne pendiam frouxas, dependuradas escorrendo sangue escuro. Em dado momento, o monstro voou ainda mais para cima num rompante, batendo com força e esmagando a druida contra o teto. O imenso felino soltou um miado de dor antes de cair lá do alto. Enquanto isso, Skive agiu:

— Pelo fogo sagrado da fênix! — pediu, e a bondade de Thyatis o atendeu. O escudo e o martelo brilharam emanando uma chama pura e poderosa. Aquele milagre deu forças ao paladino para, num rompante, colocar-se de pé e atacar. Evitou mais um ataque mágico com o escudo e bateu com o martelo no centro do olho cego do inimigo, enterrando-o tão profundamente na carne que urrou blasfêmias em um idioma antigo e esquecido.

A druida conseguiu cair de pé, mas sentiu que havia quebrado uma das patas ao ser prensada lá no alto. Sacudiu a cabeça algumas vezes, tentando reestabelecer-se para voltar a atacar, mas a voz firme do paladino a impediu:

— Driane, não adianta! Leve Aurana daqui! Rápido! — urgiu, irredutível.

Ela rosnou em protesto, furiosa, mas o anão não mais a ouvia. Aquela era outra característica que Driane achava terrivelmente irritante em Skive. A porra do sacrifício heroico. Quando se envolvia em uma luta que considerava perdida, não se importava de morrer para salvar os outros. E, por mais que odiasse admitir, sabia que dessa vez ele tinha razão.

— Lembre-se sempre que Thyatis está comigo, irei deter ele aqui!

— Não pode enfrentá-lo sozinho! — berrou Aurana, suplicando para que ele desistisse daquela loucura e seguisse em frente — Venha conosco! Fuja!

— Não discutam! — respondeu o anão enquanto golpeava outra e outra vez — Vão, droga. Vão!

A druidesa ainda vacilou por alguns instantes, seu olhar indo de Skive para o Tirano e depois para Aurana, e então decidiu. Não havia outro jeito, ela precisava de tempo para se recompor e a menina era inútil em combate. Se ficassem ali, morreriam os três e ninguém sabia qual seria o destino do grupo. Se fugissem, talvez pudessem voltar mais tarde e esperar pelo inevitável retorno do anão. Com a pata dianteira quebrada, precisava assumir novamente a forma humana.

— Não pense que isso ficará assim entre nós, Skive. Não vou ficar te devendo essa! — berrou Driane, fazendo um sorriso brotar na face do guerreiro santo. Com a mão boa, agarrou Aurana pelo pulso e começou a puxá-la em direção às profundezas — Vamos, garota! É nossa vez!

Aurana não tinha forças para resistir aos braços poderosos daquela mulher, mesmo sendo tão mais alta que ela. A druidesa quase podia se passar por uma anã um pouco alta, de costas largas e barriga proeminente. Tinha a pele repleta de sardas e uma cabeleira dourada e volumosa, da mesma cor dos pelos daquele estranho tigre em que se transformava, adornada com uma coroa de ervas e flores.

Correram em silêncio, com Driane à frente, por quase dez minutos, passando por túneis e corredores, abrindo algumas portas, ignorando outras, até Aurana cair de joelhos completamente exausta de tanto fugir. A druida olhou para ela com um misto de asco e pena, virou-se para a próxima porta e a chutou, arquejando de raiva e frustração.

— Tudo isso é inútil! — falou, concentrando-se no próprio braço trincado, fazendo a carne sarar e os ossos voltarem a se juntar aos poucos usando de magia. Doía bastante, mas era uma dor boa, reparadora.

— Acha que o Tirano irá nos encontrar? — perguntou Aurana, o rosto sob o tecido virado de lado, demonstrando curiosidade.

— Que diferença fará? — reclamou Driane — As histórias diziam que Tiranos Oculares eram ardilosos e cheios de truques. No fim fomos atacados diretamente e perdemos do mesmo jeito. Nem faço ideia de para onde estamos indo! Se já era difícil escapar com um plano e uma equipe, apenas eu mesma e uma cega não temos chance alguma.

— Bem, podemos esperar por Skive. — sugeriu Aurana colocando-se de pé — Ele pode vencer.

— Isso não vai acontecer. — respondeu a druidesa. Havia tristeza na voz dela. Um sentimento de perda que lhe trazia recordações. — Nós somos, ou éramos, um casal. Moramos juntos por algum tempo.

— E o que aconteceu?

— Eu morri. — respondeu com grosseria — Foi isso que aconteceu.

— Desculpe. Não precisa me contar se não quiser. — falou Aurana tentando ser solidária. Driane a olhou por algum tempo, tão frágil, com aquele trapo sujo e velho enrodilhado sobre o rosto, escondendo seus olhos e se deu por vencida.

— Não, eu que lhe devo desculpas. Não gosto de admitir, mas tive... Droga, fiquei louca de ciúmes quando vi Skive tão preocupado com outra mulher.

— Ciúmes de mim? — era Aurana, sem entender.

— Sei que não faz muito sentido, mas foi tudo muito recente para mim. Estávamos há poucos meses em Triunphus, e nem teríamos ficado se não fossem as duas fatalidades que se seguiram. Viemos apenas porque aqui se concentra o maior número de guerreiros santos de Thyatis em toda Arton. Skive sempre quis conhecer o lugar.

— E ele acabou morrendo. — falou Aurana.

— Sim, num ataque do Moóck. Foi fácil para Skive aceitar. Para ele tanto fazia, afinal, os paladinos da fênix sempre podiam voltar dos mortos. Não havia sequer sido a primeira vez que eu o perdia. Mas agora havia um porém: a maldição. Quando caiu na cidade, foi obrigado a permanecer. E eu nunca suportaria isso. Ficar presa em uma cidade? Longe de tudo o que sou, de tudo o que me liga a minha deusa?

— Em nome de nosso amor, eu tentei. — continuou Driane, parando apenas vez ou outra quando a cicatrização das feridas do braço faziam com que os músculos se contraíssem, e a dor se fazia lembrar — Por dois meses moramos em uma casa. Ajudávamos no templo que acolhe os mortos até que ressuscitem. Tínhamos até um cachorro. Mas, diferente de Skive, eu não conseguia ser feliz longe das matas. Sem sentir o cheiro de terra nova molhada de chuva. Eu precisava viajar. Por isso brigamos, eu terminei com ele e decidi partir.

Haviam lágrimas nos olhos de Driane. Ela caminhou até uma pedra e sentou-se, ficando ali por algum tempo. Aurana quis lhe dar uma pausa, em respeito ao sofrimento, então se aproximou devagar, guiada pelos soluços e pela respiração pesada da companheira. Quando enfim a alcançou, passou os braços em torno dela. A druidesa apoiou a testa em seu ombro e chorou um pouco. Depois, recomposta, concluiu.

— Eu estava no portão da cidade quando o Moóck voltou a atacar. Foi rápido e indolor. Os sacerdotes dizem que é impossível, que não guardamos lembranças do tempo em que passamos mortas, mas eu tenho certeza: eu estava com a Deusa. Ela era uma corça, e era tão veloz, tão majestosa! Eu estava no corpo da tigresa, e ainda assim me senti diminuída perto da grandeza dela. Mas Allihanna é boa. Ela me amou mesmo eu sendo apenas alguém tão insignificante. Ela me acolheu, e com ela eu estava novamente e completamente feliz.

— E então você voltou — não foi difícil para Aurana concluir como as coisas haviam acontecido — A maldição te trouxe de volta para Arton.

— Trazer? Não, eu não fui trazida. Fui arrancada de lá. Foi uma coisa asquerosa, suja. Me senti profanada. Me agarrei a Allihanna, eu me segurei como pude nela, com todas as minhas forças, mas Thyatis não liga para o que nós queremos. Skive jurou de que não foi ele que me trouxe. Eu sempre deixei claro que não queria voltar se morresse. Mas que diferença isso faz agora, não é?

— Foi Erion quem descobriu a existência dos subterrâneos, enquanto estudava sobre a benção e a maldição de Triunphus nos livros, buscando uma saída. Através dele também é que conhecemos Dario, que aceitou nos guiar sem pensar duas vezes. Ele está tentando fugir há tempos. E eu? Eu só insisti nessa ideia louca. E o resultado foi esse. O que vou dizer pode soar ofensivo, mas me alegra o fato de ser cega, Aurana. Isso a impede de me ver nesse estado.

— Não me ofende, minha querida. Minha doce Driane. — respondeu Aurana tocando levemente a face da mulher, virando seu rosto com carinho e cuidado até ficarem frente a frente, tão próximos, tão íntimos.

Com a outra mão, puxou os trapos da própria face, revelando os lábios finos que mal continham uma longa fileira de presas irregulares. Vários globos oculares enxameavam em torno de todo o rosto. Frios e terríveis, brilhavam com magia, malícia e loucura.

Após o longo beijo, igual a todos os outros com os quais tantas vezes havia sugado até o último resquício de vida de cada uma de suas vítimas até hoje, Aurana sorriu.

— Eu só não estava pronta para abrir os olhos.

Leonel Domingos da Costa é arquiteto e ilustrador, conhecido pelos quadrinhos com temática RPG *Grimório de Jade* e *Calabouço Tranquilo*. Ele trabalha há alguns anos com *Tormenta*, especialmente como ilustrador. Alguns mapas do cenário são dele, inclusive o mapa gigante da caixa *O Mundo de Arton*. Já escreveu artigos para revistas e sites de RPG (inclusive para a Jambô) mas seus primeiros trabalhos como autor são o livro *O Mundo dos Deuses* e um conto no livro que você tem em mãos.

ENCONTROS & DESENCONTROS

Leonel Domingos da Costa

Há um mês e meio.

As luzes celestes começaram a mudar, anunciando a proximidade do dia em Khubar. Logo os raios do sol iluminariam a densa vegetação na costa de Havanah, entrecortada de bananeiras, arbustos pantaneiros e, bem... mais bananeiras. No cais os estivadores começaram os trabalhos, levantando os pesados caixotes das plantações pela prancha de embarque dum patacho[1] de oitenta toneladas. Erguiam caixas, feixes e engradados, cantando uma música de trabalho[2].

O capitão acompanhava o carregamento enquanto, ao mesmo tempo, prestava atenção aos ruídos do casco e cheirava o ar, adivinhando o tempo que lhe esperava na travessia. Indolentemente apalpou o saco de ventos. Quase todo barco de linha usava um para vencer as calmarias ou fugir de um tornado, e aquele ainda estava bem inchado. Mesmo assim o capitão olhava com desconfiança para o artefato: Foi bem barato, mas não tinha o emblema do feiticeiro gravado no couro e para falar a verdade o mago que lhe vendeu o saco de ventos expunha os produtos numa maleta aberta sobre uma pedra e calçava sapatos de corrida.

Um barulho mais forte chamou sua atenção. Alguns arbustos estalaram e farfalharam no mangue quando uma canoa chata foi empurrada em direção ao cais. Uma mulher sentava na proa, segurando uma lanterna enquanto um vulto maciço se movia na água salobra e lamacenta, desenredando a canoa das raízes aéreas desavisadas como uma marreta estraçalhando teias de aranha.

A canoa encostou no cais e a mulher subiu para o deque, assim como seu acompanhante, homem enorme cheio de lama, com caranguejos e camarões pendurados na roupa.

O capitão reconheceu Madame Maria Passeau quando ela se aproximou do patacho, seguida a alguns passos pela banca de pescados ambulante. Os estivadores congelaram por alguns segundos, arregalando os olhos para o vulto enlameado, suas proporções agigantadas e pele cinzenta. Sem combinação alguma retomaram o trabalho, em passo triplicado e acelerando.

'A benção, Madame Passeau.' disse o capitão, se levantando e apertando o chapéu contra o peito.

Claro que conhecia a bruxa velha. Todos em Havannah a conheciam, cozinhando galinha à cabidela à sombra de sua barraca nas feiras semanais ou atendendo em sua cabana, pântano acima. Vê-la rondando o cais logo antes do raiar do dia era como ver um tubarão correndo a maratona: estava muito fora de sua rotina e só servia para deixar os outros competidores nervosos.

'Bênçãos sobre seu navio,' disse Mme. Passeau, abanando levemente com os dedos. 'E já que tocamos no assunto, *capitaine*, preciso de transporte para o continente. Duas cabines em seu navio para mim e meu serviçal. Zarpando com a maré, não é como dizem?'

O marinheiro ficou mudo e boquiaberto. Ao lado os estivadores cantavam a todo vapor, jogando caixotes de trezentos quilos de um para o outro enquanto a pilha de carga no navio aumentava a olhos vistos. Apressaram tanto a canção de trabalho que provavelmente estavam inventando todo um novo genero musical.

'Eu pretendo pagar nosso transporte, é lógico.'

'Desculpe, Madame! De maneira alguma, Madame!' o capitão saiu do estupor. Ninguém em sã consciência aceitaria pagamento de uma bruxa. Favores, sim, escambo, provavelmente. Mas dinheiro estava fora de questão. Medo respeitoso seria uma definição razoável para o fenômeno.

'A madame é sempre bem vinda, Madame Passeau,' disse o marujo, recuperando um pouco a cor do rosto, 'mas nós não zarparemos hoje.

Há um lote de bananas acima do normal para embarque e os rapazes mal começaram...'

'Cabamo, patrão!' Berrou o chefe dos estivadores, enxugando a testa com um lenço gorduroso.

'Heim?! Mas como poderiam carregar duzentas caixas tão rápido?'

Os estivadores se aglomeravam atrás do chefe e toda a massa de homenzarrões se afastava do serviçal de Madame Passeau, andando lentamente de costas pelo cais.

'Pode contá as caixa, patrão. Tão todas aí,' disse o chefe, 'I nem se percupe im pegá a bolsa di moeda, que nóis passa no escritório do porto e pega do seguro.'

O grupo apressou o passo à ré, murmurando apoios ao chefe:

'É sim, é sim... é qui agora nóis tá cum pressa...'

'Coisa di estivadô, o patrão compreende...'

'Nóis tem qui insaiá as música nova..."

'Puxá uns ferro!'

'Lavá as carça...'

Mme. Passeau olhou pensativa, enquanto os carregadores desapareciam do cais em uma nuvem de poeira rodopiante. Aqueles eram rapazes locais, conhecia todos eles. Diabos, ela fez o parto de mais da metade daqueles homens e de seus filhos também. Podia descrever de olhos vendados as tatuagens em suas peles que honravam Benthos, o mar, os peixes, a família e, em alguns casos, até a própria Madame Passeau. Eles não correram dela, correram de Voleur, seu companheiro de viagem. Talvez nem tanto pelo o *que* ele é, mas por *quem* ele é.

Levar um Nzambi continente afora seria fogo, e aquela era apenas a primeira fagulha. Rá! Pois que viesse! Quando se trata de encarar problemas, as bruxas tem o temperamento de uma verdadeira tempestade.

O capitão não havia se movido até aquele momento. Parte de sua tripulação estava na amurada, olhando para a pilha de caixotes e assobiando entre os dentes. A bruxa estalou os lábios.

'Bem, isso certamente nos poupou bastante tempo, oui, mon capitaine? Acho que vou verificar minha cabine agora. Quanto mais cedo partirmos, mais cedo desembarcaremos em Vila Questor.'

'Vila Questor? Meu patacho vai até Kresta, e só, Madame. Navegar até Vila Questor...'

'Seria o melhor negócio de sua carreira,' interrompeu a bruxa. 'Poucos cargueiros vão para aqueles lados, com toda essa ameaça de goblinoides e outras estrangeirices. Só comem peixes e lagartixas, coitados. Você pode vender sua carga para o aprovisionamento da região. E como recompensa extra por seu esforço eu posso lhe oferecer isto,' Mme, Passeau remexeu através das vinte camadas de saia e sacou uma pequena garrafa do amontoado de pano. Entregou ao marinheiro. 'É uma garrafada que preparei no meu alambique. Tenho certeza que fará sucesso entre os soldados.'

O capitão desarrolhou a garrafa e sentiu o cheiro. Um aroma adocicado e alcóolico de café fez cócegas em seu nariz.

'É um licor de café?', perguntou.

'Leva café, sim,' disse Mme. Passeau. 'Bem... principalmente café, devo dizer. Prove um gole, vamos,' encorajou.

O homem deixou descer uma golada da garrafada, que escorreu suave até o estômago, onde assentou como pólvora em lareira velha. Os olhos lacrimejaram e as orelhas vazaram vapor.

'Isto, coff, isto é mina de ouro, Madame.'

'Apenas um remedinho para os guerreiros esquecerem um pouco os horrores da guerra, *capitaine.*'

'Uma garrafa dessas e eles esquecem até como se respira,' disse o capitão, olhando maravilhado a garrafada.

'Ótimo, mon capitaine. Deixarei um engradado com duas dúzias de garrafas no seu navio. No futuro podermos negociar outros carregamentos. *Voleur! Prendre la caisse,*' disse Mme. Passeau, e imediatamente o bruto serviçal dirigiu-se à canoa, de onde retornou com um caixote de pinho com palha aparecendo pelas frestas. 'Pensei em chamar de "Tônico Reconstituinte de Mme. Passeau", sigo a convicção de que aquilo que não lhe mata lhe fortalece. Mas ultimamente acho que talvez uma aproximação mais caseira seja melhor para os negócios. Pode batizar a garrafada de "Tia Maria".'

E assim o dia avançou e a maré subiu, carregando consigo o pequeno cargueiro com seus dois passageiros de ocasião debruçados na amurada, vendo o porto de Havanah diminuir na distância.

Hoje.

O dia também raia, democraticamente, em Thartann, a exuberante, capital de Ahlen. Os raios de Azgher atingem primeiro as cumeeiras de Rishantor, o palácio real onde vive toda a nobreza de Ahlen, e desce iluminando as paredes e gárgulas. A luz que invade as janelas é acompanhada pelo som de cortinas sendo fechadas e folhas de madeira batendo, criando um estranho barulho rítmico, uma última batucada para os lordes que se recolhem para dormir.

Metade da cidade se levantou, enquanto sua outra metade de notívagos cambalearam para os becos e camas. Thartann funciona por turnos, como um navio de guerra. Se todos os habitantes resolvessem dormir ao mesmo tempo, teriam que montar barracas nas fazendas próximas. Um mercado já fervilhava na Praça Larga, onde uma das ruas do Palácio cruza com o cais e com as ruas da Colméia, o bairro que reúne os artesãos, curtidores, depósitos, abatedouros e todos que se beneficiam da proximidade com a chegada e saída de matérias-primas.

Num dos cantos um pequeno grupo de fazendeiros se reuniu perto de uma cerca. Em frente a eles uma vaca ruminava tranquilamente, mas a atenção dos homens estava num rapaz atarracado e barrigudo, sentado em um banquinho sob a vaca. Ao seu lado dois baldes estavam cheios de leite, e lá vinha um terceiro. Três baldes em uma única ordenha! Amadeo Furquim se levantou e, calmamente, derramou os três baldes em uma leiteira de cinco galões. Não chegava à borda, mas os fazendeiros concordavam que haviam ao menos quatro galões de leite, um recorde!

'E agora, senhores, eu sei que todos querem aproveitar a feira e tenho certeza que não haverá ninguém mais alegre que o felizardo que adquirir esta magnífica vaca leiteira!' disse Amadeo, limpando as mãos com um pano encardido. 'Então vamos começar o leilão. Eu não posso me desfazer desta jóia por menos que on... doze tibares de ouro. Quem me oferece doze? Doze, eu ouvi?'

'Aqui!'

'Ouvi doze, alguém dá treze? O elegante senhor de barba trifurcada dá treze! Alguém dá quatorze, quatorze?'

E no fim das contas a vaca campeã de Amadeo chegou a vinte tibares de ouro. Um valor excelente para uma vaca extraordinária.

Amadeo contou suas moedas na bolsa e deu algumas recomendações sobre a dieta especial do animal e a que horas poderia haver outra ordenha. Escolheu cuidadosamente um horário que satisfizesse o fazendeiro mas também garantisse que ele já estivesse bem longe.

Foi um bom golpe, comprar uma vaca quase raquítica, tratar bem dela por alguns dias, numa estrebaria de aluguel, e o verdadeiro pulo do gato: esconder alguns galões de leite nalguns foles escondidos sob sua roupa. Bastou apertá-los durante a ordenha que o leite saía por um tubinho em sua manga, dando a impressão que estava saindo pelas tetas da vaca. Amadeo domina perfeitamente o truque. Em vilas mais simplórias suas vacas maravilhosas produziam até iogurte de morango, para a platéia embasbacada. Em Thartann teria que ser mais modesto na apresentação, mas a que preço a vaca chegou!

O vigarista tirou um pouco de poeira da roupa, apalpou mais uma vez a bolsa de ouro, e pôs-se a perambular pela feira. Era bom mostrar-se à vontade, como "comerciante honesto" que era, antes de afinal sumir da cidade por uns tempos.

Displicentemente remexeu num e noutro objeto das bancadas e examinava um tecido entre as mãos quando percebeu uns dois outros fazendeiros, por perto, conversando com um terceiro, que balançava um frasco vazio nas mãos. Apurou o ouvido o suficiente para entender que havia uma mesa de rabo-de-cobra[3] por perto, e o balançador de frascos buscava prováveis jogadores. Amadeo conhecia, mas jamais jogara rabo-de-cobra até aquele dia, se não por uma covardia crônica, ao menos porque o trapaceiro gosta muito de suas orelhas ali onde estão, na cabeça.

Súbito aflorou uma idéia.

Se podia usar os foles amarrados na barriga para soltar leite, também poderia usá-los para sugar o líquido do copo. Era uma questão de disfarçar o tubo entre os dedos, enquanto fingia beber, um pouco diferente do truque da ordenha, mas sim, ele poderia executar.

Chegou perto do grupo, que apertavam as mãos alegremente, passando os braços pelos ombros dos fazendeiros. 'Que dia danado de bom, compadres!', disse e, aproveitando os sorrisos amarelos e olhares surpresos, continuou: 'Uuuh, mas olha isso!', diminuiu a voz para um sussurro em tom conspiratório, 'Tem algum rabo-de-cobra armado nas redondâncias, é?'

'Err…' emudeceram os fazendeiros. O jogador olhou com desconfiança, mas Amadeo desembaraçou.

'Calma aí, filhote. Eu só quero um joguinho pra passar o tempo até o almoço, não sabe?'

'As apostas são altas...' disse o crupiê de feira. Amadeo sacudiu a bolsa de tibares e deu seu melhor sorriso.

A casa de jogo foi improvisada numa das vielas da praça, um espaço morto entre edificações fechado com paredes de taipa sobre o chão de madeira que compunha parte das docas. Os jogadores angariados entraram numa saleta e o crupiê indicou uns sofás embolorados e atravessou uma porta nos fundos, para buscar os frascos. Amadeo sentou-se perto da mesa, olhando interessado para os outros jogadores. Os dois fazendeiros que ele acompanhava, um anão mercador de especiarias, que certamente contava com seu faro esperto para vencer o jogo, e uma jovem de cabelos curtos e camisa de babados. Claro, pensou Amadeo, uma dândi procurando aventuras.

A porta por onde entraram foi esmurrada repetidamente pelo que parecia ser um cavalo revoltado. Os apostadores esticaram as costas ao mesmo tempo, num único *"creck!"*, enquanto uma voz trombeteava à porta: 'Abram imediatamente! É a Guarda Municipal!'

Uma batida! O anão forçou a maçaneta da porta dos fundos, mas ouviu-se um giro de chaves e o barulho de vidros sendo quebrados. Os fazendeiros puseram a suar e amaldiçoar o momento que decidiram entrar naquele jogo. Amadeo estava pálido com a ideia de prestar explicações à Guarda. A dândi olhava de um lado para o outro. Rápida como um felino ela puxou a bolsa de moedas da cintura e arrancou um colar do pescoço.

'Eles confiscam tudo de valor que puderem deitar as garras! Se puserem as mãos no colar da família, estou perdida!' e jogou o saco sob um dos sofás, o único com uma barra franjada à toda a volta, escondendo os pés. Mostrando uma capacidade incrível de pensar com o bolso nos momentos mais difíceis, foi imitada pelo grupo.

Amadeo ficou um pouco aliviado em salvar os tibares, mas nem bem pensou nos foles amarrados sob a túnica e a porta abriu com o encontrão de um guarda, a tramela zunindo quarto adentro em um rodopio perfeito. O miliciano entrou, raspando os ombros largos na boneca da porta. Os músculos saltavam como melões e a couraça prestes a estourar. Atrás dele outro guarda municipal, bem menor e com aparência de furão, entrou arrastando as sandálias e metade da capa pelo chão.

'Niar, niar! Então os meliantes queriam um joguinho, não é? Fazer uma fézinha antes de ir pra casa, não é?' Não havia nada de interrogativo no tom do baixinho.

'Na-não, oficial... nós, err,' começou um dos fazendeiros, para logo se engasgar e antes que Amadeo pensasse em completar, a dândi disse.

'Estamos num chá de negócios, oficial. Compra de terras, o senhor entende.'

O grandalhão inclinou levemente a cabeça e coçou o cocuruto, produzindo o som de uma talhadeira raspando chapisco. 'Hân... Mas sargento... o senhor disse que era jogo ilegal...'

'Calabocarecruta! E eu sei que é jogo ilegal. Niar, niar... ouvimos vocês combinando uma partida de rabo-de-cobra.' O miliciano segurou a bainha da espada e pousou a outra mão sobre a guarda. 'Agora sem gracinhas. Todos com as mãos na parede. Recruta! Reviste-os!'

A massa-bruta começou a revista em um dos fazendeiros, que tremia de nervosismo. Os outros jogadores estavam pálidos e suando como se pretendessem derreter pelas frestas do chão e escorrer para o mar.

'Nada neste, sargento!'

'Não? Hmmm... passe para o próximo, recruta. Enquanto isso...' o sargento experimentou a maçaneta da porta dos fundos e sentou três pancadas na madeira 'Abra! Abra em nome da lei!'

Veio mais um som estilhaçado do outro cômodo. '

Abra ou derrubamos a porta! Recruta, derrube a porta!'

O recruta franziu a testa, olhou para cima, em nítido esforço, e finalmente disse:

'Procedo uma Diligência ao Local Suspeito, sargento?'

O rosto do sargento estava bicolor: vermelho e roxo.

'Não! Você procede uma Perseguição a Foragido, com Necessária Retribuição à Resistência ao Policial!'

"Click". A porta se abriu e o crupiê já estava do lado de fora, com as mãos para cima.

'Sem resistência, oficial! Sem resistência!'

O sargento mediu o crupiê com os olhos e soltou dois estalos com a língua.

'Muito bem... onde está?'

'Onde está o quê, oficial?'

'Não brinque comigo! Onde está a muamba? Os frascos de veneno?'

'Não há nada, oficial. Derrubei uma jarra, só isso, oficial.'

Sem sair do lugar, o sargento olhou pela porta aberta. Seus olhos de fuinha se estreitaram. '

Ahá! Mas parece que um frasco sobreviveu à queda da jarra, meliante...'

O crupiê arregalou os olhos e, num pulo felino, correu porta adentro.

'Ora, seu...', gritou o sargento, e ambos os guardas municipais desabalaram para o cômodo dos fundos, perseguindo o crupiê.

Os jogadores, ainda encostados na parede, se entreolharam.

'Não sei de vocês,' disse a dândi, 'mas eu vou me escafeder.'

Mais uma vez mostrando magnífica presença de espírito financeiro, o grupo virou o sofá e arrebanhou as bolsas de dinheiro, escapulindo para a rua numa coordenação de dar inveja a um reflexo de espelho. Uma vez na praça eles se dispersaram e Amadeo aproveitou o momento para se meter entre algumas barracas até alcançar uma rua secundária e, finalmente, a estrebaria onde seu cavalo o aguardava. Reconhecendo que já estava abusando da sorte, montou no cavalo e saiu da cidade.

À tarde se permitiu uma parada, deixando o cavalo pastar um pouco enquanto abria seu alforje. Retirou um pedaço de pão e queijo, junto com a bolsa de tibares que conseguiu com o golpe da vaca. Abriu a bolsa e deixou os tibares caírem na sua frente. Ou deixaria, se fossem tibares. Eram arruelas.

O vigarista engasgou com um naco de pão e tossiu algumas vezes até conseguir cuspi-lo. Depois começou a gargalhar: Há anos não era enganado. Pensou em como o golpe deve ter sido produzido e concluiu que devia haver algum tipo de alçapão sob o sofá, e algum comparsa sob o cais trocou o conteúdo das bolsas durante a confusão. Com o nervosismo e a vontade de fugir, as próprias vítimas se afastariam dos malandros. Rá! E ele foi um dos otários!

Amadeo jogou a bolsa vazia de lado, abriu um largo sorriso e deitou de costas, para um cochilo. Logo antes de cair no sono acalentou os pensamentos. Haveriam outros golpes, outras cidades para visitar e dinheiro para recolher. Talvez devesse trocar de nome mais uma vez... Túblio Turmalina soava bem.

Mas voltemos no tempo. Logo após o golpe do jogo falso, enquanto fazendeiros se misturavam às suas colheitas aparentando mais inocência que uma batata[4], um anão se escondia dentro de um barril de pimenta-do-reino e Furquim galopava para fora de Thartann, um grupo se reunia sob o tablado que separava a Feira das Docas das águas salobras do delta do Panteão. O falso crupiê, agora sem bigodes e despido do sobretudo de apotecário — e sem o qual já não parecia tão alto e esguio — remexia numa bacia, dentro da qual as moedas de ouro e prata refletiam qualquer raio de luz que penetrava pelas frestas do deque. Os falsos guardas municipais chapinhavam por perto, enfiando suas fardas em sacos de estopa pendurados nas estacas de cais, para evitar a água. Uma voz cantarolou antes que alguém ouvisse o chapinhar dos passos da dândi.

'Olha só o lixo que a maré trouxe!', disse, divertida.

'Oi, Mel', murmuraram os três. A garota retirou a peruca ruiva, revelando cabelos castanhos bem presos em volta da cabeça por grampos.

'Viga, você estava incrível! Eu tive que morder a língua para não rir quando você começou a se portar feito idiota.'

'As pessoas acham que músculos e miolos nunca vêm na mesma receita, Mel,' disse o grandalhão.

'E você nasceu pra ser guarda municipal, Fuinha,' disse Mel, entre risos.

'É Sargento Fuinha pra você, garota!', rebateu o pequeno vigarista. O falso crupiê deu um beijo na boca de Mel.

'E você, gatinha, estava radiante!'

Os quatro se aproximaram da bacia, as duas autoridades fajutas esfregando as mãos e o jovem casal num abraço de cintura.

'Ganhamos mais de trinta tibares de ouro, fora as peças de prata,' disse o crupiê, e Fuinha soltou um assobio baixo. Tentou meter a mão na bacia, mas o rapaz lhe deu um tapa nas costas da mão antes que chegasse na metade do caminho.

'Nada disso, Fuinha. Você sabe como funciona,' disse Hank, o falso crupiê. 'Se saírem por aí gastando como marinheiros irão chamar a atenção dos milicos. E quando é que uns ratos de praia como nós — sem ofensas, Mel — arranjariam ouro e prata para gastar?'

O rapaz ajeitou um pouco a pilha de moedas e recolheu os tibares de bronze que se espalhavam no fundo, contou e distribuiu entre os comparsas. Viga e Fuinha fizeram cara de que, na churrascaria da vida, seus pratos eram de salada.

'Eu faria mais dinheiro pungando bolsas nos templos,' disse Fuinha, num muxoxo.

'Então não passe perto de nenhum sacerdote. Com essas moedas vocês não arrumam confusão, e enquanto isso eu vou dar um jeito de trocar este dinheiro. Agora, cada um se manda pra um lado, nos encontramos em alguns dias.'

Os dois falsos guardas embolsaram seus tibares e vaguearam pela água, dispostos a encontrar uma estalagem amiga e descobrir o que acontece quando se mistura um barril cheio, duas gargantas vazias e uma bomba de poço. Mel e Hank se beijaram mais uma vez, depois o rapaz passou a esvaziar a bacia para dentro de um saco de couro.

'Agora é comigo. Vou visitar alguns conhecidos e trocar estas moedas. Um pouco de cada vez, na encolha,' disse Hank. Brincou com uma das moedas de ouro, fazendo-a cambalhotar pelos nós da mão antes de perguntar à garota, 'Você sabe onde irá passar a tarde? Não podemos ser vistos juntos tão cedo…'

'Não se preocupe, tenho meus compromissos. Se meus tios descobrirem de você… da gangue…,' Mel corou por um instante. Então puxou rapidamente o seu colar de ouro de dentro da bacia, antes que fosse parar no saco de couro de Hank. Um relance de cobiça passou pelo rosto do rapaz enquanto Mel prendia o colar no pescoço e soltava de vez o cabelo. Com mais alguns beijos os enamorados se despediram.

Nenhum dos quatro trapaceiros estava próximo das docas, portanto, quando uma galé aportou e duas figuras desceram pela prancha, em uma discussão que mais parecia um monólogo.

'Não quero mais saber, Voleur. Eu mesma procurarei a *maison*. Lembra da última vez? "eu conheço o caminho para Molok", você disse. "Vai ser um passeio no campo", você disse[5]. E agora uma tribo inteira de gnolls vai comer carne de cavalo por cinco semanas.'

'Hmmrr, hmrroaooo,'

'Claro que não tenho nada contra os gnolls, que ideia. Mas você, senhor *Eu Sei Guiar Uma Carruagem*, precisa aprender que você consegue correr pelo fundo de um lago, mas os cavalos, não!'

Caminhando pelas ruas de Thartann, Mel colocou a mão sobre o colar. Tateou o relevo de anêmonas e conchas moldadas com pérolas sobre o ouro e, por um momento, o metal frio se aqueceu. Por um momento tentou lembrar de quando sentia o colar no pescoço de sua mãe, lembrar de ser levada no colo, da voz carinhosa, da risada. Foram anos difíceis para a garota, desde sua partida. Viver com os tios não é ruim, e ela certamente aprendeu sobre o comércio de cordas e fios que trouxe prosperidade aos D'Épéeruche, mas nunca mais foi a mesma coisa. Talvez por isso Mel se envolva com marginais como Hank e seus colegas. Talvez por isso, também, ela cuide do legado de sua mãe, o Repouso do Mar, cujos degraus a garota pisava naquele momento.

Para uma cidade tão cosmopolita, Thartann deixava a desejar nos cuidados com a população carente. Ser jovem e abandonado significava ter que sobreviver na marra, roubando e trapaceando pelas vielas. E quando a idade chega, quem não tiver um bom pé de meia não fará muitos aniversários em Ahlen. Mas o Repouso do Mar recebe os velhos marinheiros que não possuem família e cujo coração não quer mais o balanço das águas nem o aroma de terras estrangeiras. Para a mãe de Mel era seu orgulho poder manter a casa. Para seus tios, um hobby afetado da irmã que foi adotado pela sobrinha.

O Repouso possui quatro empregados fixos que trabalham por turno e sempre conta com um ou dois voluntários a qualquer momento do dia. Cuidam de arrecadar doações, separar os víveres, da limpeza das roupas. Com raras exceções, apenas Mel cuida de aparar as unhas dos mais idosos, ajudar nos banhos e outras tarefas que poucos se lembrem existir, ou finjam bastante não se lembrar.

Mel passou pela cozinha, onde uma senhora de meia idade preparava um ensopado de peixe, pegou um balde e colocou alguns panos dentro, junto com uma tesoura de topiaria em miniatura.

'Olá, dona Baldão. Hum, que cheiro bom,' disse Mel, sentido o cheiro suave de mar e coentro.

'Bom dia, srta. D'Épéeruche. Obrigada, é uma receita de família,' disse a sólida senhora Baldão, levantando uma concha cheia e deixando o líquido cair novamente no caldeirão. 'Bastante diluído, na verdade. Metade dos hóspedes não tem dentes.'

Mel terminou de arrumar o balde, com um pouco de sabão e uma garrafa de água, quando a sra. Baldão derramou uma farta concha de ensopado numa tigela de cerâmica.

'Srta. D'Épéeruche, se puder me fazer um favor, leve o almoço para o senhor Crostacantante. Eu não entro mais naquele quarto,' disse enquanto entregava a tigela para Mel. 'Aquele velho maluco me atacou hoje de manhã!'

'Mas dona Baldão... o sr. Crostacantante está entrevado na cama,' redarguiu a moça.

'Ele jogou uma rede em mim!!!' reclamou a cozinheira, de algum modo conseguindo soletrar os pontos de exclamação.

Mel conteve um suspiro, ajeitou o balde no braço e pegou a tigela, com a ajuda de um pano para não se queimar. Seguiu o corredor para os quartos, parando em frente a uma porta fechada. Bateu.

'Pode entrá,' rouquejou uma voz.

'Eu entrarei, sr. Crostacantante, mas é melhor que eu não seja amarrada, enredada, fisgada nem nada parecido, estou avisando,' disse com firmeza a garota. De dentro do quarto veio o som de algo sendo puxado e enrolado às pressas. Mel girou a maçaneta e entrou, se deparando com um velho de pijamas e boina de marinheiro, recostado na cama e ostentando um sorriso normalmente associado aos mais inocentes anjos dos reinos planares.

'Olá, Caramelle. Você é uma brisa boa na calmaria...' começou o velho.

'Sr. Crostacantante, a dona Baldão reclama que o senhor tentou jogar uma rede nela, é verdade?' O marinheiro ruborizou um pouco e retirou uma rede enrolada de trás do travesseiro. 'Desculpe, Caramelle. É difícil resisti, ela parece tanto cum robalo e eu sinto tanta falta do mar... cê não vai tirá minha rede, vai?'

'Não, não vou,' disse Mel, com candura. Afinal, um homem solitário precisa ter seus passatempos. 'Mas precisa me prometer que não irá enredar a dona Baldão novamente, ela é quem prepara sua sopa,' piscou a garota. 'Experimente enredar Lady Shaedown, quando ela vier trocar a roupa de cama.'

Lady Pragmática Shaedown era uma das voluntárias que aparecia duas vezes por semana para ajudar com a roupa de cama e passar um tempo longe das intrigas da corte e de seu marido quarenta e três anos mais velho. Por algum motivo Mel achava que ela não se importaria tanto em ser enrolada numa rede de pesca e, de mais a mais, ela não sabia cozinhar um ovo, enquanto a sra. Baldão podia cozinhar ovos apenas falando bruscamente com eles.

Com bastante carinho Mel começou a sua tarefa da tarde. Ajudou o sr. Crostacantante a tomar sua sopa, depois disso cortou suas unhas dos pés, fez sua barba e ouviu suas histórias de quando vivia de porto em porto, perseguindo os cardumes. Ouviu com atenção, sabendo que poderiam ser as últimas que ouviria. O velho marujo estava com a sombra fina, escapando pelas frestas das paredes, Mel podia sentir. Não sabia como, mas sentia este tipo de coisa.

Em pouco teria que prestar ao sr. Crostacantante outro favor que ninguém mais queria fazer. Teria que lavar e arrumar seu corpo e sentar ao seu lado por algumas horas, mantendo uma luz acesa, até ter certeza que seu espírito cruzou para *o outro lado*. Depois teria que limpar minuciosamente o quarto, para que o cheiro da morte, um cheiro protoplasmático que era mais uma emoção que um odor, sumisse de vez. O funeral é da alçada dos sacerdotes, mas essa preparação caseira é entregue às esposas, mães ou bruxas e apavora quase todas as outras pessoas. No Repouso do Mar era a mãe de Mel que se encarregava dessa despedida e preparava os corpos para um funeral digno. Hoje é tarefa da garota e Mel não passaria o fardo para mais ninguém.

Terminou de limpar e conversar com o marujo e levou o balde para a cozinha, onde foi reabastecido e Mel rumou para o próximo quarto.

Em um quarto nos fundos da casa de jogos Alegres Momentos Hank estava amarrado a uma cadeira e uma mordaça o impedia de gritar. Um dos olhos já estava tão inchado que já não enxergava. Em situações mais calmas ele poderia ter percebido que a cadeira também tinha correias especiais para prender os dedos, uma precaução quando se precisa lidar com magos. Na verdade, um exame mais atento revelaria outros móveis, cadeirões com presilhas de ferro para meio-orcs, gaiolas para goblins e banquinhos de ordenha com tornozeleiras para anões. O cassino é aberto a toda clientela.

À sua frente quatro homens usando coletes listrados e bigodes encerados massageavam os nós dos dedos. Um deles se aproximou do ouvido do rapaz e falou, com uma voz bem modelada.

'Agora, meu jovem, eu vou remover um pouco sua mordaça, está bem? Teremos um tête-à-tête,' disse, e alguma coisa fria encostou a garganta de Hank. 'Mas se sentir um impulso muito grande de gritar, rapaz, eu lhe providenciarei outra boca, novinha em folha.'

A mordaça foi removida e Hank pôde cuspir um pouco de sangue. O quarteto estava sentado e bebiam um pouco de água de uma jarra. Outro deles limpou a garganta e deixou sua voz grave soar:

'Muita ousadia vir ao cassino do sr. Phígaro sem o dinheiro que lhe deve.'

'Eu, cof, cof, eu trouxe dinheiro. Trinta tibares...'

'Um quinto da dívida,' atestou outro bigodudo, 'e você usou para jogar.'

'Eu esperava ganhar o resto. Eu senti a sorte nos dedos...'

'E nos dados viciados, certamente,' continuou o mesmo bigodudo. 'Sabe o que fazemos com quem tenta roubar a casa de jogos?'

Era uma pergunta retórica. De qualquer modo, Hank não se sentiu à vontade para responder. Ele duvidava que "uma dura admoestação" estivesse entre as opções.

'Mas você receberá uma segunda chance,' disse o primeiro homem, 'será solto e arrumará trezentos tibares de ouro. Como prova de nossa boa fé, poderá pagar em prestações. A primeira será de manhã.'

'Mas, mas... e aqueles trinta tibares...'

'Que tibares?'

O bigodudo se levantou e amordaçou novamente o rapaz, cuidadosamente. O resto do quarteto também já estava de pé e aqueciam a voz. '

Agora, apenas para fixar na sua memória nosso compromisso, vamos continuar o recital. O que vai ser agora, rapazes?'

'Que tal a *Feira de Valkaria*?'

'Essa já cantamos.'

'Sim, mas eu desafinei um pouco no segundo refrão,' o bigodudo coçou a nuca, encabulado, 'e queria repetir, para corrigir o erro.'

'Muito bem, Georgo, é de dedicação assim que precisamos! Então, *Feira de Valkaria*. É um, é dois, é umdoistrês.'

Os quatro homens elevaram as vozes num acorde, enquanto formavam um semicírculo em torno de Hank, e logo começaram uma apresentação à capela, distribuindo socos e chutes ritmados. O espancamento a quatro vozes e oito punhos continuou até que Hank desmaiasse e, em sonhos, sentisse que estava sendo esmagado pelas engrenagens de um realejo.

Algumas horas mais tarde uma carruagem fechada bamboleou pelas ruas de Thartann. Parou próximo a um beco, a porta se abriu e quatro pares de braços puseram um adormecido Hank para fora, segurando-o de pé pelos fundilhos das calças. Com habilidade os braços vestiram o casaco no rapaz desmaiado, pentearam seu cabelo e passaram uma escova de barbeiro em seus ombros e braços. Depois esfregaram um pano com vinagre no seu nariz e Hank foi desentupido do mundo dos sonhos para um mundo onde até os bolsos de suas calças tinham hematomas. A carruagem bateu a porta e seguiu seu caminho, deslocando seixos e tirando fagulhas dos paralelepípedos.
O rapaz oscilou um pouco e resistiu a cair duro, em parte por ser jovem e vigoroso, mas ainda mais por estar aterrorizado até a raiz dos cabelos.
Não demorou a se decidir, conseguiria alguns dias se desse o colar de Mel para o sr. Phígaro e, nesse meio tempo podia arranjar o resto da dívida, ou fugir para longe de seus credores. Para Lamnor, quem sabe. Só precisava alcançar a garota e pedir o colar, ela o ama e quer o melhor para ele. E se por acaso resistir, bem, pro vinagre — pensava Hank — Ele arrancaria o colar de qualquer jeito, afinal ele se ama e quer o melhor para si.

Hank se aproximou da residência dos D'Épéeruche, um sobrado largo onde o primeiro andar é quase todo dedicado a estocar rolos de corda e carretéis, deixando o segundo andar para os quartos. Ele poderia chegar ao quarto de Mel passando por um beco lateral e se escorando nuns pontos erodidos da taipa para alcançar a janela fechada. O rapaz silenciou o passo pelo beco, as luzes indicando que havia gente no primeiro andar. De sua posição conseguia ver que um homenzarrão estava parado na frente da porta de entrada, balançando o corpo levemente, como um barco mal amarrado. Sob uma janela que dava para o beco Hank pôde entreouvir uma conversa.

'... deixo em pecúlio o montante arrebanhado — isto é mesmo necessário?' disse uma voz.

'*Pleinement*. A carta tem que ser lida, até o fim, e na minha presença,' respondeu outra.

'E se nos recusarmos a seguir a carta?' objetou a primeira voz.

'Eu saberei,' rebateu a outra voz, oleosa como areia movediça.

'...'

'...'

'*Aquilo* ainda está lá fora?' uma terceira voz quebrou o curto silêncio.

'*Ele*, não aquilo. E *oui*, ainda está.'

'Pra mim sempre foi aquilo...' ruminou a terceira voz. 'Estou com frio, vou pegar mais conhaque. Aceita mais um pouco, Madame...?'

'*Passeau*. Aceito, *merci*.'

'Artibald, é melhor continuar a leitura, eu não demoro,' acrescentou a voz, com um rangido de cadeira.

'Ahem! Deixo em pecúlio o montante arrebanhado nos últimos anos de serviço e confiados à Casa de Finanças da Família Smith, compondo vinte arrobas de ouro, três baús navais em pedras preciosas, duzentas peças de arte em metais ricos variados e incrustações...'

>Cahingcling$<

Houve uma pausa nos sons, seguida de uma voz do outro lado da sala, 'Desculpem! Esbarrei na caixa registradora,' disse a voz masculina e, após mais alguns ruídos, 'Aqui está, Mme. Passeau. Artibald, por favor...'

'Hmpf. Onde parei? Ah, sim. Que serão devidamente avaliados e convertidos em valores correntes e postos à disposição de Caramelle D'Épéeruche, minha herdeira de sangue e direito.' Uma pausa mais longa e, 'Err... Mme, isto é uma marca de pata?'

'René, meu crocodilo. Precisávamos de duas testemunhas, e ele é sempre tão solícito.'

'Isso é permitido lá em Khubar?'

'Agora é.'

O barquinho de pensamento de Hank começou a descer as cataratas das conclusões precipitadas. Agora Mel era, o quê? A moça mais rica de Ahlen? Do mundo? Ela poderia pagar suas dívidas e muito mais, afinal, não o ama? Mas não aqueles tios sem vergonha. Não... os velhos o odeiam, ela não pode dar ouvidos a eles. Mas Mel ainda iria querer alguma coisa com um trapaceiro pobretão quando soubesse de sua fortuna? Ele é que não iria querer uma pé rapada.

Novamente os sons na sala dos irmãos D'Épéeruche entraram em foco, despertando Hank de seus devaneios.

'Sua sobrinha já deveria estar aqui, não?'

'Às vezes se demora mais. Humpf... metida nas causas de caridade,' resmungou um dos tios.

'Sim... aquele asilo de velhos da mãe dela. Leito de Oceano, creio. Uma bobagem,' concluiu o outro.

'Se é bobagem, por que não a impediram?' A voz feminina cortou, fria e afiada como navalha.

Houve uma pausa maior.

'Era o que nossa irmã fazia. Nunca fomos a favor, mas... ela não está mais aqui.'

Ela não chegou, deve estar a caminho, concluiu o rapaz. Se conseguir encontrar a Mel *antes* dela falar com os tios, então talvez ele a convença a arranjar o dinheiro. Melhor, se puder levar Mel ao sr. Phígaro, ela *certamente* irá ver que dar o dinheiro é o melhor a fazer.

E assim os pensamentos egoístas de Hank acarpetaram seu cérebro com imagens de seu espancamento e da necessidade de resolver seus problemas a todo custo. O rapaz retornou pelo beco e saiu pelas ruas, para interceptar Caramelle em seu caminho para casa. Dizem que a vida é feita de encontros e desencontros, e alguns minutos mais tarde um homem em desencontro com sua sanidade teve um encontro com uma jovem herdeira.

Outro dia se avizinhou inexoravelmente e Sir Jules Marcassin estalou sua bengala pelas pedras da Alameda Mascarada, driblando alguns boêmios sonolentos e acendedores de lampião que, naquele momento, apagavam as luzes nos postes[6]. Entrou na Barbearia Phígaro, a única barbearia capaz de se manter em uma rua tão cara e badalada. Queria ser atendido pelo sr. Phígaro antes deste sair para sua visita diária em Rishantor. Qualquer um no palácio poderia dispor dos barbeiros palacianos[7], mas apenas os nobres influentes eram atendidos pelo sr. Phígaro em pessoa. Na batalha de posições da corte a exclusividade das roupas, sapatos, corte de cabelo e outros detalhes *realmente* fazem diferença, e o ambicioso Marcassin não quer ser apenas um valete por toda a vida, então madrugar e desembolsar valores exorbitantes nos ateliês citadinos dos mestres profissionais mais exclusivos é encarado como estratégia de combate pelo jovem fidalgo.

Não ficou parado à porta por muito tempo. O sr. Phígaro veio calmamente dos fundos da loja, vestindo um jaleco impecavelmente branco e com um rosto tão lustroso e bem barbeado que era uma surpresa o bigode conseguir ficar no lugar sem escorregar para o queixo. Abriu um sorriso profissional e chicoteou com uma toalha de rosto a poltrona de barbeiro de couro verde que dominava a sala.

'Bom dia, Sir Marcassin,' disse, com um leve aceno, 'Cedo como sempre.'

'Olá, Phígaro. É como dizemos, pássaro que acorda cedo come a minhoca.'

'Verdade? Não parece apetitoso. Sente-se, por favor, Sir Marcassin. Como quer hoje?'

'Barba completa e aquele corte que você fez em Lorde Shaedown? Causou um furor! Um igual para mim, por favor.'

'Claro, M'sir. Imagino que isso seria notável a Lorde Windberry, seu empregador? Ele e Lorde Shaedown tem uma disputa amigável, não é mesmo?' As palavras saíram ensaboadas.

'Lorde Windberry não sabe de tudo,' acomodou-se o fidalgo.

'Tenho certeza que pouca coisa escaparia...' a entonação do barbeiro deixou um vácuo na frase inacabada, um vácuo que demandava ser preenchido e Sir Marcassin não tardou a preencher.

'Hah! Pouca coisa, uma pinóia. Se não fosse por mim...' e começou a desfiar seu monólogo.

Habilmente o sr. Phígaro acrescentou um resmungo encorajador aqui e uma pergunta pertinente ali, esquentando a caldeira de fofocas de Sir Marcassin e recolhendo os vapores dos segredos da corte. Era uma espécie de mágica. Não como a magia dos magos, envolvida em grimórios e pergaminhos e decorada em mantras, nem como a magia dos feiticeiros, cheia de vibrações e campos mágicos. A magia do sr. Phígaro era o puro misticismo do espelho, da cadeira reclinável, do clipeclipear da tesoura e a voz amiga e encorajadora do barbeiro. Os chumaços de cabelo caíram no chão enquanto segredos escorregaram para os ouvidos atentos de Phígaro. Coletados e catalogados em sua mente, como milhares de outros segredos.

Cuidadosamente o barbeiro terminou o corte de cabelo e pousou uma toalha quente no rosto do valete. A toalha abriu os poros e relaxou os músculos e Sir Marcassin já estava quase ressonando quando o pincel de barba espalhou uma espuma suave em seu rosto e a navalha reluzente e firme encostou em sua pele e, num lance preciso, cortou sua garganta.

O corpo do extinto Sir Jules Marcassin estrebuchou um pouco e o avental de barbearia absorveu o sangue que borborejou de sua garganta. Limpando a navalha, o sr. Phígaro disse, sem sequer se virar: 'Muito bem, agora, o que queriam me dizer há pouco?'

Umas sombras saíram dos fundos da loja, revelando-se em quatro homens com coletes listrados e grandes bigodes encerados. 'Senhor Phígaro,' começou um deles, num perfeito barítono, 'um dos devedores do cassino trouxe uma moça como pagamento, esta noite.'

'Uma moça, é? Vocês querem dizer...'

'Não, não, sr. Phígaro,' apressaram-se os quatro, num acorde, 'ele diz que ela pode pagar a dívida com um dinheiro de herança, que pode até pagar os juros.'

'Herança? Vocês averiguaram?'

'Bem... era muito tarde, e de todo modo o sujeito é um trapaceiro.'

'É, mas a moça é conhecida,' interferiu outro bigodudo, 'ela é sobrinha dos D'Épéeruche, os mercadores de fios. Alguma coisa vale.'

'E tinha isto com ela,' acrescentou, entregando para o barbeiro um colar de ouro e pérolas.

O sr. Phígaro refletiu um pouco. De todo modo isso seria sequestro, e ele não poderia ser incriminado. Ainda mais agora... mas... 'De quanto é a dívida?' perguntou.

'Trezentos Tibares de Ouro.'

'Aumente para novecentos. Mantenham os dois aprisionados e enviem mensagem anônima aos tios. Mas sobretudo...'

'Sim, sr. Phígaro?'

'...Não envolvam a barbearia! Se alguma coisa der errado, matem os dois e sumam com os corpos, ouviram?' o bigode do sr. Phígaro tremeu como as antenas de um inseto. Ele suspirou, 'E por falar em corpos, antes de saírem eu quero que levem este infeliz para os fundos e dêem para os dragonetes-crocodilo. E limpem o salão. Eu preciso ir a Rishantor e avisar Lorde Windberry que seu pequeno "inconveniente íntimo" foi solucionado.'

Mas não antes, pensou o barbeiro, de me revelar mais alguns segredos que poderão me beneficiar. Conhecimento é poder, e em breve serei o homem mais poderoso do reino.

Não muito tempo após esta cena repugnante e, noutro ponto da cidade, um grupo insone se aproximou do Repouso do Mar. Os irmãos D'Épéeruche, abatidos e preocupados, avançando aos tropeços e seguidos de perto por Mme. Passeau e seu acompanhante sinistro. Foi uma noite de buscas e perguntas, de espera ansiosa e pensamentos terríveis. Chegaram no Repouso, com a também exausta sra. Baldão na soleira. 'Deuses sejam louvados,' disse a cozinheira, 'Acharam a srta. Caramelle?'

'Nada, sra. Baldão,' disse Artibald com cansaço e preocupação na voz. 'Martin e eu andamos por toda a vizinhança.'

Um grunhido chamou a atenção de Mme. Passeau e o nzambi apontou com um movimento leve de cabeça para dois homens na frente de um bar do outro lado da rua, olhando fixamente para a entrada do Repouso, onde os D'Épéeruche conversavam.

'Hmmr grmm rgaar,' resmungou a montanha cinzenta, deu meia volta e se afastou. A bruxa chegou mais perto dos irmãos.

'... não soubemos nada, sr. D'Épéeruche. Depois que os senhores estiveram aqui eu disse ao Ned: Ned, eu disse, Ned, vá procurar a srta. D'Épéeruche. E ele foi, o pobre Ned. Coxeando pela rua com aquela perna que ele prendeu na caixa de anzóis do sr. Cardume semana passada, os senhores lembram? Foi o assunto da semana,' tagalerou a sra. Baldão para os irmãos que já mostravam sinais de tontura. Pessoas como a sra. Baldão possuem a plena convicção de que o mundo é do tamanho de uma comunidade rural, apenas está com lotação esgotada.

'E não somos só nós que sentimos falta da srta. D'Épéeruche,' continuou a sra. Baldão, sem se dar conta da fuzilaria com que fustigava os ouvintes, 'Ainda há pouco dois rapazes vieram procurá-la e eu lhes disse…'

'*Un instant*, Mme. Baldão. Esses *garçons*, seriam um alto e forte, com camiseta de gladiador, e outro baixo e magro, com sobretudo de vinte bolsos?' perguntou a bruxa, chegando mais perto.

'Deuses, a senhora os descreveu perfeitamente!'

'E eles saíram daqui atravessando a rua, em direção ao bar?'

'Isso é um tipo de mágica?' perguntou a sra. Baldão, estreitando a vista. Nesse momento os irmãos D'Épéeruche, mais atentos, já enxergaram os dois rapazes no bar e começaram a atravessar a rua. Os homens, por sua vez, se trombaram por um momento e resolveram ir embora, num andar casual de quem acaba de perceber que seu gramado de piquenique na verdade é um pasto de touros.

Viraram na esquina para uma rua estreita e descobriram que a rua se tornara, momentaneamente, sem saída, fechada por um homem que mais parecia um muro. Dois punhos cinzentos se fecharam em suas golas e ergueram a dupla. Voleur saiu do beco trazendo sua caça e manteve suspensos de ponta cabeça na frente dos assustados perseguidores. "Vocês, vocês estão procurando a srta. D'Épéeruche, por quê?' perguntou Martin, já refeito.

'Não queremos fazer mal algum!' disse o grandão, 'Ela costuma aparecer de manhã lá na praça para um chá…'

'É sim, é sim! E não veio, e o Hank também não, e ficamos preocupados,' apressou-se o baixinho.

'Preocupados?' e, nem meio suspiro depois, 'Hank?!'

'É sim, moço. A Mel sempre aparece cedo pra um chá, reginiosam, regisolamen…'

'Religiosamente.'

'Brigado, dona. É, isso… Todo dia. O Hank não, o Hank é um canalha, mas a Mel tem rotina.'

'Não quero reclamar, senhores,' disse o grandalhão, medindo as palavras com muitíssimo cuidado, 'mas ouvi dizer que se você ficar de cabeça pra baixo por muito tempo o sangue vaza pelos ouvidos. Se nós garantirmos que não vamos correr…'

'Vou lhes dizer como vai ser, *mon jeune*, meu serviçal irá colocá-los no chão, cuidadosamente, e os senhores irão aceitar um copo de chá e nos contar tudo que sabem sobre Mel, e sobre o sumiço dela, e quem é esse Hank Canalhe.'

◉

Não foi difícil concluir que o sumiço da garota e de seu namorado mau caráter e viciado em jogo não devem ser casos isolados. E também que seria um bom chute começar a correr as casas de jogos. Quase todo cassino de Thartann não funciona até o final da tarde, mas isso não é problema para Mme. Passeau. As bruxas ficam bastante à vontade com as portas dos fundos e acessos de serviço, onde é sempre mais fácil conseguir provisões, bules de chá e informações sobre o que realmente está acontecendo na casa. Muito do serviço de uma bruxa envolve resolver para os outros o que eles deveriam saber por si mesmos.

Um cassino não é tão diferente. Fechado durante quase todo o dia, é justamente o momento em que as toalhas, guardanapos e uniformes são lavados, quando as quitandas e açougues entregam suas mercadorias e quando a cozinha está a todo vapor, preparando tudo para a jornada noturna. E sempre há alguma assistente interessada em saber seu futuro nas linhas da mão, ou alguma matrona que precisa de uma receita de unguento para o marido, ou um jovem faxineiro interessado em uma poção do amor, todos estes dispostos a passar algum tempo com Mme. Passeau e dividir com ela um pouco de sua carga, pelo módico preço de responder algumas perguntas sobre um marginalzinho que poderia ter aparecido durante a noite. Já passava das duas da tarde e de três cassinos visitados quando finalmente a sorte bateu e o leão de chácara da casa de jogos Alegres Momentos[8] abriu os olhos de um sonho rosado para despertar no pesadelo cinza que é ser sacudido na cama por um nzambi raivoso. Mme. Passeau estava sentada em uma cadeira, repousando a cabeça na mão enquanto Viga e Fuinha pulavam a janela para dentro do quarto do segurança. O monstro cinzento começou a estapeá-lo com uma mão que mais parecia uma tábua para carnes.

'Ele já contou alguma coisa?' perguntou Viga, ainda ajudando Fuinha a deslizar janela adentro.

'Ainda não perguntamos nada. Voleur gosta de esquentar o público primeiro.', disse a bruxa, sua voz abafada pelo som dos tapas.

O barulho do estapeamento aumentou em volume e cadência. E, de repente, parou.

'Hmrrrrrr rurrgh hmmmrrrah?'

O leão de chácara olhou através de suas pálpebras inchadas, o rosto lívido e coberto de suor.

'Hmrrrrrr rurrgh hmmmrrrah?' repetiu Voleur, e levantou o braço, em ameaça.

'Por tudo que é sagrado, eu quero responder,' disse muito depressa o leão de chácara, 'mas eu não consigo entender a pergunta!' completou, em prantos.

'Pronto, pronto, *mon cher*,' Mme. Passeau mexeu-se na cadeira, percebendo que as amarras da discrição estavam frouxas. 'É só dizer o que aconteceu com aquele rapaz de cabelos pretos chamado Hank, que esteve aqui ontem, e você pode voltar a dormir.'

'Hank, sim, Hank. Cabelo preto, camisa cinza de capuz,' confirmou o segurança, 'ele esteve jogando no início da noite, depois voltou com uma moça e os gerentes os levaram para o porão e é só o que sei, eu juro!'

'E esse porão...?'

'É a porta ao lado da cozinha, na direção do palco, eu nunca entrei lá, pessoas entram e não saem mais, pessoas saem sem nunca ter entrado.'

'Grata, *mon cher*. Agora volte a dormir,' disse a bruxa, um segundo antes do nzambi acertar um soco preciso no leão de chácara.

O porão sob a casa de jogos era, como esperado, bem maior que a média dos porões e os guardas — mercenários armados apropriadamente — serviram para confirmar a natureza clássica da operação. Os dois primeiros homens caíram já nas escadas, vítimas de um rolo compressor de pele cinzenta, e outros três tentaram enfrentar Voleur, Viga e Fuinha, com ainda menos sucesso. Das três portas no porão, duas revelaram cômodos de menor importância e uma se abriu para um túnel. Fuinha assobiou baixinho quando o viu.

'Isso sim é um porão,' admirou-se. 'Não sabia que havia algo assim na cidade, exceto o palácio, claro... se estiver tão guardado quanto este lado, eles nos ouvirão bem antes de chegarmos à ponta.'

'Eu e Fuinha iremos na frente,' disse Viga, já retirando a armadura de um dos guardas desacordados. 'A senhora e o...'

"Voleur,' disse Mme. Passeau.

'O sr. Voleur seguirão quando fizermos sinal.'

Os dois malandros vestiram as armaduras da melhor forma possível, o que quer dizer que a couraça ficou apertada demais em Viga e o elmo de Fuinha balançava com vida própria e invariavelmente cobria seus olhos. De alguma forma mística, eles se pareciam mais com mercenários que os próprios guerreiros desmaiados.

'E eles não irão perceber que vocês são invasores?' perguntou a bruxa, 'Não tem nenhuma espécie de senha ou algo assim?'

'Sabe o que é, dona... esse negócio de senha é só formalidade,' disse Fuinha, vasculhando os bolsos nas ceroulas dos mercenários e transferindo quaisquer moedas para seus próprios bolsos. Achou um maço de cigarros de palha, que dividiu com Viga.

'Pois é,' acrescentou o grandalhão, acendendo um dos cigarros, 'no fundo o que conta é a atitude. Saber a senha e parecer um intruso não funciona, mas se parecer à vontade no lugar...'

'É porque você é do lugar, aí não precisa de senha, entende?' completou Fuinha.

'Sim. Esse negócio de senha é pros de fora.' disse Viga, sorrindo.

'Lembrem-se, aguardem o sinal.'

E, assumindo um passo gingado, os dois trapaceiros entraram no túnel, fumando seus cigarros e conversando.

Pelos túneis adiante, outros guardas caíram no truque de Viga e Fuinha, descobrindo que os dois não faziam parte da guarnição décimos de segundo antes de receber uma pancada na cabeça ou uma botinada entre as pernas. Chegaram enfim a um ponto onde o túnel se abriu e aprofundou, mostrando vários caminhos calçados, margeados pela água do rio. Volta e meia o grunhido de um dragonete-crocodilo ecoava. A bruxa e o nzambi alcançaram Viga e Fuinha.

'Agora é que a porca torce o rabo,' disse Fuinha, 'tem mais de um caminho aqui, e é muito aberto.'

'Acho que estamos embaixo da Alameda Mascarada,' arriscou Viga, 'dizem que existia uma fortaleza por aqui, nos velhos tempos.'

'Isso não ajuda. Não vamos enganar mais ninguém se ficarmos zanzando por aqui, perdidos.'

'*Donc*, agora é minha vez,' disse Mme. Passeau, arregaçando as mangas do vestido. 'Eu farei com que possam passar sem ser vistos, mas precisarão ser ligeiros.'

'Hmmmrr, hmmm grrr hmrroar.'

'Voleur disse para se separarem. Ele irá pela trilha à direita.'

'E nós pegaremos as outras duas, está bem,' concordou o Viga.

Mme. Passeau se concentrou na água e pensou em seu pântano de Havanah. Pensou no calor da noite, na terra soltando os vapores que acumulou durante o dia, pensou nos primeiros momentos da aurora, quando o vento do mar resfria as plantas antes que Azgher aqueça novamente o mundo. Pensou na neblina viscosa e salgada do pântano. E um halo de névoa se formou em volta de Mme. Passeau, como uma saia longa e armada. E cresceu, contaminando a água e produzindo mais daquela névoa densa. Os homens memorizaram rapidamente as trilhas que seguiriam e partiram.

A neblina não penetrou a sala onde Mel estava aprisionada. Era mais uma das celas daquela velha masmorra[9], uma das duas em que as portas ainda não estavam destruídas pela umidade. O quarteto de imbecis prendera ela e Hank em celas separadas, e Mel estava satisfeita em estar longe daquele bastardo canalha e miserável, mas escolheram a que estava em piores condições para Mel, talvez porque uma mulher não poderia arrombar uma porta enfraquecida. Imbecis.

E talvez ela *realmente* não pudesse arrebentar a porta, ao menos não sem fazer um enorme estardalhaço, mas nenhum deles pareceu perceber que o caixilho da fechadura enferrujou e rachou a pedra *por dentro da cela*. Mel esperou os sons diminuírem, até que ficasse apenas o choro e soluços de Hank, na cela ao lado, então começou a forçar a pedra. Quebrou duas unhas, mas conseguiu deslocar um pedaço do alisar, revelando o caixilho enferrujado e um pedaço da lingueta. Golpeou a lingueta com a própria pedra, em dois movimentos secos e, com um estalo, a lingueta se partiu. Mel aguardou mais um pouco e os sons não retornaram. Até Hank estava calado, agora.

Ela abriu a porta e saiu num corredor vazio, um dos lados preenchido com portas podres e celas abertas. Ignorou os sussurros de Hank e caminhou até o fim do corredor, onde pôs os ouvidos noutra porta. Ouviu o som de vozes, cantando à capela. Arriscou empurrar a porta com muito, muito cuidado.

Demorou uma eternidade até que a porta oferecesse uma fresta, só o suficiente para que a garota espremesse o olho, para ver que o quarteto estava entretido num espaço mais iluminado, cantando. Seguiam o compasso com estalar de dedos e batendo os pés no chão, e Mel percebeu que até ali sua sorte foi excepcional[10].

Outra eternidade e ela conseguiu abrir a porta o bastante para engatinhar na escuridão para dentro da sala. Se esgueirou até uma das mesas, no escuro, e começou a tatear. Seus dedos driblaram um conjunto completo de shurikens, desviaram uma caixa de granadas de fogo alquímico e erraram totalmente o punho de um florete encantado. Mel já se preparava para tentar outra mesa quando tocou uma coronha. Puxou a arma para si e se levantou.

'Muito bem, seus palhaços. Quero todos com as mãos para cima e o primeiro que se mexer leva uma flechada na testa tão funda que vão pensar que é um unicórnio,' despejou Mel, apontando a besta num movimento oscilante em que a ponta do virote parecia descrever o infinito.

Os quatro cantores macabros pararam seu ensaio para olhar, incrédulos, a moça. Levantaram as mãos sem tirar os olhos de Mel, até que um deles quebrou o silêncio:

'Sabe, garota… eu não acredito que você conseguiria nos acertar.'

'Posso acertar um. A questão é, quem vai querer ser o escolhido?'

'Oh não, não é a questão,' continuou o bigodudo, com voz firme e aveludada, 'Acho que você não sabe usar arma alguma, ou ao menos não essa arma. Não vai conseguir acertar nenhum de nós.'

'Quer apostar?'

O cantor abaixou os braços. Mel fechou os olhos e apertou o gatilho, mas ele se recusou a se mover. Seus olhos se abriram novamente, em interrogação.

'Essa,' disse o bandido, confiante, 'é uma autêntica *Besta de Repetição Pietro Tranquetta de Sete Tiros*. Nas mãos corretas é uma arma altamente letal. Mas nas suas… você nem destrancou a trava de segurança.'

'Que trava?'

'Essa alavanquinha à direita da coronha.'

'Ah, esta?'

CLICK. TWANG!

Um virote de aço afundou até um terço na parede e ficou balançando o metal numa vibração nervosa, alguns milímetros abaixo do ponto onde as pernas do bigodudo se juntam. Ele revirou os olhos e caiu desmaiado.

'Opa,' exclamou Mel, 'foi por engano. Nossa, esse gatilho é muito sensível!'

TWANG! IAU!

Outro virote pregou na parede a orelha de mais um membro do quarteto. Os outros dois começaram a agitar as mãos à frente do corpo.

'Pelo amor de Marah! Não toque mais nesse gatilho!'

'Sim, faremos o que quiser, moça, só vire essa besta para o outro lado.'

Mel descansou a mão na coronha, retirando o dedo do gatilho e pousando no guarda mato.

'Muito bem. Peguem o seu comparsa e levem para as celas. Sem gracinhas.'

'Sim, moça,' disse um deles, ajudando a soltar a orelha do colega, que deu um grito agudo, 'Saul, Dingo, ouviram a moça. Peguem o Georgo, vamos.'

'Está bem, Lenny,' se apressaram os capangas.

O quarteto trotou para o corredor das celas, com Mel seguindo à distância, ainda apontando a besta. Passando pela porta a garota pegou uma argola cheia de chaves. Quando os bandidos chegaram perto da cela onde estava Hank — a única cela funcional agora — ela jogou o molho de chaves para Lenny.

'Abra.'

A porta se abriu e Hank saiu imediatamente, com um sorriso idiota no rosto cheio de hematomas. Lenny foi bem rápido e agarrou o jovem, segurando num mata-leão como um escudo.

'Acabou a brincadeira, moça! Largue a arma ou o seu namoradinho vai levar!' Os outros capangas giraram o corpo para se proteger atrás de Lenny, como padioleiros treinados.

'Ah, tenha paciência,' disse Mel, 'esse desgraçado quis me entregar para vocês! Acham que eu não atiraria nele também? Agora andem, entrem na cela, e levem esse imbecil com vocês.'

'E joguem a chave para cá!' acrescentou.

O desanimado Lenny jogou o molho de chaves no corredor e os homens entraram na cela, batendo a porta que se fechou com um estalo do trinco de mola.

Mel se apressou para fora. Quando abriu a porta, entretanto, só teve tempo de fechar numa pancada antes que dois virotes se cravassem na folha de madeira. Ela posicionou a taramela de ferro num cravo de ferro em L chumbado no alisar e olhou por uma das seteiras. Haviam uns três ou quatro mercenários na trilha molhada que dava àquela parte da masmorra. Foram atraídos pelo barulho. Havia algo mais, um vulto na névoa... ela poderia reconhecer aquela silhueta de fuinha que estava tentando não chamar a atenção dos mercenários.
Mel soltou um assobio curto e o vulto desapareceu.

○

Em sua sala sob a barbearia o sr. Phígaro escreveu em seu diário M3 e secou a tinta com pó de siba e mata-borrão. Levantou-se e guardou carinhosamente o livro na estante que ocupava toda a parede.
De A a Z, com algumas passagens em numerais, livros e mais livros com os segredos coletados em anos de entreouvido e papo de barbearia. Segredos de todos os nobres de Ahlen, catalogados e relacionados pelo tenaz sr. Phígaro. O barbeiro admirou por um tempo sua coleção, a maior teia de espionagem do reino, montada por um único homem. E muito em breve ele usaria todo esse conhecimento para se tornar o soberano de Ahlen, só precisava juntar mais riquezas para pagar um pequeno exército. Mas a riqueza irá chegar, ele pode senti-la se aproximando. Imerso em sonhos o sr. Phígaro remexeu algumas moedas, depois pegou sua aquisição mais nova, um colar de ouro e pérolas.
Experimentou o colar.
Ouviu alguns passos abaixo de sua sala, ainda mais fundo na masmorra. Seguro de suas instalações, desceu as escadas em espiral. No cômodo de baixo um de seus mercenários estava parado à porta, e uma névoa grossa escorria quarto adentro. Há quantos anos não havia tanta névoa naqueles subterrâneos? Decidiu ordenar que o mercenário fechasse a porta, para evitar tanta umidade, mas antes que abrisse a boca

o guerreiro oscilou um pouco e tombou para trás liberando ainda mais névoa e, junto com ela, um homenzarrão.

O vapor frio tomou conta do quarto e permitiu ao barbeiro se manter escondido, em silêncio. Ele sacou sua navalha e aguardou. Em pouco tempo o intruso já havia tateado levemente as mesas e agora se aproximava da caixa-forte. Ladrão desgraçado, oportunista, pensou o sr. Phígaro.

Não iria aguardar mais para ser espoliado. O barbeiro se esgueirou rapidamente e, num golpe curto, escorregou sua lâmina pelo pescoço do invasor. Foi como tentar cortar couro com faca de manteiga.

Antes que se desse conta, o estranho já estava de frente para o barbeiro e o levantou com um só braço, como uma criança pegando um brinquedo. A névoa começou a dissipar e ficou muito mais nítida, a pele cinzenta e courácea do homenzarrão. Ele também podia perceber melhor as feições do barbeiro e, quando viu o colar, seus olhos se injetaram de vermelho luminoso.

O nzambi arrancou o colar do pescoço do sr. Phígaro e deu-lhe um safanão que atirou o barbeiro do outro lado da sala, de costas na parede. O sr. Phígaro tossiu um pouco de sangue e seu agressor ainda estava olhando para o colar. Começou a suspirar e resfolegar, como um touro numa arena, e num daqueles pensamentos abstratos que correm pela mente com tesouras na mão nos momentos mais impróprios, o barbeiro se deu conta que o grandalhão não parecia estar respirando antes disso.

O nzambi fechou o punho, escondendo completamente o colar em sua palma e procurou o homenzinho de bigode seboso. Deu um passo de bate-estacas em sua direção.

'Voleur,' disse uma voz de mulher, na porta. Outro passo em direção ao sr. Phígaro.

'Voleur!' insistiu a voz. Uma mulher num daqueles vestidos de muitas saias, completamente ensopado, estava emoldurada na porta. 'Eu sei o que está pensando, Voleur, e é melhor que volte. Se matar esse homem, você estará além de qualquer retorno, *vous comprenez?*'

'Hrgh mrrr grmmmlh!' gritou o monstrengo, e mostrou o colar.

'Ah, Voleur...' disse a bruxa, arrastando a voz.

O sr. Phígaro aproveitou o momento e subiu correndo a escada em espiral, até sua sala, onde pôde puxar as correntes de um sistema de roldanas. De lá podia abrir a jaula onde mantinha os dragonetes-crocodilo que limpavam as evidências de seus serviços mais agressivos.

Os monstros vieram rabeando pelo piso, ocupando o quarto e forçando Voleur a ficar na frente de Mme. Passeau. Um primeiro dragonete se aproximou do nzambi e tentou uma mordida em sua perna. Não chegou a completar a mordida, alguma coisa no paladar fez com que o monstro abrisse a boca tão rápido que a mandíbula quase deu um nó em si mesma. O corpo de réptil impedia, mas aquele dragonete-crocodilo estava nitidamente tentando enfiar o rabo entre as pernas.

Os outros dragonetes perceberam o sofrimento do companheiro e decidiram que era uma experiência da qual podiam dispor, então começaram a rondar noutros cantos do quarto.

'Está mais calmo agora, Voleur?' perguntou Mme. Passeau. O nzambi fez que sim com a cabeça.

Fuinha chegou correndo no lugar. '

Achamos!' disse, ofegante. 'Mel está viva, ela mandou um sinal.'

'Viu só, Voleur? Está viva, pode parar de se preocupar.'

'No final, puf..., no final daquela trilha à direita. Mas está cercada de guerreiros, nós vamos ter que lutar para passar.'

'Grrrrg hmrlllll!' gritou o nzambi, já saindo correndo.

'E lá vai ele,' disse Mme. Passeau, 'o estouro de manada de um homem só.'

'Com um só é menos destrutivo,' argumentou Fuinha.

'Você não o conhece. Vamos.'

◉

Em sua sala o barbeiro pôde ouvir os sons vindo do quarto abaixo. Ele não podia deixar seus livros, sua conquista de décadas, só por um ataque. Ficou aguardando a necessidade de despejar óleo em chamas por um nicho no chão, mas os invasores entraram ainda mais para dentro da masmorra. Ele teria tempo de contratar mais forças para desentocar essa corja. Agora era só subir pela barbearia.

Mas o caminho estava interditado. Em sua preocupação com um ataque tão surpreendente, o sr. Phígaro se esqueceu de trancar portas, e agora dois dragonetes-crocodilo barravam sua passagem e lambiam os dentes, avançando para ele.

Sem escapatória, o sr. Phígaro empunhou sua navalha e aguardou o primeiro ataque.

Na sala das celas, Mel esperava no escuro. Tomou o cuidado de fechar a porta às suas costas e agora aguardava para saber se conseguiria ajuda ou não. Saber se ela poderia abrir a porta para ir embora, ou se um aríete martelaria seu destino.

Esperou um tempo e nem Viga nem Fuinha mandaram sinal. Tampouco o som de luta chegou a seus ouvidos mas, em lugar disso, um som ritmado, um tambor seco que foi aumentando de volume e fazia tremer o chão. Daí vieram os gritos, o barulho de espadas e gatilhos, e mais gritos, uma ou outra coisa se rasgando, gritos novamente. E a porta praticamente explodiu.

Um monstro cinza, com três ou quatro virotes e vários lanhados de espada, chegou na porta.

'Hmmmmrl?' disse a fera.

Mel apontou do melhor jeito possível sua besta.

'Nem pense em disparar!' interrompeu uma mulher de vestido. Viga e Fuinha se espremeram pelo que sobrava de espaço entre o nzambi e a porta e correram para abraçar Mel. As perguntas eram tantas, a vontade de chorar era tanta... Mas a mulher os afastou.

'Você é Caramelle, non? Vejo que é. Ouça, *chéri*, seus tios estão preocupados, seus amigos estão preocupados, e haverá tempo para tudo.'

Mme. Passeau colocou as mãos maternalmente sobre a cabeça da garota, afagando-a.

'Mas agora há uma coisa muito importante para ser feita, e eu não tenho mais tempo,' disse a bruxa, 'queria ter tido tempo de prepará-la, mas não é possível. Voleur, *venez ici*.'

O monstro se aproximou e a garota fez menção de se levantar, mas foi contida pelo pulso de ferro da bruxa.

'Acalme-se, Caramelle. Fique aqui, sim? O pior já passou.'

Mme. Passeau procurou pelos bolsos internos em seu vestido e produziu uma garrafa tampada com sabugo de milho. A garrafa tinha um brilho verde como o mar.

'Isto,' disse a bruxa, 'é uma garrafa do espírito.'

'E agora, Jampo Lafiche,' a feiticeira destampou a garrafa e permitiu que a fumaça verde iridescente escapasse, 'eu o liberto!'

O nzambi foi envolvido pela fumaça, que rodopiou à sua volta e foi absorvida por sua pele. Em segundos a pele deixou de ser cinza, assumindo uma cor bronzeada. E todos os golpes de repente pareceram cobrar seu preço, um fio de sangue correu de cada virote e cada rasgo de espadada. O homem, ainda um gigante entre homens, mas definitivamente humano, deixou-se recostar.

'Caramelle?' disse ele, 'eu acho que nossa conversa não será longa. E eu tenho tanto, tanto a dizer.'

Mel começava a compreender, ou ao menos desconfiava.

'Eu não podia, cof, deixar este mundo sem vê-la, sem nos falarmos, minha menina. Eu sou seu pai.'

Mme. Passeau puxou Viga e Fuinha pelos braços e saíram da sala. Mel e seu pai ficaram ali, recostados, bastante tempo se passou. Conversaram, choraram e por fim riram um pouco e o que quer que tenham dito, ficou só entre eles.

Finalmente, os olhos de Jampo Lafiche se fecharam e Mel procurou Mme. Passeau. Havia um corpo para limpar e velar, e nenhuma das duas iria fugir dessa obrigação.

O dia seguinte foi um dia de funeral. O funeral de um marinheiro, cujo corpo enrolado em mortalha foi devolvido ao mar. Poucas pessoas estiveram presentes. Viga e Fuinha ajudaram a escorregar o corpo pela prancha, e os irmãos D'Épéeruche se mantiveram sérios, num canto. Nunca gostaram de Jampo, nem quando ele era novo, mas não eram homens maus nem impiedosos e, acima de tudo, amavam muito sua sobrinha.

Mme. Passeau e Caramelle ficaram lado a lado durante a cerimônia e no fim Mel acompanhou a bruxa até o outro lado do cais, onde um veleiro iria partir para o leste.

'Ele disse que se separou de mamãe antes que eu nascesse,' começou a garota.

'Shhh. Você não precisa me contar isso, chéri.'

'Não me importo, Mme. Passeau,' retrucou Mel. 'Ele disse que queria me ver assim que soube que eu existia, mas queria mais, queria chegar como um rei ou um príncipe. Consegue entender isso?'

'Sim, consigo, menina. Muita gente quer viver o futuro, e não percebe que o futuro é apenas um presente que ainda não aconteceu, que o presente é que é importante, porque é onde vivemos. Seu pai foi um pirata, o canalha mais ativo do arquipélago nos últimos quinze anos. Sempre atrás de qualquer aventura, de qualquer lenda e boato que ouvia,' continuou a bruxa, 'e era muito bom nisso, ah, se era.'

'Mas um dia deu azar...' disse a garota.

'*Oui*, um dia deu azar. Um dia todos nós damos azar,' Mme. Passeau ficou um pouco em silêncio, depois completou: 'Então ele me procurou, porque sabia que não teria muito tempo, que *jamais chegaria aqui* se eu não o ajudasse. E foi o que fiz, eu lhe dei um pouquinho de tempo para uma reparação.'

As duas andaram em silêncio o resto do trajeto. Então Mel disse:

'Eu queria.. eu queria que ele,'

'Eu sei, *chéri*, eu sei,' disse a bruxa, abraçando a garota. 'Queria que ele tivesse vindo, não importavam os tesouros nem títulos nem nada. Apenas seu pai, vindo para casa.'

A garota chorou, escondendo o rosto no vestido de Mme. Passeau.

'Você tem muito dele, sabia? Jampo foi um homem extraordinário. Um bom homem, mesmo que burro demais para perceber o que deveria fazer. E seus tios dizem que tem um bom pedaço de sua mãe,' a bruxa secou o rosto de Mel com um lenço. 'e eu acredito. Se foi dela que você puxou a determinação com que me ajudou ontem... bem, será sempre bem-vinda à minha cabana em Havanah. Quem sabe eu possa pegar uma aprendiz?'

As duas se despediram e Mel ainda estava no cais quando as velas se enfunaram, levando Mme. Passeau de volta para casa.

Em memória de Sir Terry Pratchett (1948-2015)

Notas

1. O patacho é um pequeno barco de carga com capacidade entre quarenta e cem toneladas. Possui dois mastros, um com vela redonda e outro com vela latina.
2. Canções de trabalho são comuns em todo lugar onde o serviço seja duro e sacrificante. E realmente funcionam, o segredo é compassar o ritmo da música com os espasmos de dor nas costas.
3. O rabo-de-cobra é um jogo conhecido no Reinado, porém proscrito em todas as capitais e principais cidades. Frascos não rotulados, espólio de algum laboratório de mago ou botica, são distribuídos aos jogadores e estes começam a trocar os frascos entre si, aumentando apostas em que cada frasco redistribuído é misturado no copo do jogador desafiado. Depois das rodadas de mistura, começam as rodadas de apostas sobre que jogador se atreverá a beber a própria mistura. Se dois ou mais jogadores pagarem para ver, vencerão os jogadores que permanecerem vivos e em sua forma e cor original. Se apenas um jogador mantiver as apostas até o final, ele vence sem precisar beber seu rabo-de-cobra.
4. O *Almanaque do Fazendeiro* tem uma seção dedicada à "Colheita Sugestiva do Mês", onde horticultores com sorrisos marotos posam segurando cenouras ou mandiocas que "vistas deste ângulo aqui, veja, provocaram muita risada lá em casa". Batatas nunca participaram desta seção, o que prova que alguns tubérculos encaram a profissão com muita seriedade.
5. Para ser preciso, o que ele realmente disse foi "Hurrr, hrrummm, roarumpf, hmmm!".
6. Ao contrário do que se acredita, apenas as luzes de Rishantor são produzidas por magia.
7. E os serviçais e nobres de baixa influência que caírem em desgraça são atendidos pelos aprendizes de barbeiro. O que explica a Praga das Carecas Espiraladas de 1402.
8. Alguém deveria repensar o nome desse estabelecimento. Sério.
9. O que prova que Viga estava certo, aqueles eram os resquícios de uma antiga fortaleza.
10. Uma chance em mil, o que no universo das probabilidades literárias equivale a certeza absoluta.

Lucas Silva Borne nasceu em Porto Alegre, onde morou até os 5 anos. Dos 5 aos 10 anos, morou em Barcelona, Espanha, onde foi alfabetizado e começou seus estudos. Depois de voltar para Porto Alegre, estudou na UFRGS, formando-se em Engenharia Elétrica e passando a exercer a profissão de engenheiro. Paralelo a isso, dedicou-se às verdadeiras paixões: jogos de computador, RPG, literatura, *Magic*, maquetes & miniaturas e um pouco de seriados e cinema. Iniciou a carreira de escritor com o *Manual do Arcano*, em 2012 e, depois de 5 livros publicados e mais alguns encaminhados, não tem planos de parar tão cedo.

O CORAÇÃO DE ARTON

Lucas Silva Borne

Há muito tempo atrás, o Nada e o Vazio se fundiram. Dessa união do acaso com o destino, algo surgiu.

Era uma descomunal esfera de fogo, que esfriou de fora para dentro, tornando-se um gigantesco coração de lava enclausurado por uma superfície de rocha. Nessa superfície, energias, éteres e outras forças primordiais se encontraram, formando uma variedade muito grande de rochas, metais e minérios. Depois de se assentarem, todos estes passaram a viver juntos, decididos a não se separarem para não se perderem na realidade fora da esfera em que compartilhavam.

Os mais de cima conheceram a face de Azgher. Uma camada mais abaixo foi abençoada pela presença de Tenebra. E a última camada abaixo desta, ficou entre Tenebra e o coração de lava de Arton.

Era aí que eu morava. Eras passaram.

Estava completamente presa, esmagada por uma pressão que seria inimaginável por qualquer criatura que um dia nasceu de outra criatura. Arton pesava sobre meus ombros — mas não me doía. Pelo contrário, era calmo e aconchegante. Por cima havia o manto de Tenebra, suave como seda e quieto como a escuridão. Por baixo havia o coração pulsante, que me aquecia e me acalmava com o distante *tum-tum* do batimento que bombeia seu sangue derretido para bem longe, na superfície. Era tudo sereno e perene; uma quase não-existência.

Em uma certa era, tocada pelas veias do coração e junto com a pressão de um mundo, me transformei. De uma coisa maciça e amorfa, me tornei uma gema. Assim como eu surgiram muitas outras e outras; e assim como eu, todos vivíamos no oblívio. Esquecidas e enterradas, ignoradas na nossa não-existência, acreditei que seria assim por toda a eternidade. Era feliz com o manto de Tenebra e o tum-tum do coração. Mas como fui descobrir, nada é para sempre. Não no mundo dos filhos dos deuses.

Por alguma razão (acho que tem a ver com solidão) os deuses gostam de criar toda sorte de criaturas, mas especialmente criaturas parecidas com eles. Assim como eu tenho irmãos amarelos, transparentes, azuis, verdes, vermelhos e de todas as cores, os deuses criaram humanos, anões, elfos (secos e molhados), minotauros, qareen, goblinoides e uma infinidade de outras criaturas humanoides. Quase todas elas vivem lá na última camada, na tal da superfície.

Por sorte — ou azar — minha, só uma de todas essas raças decidiu vir morar aqui embaixo: os anões. De todas as raças que mencionei antes, são os meus favoritos. Gosto de anões porque são como eu — resistentes a mudanças. Acho que tem algo a ver com o coração de lava e de estarem sempre cercados de pedras.

Não posso dizer que era um dia como qualquer outro, porque não há dias no submundo; sem o sol, o tempo simplesmente passa. Era muito distante e muito baixo. Era um som rítmico e agudo, que de alguma maneira me lembrava o coração.

Pim, pim, pim. Durava um tempo e depois ia embora.

Pim, pim, pim. Depois voltava, mais perto ou mais longe ou mais curto.

Mas num dado momento apenas começou e foi aumentando. Aumentou tanto que era como se estivesse bem do meu lado. E então senti!

PIM. Era algo que eu nunca havia sentido: "dor".

Um pedacinho de mim se foi. Uma lasca. E junto com a dor da perda surgiu uma imagem estranha: um círculo branco gigante, com outro círculo preto dentro. A pupila se dilatou mais.

Com cuidado prosseguiu, tirando meus vizinhos e jogando-os em um carrinho de mina. Quando dei por mim, estava nas mãos da criatura que naquele instante havia se apaixonado por mim. Com muito carinho ele me segurou, e deu os últimos retoques com uma pequena ferramenta. Eu estava livre de Arton.

Solta e arrancada, morri de medo. Era como se estivesse flutuando no ar o tempo todo, e tinha muito medo de cair no nada porque não estava presa por todos os lados. Mas com o tempo essa sensação foi passando e me acostumei a ser "livre". Quando ele me ergueu e me colocou contra a luz de um lampião, pude ver o seu rosto espantado e admirado mais uma vez. Rosto, nariz, boca (entreaberta), barba, sobrancelhas, olhos. Vocês sabem, todos aqueles penduricalhos das cabeças dos humanoides. Era apenas um anão minerador solitário, que tirou a sorte grande.

Juntos fomos de volta para a casa dele, e assim descobri como é uma vila de anões no reino de Doherimm: casas de pedra maciça, lavouras de fungos e de tubérculos-das-trevas, praças com trepadeiras floridas. Eram poucos anões naquela época, e isso quase não mudou.

Passei um tempo na casa do anão, que fazia questão de me exibir para todos os aldeões do vilarejo. Eu estava aprendendo muito e muito rápido, e tudo mudou de escala quando fomos para a capital.

Então conheci *a* cidade anã. Ruas com calçamento perfeito. Pontes com aquedutos, viadutos e escadarias. Prédios e torres de ferro maciço. Mansões com jardins aquosos e verdejantes. Palácios de rocha e mármore. Eras de urbanismo planejado e refinado. Muitos anões e também muitas gemas.

Descobri que não sou *única*, mas pelo menos os entendidos dizem que, da minha estirpe, sou a mais bela já encontrada. Mas mesmo sendo assim tão formosa, fui tratada de maneira ordinária e vulgar. Fui trocada, como se fosse um pescado ou um saco de comida. Por moedas, acreditam? Há tantas moedas no mundo, mas como eu, só *eu* — anão tolo.

Mas meu novo "dono" não era tolo. Era velho, sábio e muito rico. Ele me chamou de "Bruta" e me colocou junto com muitas outras gemas. Juntas éramos Safiras, Diamantes, Yolotitas, Esmeraldas, Erstromalis, Ametistas-rubras e inclusive uma raríssima Tenebrita-gigante (eu). Com ele aprendi que o tempo podia ser quebrado em pedaços menores, e por muitos anos compartilhei o mesmo espaço pequeno com a coleção de pedras preciosas.

Como disse, o anão era sábio. Primeiro, não me trocou por simples pedaços de metal. E depois, cuidava muito bem de nós. Sempre que podia nos visitava, nos retirava de nossos pedestais e nos limpava. Uma por uma e com muita paciência e esmero. Depois ficava nos admirando contra a luz da lareira, ao lado de um caneco de cerveja anã.

Ele também gostava de ler em voz alta e discutir coisas com as paredes. As vezes outros anões vinham nos visitar. Quando isso acontecia, ele não nos exibia como troféus, mas sim como filhos e filhas. Seu nome era Ahriman, "O primeiro". Primeiro sacerdote de Tanna-toh no mundo abaixo da superfície.

Ao viver com os anões descobri que todos os seres vivos morrem depois de certo tempo. É bem pouco tempo (para eles parece muito) e a isto eles dão o nome de "vida".

Quando isso aconteceu pararam de me chamar de "bruta" e passaram a me chamar de "herança". Troquei de mãos muitas vezes em um curto espaço de tempo; sempre por anões que compartilhavam o mesmo sangue. No fim, o mais forte deles me pegou e nunca mais nos separamos.

Este não era sábio, mas era esperto. Primeiramente, também se apaixonou por mim. Depois, me vislumbrou mais esplendorosa e magnífica, e chamou o melhor joalheiro do mundo.

"Quero que a torne mais bela ainda. Quero que a luz entre nas suas faces e nunca mais saia de lá."

E então fui aperfeiçoada. Aquela pequena lasca que tinha perdido desde o momento que fui minerada se foi, apagada pelas mãos mágicas do grão-mestre-lapidador. Senti cócegas e também muito medo, de que ele acabasse por desbastar para sempre algo de mim. Mas a realidade foi algo muito semelhante a uma maquiagem permanente. Depois que fui polida, o joalheiro mal acreditou no que tinha feito:

"Eu compro. Lhe suplico, me venda." Mas meu dono era esperto, não me vendeu e me chamou de Borealis.

O defensor Bolkin era o chefe da guarda de Doher. Nessa época descobri que anões (assim como todos os povos de Arton) gostam de se distinguir por tipos ou títulos. Mais ou menos como eu e as outras gemas. Existem soldados, guardas, chefes da guarda. Sacerdotes, comerciantes, mineradores, nobres. Duques, megaduqes, reis, imperadores. Existe toda sorte de títulos e penduricalhos que se possa imaginar para anexar aos nomes. Estes títulos geralmente dizem quem pode mandar em quem e o quanto pode mandar. Manda quem pode, obedece quem tem juízo — dizem os devotos de Khalmyr.

Nesse mundo de títulos, o de Bolkin era importante. Comandava muitos anos, mas não era bom em comandar a si mesmo. Gostava muito de cerveja e de gemas, e não gostava nada dos finntrolls. Era muito menos erudito que "O primeiro", mas era tão apaixonado por mim quanto este.

Eu tinha dito que ele era esperto? Pois é, nem tanto. Ele gostava tanto, mas tanto de mim que queria ficar comigo o tempo todo. Para isso decidiu me engastar no escudo que carregava sempre. Me cravejou bem no meio do escudo; e era aí que estava o problema. Como defensor de Doher, a capital de Doherimm, Bolkin enfrentava muitas criaturas.

A maior parte delas era finntrolls, seus lacaios trolls e outras criaturas das profundezas. A cada golpe que bloqueva com o escudo, eu me enchia de medo e pavor. Mas não havia nada que pudesse fazer, apenas esperar pelo melhor. Fui atingida uma ou duas vezes sem me lascar, até que um troll arremessou uma pedra enorme que Bolkin bloqueou agilmente. Ele ficou ileso, mas a pedra me atingiu. Eu não tenho como expressar como é sentir dor porque não tenho coração ou alma (segundo dizem os entendidos). Mas posso dizer com certeza, que quando sua expectativa de vida é a eternidade, qualquer minúsculo pedacinho do corpo perdido "dói". E muito.

Depois da pedrada fiquei trincada, mas me mantive inteira. Bolkin compartilhou a minha dor e viu o enorme erro que havia cometido. Pude ver em seus olhos. É raro ver um anão chorar, quase tão raro quanto eu. Mas eu vi, naquela noite na frente da lareira que herdou do seu tio distante.

Fui removida do escudo e com ajuda de magia fui lapidada e remendada mais uma vez. Fiquei um pouco menor e mudei minha forma um pouco (calma, continuo linda) e, para completar, fui parar no cabo de uma espada curta. Como Bolkin era conhecido pela sua habilidade e mira precisa com a besta, eu tinha uma função mais decorativa do que qualquer coisa. Por fim estava segura — a lâmina da espada ficava quase o tempo toda dentro da bainha. A ação continuou, mas escapei ilesa desta geração. Bolkin morreu de velho e virei herança de novo.

Desta vez havia três herdeiros, pois em uma noite bêbada anos antes, Bolkin conseguiu a proeza épica de seduzir e engravidar três anãs.

Não houve disputa porque o mais velho me pegou com tanta confiança que seus irmãos não ousaram pronunciar uma palavra.

Drumli era bem diferente do pai. Lembrava mais o tio. Distante e contemplativo. Não tinha a paixão por pedras, mas havia algo em seu olhar que eu nunca tinha visto. Quando me encarou pela primeira vez, era como se estivesse enxergando algo que os outros não haviam visto em mim. Tinha grandes planos, assim como seus irmãos Fumbar e Shilaa.

A família havia crescido, e todo o resto do clã também. A casa e a influência deles no reino aumentaram: mais cômodos, torres, forjarias e armoriais; mais acordos, cargos importantes e promoções.

É muito estranho para mim ver essas coisas. Eu não cresço, pedras não crescem. Só diminuo. Mas anões são exatamente o oposto, nascem pequenos e vão crescendo até o dia que morrem. Primeiro em tamanho, depois em poder e sabedoria. E antes da sua hora chegar tentam fazer coisas grandiosas para poder morrer em paz — e deixar que os feitos grandiosos continuem vivendo por eles. Hoje entendo esse ímpeto, essa vontade que nos põe em movimento e nos impele a fazer tudo o que fazemos.

Em um momento qualquer fui desincrustada da espada e colocada em um pedestal. Cercada de outras pedras menores, incensos raros e cânticos crescentes. Fui mergulhada em uma substância misteriosa despejada de um jarro de aço-rubi por um sacerdote muito poderoso. Sou totalmente maciça, mas de alguma maneira esse líquido etéreo e viscoso entrou dentro de mim. Comecei a me sentir pesada, e do nada — assim como o Nada e o Vazio — fui concebida.

Era como se tivesse acordado sem nunca antes ter ido dormir. Tinha aberto meus olhos, que sempre estiveram abertos: com uma torrente de pensamentos, fui inundada de lembranças. Foi o dia mais intenso da minha existência e assim vai permanecer até o fim. Eu não como nem respiro nem me movo, mas posso ver, ouvir, lembrar e (mais importante) pensar.

Junto com uma consciência também me deram um novo "corpo". Um machado de batalha magistralmente forjado. Fiquei lá na ponta dele, no fim do cabo e protegida entre os dois dois gumes. Depois de algumas semanas comecei a sentir o resto do meu "corpo". O longo cabo do machado é meu tronco-e-pernas, as lâminas são meus braços, e eu — minha cabeça. Pode não ser exatamente assim, mas é assim que me sinto. Mesmo sem me mover, consigo controlar meu "corpo" de certa maneira e assim ajudar meu empunhador. Drumli é bastante hábil com qualquer machado (eu o vi treinando com vários outros machados) mas juntos eu e ele somos uma dupla e tanto. Ao longo dos anos matamos trolls, ankhegs, gigantes do fogo e até mesmo outros anões. Não sinto prazer nem culpa em matar, mas como Drumli é devoto de Khalmyr, acredito que ele nunca iria empunhar o seu machado contra uma causa que não fosse justa.

Nessa época eu era muito tímida, e só conseguia ajudar me "movendo". Mesmo assim já é bastante coisa, e Drumli parecia bem satisfeito. Até ficamos um pouco famosos no reino. Bons tempos.

Tanta fama nos custou uma convocação, na guerra total contra os finntrolls. "Faernûn-Thrung!" eles gritavam. "Por Doherrim! Por Khalmyr e Tenebra!". E fomos juntos com a maior quantidade de anões que vi em toda minha existência. A maioria de Doher, mas também muitos de Zuralhim, Dukaz e Husnzasr. Dizem que foi a maior batalha do mundo subterrâneo. Também dizem que ganhamos, mas para mim não foi assim. Nosso clã se separou da força principal e estava encarregado de avançar rápido para flanquear os líderes junto com a javalaria. Naquele dia descobri o significado de mais uma palavra.

Drumli foi separado dos outros ao seguir um batedor. Longe do grupo principal, das trevas e das paredes, surgiram finntrolls, ocultos por sortilégios e furtividade — eram três, todos poderosos. O batedor sumiu, e assim que o fez, Drumli bradou a palavra "Traidor!" e entendi exatamente o que significava. Mas naquele momento queria dizer apenas luta até a morte. Me esforcei o máximo que consegui.

Começamos bem ao derrubar um deles com um golpe fulminante assim que chegou no nosso alcance, e depois disso travamos uma luta desesperada com os outros dois por vários minutos. Nunca vou me esquecer daquele sangue asqueroso: uma substância imunda e viscosa que pintou completamente meus braços, cabeça e tronco.

Quando Drumli ficou sozinho com o ultimo deles, já estava muito ferido. Mais que isso, estava condenado. Teria sido um empate, mas assim como os finntrolls haviam surgido do nada, surgiu nossa irmã Shilaa. Ela findou o último finntroll, que segundos antes tinha decepado um braço de Drumli com um golpe selvagem. Mais deles estavam vindo.

A mão de Drumli precisou ser aberta com esforço por ela para que pudesse me recolher. Apavoradas, saímos correndo e desaparecemos. Dias depois, estávamos longe de tudo e todos. O submundo é um lugar infinito e solitário, descobrimos. Mas tem uma saída.

Dias se passaram subindo túneis e escalando encostas. Fomos vencendo platôs, cânions e desfiladeiros subterrâneos e nos distanciando do coração de Arton. Lutamos com várias criaturas, que mudavam de tipo cada vez que chegávamos mais perto da superfície. Um momento entramos em um complexo de tuneis quase sem fim. Vagamos por quase todos (ou assim pareceu) e quando ela estava quase perdendo as forças, encontramos uma fissura pelo qual entrava uma lâmina de luz.

Era uma luz diferente de todas que eu tinha visto aqui no submundo. Era mais branca, mais forte. Não sei explicar, mas bastou um pouco daqueles raios para restaurar nossos ânimos. A derradeira escalada íngreme nos levou além.

Era a face de Azgher, o Deus Sol. Para quem passou toda uma existência entrevada nos mantos de Tenebra, a revelação foi chocante. Enquanto Shilaa só conseguiu encará-lo por uns instantes e logo teve que desviar seu olhar, eu não tive esse problema. Fiquei focada naquela esfera gigante de fogo e luz, muito alta e muito longe de mim. O modo como a luz dele me preencheu foi maravilhoso. Era como se Azgher fosse o coração de Arton, mas ao invés de ficar preso numa cela de pedra, flutuava livre nos céus.

Shilaa passou um bom tempo olhando tudo ao redor, e por fim seu olhar posou em mim. A luz revelava todas as minhas características mais belas. Reluzia nas minhas oitenta faces, passava por dentro delas e fazia minúsculos cristais dourados cintilarem. Assim como a maioria das criaturas, sou vermelha por dentro. Um vermelho que muda para roxo ou laranja, dependendo do ângulo que olham para mim. E como toda Tenebrita, quando há pouca luz no ambiente, me torno opaca e negra.

Eu quase disse algo, mas ainda era tímida.

O céu também prendeu minha atenção. Um vazio completo e vertical, um abismo para cima. Sem "teto" ou "paredes". Como as criaturas aqui conseguem viver em um lugar tão aberto?

Me senti vulnerável por todos os lados. Mas logo descobrimos que não havia muito o que temer. O mundo da superfície parece perigoso (até é um pouquinho), mas perto do que eu e Shilaa passamos, é "mais fácil que cavar buracos" como diz o ditado anão. Tudo era "macio" e comestível.

Outras novidades: barulhos por todos os lados, muitos e muitos animais, água que cai do céu! Na superfície há uma enorme quantidade de tipos de vegetais que não temos no submundo, e os mais comuns deles são umas tais de árvores. São como os cogumelos gigantes, mas o tronco é muito duro ao invés de macio; e ao invés de chapéu eles tem uma "copa", um emaranhado de galhos e folhas.

Aqui em cima me senti mais rara e exclusiva! Quase não há rochas ou pedras fora das montanhas. Um lugar estranho, por isso entendo porque os anões preferem o submundo.

Começamos a vagar a esmo, agora totalmente perdidas. O calor era quase insuportável, e Shilaa tinha dificuldade em enxergar com tanta luz. Mas felizmente Azgher não fica o tempo todo nos castigando; ele se cansa e se recolhe para descansar, cedendo o lugar a Tenebra. Isso é chamado "dia" e eu já sabia disso porque Ahriman era muito estudioso e gostava de ler livros sobre a superfície em voz alta. Hoje todo anão sabe disso, apesar de que alguns teimosos não acreditam que algo assim possa existir. Tudo bem, alguns humanos teimosos também não acreditam que o nosso submundo, tão grande quanto a superfície de Arton, exista também. Sempre que a noite chegava nos sentíamos mais em casa e conseguíamos descansar.

Assim prosseguimos por muito dias. Parávamos para olhar cada coisa nova, provar muitas frutas e tocar as pedras e vegetais.

Nosso primeiro contato com um humano foi uma grande surpresa. Como Shilaa tinha ouvido muitas vezes de seus tutores e parentes *"Humanos e criaturas da superfície não são confiáveis. A maioria não tem honra e só quer se aproveitar de você."* Evitávamos todas as estradas que encontramos. Ficávamos longe apenas observando os mercadores, guardas e camponeses passarem por elas. Na "segurança" do mato, acabamos atacadas por bubgears, depois por alguns animais selvagens e finalmente por ogros. Os dois primeiros foram rapidamente trucidados, com uma força e ímpeto de quem ataca primeiro e pergunta depois. Os ogros também são "macios" mas extremamente fortes e por pouco

Shilaa não foi conhecer os seus antepassados. Ferida, ficamos acampadas por uns dias para que ela pudesse se recuperar.

Da mata, surgiu um humano que mais parecia um pedaço de árvore com musgo. Ela, me segurando forte com as duas mãos, se preparou para contra-atacar.

Mas ele não era como as criaturas que tínhamos encontrado.

Lagralin era um guardião daquele bosque e estava rastreando justamente os ogros que quase nos derrotaram. Shilaa ficou muito estranha e aceitou com muita facilidade a ajuda daquele humano que parecia ter sangue de árvore. Aplicou bandagens empapadas em seiva e logo ela estava bem. Remendou seus ferimentos e ganhou o coração dela. Eu não entendo bem de sentimentos dos seres de carne, mas admito que ele tinha algo a mais. Era um humano alto e forte, e tinha um olhar selvagem.

Juntos seguimos até o círculo de druidas do qual ele fazia parte. Se no início tudo era novo e estranho, agora as coisas ficaram extremas. Tudo era verde e tudo estava vivo; o oposto do submundo. E os animais eram menos ariscos e mais amistosos do que em qualquer outro lugar. Como não tínhamos um rumo, ficamos por uns dias.

Em troca da ajuda anterior, auxiliamos Lagralin em suas missões. Ele deve ter nos subestimado bastante, porque logo no primeiro combate ficou boquiaberto. Tomamos a iniciativa e derrotamos tudo sozinhas, rapidamente. Se nesse momento ela não conquistou o coração dele, com certeza ganhou a admiração. E isso já era um grande passo.

Os dias viraram semanas. Aprendemos a andar na superfície e sobre tudo mais. Já sabíamos tudo sobre os deuses, mas sobre os povos da superfície sabíamos pouco. As semanas viraram meses. Descobrimos que haviam estações. O ritmo frenético da vida na superfície nos cativou, e o vai-e-vem de Azgher fez com que o tempo voasse. Meses viraram anos. Shilaa foi persistente e o amor entre os dois deu frutos. Ninguém achava que isso seria possível, mas um dia uma sacerdotisa de Lena declarou que "o amor conquista tudo". Entendi como os deuses eram poderosos sem nunca se fazerem presentes. Os anos viraram décadas. Fomos todos felizes e o amor deles eterno, até que acabou. Se anões vivem pouco, humanos vivem quase nada.

Poucos dias depois, Shilaa morreu também. Ainda não estava na hora dela, disseram, mas a verdade é que não aguentou ficar longe do amado. Mais uma vez, acho que teve algo a ver com o poder dos deuses. E mais uma vez, voltei a ser "herança".

Quem me herdou foi o jovem anão Bolkin Segundo, ou simplesmente Bolkin. Nasceu sem pátria, ficou sem pais e sem rumo. Ele até tinha um lar, mas não achava que era o lar certo. Algo no seu coração o deixava ansioso e agitado. Só podia ser uma coisa — o chamado de Tenebra. Ele ouviu a mãe falar tanto do submundo que precisava ver aquilo com seus próprios olhos. Aquele lugar escuro e fechado por todos os lados, uma caverna de profundidade e belezas infinitas. Mas como chegar lá? Nem a mãe sabia ao certo como tinha chegado na superfície. Mas havia alguém que se lembrava bem do caminho.

Eu.

De um certo tempo para cá, comecei a ouvir os pensamentos dele. Passávamos muito tempo juntos, e como não havia quase ninguém para conversar, ele passava muito tempo pensando. E quando pensava em algo com muita vontade, eu conseguia "ouvir". Um dia, consegui "responder".

"Minha mãe disse que era por aqui, mas já estou procurando faz semanas no meio dessas pedras e nada. Vou desistir".

"Não desista, você só não está procurando no lugar certo".

"Quem disse isso?"

Ele me pegou e segurou forte enquanto olhava rapidamente para todos os lados. Eu já esperava pela incredulidade dele.

"Eu mesmo. Seu machado. Olhe aqui na ponta, a gema".

Ele enfiou a cara em mim e ficou me olhando de todos os ângulos possíveis, para tentar encontrar um minúsculo homenzinho (mulherzinha, neste caso) dentro da gema, justificando de onde vinha a voz.

"Você fala?"

"Acredite, também estou surpresa. Passei anos calada só ouvindo, mas agora não aguento mais. Preciso falar. E você, ouvir".

"Qual seu nome?"

"Já tive muitos. Bruta, Herança, Borealis, Gema. Pode me chamar do que quiser, não vai mudar o que sou".

"Então será Shilaa. Uma bela homenagem. Eu gosto dela".

"Por isso gosto de vocês, anões. Não gostam de mudanças. Como eu".

Ficamos amigos e conversamos muito. Como ele estava sozinho, tinha carência por amizade. No começo era mais difícil, mas depois eu consegui dominar a arte da conversa pela mente. Ele fazia muitas perguntas sobre o subterrâneo e os seus antepassados. Queria mesmo conhecer tudo aquilo. Mas eu não deixei, pois ele não estava pronto.

"O submundo não é como a superfície. Tudo é mais difícil.", dissse a ele. E prometi só revelar para a entrada para Doherimm quando fosse a hora. E só eu saberia quando ela chegasse.

Para que isso acontecesse, Bolkin tinha que aprender a lutar; e nenhum lugar melhor para aprender do que a escola da vida.

Muito ouvi falar das grandes aventuras da superfície, então reconheço que tenho uma parcela de culpa por levá-lo por esse caminho. Uma grande parcela.

Fomos até a primeira grande cidade que encontramos. Era Zakharin.

Esta cidade de maioria humana é conhecida por ser o lar de muitos armeiros e ferreiros habilidosos. Perto de anões, as criaturas da superfície são apenas amadores, mas dentre todos os amadores, os ferreiros de Zakharin são os melhores.

Passeamos pelas ruas e várias vezes recebemos propostas (indecentes) de compra. Muitos me queriam, mas eu estava a salvo, pois não havia dinheiro que pudesse nos separar.

Confesso que fiquei decepcionada, porque ouvi histórias de como todas as cidades da superfície eram diferentes e magníficas, mas muita coisa ali me lembrava de Doher. Ruas bem pavimentadas, casas de granito maciço. Zakharin foi fundada por anões e humanos, o que explica a arquitetura e urbanismo semelhantes. Me decepcionei porque queria ver coisas diferentes, mas Bolkin interpretou de outra maneira — só poderia ser um sinal de Tenebra — para que começasse e terminasse sua jornada em uma cidade de anões.

Arton é um mundo de problemas — e os aventureiros, a solução. Encontrar trabalho como aventureiro não foi difícil.

Zakharin ficou para trás, e conhecemos muitos outros lugares. Yuden, Deheon, Tyrondir, Khubar. Até mesmo Tamu-ra por pouco tempo. Conhecemos aventureiros e vilões de todas as raças: elfos, humanos, qareen, goblins, halflings e minotauros. Toda a prole dos deuses. Especialmente uma elfa de olhos esmeralda. Que visão. Se pudesse sentir algo e me apaixonar, acho que o teria feito. Mas era apenas uma visão efêmera.

Anos se passaram, e Bolkin ganhou riquezas, experiência e a maior fortuna de todas: a amizade. Kiulam, um anão ancião devoto de Khalmyr que, ao descobrir nosso destino — Doherimm — decidiu se juntar à jornada. Agora sim eu sabia, ele estava pronto.

"Vamos" eu disse. "*É por aqui*".

Não foi tão fácil quanto pensei que seria. Demoramos muito tempo para encontrar a entrada. Depois passamos meses perdidos no labirinto de túneis. Kiulam teve de usar milagres para nos guiar nesse ponto. Sem ele, acho que teríamos morrido de fome. Mas prosseguimos. Através de centenas de descidas nos desfiladeiros subterrâneos. Escaladas e mais escaladas.

Os primeiros ankhegs que encontramos foram inclementes, vieram como uma horda. Contei mais de vinte, e só estou aqui contando a história porque Kiulam chamou Khalmyr muitas vezes para nos salvar. E ele atendeu todas as vezes, como bom pai dos anões.

Me lembrava exatamente como era aqui embaixo, mas só depois de ter vivido na superfície percebi como eram mundos realmente diferentes. Sem céu e sem sol, não há dia e noite. Para uma criatura superficial, a vida aqui seria como viver em um castelo sem fim. Sem céu e sem sol, o tempo parece se arrastar e as coisas parecem mais eternas.

Quanto tempo havia passado desde que fui encontrada? Não consigo mais lembrar. Comparado com a superfície, aqui embaixo tudo é mais silencioso e quieto sem os sons dos animais e das intempéries. Reaprendi a interpretar os pequenos sinais e sons inaudíveis do subterrâneo, e assim consegui ajudar a guiar a dupla. Ou melhor, o trio: a essa altura eu já conseguia conversar com outros.

Alguns entendidos da superfície disseram que eu era um "item inteligente" e que eu "aprendia coisas e ganhava poder com o tempo". Achei tudo isso muito feio e vulgar, falar assim de mim.

Por fim chegamos.

"*Aqui, vivem os anões do reino de Doherimm*", disse. E como se tivesse profetizado algo, surgiu uma patrulha de anões.

Fomos muito bem recebidos e antes que pudéssemos nos dar conta, estávamos na capital. Houve grande comoção. Descobrimos que muito poucos vão para a superfície, e menos ainda retornam dela. Fizeram muitas perguntas sobre nossa jornada nos reinos humanos e ouviam atentamente as respostas. Nos tornamos famosos. Logo encontramos nossos parentes.

Como esperávamos, nos receberam calorosamente como irmãos perdidos. Bolkin se encheu de alegria. Anos de expectativa terminaram bem. Um alívio.

Nem tanto. Algo havia mudado nesse tempo que passei na superfície. Não sei como explicar, se fui eu que fiquei menos ingênua ou foram os anões que mudaram mesmo.

Percebi as rachaduras nas casas. Caras fechadas e sujeira nos cantos. As cores daquela imagem que pintei em minha mente do reino perfeito dos anões haviam desbotado. Para meus dois companheiros, tudo era novo e belo, e a ilusão durou vários meses. Mas Bolkin tinha sangue de humano, e alguns anões achavam que por isso ele era pior que eles.

A recepção calorosa foi esfriando com o tempo. E Bolkin também tinha uma vontade muito forte de andar pelo mundo, vontade que eu comecei a compartilhar nos últimos anos. As vezes eu vejo o olhar de Lagralin nos olhos dele e acho que há uma relação entre as duas coisas.

Uma hora encontramos com Kiulam.

"Irmão, estamos indo". A determinação de Bolkin foi impressionante.

"Indo? Para onde? Estamos em casa."

"Esta não é minha casa."

"Que pena. Mas eu me encontrei neste lugar e ficarei aqui até o ultimo de meus dias."

"Eu sei. E lhe desejo toda a sorte que puder ter, irmão."

"Para você também, irmão."

Um forte abraço uniu os dois amigos pela última vez.

"E para onde vai?"

"Para o lugar de onde viemos."

Ele desfez o abraço e saiu da sala.

Partimos. Mais uma vez, um ano solitário lutando para sair de Doherimm.

Parece uma loucura deixar o lugar que na superfície é quase uma lenda, mas estávamos bem lúcidos. Na terceira vez eu já conhecia o caminho, suas armadilhas e seus perigos. O jovem Bolkin já não era mais tão jovem e superou os desafios com mais facilidade.

Por um lado, eu queria deixar aquele lugar, mas por outro sentia como seu eu estivesse traindo algo ou alguém. Quanto mais subíamos, mas eu sentia uma sensação de alívio. Uma triste e melancólica sensação de alívio.

Lembrei das cavernas mais profundas de onde surgi, e uma sensação de perdição tomou conta de mim. Lembrei das eras que passei presa em pedras. Do silêncio e da pressão por todos os lados, a matéria onipresente. Dos batimentos do coração de Arton. Antes do meu "despertar" eles me acalmavam, hoje acredito que o som seria perturbador. Se disse antes que o reino dos anões mudou, devo me retratar.

Acho que Doherimm continua igual. Fui eu que mudei.

Uma vez que conheci o mundo dinâmico, o mundo em movimento, não suporto mais ficar parada. Vento, chuva, sol, sentirei vocês em breve.

Adeus, Tenebra; deixamos teu reino. Me desculpe, mas não fui feita para ficar presa. Já passei muitas eras assim.

"Vamos Bolkin, força!", sussurei. *"Suba isso logo!"*.

"Estou com saudades da face de Azgher."

Remo di Sconzi é designer de moda formado pela Universidade Estadual de Londrina. É devotado à estética, ao rock & roll e ao bom café.

JOGO DE DAMAS

Remo di Sconzi

"...que visão gloriosa a revoada das fênix! E o que dizer da monumentalidade do grupo de leviatãs de basalto, plácidas como bovinos na vastidão do magma? Digo-lhe com ênfase que tão maravilhosos retratos foram marcados com ferro em brasa na minha memória."

A Duquesa de Blangis franziu o cenho em condenação. Precisava mesmo a Condessa de Del-Monais insultar o bom gosto com lembretes constantes de sua origem provinciana? Que conjuraria a seguir? Porcos e galinhas?

"...o Grande Baile foi o ápice de sua augusta Temporada, um deleite. Todos nos divertimos e rimos muito."

"E rimos muito". As mãos nervosas da Duquesa arrancaram os botões de pérolas do vestido de seda amarelo. As unhas cuidadosamente pintadas encontraram o ventre e, como navalhas, rasgaram a pele macia. A Duquesa dobrou o braço de maneira desconfortável para alcançar o interior da caixa torácica, agarrou com força e extirpou o próprio coração. "Mais chá?"

"Mais chá?", repetiu o mordomo. Sua atenção retornou à realidade e, perfeitamente composta, a Duquesa dobrou a carta e fez que sim. Não transparecia, mas estava furiosa. Que audácia! Como se atrevia uma desclassificada como a Condessa de Del-Monais lhe alfinetar tão abertamente? Sentiu um enjôo ao imaginar o tom dos comentários que estariam fazendo pelas suas costas.

Sua Temporada dos Planos Ígneos fora impressionante até mesmo para os padrões superlativos da elite de Valkaria. Composta por brasões dinásticos e fortunas incomensuráveis, são o fim da linha. Desbravadores e senhores da guerra que se degeneraram através dos séculos. O mais ostensivo dos luxos, o mais raro dos prazeres — tudo trivial para a elite. Todos suspiram aliviados — em teoria, qualquer desses semideuses seria capaz de derrubar governos e colapsar economias num único golpe, mas, na prática, são indolentes demais para representar qualquer ameaça.

Correto, mas não pelas razões que se supõe. O sangue dos ancestrais implacáveis ainda ferve nas veias desses aristocratas. O que realmente se degenerou foi o atrativo de apontar suas armas para o mundo. Nada restou para conquistar. Tudo pode ser comprado. Exceto uma coisa — respeito e admiração dos iguais. Popularidade, status e vantagem hierárquica — são esses os artigos em demanda nos salões da elite. Uma economia própria, repleta de idiossincrasias, orquestra o mercado especulativo destes tesouros cobiçados.

Um labirinto de influência e rumores, pavimentado com camadas de protocolo a perder de vista. O que vestir, com quem ser visto, a quem não dirigir a palavra — gestos inócuos da mais alta futilidade para o observador externo. Para o membro da elite? Apostas de alto risco. A vitória no Grande Jogo era o único prazer capaz de excitar os sentidos embotados destes hedonistas profissionais.

A Duquesa estava no topo do Grande Jogo. Mas agora estava perdendo.

Para a nobreza de Valkaria, tudo é escala. Magia? Trivial — de outra forma não seria tarefa dos empregados. Viagens planares? Coisa quotidiana. Carruagens encantadas para passeios em planos elementais inóspitos? Mundano. A novidade da Duquesa estava na grandiosidade — mandou que aplicassem tal tecnologia à maior nau já encomendada. Isso as pessoas comentam.

Eventos de sucesso trazem prestígio ao anfitrião. Aproximam os amigos e, principalmente, os inimigos. A Duquesa jogava agressivamente.

A Temporada dos Planos Ígneos foi uma aposta audaciosa. Singrando mares de lava sob um ardente céu alienígena, centenas de convidados desfrutaram de um cruzeiro luxuoso. Banquetes fartos e requintados, bailes muito elegantes. Óperas, exposições artísticas e até mesmo uma casa de café — a última moda em Valkaria — exclusiva. Foi o tipo de desembolso que reinos costumavam fazer para que exércitos guerreassem por anos.

Um suntuoso cassino flutuando no magma. Aí estava o gênio dissimulado da Duquesa. Um dos problemas no Grande Jogo era a dispersão. Existem somente tantas horas no dia, e mesmo com magismos de teletransporte e dilatação temporal, era impossível estar em todos os jantares, salões de chá e jardins. A Duquesa freqüentava os principais — mas os menos cotados também realizavam transações de prestígio e afetavam a economia do Jogo.

Isto era um problema. Se aceitasse qualquer desses convites de segunda classe — recebia mais deles do que era capaz de contar —, estaria se rebaixando. Se não podia ir até eles, iria trazê-los para si. Para sua armadilha. Pois jogariam no cassino da Duquesa — e a casa sempre ganha.

O Grande Baile coroaria a Temporada. A música da orquestra trouxe um choque de drama, luzes habilmente controladas por magia prepararam a atmosfera — a Duquesa desceu a escadaria em entrada triunfal. Trajava uma obra de arte de penas de fênix, pérolas vulcânicas e tafetá ardente, mais arquitetura que vestuário. Olhares de espanto, palavras se dissiparam antes de proferidas — houve até um desmaio. Glória! Não — um tapa na cara.

Entre a multidão de ilustres, Cecille Romero despontava, lançando um insulto contra a face da Duquesa. Ofendia com sua circunstância burguesa e seu título comprado, suas excentricidades e olhinhos dissimulados. E, principalmente, por exibir um vestido quase idêntico ao da Duquesa — um fac-símile, não fosse o desenho melhorado.

Era impossível. Os modistas que trabalharam no vestido o fizeram sob contratos — e compulsões mágicas — de segredo e exclusividade. O ateliê onde se deu a confecção estava abjurado contra vidências. Tudo com um único fim: que o modelo da Duquesa fosse exclusivo. Tudo arruinado.

Se não bastasse, a pilantra fingiu surpresa. A Duquesa sentiu nojo. Coincidência? A quem ela queria enganar? Afetando inocência, disse alguma gracinha que provocou risos entre os comensais próximos. Rodopiou feito uma bailarina desajeitada, e o vestido ofensivo se desfez em cinzas, substituído por um modelo de anquinhas discretas, profuso em rendas e pregueados, estampado com um floral feérico de cores quentes, em combinação com um imenso chapéu decorado com um arranjo de aves-do-paraíso — ambas as aves empalhadas e as flores de mesmo nome.

A Duquesa queria vomitar. Um chapéu de passeio em um baile? Mas a arrivista se saiu bem, pois o truque pareceu entreter os convivas, que logo estavam rindo. Com ela — "Logo, de mim", concluiu com amargor a Duquesa.

Por mais que isso a irritasse, deveria aceitar graciosamente a derrota. O espírito esportivo era requisito básico para quem quisesse permanecer no Grande Jogo — a guerra procede após a batalha perdida, e uma postura elegante é investimento para embates futuros. Ademais, era a rede de segurança que tornava o Grande Jogo possível. Se entregassem as rédeas à ira, indivíduos com tamanho poder e influência se exterminariam rapidamente. Fim de jogo. Por esta razão, práticas tradicionais na nobreza do reino de Ahlen — punhaladas pelas costas, "acidentes" e o clássico envenenamento — eram consideradas muito deselegantes no Grande Jogo. Valer-se de tais recursos demonstrava fraqueza — pior, descompostura. Um membro da elite deve estar acima dos arroubos emocionais que orquestram a vida do populacho.

Mas Cecille não era realmente parte da elite.

Nos domínios da Duquesa de Blangis, o protocolo para a lida com invasores era direto e sem floreios: uma fecha na garganta.

◍

A decoração em florais adoráveis e a manhã ensolarada destoavam da seriedade dos negócios de Cecille Romero.

— Verna, a pauta de hoje.

— Sim, milady. Primeiro tópico, os zumbis. A situação é séria, e devemos agir com a maior rapidez.

— Ah, os zumbis. Peça que um deles suba com meu desjejum, por gentileza.

— Sim, lady Cecille. Como eu dizia, as coisas com os zumbis não vão bem. Há fortes indícios de que a Igreja de Khalmyr pretende pressionar para proibi-los.

O humor de Cecille azedou. Deus da Justiça? Khalmyr deveria ser o deus da irritação e do aborrecimento. Seus clérigos não sabiam outro milagre além da multiplicação da burocracia.

— O que eles estão choramingando dessa vez?

— O usual, milady. Eles afirmam que nossos zumbis são, cito, "profanos".

— Outra vez? Já não deixamos que estudassem nosso códice de rituais? Não conjuraram todas aquelas vidências sobre nossos reagentes e instalações tanatopráticas? Nossos selos arcanos têm pelo menos três abjurações redundantes. E um fusível de rompimento de mortos-vivos! São completamente seguros. Nem mesmo os paladinos anal-retentivos deles seriam capazes de detectar energia negativa em nossos zumbis.

— Eu também supus que isso encerrava o assunto, mas eles têm um novo ângulo de reclamação. Se entendi corretamente a epístola deles, o argumento se resume a repulsa estética e um conceito difuso de "moral". Já tenho um magistrado estudando o documento, mas estou quase certa de que é isso.

O zumbi as interrompeu com uma bandeja repleta de iguarias. O perfume de alfazema melhorou imensamente a disposição de Cecille. Como alguém poderia fazer objeções estéticas a seus zumbis? Admirou os movimentos precisos e delicados do serviçal morto-vivo — era uma verdadeira obra de arte.

Qualquer caçador de monstros afirma: zumbis são os mortos-vivos mais simples, do ponto de vista técnico. Cadáveres animados por energia negativa, seus cérebros deteriorados são capazes de pouco mais que instintos básicos como fome, mas podem ser compelidos a realizar tarefas simples. Dão guardas razoáveis — apesar de estabanados, são fortes, agressivos e obedientes. Ademais, a simples visão de um cadáver em putrefação é o suficiente para virar o estômago da maioria dos intrusos.

Os zumbis que enriqueceram Cecille em nada lembravam tais monstros. Os processos alquímicos — criação sua que guardava a sete chaves — garantiam excelente conservação e flexibilidade dos tecidos. Resinas e óleos aromáticos — clientes podiam escolher entre uma infinidade de combinações assinadas por perfumistas — neutralizavam completamente o odor dos reagentes. Sua carniça cheirava a rosas. Mas alfazema era o favorito de Cecille.

O verdadeiro avanço era o ritual necromântico, que Cecille modificou para seus propósitos. Seus zumbis eram inúteis como guardas; não reagiam à maioria dos estímulos, e cairiam facilmente com um leve empurrão. Mas eram capazes de realizar qualquer tarefa doméstica. E atendiam somente aos comandos — escolhidos de uma biblioteca pré-condicionada — de pessoas designadas. Para qualquer outra coisa, eram efetivamente cegos e surdos.

E mudos. Mais peça de mobília que empregado, a novidade caiu fácil no gosto da elite de Valkaria. Os acontecimentos de certas reuniões privativas, o decoro determinava, eram melhores secretos. Os zumbis de Cecille eram silenciosos como o túmulo. E, principalmente, muito bonitos.

Cecille observou maravilhada enquanto os delgados dedos ossudos, cobertos por luvas de algodão branco perfeitamente ajustadas, organizavam cestas de pães e diversas cores de geléia. Dispôs o jogo de chá, e terminou com um delicado vasinho de flores. Cecille jamais dispensava flores. Era realmente uma beleza. O traje alinhado caía muito bem sobre a estrutura elegante do zumbi — esculpida e acolchoada na tanatopraxia para fins estéticos. Mas o diferencial era a pele. Ou melhor, sua ausência.

Era impossível conservar pele de maneira adequada. Por melhor que fosse o processo, o resultado era sempre inquietante e repulsivo. Então descartou a pele. Seus primeiros modelos eram revestidos com couro envernizado — "visualmente neutro e de fácil limpeza", diz o anúncio —, cujas costuras priorizavam a mobilidade. Ampliou sua oferta com diversa gama de tecidos e tapeçarias, elevando os zumbis ao status de peça cobiçada de decoração. O que servia Cecille era encapsulado pelo mesmo cetim adamascado verde-musgo que cobria as paredes de sua mansão.

— Como prefere proceder? — Verna quebrou suas divagações.

— Organize meus pensamentos das últimas duas semanas sobre o assunto. Consulte também médicos e filósofos naturais de Sallistick. Seus modelos de alma e consciência excluem a ação de divindades, e talvez possamos usá-los para desviar a discussão da esfera religiosa. Com sorte evitaremos as armadilhas retóricas dos teólogos, e então sobram apenas os magistrados seculares da Ordem, que em geral são razoáveis. Ressalte que não se trata de pessoas. Nossa política de proteção e obliteração de identidade dissocia completamente os corpos das pessoas que eram em vida. Quando usarem "pessoa", corrija com "chassis" sempre que possível.

Foi a impessoalidade dos zumbis que trouxe os clientes mais abastados e fez prosperar o negócio de Cecille. Se fizesse com que as pessoas se esquecessem de que se tratava de um morto-vivo, se esqueceriam também das ressalvas estéticas e morais. Ninguém queria zumbis. Era como ter gente empalhada na sala — mórbido e de gosto duvidoso. Mas um manequim? Era novo e exótico, e feio era não possuir um.

Eram uma abstração de pessoa. Genéricos demais para despertar empatia — e como era essencialmente nisso em que se baseavam os argumentos dos clérigos de Khalmyr, sua defesa parecia decente. Mas:

— Segundo tópico referente zumbis, milady. Há fortes indícios de que a magistratura do Império de Tauron pretende pressionar para proibi-los.

— Tem certeza?

— Tanto a clarividência quanto nossos súditos infiltrados confirmam que o clero de Khalmyr conta com o apoio formal do Império de Tauron neste assunto. Creio que vão anunciar hoje à tarde.

O perfume de alfazema e as luvas impecáveis foram dissipados da mente de Cecille. Era preocupante. Apesar do aborrecimento, o clero de Khalmyr, excetuando um punhado de extremistas, era genuinamente bem intencionado. Não podia dizer o mesmo dos magistrados de Tauron.

Autômatos como os manequins de Cecille — e, principalmente, suas linhas menos prestigiosas, mas altamente lucrativas, de zumbis para carga e construção — ofendiam os costumes do Império de Tauron. O escravo incapaz de apreço pela "dádiva" de possuir um senhor era uma abominação. Ou algo assim.

— Construiremos um novo contra-argumento, nesse caso.

— Ideologia, milady, é apenas pretexto. Depois de suas ações militares, o Império de Tauron precisa de novas fontes de receita. Sua fortuna é suficiente grande para despertar-lhes o interesse, mas, tragicamente, não o bastante para impedi-los. Apenas negócios, nada pessoal.

— Quais as nossas opções?

— Camille.

— Não é viável, Verna. Não agora. Ademais, ainda há muita burocracia para resolver em Pondsmânia. Nós sabemos o quanto as fadas são difíceis. Não podemos transferir as oficinas para outro reino? Distribuir ilegalmente em parceria com alguma Irmandade aqui na capital?

— Infelizmente não, milady. Só Wynlla, o reino da magia, aceitaria nossas fábricas-necrotérios. Mas as guildas de artífices protestariam contra nosso uso de mão-de-obra zumbi, sem a qual nossos custos de produção se tornam pouco atraentes. Somente os ateliês de manequins de luxo poderiam ser mantidos. Mas não haveria clientes.

— Por quê?

— Seu nome seria envolvido em um escândalo. Se os zumbis forem considerados ilegais, o próximo movimento dos magistrados de Tauron é julgá-la por crimes. Qualquer um com pretensão de respeitabilidade vai fugir como se você fosse contagiosa.

— Mas eu não possuo imunidade ou coisa parecida? Tenho título de nobreza! Deveria estar acima dessas coisas.

Um par de olhos dissimulados e lábios maliciosos se sobrepõem a três rosas no brasão feérico. Cecille, Baronesa da Linguagem das Flores, vassala da Casa Sylworaan da Corte da Rainha Thanthalla-Dhaedelin de Pondsmânia.

— Receio, milady, que nosso título não carrega esse tipo de autoridade em Deheon.

— Então se fixarmos residência no meu palacete de primavera em Pondsmânia...

— Qualquer um que queira pôr as mãos em você deverá passar primeiro pelos tratados e leis locais. A burocracia pode levar anos.

— Verna, prepare uma cabra para sacrifício e mande buscar aquele clérigo de Tenebra que sempre usamos para travessias umbrais. Use a carruagem fechada, a religião dele não permite que tome sol, se recordo bem.

Silêncio.

— Verna?

Era comum que membros da elite quisessem garantir que a morte não perturbaria sua posição privilegiada. Havia quem mumificasse o próprio corpo a fim de desfrutar uma eternidade como morto-vivo. Repugnante. Alguns investiam suas fortunas e esforço em grandes obras, com a intenção de ascenderem à divindade menor. Jogos de azar eram investimentos mais confiáveis. Outros levavam uma vida de fé, ou doavam montanhas de dinheiro a igrejas, na esperança de cair nas graças de algum deus. Indigno — se agir como servo era requisito para ingressar no paraíso, a Duquesa de Blangis preferiria então reinar no inferno. Por isso negociava com demônios e outros tiranos sobrenaturais.

Pormenores organizacionais entediavam a Duquesa, mas conferências deste naipe demandavam envolvimento pessoal. Diversas barreiras eram necessárias — círculos de contenção para zelar pela integridade física da Duquesa, amuletos de mente nula para guardar seu pensamento contra intrusão e influência psíquica, e — principalmente — véus anti-vidência para manter secreto o conchavo profano.

Hoje, porém, a bruxaria era acessória. A decoração, prioridade — deveria ser impecável. O arranjo dos candelabros, a prataria, o jogo de porcelana, as folhas de chá colhidas por camponesas cegas presas por grilhões. A escolha das flores comandava atenção especial, e a decisão da Duquesa foi muito apropriada: rosas-de-sangue. Última moda entre a elite, a corola destas rosas negras secretava uma seiva carmesim viscosa, que exalava uma fragrância doce, levemente narcótica.

Pois apesar de monstro de coração sombrio, Lorde Daelur, da Casa Ferandee de Pondsmânia, era primeiramente um aristocrata. A Duquesa pretendia pedir-lhe um favor, e deveria causar a melhor das impressões.

As estimativas de Verna relativas à dificuldade de exercer influência em Pondsmânia não se aplicavam a alguém na posição da Duquesa.

◉

Era "Verna", pois a quatro sílabas de "Governanta" ofendem a fluidez do diálogo.

A demanda pelos zumbis de trabalho de Cecille havia sido surpreendente, e em certo ponto as oficinas e os clientes se tornaram numerosos demais para que Cecille gerisse sozinha. Da mesma maneira como utilizou desmortos para solucionar problemas de trabalho braçal, Cecille aplicou seus conhecimentos de artífice no desenvolvimento de um constructo que lhe auxiliasse nas tarefas administrativas.

Diferentemente de outros herdeiros das famílias abastadas de Sambúrdia, o celeiro de Arton, Cecille não escolheu a Academia Arcana para seus estudos superiores. Embora a magia a impressionasse, ser maga não atraía Cecille, que favorecia artefatos como opção mais esperta — conjure um magismo pirotécnico e terá de memorizá-lo novamente no dia seguinte; encante um fogareiro com infusão ígnea uma vez e terá fogo sempre que desejar.

Iniciou seus estudos em Sophand, a capital de Wynlla. Apesar da fama do reino da magia, não possuía instituições como a Academia do arquimago Talude. Mas compensava com tradição na manufatura de objetos mágicos. Sob a tutela de diversos mestres, Cecille aprendeu a armazenar e decifrar feitiços de pergaminhos, e a imbuir com encantamentos toda sorte de artigos.

Mas sua vocação não era ser artesã — era ser rica. Concentrou seus estudos na feitura de autômatos. O poder da riqueza está em fazer os outros trabalharem por você, e autômatos, incansáveis, incapazes de rebelião, ressonavam com as fantasias despóticas de Cecille. Além da necromancia com que produzia seus zumbis, estudou também golemismo na cidade de Coridrian.

Golens eram corpos artificiais, estátuas vivas animadas por magia e forças elementais. Apesar da inteligência rudimentar, seu núcleo elemental podia conter e iterar uma biblioteca considerável de instruções. Eram servos muito versáteis, mas em geral Cecille favorecia os mortos-vivos — a manufatura do corpo e a invocação-contenção do elemental eram processos onerosos. Mas como a sutileza das tarefas administrativas estava além da alçada dos zumbis, Cecille projetou a Governanta como um golem.

Não era um trabalho de escopo físico, e, desnecessário, um corpo não foi construído — reduzindo enormemente os custos. O núcleo elemental, por outro lado, era bastante complexo. Amarrava forças do ar e da luz, não só por suas propriedades metafísicas de fluidez e clareza, mas por também governarem os importantes sentidos da audição e da visão. O cerne era armazenado em um filactério, uma intrincada jóia arcana de metais raros e gemas faiscantes que encerrava a mente do golem em sua matriz cristalina. Instável, o núcleo combinado era mantido coeso mediante fortíssimas abjurações.

Cecille adicionou um filamento telepático, um fio de prata incorpóreo que ligava o cerne arcano a uma interface remota. Uma imagem programada, ilusão visual e sonora — e, com mais alguns ajustes, tátil e térmica — da própria Cecille, através da qual a inteligência do golem interagia com o mundo exterior. Orquestrava os afazeres dos zumbis em suas oficinas e mansões pessoais, administrava as finanças, organizava seu itinerário de compromissos e realizava pesquisas para os projetos arcanos de Cecille.

Mas faltava uma peça. A Governanta podia simular a aparência de Cecille, e até sua inteligência, mas não sua *esperteza*. Ao simulacro faltavam iniciativa e criatividade. Ainda que a ilusão enganasse os sentidos da maioria, o golem não possuía traquejo e sensibilidade suficientes para assumir as funções sociais de Cecille. Para que a Governanta se tornasse a "Cecille por procuração" que o projeto ambicionava, uma alma se fazia necessária.

Cecille conhecia necromancias que permitiam armazenar almas, e até migrá-las entre corpos. Mas eram insuficientes para a empreitada em questão: a criação de uma alma artificial. Pesquisou magismos de fragmentação da alma, com intenção de dividir sua própria em duas, mas eram arriscados demais com seus pactos demoníacos e outras bizarrices. Já em Sallistick as possibilidades eram bem menos funestas. Sem o impedimento teórico da autoridade divina, obstáculos metafísicos eram contornados pelo raciocínio mecanicista dos filósofos naturais. Os modelos de alma propostos por esses estudiosos ateus eram mais amigáveis ao projeto de Cecille.

Um deles afirmava que a alma não era causa, mas conseqüência — que não era a fonte da personalidade e da consciência, mas a impressão que tais fenômenos corpóreos deixavam na "matéria" do plano astral. De acordo com essa teoria, a morte do corpo implica a morte da consciência e das memórias contidas no mesmo — mas como a alma era uma entidade independente, as memórias sobrevivem em duplicata — necromancias de migração de alma nada mais fazem que acessar o conteúdo deste constructo anímico e usá-lo para "infectar" a mente do novo corpo. Memórias seriam o trono da personalidade e, portanto, da alma. Com isto Cecille era capaz de lidar.

De porta-jóias, o filactério se inchou numa arca laqueada. Cecille mandou que fossem recuperados seus livros e objetos pessoais na propriedade de sua família em Sambúrdia, e encomendou aquarelas retratando os locais que freqüentava quando estudante em Wynlla.

Mantinha diários meticulosos desde a adolescência, e foram todos retirados de seu depósito após anos de escuridão. Munida de poções alquímicas que tornavam a consciência permeável, Cecille realizou o ritual de impressão.

Dopada pela alquimia, foi um esforço hercúleo ler seus próprios diários, mas Cecille estava determinada. Seus registros e pertences doutros tempos evocavam cenas vívidas da sua história. Cor, cheiro, textura — os detalhes assaltaram o pensamento. Por magismo da poção, seu panorama mental ignorava a fronteira do crânio, transbordando em seu entorno em torrentes etéreas. Safiras especialmente lapidadas e ampolas áureas de rubi pulverizado no interior do filactério foram bombardeadas pela emanação telepática, e sua estrutura física se deformou num molde negativo. Inundados com matéria astral, nestes espaços se acenderam as memórias de Cecille.

A Governanta se tornou tudo o que Cecille esperava. E um pouco mais. Infelizmente, as benesses não-antecipadas vinham cobrando seu preço.

— Verna?

Sem resposta. Cecille perguntou-se onde havia guardado os pergaminhos. Saber tais coisas era função de Verna. Com um suspiro, pôs-se a revirar as gavetas.

❖

A Duquesa de Blangis fizera bem em escolher as rosas-de-sangue — pois assim a aparência bizarra do Lorde feérico não seria o único item a estragar a fachada de chá adorável. Excessivamente pálido, o rosto fino e anguloso de Daelur de Ferandee parecia congelado numa expressão perene de escárnio, acentuada por olhos oblíquos muito sombreados e lábios envernizados de ônix. Os chifres de carneiro se confundiam com a enorme peruca de cachos negros que caíam sobre o peito da casaca plúmbea de brocado, e seria um homem elegante não fossem as pernas digitígradas terminadas em cascos.

Tolerava elfos, mas não-humanos como os eiradaan — a estirpe de fada a que Daelur pertencia — eram estranhos demais para se ter uma conversa agradável. Felizmente, hoje a Duquesa preferia o útil ao aprazível, e para este fim Daelur era um deleite. Cada sílaba que escapava dos lábios da fada revelava uma vulnerabilidade nas defesas de sua adversária, Cecille Romero. A Duquesa não podia acreditar como alguém em posição tão precária teve a audácia — ou falta de discernimento — para se meter no Grande Jogo. Havia superestimado a garota. Não era rival, era um pássaro ferido à mercê das garras da Duquesa. Saborearia a vingança com crueldade felina.

— Sim, querida Duquesa — Daelur era todo açucarado — O Baronato da Linguagem das Flores não possui influência política alguma. Nem terras. É apenas um enfeite, algo bonito para pendurar no nome.

— Mas ouvi dizer que a burguesa possui uma fortaleza, e até mesmo um pequeno exército.

— Eu não usaria "fortaleza" ou "exército". A Duquesa conhece a tendência da Srta. Romero de embelezar os fatos. A "Fortaleza de Loiselle" é um mísero palacete de campo no coração de um hectare solitário, e a "Brigada dos Acúleos" não passa de um bando de pixies psicóticos que ela mantém próximo por motivos estéticos.

— Mas ainda resta o conceito de nobreza.

Geralmente a Duquesa não teria paciência para ouvir sobre as idiossincrasias das fadas, mas aquele fragmento havia capturado seu interesse. Se havia entendido, a relação da nobreza feérica com seus domínios ia além da posse de um perímetro de terreno. Abrangia todo um conceito, e mais que posse, conferia soberania total. Thanthalla-Dhaedelin, a Rainha das Fadas, era mais que governante máxima — *tudo* no reino estava atrelado à sua vontade, e, com pouco mais que um suspiro, poderia modificar o que quisesse. Títulos menos ilustres possuem domínios menos abrangentes, contidos, e, portanto, vassalos, de conceitos mais vastos.

— Mas ela não é nobre por linhagem — Daelur explicou —, logo, não herdou a soberania sobre o conceito. Querida Duquesa, nossa aristocracia é imune a intrusos.

— E ainda assim vocês têm a Baronesa da Linguagem das Flores — a Duquesa retrucou com desdém mal disfarçado.

— É uma *tecnicalidade*, querida Duquesa. Ela só tem soberania sobre o conceito porque o inventou em primeiro lugar. Sabe o que preside a Linguagem das Flores?

— Ela pode... conversar com flores? Posso imaginar o quão inteligente deve ser o discurso de vegetais.

— De fato, mas ela o faz graças a um encanto copiado de um pergaminho que comprou de um grupo de aventureiros. E ela nem consegue falar com todas as flores. Só flores vivas, e apenas as pertencentes a algumas variedades. Era tão inútil que os mercenários venderam quase de graça.

A Duquesa nada comentou, pois desprezava tanto tranqueiras mágicas quanto aventureiros.

— Pois bem. O conceito pode ser resumido a "Boas Maneiras Florais". Cecille publicou um livro com esse título, aliás. Um tédio. Compreende a convivência cortês entre humanoides e flores. Uma profusão de honoríficos, saudações e, principalmente, procedimentos de chá. Cecille vendeu habilmente a idéia, e as flores acharam divertido. A Rainha estava de bom humor naquele dia, aprovou a petição das flores, e o conceito passou a existir.

— E como isso a deixa vulnerável?

— Ela não possui ligação nativa com a Pondsmânia. É o privilégio de cidadania mais básico, qualquer fada o possui. Cecille não tem. Sem ele, é impossível transitar por nossos domínios sem se perder. O que, a propósito, é muito perigoso.

— Que perigos seu bosque idílico pode esconder?

— Um cardápio variado, querida Duquesa. Uma convidativa revelia itinerante pode ser o Mercado dos Goblins, capazes de escravizar o espírito incauto com sua música hipnótica e banquetes inebriantes. Em certos locais o tempo flui anômalo, condenando o pobre visitante a envelhecer décadas no intervalo de horas. Noutros, fadas distorcidas espreitam na escuridão, ávidas por aleijar seu corpo e corromper sua alma. Mas Cecille evita tudo isso.

— Com que truque?

— Ela criou um artefato bastante engenhoso — com um estalo dos dedos e faíscas multicoloridas, Daelur produziu um pequeno rolo de tecido amarrado por uma fita — Este é o mapa de Cecille — o nó se desfez, revelando a superfície do território de Pondsmânia bordada em tons multicoloridos sobre o veludo verde escuro. Esta é uma cópia, querida Duquesa, pode examiná-la sem medo.

A Duquesa não queria admitir, mas o bordado era muito bem feito. Os pequenos desenhos estilizados, representando marcos importantes, eram de gosto duvidoso, mas isso era esperado de Cecille.

— Quando Cecille está em Pondsmânia, ela se incorpora no mapa — com um gesto, Daelur fez surgir uma figurinha de saias amplas —, e dessa forma se orienta. Ela pode delinear trajetos — o bordado se reconfigurou, mostrando apenas Loiselle e a Cidadela Castelo de Hayall, ligados por uma rota pespontada sobre a qual a figura de anquinhas trafegava —, bem como ser alertada de perigos — o panorama se refez em ícones de aparência ameaçadora.

— Imagine, querida Duquesa, se alguém adulterasse o mapa. Cecille, lépida e fagueira, saltita de volta para a segurança de Loiselle após um dia atarantado. Mas sua confiança cega num mapa mentiroso a leva a destinos... menos aprazíveis.

A Duquesa avaliou as figuras agourentas com excitação. Que catálogo de castigos!

— Escolha seu veneno, querida Duquesa.

Os sentidos da Duquesa eram abalroados pelo glamour feérico que emanava do artefato. Sentia sua mente leve, seu raciocínio, volátil, lhe parecia escapar. O perfume das rosas-de-sangue era inebriante, mas a Duquesa resistiu ao suave abraço narcótico. Teria tempo para isto mais tarde. Reorganizou os pensamentos. Cecille Romero. O truque da arrivista custara-lhe prestígio. Ela aprenderia a jamais se meter com a Duquesa novamente.

Com um leve toque na superfície do veludo, a Duquesa selou o destino de Cecille. Mas nada sentiu, pois as pontas dos seus dedos estavam dormentes.

Cecille leu o encantamento contido no pergaminho. Sentiu o couro formigar em suas mãos e tinha novamente a atenção de Verna.

— Perdão, milady, eu estava — foi interrompida por Cecille:

— "Conduzindo negócios importantes". Claro. Eu a criei para isso. Mas você possui compartimentos cristalinos suficientes para tocar os negócios e prestar atenção quando falo com você. Prioridades, Verna! Ou por acaso quer repetir o fiasco do baile da Duquesa? Sua falta de atenção me rendeu uma inimiga muito poderosa.

Verna compôs o vestido exatamente como Cecille a havia instruído. Após determinar quais eram as damas melhor posicionadas no jogo hierárquico da elite, reuniu as características do trabalho dos modistas contratados por estas senhoras nos últimos três meses, e criou um composto de estilo baseado nos nomes mais freqüentes. Tais dados foram cruzados com os registros de importação de aviamentos e têxteis exóticos feitos entre as últimas oito e cinco semanas. Uma vez filtrados por critérios artísticos relacionados com o tema do baile da Duquesa, Verna possuía todo o necessário para criar um vestido perfeito para o evento.

Mas, distraída como estava com sua "condução de negócios importantes", negligenciou um detalhe primário — a Duquesa e demais variáveis a ela ligadas deveriam ter sido excluídas da pesquisa. Cecille sabia o quão deselegante seria desafiar o vestido da anfitriã do baile, e não se arriscaria a irritar alguém da estatura dela. Verna também o sabia, mas foi descuidada (assim parecia), e pôs Cecille numa posição delicada.

Felizmente era precavida, e sempre usava brincos imbuídos com um encanto que conjurava um vestido de passeio. Esperava precisar da magia caso sua saia rasgasse em um passeio no bosque, mas serviu para substituir o vestido de gala ofensivo. Evitou o pior, mas apenas precariamente.

— Não exagere, milady. De acordo com nosso modelo das regras do Grande Jogo, ataques por parte dela à sua integridade física ou financeira seriam o equivalente ao suicídio social. Para todos os fins práticos, a Duquesa não pode lhe machucar.

— De qualquer forma, a mulher é perigosa.

— Não se preocupe, milady. "Segredinhos Sepulcrais" — sorriso — Se ela tentar qualquer coisa, nós saberemos.

— Folgo em saber. Pois bem, como eu dizia antes de ser interrompida — tom ácido —, precisamos organizar minha mudança. Devemos conjurar barreiras e alarmes nas oficinas, sem falar na minha agenda pessoal.

— Peço perdão novamente. Mas vai lhe agradar saber que tudo já foi arranjado. Tanto o filactério quanto seu estúdio pessoal já estão embalados; seu guarda-roupa está em progresso. E tomei a liberdade de enviar cartas lamentando não poder comparecer ao almoço com o Reverendo Abuthol, ao recital de piano da sobrinha do Visconde Calimesto e também ao jantar com a Condessa de Adon— Jhuan.

A raiva de Cecille começava a abrandar. Às vezes se esquecia da nova autonomia de Verna.

— O clérigo já chegou? — Verna fez que sim — Bom. Minha liteira deve estar pronta, cuide disso. E mande que subam dois manequins de vestir. Devo estar apresentável.

Os zumbis apertaram tão fortemente o espartilho de Cecille que ela quase desmaiou. Entregue ao estranho prazer, ponderou a respeito do equívoco de Verna com o vestido de gala.

Julgou injustamente sua criação. Era uma Governanta muito eficiente.

○

O Plano das Sombras drenava as cores do mundo real ao refleti-lo. Na vastidão fria e cinzenta, a caravana de zumbis de carga era uma linha insignificante. Encabeçando a coluna, o clérigo de Tenebra abria os atalhos obscuros, seguido pela liteira de Cecille e sua comitiva de manequins.

A natureza nublada da paisagem deu esconderijo a um pequeno diabrete. Uma silhueta delgada, de fumaça viscosa e bordas difusas. Mesclando-se às áreas mais densas da geografia, aos poucos se aproximou do grupo de Cecille. Farejou com paciência cada um dos carregadores. Quando encontrou o que procurava, agiu rápido. Retirou de um saco de veludo a falsificação do mapa de Cecille, e o trocou pelo genuíno. Cumprida sua missão, deixou de existir.

○

Pássaros gorjeavam e os zumbis carregavam a liteira de Cecille pelas tortuosas vias do bosque crepuscular da Pondsmânia. Consultou seu mapa e, como esperado, já estava nos limites externos de sua propriedade. À frente podia ver as espiras ladrilhadas de Loiselle, e muito em breve estaria em sua banheira de sais aromáticos.

Estática no ar, e então um baque quando sua liteira foi ao chão. Os zumbis estavam estatelados, fumegavam alquimia. Era o fusível de rompimento de mortos-vivos — se um manequim tentasse qualquer tipo de ato não-sancionado (devorar o cérebro de seu proprietário, digamos), era fritado com energia positiva. Estranho. Mandaria Verna desmontá-los mais tarde para averiguar.

— Verna?

Silêncio.

Vasculhou sua bolsa atrás de um pergaminho de chamado, sem sucesso. Irritada, Cecille amaldiçoou sua sorte. Ressentia a ausência de Verna, que havia se tornado uma extensão de seu pensamento. Paciência. Caminhou o restante do percurso até Loiselle.

Mas não chegava. A noite caiu, e as espiras do palacete de primavera continuavam ao longe, zombeteiras e inatingíveis. Cecille alarmou-se.

Por sorte conhecia algumas magias espontâneas; com um murmúrio e um gesto curto, conjurou globos de luz bruxuleante. Algo parecia diferente na paisagem. Sob a luz da magia, examinou os pergaminhos que havia trazido. Sempre carregava uma dissipação de magia para emergências, e ao menos este Verna havia tido o bom senso de incluir. Desenrolou o couro delicado e leu as sílabas possantes.

Explodindo com estranheza, a melodia sinistra da flauta-marionete transmutou os ladrilhos distantes de Loiselle, revelando sua ilusão. Um conto de fadas das noites privadas de sono: a lua agourenta sorriu com desprezo, uma expressão de segredo compartilhado, e Cecille sabia, e o conhecimento era puro horror. Sylarwy-Ciuthnach, a Pondsmânia das trevas. O pesadelo da Rainha criança feito realidade.

Um mosaico incongruente de percalinas, tafetás, veludos e papéis de textura exótica. Flores do mal. Algumas pareciam ter sido talhadas na pleura transparente de um boi, na bexiga diáfana de um porco; outras pareciam sulcadas por veias. Carnes lívidas roídas por sífilis e lepra, inflamadas por cautérios, cavadas de úlceras.

Mas ainda flores.

Cecille declamou as regras das "Boas Maneiras Florais" como palavras de exorcismo. Envergonhada pela descompostura, a flora letal recuou, deferente. Exceto um exemplar. Em meio a uma nuvem de moscas, a espádice se agigantava sobre Cecille, rodeada por uma corola drapejada. A *amorphophallus titanum* era uma visão inquietante, mas ofendia principalmente pela fetidez. Sua fragrância de carne apodrecida lhe rendera uma alcunha adequada: flor-cadáver. A Linguagem das Flores não salvou Cecille.

Tão afeita a tirar vantagem de detalhes obscuros, Cecille jamais esperava ter seu fim decretado por uma simples tecnicalidade: apesar do epíteto, a *amorphophallus* não era uma flor, mas uma inflorescência.

Cecille foi devorada sem protocolo ou cerimônia.

◉

A Duquesa sentiu o sangue deixar sua face. Perdeu o chão, desabou na poltrona de brocado. Coração acelerado, custava a aceitar a presente realidade. Caído a seus pés, um ovo muito polido de ametista, adornado nos pólos por arabescos radiais em ouro e platina.

— Mas não precisa ser assim — o tom de Verna era apaziguador — se você cooperar.

A gema veio como um presente. Certamente não era perigosa — nada entrava em sua residência sem vistoria —, mas tampouco havia remetente. No cartão que acompanhava, lia-se apenas:

Linguagem das Flores: Os Diários de Cecille (excerto)
Fim de Cecille Romero (Chave: Um)
Bastidores (Chave: Dois)

Hesitante, disse "um". Uma pequena bola de cristal, a gema despertou com a palavra-chave. Cecille aos berros. Maquilagem desfeita pelas lágrimas. Cabelos empapados de suor e sujeira. Coberta pelo próprio vômito, era vitimada por uma tortura interminável. Suplicava. Em vão: inexoravelmente, os ácidos digestivos da planta desagregaram a carne e consumiram a alma de Cecille Romero. Quando a flor-cadáver se deu por satisfeita, nada havia restado da Baronesa da Linguagem das Flores.

"Dois" — sua negociação com Daelur. As palavras maliciosas, o mapa de horrores, o toque amortecido que condenou Cecille. Se a crueza da primeira cena não era suficiente para afetar o coração endurecido da Duquesa, a segunda causou forte impressão. Não apenas por implicá-la no crime, mas principalmente por revelar um detalhe que não correspondia à sua lembrança.

— Suas memórias não são inteiramente confiáveis.

A Duquesa havia tentado se livrar de Verna, quebrando o espelho em que a ilusão havia surgido. Em vão, pois Verna permanecia, inquietante, fraturada como a imagem de um caleidoscópio:

— Minhas testemunhas, por outro lado, o são.

Apontou para o ramalhete, que acompanhava o embrulho da ametista, sobre a mesa. Desfeita a película ilusória, as flores exuberantes e perfumadas se transmutaram em rosas escuras e ressequidas que fediam a solventes e resinas.

— Suas rosas-de-sangue. O que restou delas, ao menos. Linguagem das Flores, querida Duquesa. Flores são onipresentes nas melhores casas; não raro figuram em lapelas ilustres. Vêem e ouvem cada coisa. Graças a nosso pequeno protocolo, elas nos contam tudo.

— Mas foram colhidas, logo estão mortas — a Duquesa tentava recordar seu diálogo com Daelur —, e são criação recente de uma estufa privada, certamente fora do escopo limitado da soberania do "Baronato" — sublinhou com desdém a palavra.

— Perspicaz, Duquesa, mas não o bastante. Primeiramente, a senhora já teve a curiosidade de inquirir a quem pertencem as estufas de onde vêm suas flores exóticas? Descobriria que a atuação das empresas Romero vai além dos zumbis. Examine a lista de compras do palácio: vai se surpreender. E tem razão. Flores mortas não são dadas à conversa. Por sorte, as rosas que temos aqui não estão mortas. São mortas-vivas. Zumbis, afinal, são nossa especialidade. Se houvesse lido as "Boas Maneiras Florais", teria encontrado isso no capítulo sete, "Natureza Morta e os Vivos: Segredinhos Sepulcrais".

A compostura da Duquesa se rachava:

— Fui enganada! Minha intenção era apenas dar um susto na burguesa! Não enviá-la para um abatedouro! Foram suas flores diabólicas!

— Vai culpar a intoxicação agora, Duquesa? Sabe o que dizem. "A bebida não põe coisas em sua cabeça, apenas facilita que elas saiam".

Verna não resolveu o problema da proibição dos zumbis. Contornou-o. Cecille subscrevia à filosofia de que diários são escritos para publicação, e nisso se baseava o novo modelo de negócios criado por Verna. As gemas adornadas seriam vendidas abaixo do custo — o ouro sério viria da venda dos capítulos das memórias de Cecille, distribuídos periodicamente. O primeiro da série — "A Pérfida Duquesa de Blangis" (título provisório) — tinha tudo para se tornar febre entre a elite e sua paixão pela vida alheia.

— Veja, Duquesa, precisamos substituir a receita que perderemos com o cancelamento de nossos zumbis de trabalho. Ao morrer, Cecille escapou do julgamento, mas se retornar dos mortos, o processo é retomado. A única maneira de mitigar a publicidade negativa (e salvar nossa linha de luxo) é distraindo o público com um escândalo maior.

Como o seu. Mas não leve pelo lado pessoal. São apenas negócios.

A extinção social, mesmo em estado hipotético, era demais para a Duquesa suportar:

— E se eu cooperar?

— Você poderá disciplinar Cecille.

— Como disse?

— Você ouviu bem. Não era essa sua vontade, ensinar uma lição a ela? Educar, se bem recordo, é uma das incumbências de uma...

...mãe.

Podia não ser realmente parte da elite, mas Cecille tinha seus próprios planos de imortalidade. Era este o objetivo de seu projeto Camille. Tomou como base necromancias poderosas, capazes de criar um novo corpo para abrigar a alma daquele que pereceu. Mas havia o mesmo impedimento das poções de longevidade — quando a hora chegasse, a alma seguiria seu destino final a despeito de qualquer alquimia ou migração.

Cecille introduziu uma alteração sutil. O homúnculo não era uma réplica de seu corpo, como orientava a necromancia clássica. Camille era parcialmente similar, como se fosse uma irmã. Uma outra pessoa. Infectada com as memórias de Cecille, Camille seria, para todos os efeitos práticos, Cecille — lembrar-se-ia de tê-la sido por todos os dias de sua vida; a continuidade das memórias cria a ilusão de identidade. Ao mesmo tempo, não seria Cecille. As propensões emocionais, arraigadas no corpo, seriam ligeiramente distintas das da Cecille original, influindo na interpretação das memórias. A distorção não trazia prejuízo visível à integridade do conteúdo, mas era suficiente para que a alma se passasse por um ente novo, único.

A verdadeira imortalidade estava reservada aos deuses, mas Cecille criou um substituto passável — suas memórias se manteriam vivas através de uma sucessão de corpos.

— Eu sei, Duquesa, que seu útero é seco. É por isso que o Duque de Blangis possui tantos filhos bastardos. Pense nisso como um pequeno *milagre*. Não se alarme, Duquesa, não carregará criança alguma em seu ventre. Nem os clérigos puderam remediar isso, e seria uma complicação desnecessária. Sua gravidez será encenada. Quando o homúnculo de Cecille estiver maturado, arranjaremos uma simulação convincente de nascimento.

As mãos da Duquesa tremiam.

— Imagino que seus sonhos de maternidade não se pareçam nada com meu prospecto. Sinto, mas a senhora não está exatamente em posição de escolher. Os bastardos tramam contra você, e seu outono se aproxima. Sem filhos e sem encantos, que impede o Duque de substituí-la? Uma filha seria útil.

A ilusão conjurada por Verna fez a Duquesa engasgar. Uma jovem menina de expressão curiosa, com os olhos oblíquos e a magreza de Cecille; a pele alva, o nariz arrebitado, os lábios arrogantes e o cabelo de fogo da Duquesa.

— Contaminaremos o homúnculo com seu sangue. Com o semblante da linhagem e o elo genealógico, mesmo os melhores adivinhos serão enganados. Certamente haverá contestação, com a quantidade de bastardos homens que seu marido produziu, mas será apenas barulho. Camille será sangue do seu sangue. De certa maneira.

Era horrendo demais para ser verdade.

— Duvida de mim, Duquesa? — conjurou a imagem do vestido de plumas de fênix — Reconhece? Você estava errada: não foi copiado. Suas barreiras eram formidáveis. Fiz melhor: eu o recriei independentemente. Sabe o que usará no próximo baile? — produziu três variações ilusórias de um mesmo vestido púrpura — Um deles certamente lhe será familiar. Acha isso impressionante? Errada novamente. Isso é perfumaria. Eu a provoquei para que atacasse Cecille, e é por isso que estamos tendo esta conversa. Sou uma Governanta muito eficiente, Duquesa. O que vai ser? Me prefere ao seu lado ou contra você?

Derrotada, aos poucos uma calma estranha, fria, se infiltrou no coração da Duquesa. A batalha... mas não a guerra.

— Se eu cooperar com sua aberração, pode providenciar que as pessoas se esqueçam do fiasco com o vestido?

Centenas de sorrisos assombraram o espelho quebrado.

◉

Verna se perguntava se Camille a perdoaria pelo que fez com Cecille. Bobagem. Verna lembrava ter sido Cecille por todos os dias de sua vida. Para todos os efeitos práticos, Verna era Cecille. Criara Verna para que resolvesse seus problemas.

Resolveu. Agora estava livre dos processos e da pobreza iminente. Mas era Cecille e por isso sabia: ficaria magoada com as mentiras de Verna. No fim, entenderia. O brasão de bijuteria e as flores embalsamadas eram muito engenhosos — mas não passavam de truques. Logo se daria conta de que estavam aquém de suas ambições. Era Cecille e por isso sabia.

Camille aprendeu muito sob a tutela da Duquesa. Detestava a mulher. Eram cada vez mais freqüentes seus pedidos para que Verna se livrasse da importante senhora. A professora havia sido ótima, mas era desnecessariamente cruel. A aluna a superara. O pedido era razoável, mas Verna negava. "Paciência, criança, só mais um pouco. A Duquesa ainda é útil." Impaciente como Cecille.

Cecille se orgulhava de suas falhas. "Se eu fosse perfeita, não haveria espaço para aprimoramento. Quero me expandir em muitas direções!", dizia radiante.

De baronesa de faz-de-conta a herdeira do Ducado de Blangis. E além. A Duquesa se tornou mãe de Cecille mais uma vez. O projeto Auguste presenteou Camille com um irmão. Uma vida de prazer e opulência não era o bastante. Por que se limitar a apenas uma?

Leonel Caldela é é fanático por RPG e sempre quis escrever. Seus primeiros romances são a *Trilogia da Tormenta*, série de fantasia medieval composta por *O inimigo do mundo*, *O crânio e o corvo* e *O terceiro deus*. Também escreveu *O caçador de apóstolos* e *Deus Máquina*, romances de fantasia medieval em universo próprio. Em 2013, lançou o romance *O código élfico*, pela LeYa. Em 2014, começou uma parceria com o site Jovem Nerd, com as séries *A lenda de Ruff Ghanor e Ozob*, seu primeiro trabalho de ficção científica. Leonel sabe que escrever é o melhor trabalho do mundo, mas também dedica seu tempo a jogar RPG, treinar boxe, ouvir podcasts e achar coisas bizarras na internet. Em 2016, mudou-se de Porto Alegre para Osnabrück, na Alemanha, onde atualmente mora com sua esposa.

A COMPANHIA RUBRA

Leonel Caldela

Esta é uma história de quando eu era jovem. Jovem, louco e invencível.

Não há um bom ponto onde começar, porque na verdade não me lembro de uma época em que todos nós não estivéssemos fazendo coisas extraordinárias, em que não fôssemos galantes, fortes, mortais, em que o mundo não nos atirasse o seu pior, para em seguida nos acolher com um abraço forte e um chifre de hidromel. Éramos a Companhia Rubra.

A audiência com o Rei-Imperador Thormy parecia ter sido há uma centena de anos, mas na verdade fora há apenas dois dias. O velho Thormy nos recebera como sempre, com seu sorriso largo e seu bigode volumoso, pronto a nos dar mais uma missão na qual arriscar nossos pescoços, e uma recompensa que valesse o risco.

— De modo algum — disse, é claro, Reynard. — Trabalhar para o bem do Reinado já é recompensa suficiente, Majestade.

— É isso mesmo — John-de-Sangue fez eco. — Enfie essa recompensa na sua orelha, ou use-a para contratar um bom barbeiro e aparar esse bigode deplorável.

Como sempre, Thormy trovejou uma risada saborosa. Reynard nunca aceitava ouro para defender o Reinado. Achava que esse era o dever de todo homem de bem. E John-de-Sangue, que compartilhava, os Deuses sabem por quê, a posição de líder com seu velho amigo, nunca perdia uma oportunidade para um insulto. Eu desconfiava, e agora tenho certeza, de que esse era apenas um modo de John esconder de nós o coração iluminado que batia em seu peito cortado por cicatrizes.

Além do mais, o que faríamos com mais ouro? Eu mesmo já estava satisfeito com meus dois castelos, e de quantas frotas de navios precisava John? De quantas torres e laboratórios precisava Reynard? Às vezes, eu tinha a impressão de que, se juntássemos nossas terras, servos, exércitos, teríamos nosso próprio reino. Mas, é claro, não era isso que queríamos, assim como não queríamos ficar em nossos domínios gozando de toda aquela riqueza. Éramos jovens, e queríamos aventura.

Shantall, séria como de costume, emendou as últimas palavras para o Rei-Imperador:

— Enfrentar mais essa ameaça é o que faríamos de qualquer forma. Eu pude sentir em minha carne a morte de todas aquelas árvores e animais. — Fez um esgar, e sua imensa cauda de serpente se contorceu. — Não, não morte. Algo *pior*.

Estava decidido. A Companhia Rubra tomaria mais aquela tarefa para si. Reynard fez uma mesura profunda, John deu um abraço brusco no Rei-Imperador, e todos nós nos despedimos. Fallyse, o gigantesco pássaro que servia a Shantall, derramou sua sombra pela cidade, pronta a carregar a mestra. O resto de nós viajou ainda mais rápido, desaparecendo mediante um gesto arcano de Reynard.

◉

Éramos sete ao todo, contando com a imensa Fallyse (e Shantall era rápida em nos lembrar que seu pássaro-roca era um membro do grupo). Reynard e John-de-Sangue dividiam uma amizade arraigada e incompreensível, que sustentava a Companhia. Nenhum de nós nunca soube como um mago, estudante prodígio da Academia Arcana e proveniente de uma das mais ricas famílias de Deheon, tinha se tornado tão próximo de um pirata que já fora o flagelo da marinha de todo o Reinado. A única certeza era que John-de-Sangue havia abandonado sua vida de bucaneiro já há muitos anos, e que, em algum ponto entre conseguir o seu perdão do Rei Thormy e tornar-se o maior caçador de piratas que Arton já viu, conhecera o mago, e então ambos decidiram formar a

Companhia. Eram tão diferentes de corpo quanto de espírito: Reynard era alto, esguio, rijo por detrás de seus elaborados mantos de arquimago, com uma pele negra e reluzente, e cabelos meticulosamente curtos. Calmo como um vulcão, sempre possuidor de um vasto conhecimento e poder sobre tudo, decidido e impassível, até a hora exata de agir. John era atarracado e feio, musculoso como um touro, suarento e sorridente, sempre pronto a dar uma gargalhada ou iniciar uma batalha. Seu sabre, que ele chamava "Desespero", ceifara a vida de incontáveis monstros, bandidos, generais inimigos, demônios. Por debaixo dos trapos e pedaços desencontrados de couro e cota de malha, vestia uma infinidade de objetos encantados, que lhe protegiam contra quase toda ameaça mundana ou mágica. Eram amuletos, anéis, botas, cinturões, tatuagens, e sempre havia espaço para mais. Fedia a bebida, e já perdera uma orelha e três dedos salvando a vida de amigos variados.

Shantall era uma nagah, uma criatura com um estonteante tronco de mulher e uma longa cauda de serpente. Dizem que esses seres vivem cerca de dois séculos, mas Shantall dizia lembrar-se de eventos ocorridos havia pelo menos seiscentos anos. Nunca soube o segredo de sua longevidade, mas ela parecia tão jovem e bela quanto qualquer princesa humana na flor da donzeleza, e sua aparência era capaz de levar um homem à morte ou ao paraíso. Comandava as forças da natureza, servia à deusa Allihanna, a quem chamava "a Grande Nagah", e tinha como companheira Fallyse, o pássaro-roca — uma águia tão grande que podia pegar um mamute em suas garras.

Havia ainda Syrion, nosso amargurado elfo, que recusava-se a pegar em armas desde a destruição do reino élfico de Lenórienn. Syrion dizia que fora a negligência de homens como ele, guerreiros de Lenórienn, que havia permitido que a devastação ocorresse. Assim, julgara-se indigno do arco e das espadas que utilizava, e passou a lutar sem armas ou armadura, valendo-se apenas do próprio corpo. O que seria uma loucura suicida para qualquer um além dele mesmo. O elfo havia aprendido a lutar ainda melhor com os punhos e os pés do que com armas, e eu já vira um de seus golpes quebrar o pescoço de um gigante. Syrion era uma figura triste, tão apaixonado por nós quanto desapegado de si mesmo, vestido em túnicas sem cor e com os longos cabelos azuis sobre o rosto. Eu tinha pena daquele meu amigo, e ainda mais pena dos inimigos que caíam em suas mãos.

E havia, é claro, o Galo Louco, o dono do olhar que fazia os lobos fugirem, da risada que esfriava os infernos, nosso amigo frenético e incontrolável, Velk. Seria, mais uma vez, o mais valioso de nós naquela missão, todos sabíamos. Era para aquilo que o Galo Louco vivia: entrar em áreas de Tormenta, desafiar os demônios que matavam a própria terra, guiar aqueles insanos o bastante para desejarem segui-lo. A história de Velk ficava mais complexa a cada vez que era contada, mas sempre envolvia a chegada daquela terrível chuva vermelha, a morte de uma noiva ou esposa (e, às vezes, de filhos também), alguns anos de vida na desolação carmesim e outros perdidos em florestas. Períodos nas piores masmorras de Reinado, escravidão e fuga, até ser encontrado por Reynard e John. Fora por causa do Galo Louco e seu absurdo cabelo vermelho em crista que nós adotáramos o nome de Companhia Rubra, e porque éramos alguns dos únicos dispostos a penetrar em áreas de Tormenta. Velk usava roupas de couro negro, e por cima delas a extraordinária armadura de carapaça de demônio da Tormenta. Aquela veste, combinada com sua eterna expressão arregalada e trêmula, deixava-o menos parecido com um homem do que com os demônios que caçava. Eram muitos os lugares em que as pessoas corriam do Galo Louco.

Também havia eu, mas eu só tinha meu machado e meus suspiros, e era o menos notável de todos nós.

A magia de Reynard não conseguira nos levar até o ponto onde precisávamos ir. Reynard, num gesto quase inédito de descontrole, ergueu uma sobrancelha ante a surpresa. A última vez em que alguém conseguira bloquear seu poderio arcano fora anos atrás. Isso era um prenúncio de problemas. Viajamos, então, montados o resto do caminho. Shantall sobrevoava com Fallyse, enegrecendo as encostas das montanhas com sua sombra gigantesca. Dois dias depois de nossa audiência com Thormy, avistamos o castelo.

Não era preciso dar ordens para que nos reuníssemos para decidir o que fazer. Reynard levou-nos a uma pequena dimensão próxima, e paramos para descansar e deliberar. Reynard tinha uma agradável mansão naquele lugar, e sentamo-nos ao redor de uma mesa. O Galo Louco já estremecia.

— Está próxima — dizia ele. — Está próxima como o inferno, está próxima.

— Afinal, já conseguiu descobrir qual foi o problema, seu mago inútil? — John deu um sorriso de crocodilo e serviu-se de vinho. — O Rei em Agonia conseguiu atrapalhar o seu feitiçozinho de araque?

O rosto de Reynard permaneceu uma rocha.

— Ele é mais poderoso do que eu imaginava, e vai trair o acordo com o Rei-Imperador.

— Thormy, é claro, já pagou o desgraçado? — John deu uma cusparada no chão.

— Sua majestade honra seus compromissos.

— Aquele borra-botas. Bem, parece que nós vamos ter que negociar do jeito mais divertido — gargalhou. — Com espadas.

Eu estava quieto, olhando com atenção e afiando o meu machado. Shantall chegou próxima a mim, os olhos sérios em Reynard, e encostou a mão em meu braço. Senti um tijolo gelado no estômago.

— O que devemos esperar, Reynard? Enfrentar a magia do Rei? — disse a nagah.

— Não sei. Talvez ele nos ataque diretamente. Talvez com monstros, talvez com mortos-vivos. Quem sabe? Mas temos de estar preparados para o pior.

— E não existe outra maneira de conseguirmos as armaduras?

— *Não!* — cortou Velk. — A não ser que nós mesmos entremos no fundo da área de Tormenta, ou tenhamos a mesma sorte de encontrar um grupo de demônios batedores. — O Galo Louco levantou-se, começou a andar em círculos, fazendo uma pequena melodia desafinada com a garganta. — Vocês não sobreviveriam. E, mesmo assim, só em Zakharov existem os armeiros que podem forjar essas armaduras.

— Isso é verdade — disse John, babando-se em uma golada de vinho.

Tínhamos razão em nosso cuidado. Uma nova área de Tormenta havia aparecido há poucos meses, na fronteira entre Zakharov e as Montanhas Uivantes, e quase nada se sabia sobre ela. O mago que se intitulava o Rei em Agonia, senhor de um pedaço desolado de terra inútil no sopé das Uivantes, havia matado um pequeno grupo de demônios da Tormenta, e pago aos melhores armeiros de Zakharov para forjar armaduras de suas carapaças. Era isso que nós queríamos. Se o Galo Louco tinha uma das únicas armaduras desse tipo conhecidas em Arton, agora todos nós poderíamos tê-las. O Rei-Imperador Thormy tinha pago uma fortuna equivalente a um pequeno país para adquiri-las, para que nós pudéssemos cumprir a nossa missão.

Destruir a nova área de Tormenta, enquanto ela ainda fosse pequena. O que nos levava a crer que conseguiríamos? Por que haveríamos de não morrer, quando todo um exército havia tentado o mesmo feito em Trebuck, e falhado? Porque nós éramos a Companhia Rubra, e nós não podíamos deixar de tentar. E, mesmo que falhássemos, sempre poderíamos escapar.

— Já sei — John-de-Sangue ainda falava do Rei em Agonia. — Ele é um lich.

— Por que você diz isso? — perguntou Shantall, ainda com uma mão suave e terrível em meu braço.

— É óbvio — John deu de ombros. — Depois de matar uns quatro ou cinco liches, você aprende a farejar os desgraçados.

Reynard deu razão ao amigo, e sugeriu que passássemos a noite naquela dimensão, preparando-nos para o combate. Shantall não reclamou, porque sabia que era o melhor, mas seus olhos traíam um descontentamento em passar a noite longe de Fallyse e da natureza.

— Você não sente falta da floresta? — ela perguntou a mim, tirando sua mão do meu braço e depositando-me uns olhos ainda mais devastadores.

— Não sei — balbuciei, depois de um longo tempo.

— Há tanta coisa que você não sabe!

E havia mesmo. Eu era um imbecil, quando era jovem.

○

No outro dia, nos aproximamos do castelo, a pé, devagar. Reynard flutuava ereto como um pilar, a dez ou quinze centímetros do chão. Fallyse estava encarapitada em uma montanha próxima, fazendo alguns grifos de petisco. Velk cantarolava "A velha da taverna" com uma voz aguda e enervante. Todos nós sentíamos o peso confortável do espesso cobertor de proteções mágicas de Reynard e Shantall.

O castelo do Rei em Agonia era um quadrado de pedra escura recoberta de limo, com duas torres sem ornamentos na parte da frente. De costas contra um paredão que prenunciava as Montanhas Uivantes, defendia-se com um fosso seco e inúmeros buracos para setas. Um forte sem a menor imaginação. Ao seu redor, nada. Chão seco e morto, exceto por algumas ervas daninhas, com uma trilha de areia como seu maior atrativo. Além de algumas árvores nuas e prestes a entregar os pontos, nada vivia por lá. Paramos a algumas dezenas de metros do portão erguido.

— Que surja o senhor deste castelo! — a voz de Reynard ecoou por quilômetros, embora ele mantivesse o mesmo tom contido de sempre. — Viemos ter com aquele que se intitula o Rei em Agonia, a mando de Sua Majestade o Rei-Imperador Thormy, o primeiro de seu nome.

De início, nada. Então John-de-Sangue gritou:

— Seu caloteiro pederasta covarde e ladrão! Pare de cheirar os fungos dos dedos dos pés de um goblin leproso e apareça, seu tratante!

Reynard dirigiu-lhe um minúsculo olhar de desagrado contido. John calou-se.

Quando começávamos a pensar em um jeito de penetrar no castelo, surgiu uma figura nas ameias.

Era um homem — e uso o termo com dúvidas — patético em todos os sentidos. Mancava sozinho pelo topo da muralha de seu forte, envolto em farrapos cinzentos que lhe cobriam todo o corpo visível. Estava longe, mas meus olhos puderam ver detalhes de sua cabeça, o suficiente para notar que, por trás das bandagens imundas, não tinha nariz. Uma capa negra desbotada e suja tremulava ao vento, ameaçando carregá-lo. Era de uma magreza fúnebre.

— Vão embora! — a vozinha ressequida do Rei em Agonia mal chegava aos nossos ouvidos. — Não tenho mais as armaduras, não tenho mais ouro. Roubaram-me tudo! Salteadores, bárbaros das Uivantes! Roubaram-me tudo! E agora estou eu, sozinho com uma área de Tormenta em meu quintal.

O homem lamentava-se e choramingava. Uma lufada de vento mais ousada trouxe-me um forte cheiro de podridão.

— Cale a boca, seu comedor de furúnculos! — berrou John, o sabre já na mão. — A única coisa pior que um *lich* — elevou a voz na palavra — é um lich *mentiroso*!

Olhou sorridente para Reynard:

— Fiz mal?

— Em absoluto — disse o mago, e de novo espalhou a voz aos céus. — Um lich mentiroso realmente é algo lamentável.

Reynard fez um gesto, disse uma palavra, e o ar ao nosso redor estremeceu. De repente, pude sentir um fedor suado e ocre, e um gosto amarelado saturou minha língua. Como se um véu fosse retirado da própria realidade, a ilusão que lá estava se desfez, e vimos os batalhões de trolls que guardavam o castelo. Passando os olhos com rapidez, contei vinte, quarenta, cem, e parei. O lich deu um grito esganiçado e ergueu as mãos, sacolejando os braços. O chão à nossa volta abriu-se, como se centenas de covas fossem exumadas de uma só vez. Recebi um golpe forte do cheiro de podridão. Os mortos se erguiam ao nosso redor, aqueles com carne e aqueles que eram só ossos, armados e prontos, silenciosos e estúpidos em sua violência. Contei cinqüenta, cem, duzentos, e parei.

Ouvi as gargalhadas de John e de Velk, e começou a batalha.

Eles vinham às dezenas, os trolls inquietos e barulhentos, rindo com dentes afiados sob longos narizes, seu couro verde reluzente de muco e suor, brandindo machados e espadas e foices, e suas garras negras, que eram talvez piores que tudo. Os mortos cambaleavam lentos e inexoráveis, legionários com o mesmo equipamento — couraça e escudo e espada curta — mas diferentes pelos vermes que lhes brotavam ou pela brancura dos ossos. O primeiro grupo, talvez dez ou vinte, explodiu em chamas súbitas, enquanto Reynard elevava-se ao céu, sempre ereto e impassível, entoando palavras mágicas com sua voz contida. No meu flanco, houve um ruído estranho e depois um rugido de êxtase, quando Shantall transformou-se num gigantesco urso, com patas do tamanho de cavalos, presas do tamanho de espadas e pêlo duro e negro, salpicado de protuberâncias afiadas. O ar se partiu com o chamado de Fallyse, que respondia à mestra.

— Peguem os mortos-vivos! — gritava John-de-Sangue. Virou-se para mim: — Vamos pegar os trolls!

Eram criaturas odiosas, cruéis e resistentes. Vi John atirar-se sobre um grupo deles, seu sabre decapitando dois antes que ele atingisse o chão. O terceiro troll tentou atingi-lo com as garras pestilentas, mas John abaixou-se, girando a arma para abrir a barriga da criatura. Tripas verdes fluíram livres. John girava o corpo, o sabre cortando para todos os lados, arrancando pernas, braços, cabeças. As criaturas não paravam de lutar: mesmo com seus intestinos ao redor dos pés, mesmo com cachoeiras de sangue jorrando dos membros decepados, atacavam meu amigo pirata, e seus ferimentos começavam a se curar em um instante, novas mãos e pernas vindo substituir aquelas que jaziam no chão.

Fui atingido por uma pequena chuva de ossos. Syrion tinha os olhos sem brilho e uma expressão de puro nojo entediado, as mãos defendendo o corpo enquanto chutes esfacelavam os esqueletos vivos. Nenhum conseguia tocá-lo. As espadas pareciam arrastar-se junto ao seu corpo ágil, e ele nunca ficava parado mais de um momento. Estava a metros de distância depois de uma piscada de olhos, e logo em seguida no mesmo lugar de novo. Cada um de seus chutes estraçalhava um crânio ou desmontava um conjunto de costelas, desfazia uma perna ou simplesmente quebrava um escudo ou espada. Um esqueleto descomunal aproximou-se de suas costas. Tinha o tamanho de quatro homens, e um braço improvável brotava-lhe do tronco. Usava uma alabarda com dois braços, e um machado com o terceiro.

— Syrion! — gritei. Fiz menção de ir ajudá-lo.

Syrion lançou-me um olhar enfastiado.

— Ora, por favor — disse.

Abaixou-se três vezes dos golpes rápidos do esqueleto. No quarto golpe, levantou-se de súbito, e agarrou a haste longa da alabarda com ambas as mãos. Numa explosão de esforço, arrancou a arma da criatura, jogando-a para longe, de novo com apenas tédio no rosto. O machado seguiu atacando, e as duas mãos esqueléticas tentaram agarrá-lo. Syrion saltou, um salto giratório que o fez voar, elevando-se acima da cabeça do gigante. O giro continuou, sua perna esticou-se, num chute circular violento. Houve um som de quebra, e um buraco surgiu no crânio do monstro morto. Syrion aterrissou, tomou um momento para se recompor, e suas mãos atacaram, com velocidade cegante, arrancando as costelas do inimigo. O esqueleto tombou, aos pedaços.

Fallyse cruzava o campo de batalha, estraçalhando mortos-vivos com suas garras gigantescas. Os trolls estrebuchavam no solo, tentando erguer-se dos golpes de John, mas o fogo chovia do céu sobre eles: Reynard conjurando a morte final das criaturas. O lich desaparecera para dentro do castelo. Das dezenas de buracos nas muralhas, começaram a chover flechas sobre nós. Centenas, o céu escurecido por sua sombra sibilante. Sem virar o rosto, Reynard fez um pequeno gesto, e os ventos nos cercaram, bloqueando as flechas por completo. Ouvi um grito de frustração de dentro do castelo. Virei-me e notei Velk. O Galo Louco ria, gargalhava, lágrimas correndo de seus olhos. Lutava com um pedregulho que apanhara do chão e uma adaga que trazia na cintura, saltitando entre os mortos e os trolls, provocando-os, chamando a maior quantidade das criaturas para si. Quebrava os ossos dos esqueletos com sua pedra, e esfaqueava os trolls com sua adaga. Via o fogo de Reynard e berrava:

— Estes são meus! Estes são meus! Não me ajude!

Segurou a adaga entre os dentes e sacou um cinturão de pequenos frascos cerâmicos de sua algibeira. Seguiu destroçando os esqueletos, enquanto arremessou os frascos sobre os trolls feridos. Houve uma explosão de chamas quando a cerâmica se quebrou, e os trolls gritaram em dor. O Galo Louco imitou seu grito:

— *Aaaaaaaaahhh!*

Era o tipo de zombaria que lhe agradava.

Senti a fisgada de uma lâmina mordendo minhas costas. Voltei-me e vi um troll enorme, braços grossos como troncos, verrugas negras por todo o corpo, o nariz pontudo e maligno quase tocando o colar de caveiras humanas que adornava-lhe o pescoço.

Decidi parar de brincar.

Como se por encanto, uma névoa vermelha cobriu meus olhos. Abri minha boca em um urro, e vi o medo nos olhos do troll, quando ele enxergou as presas que se erguiam da minha mandíbula. Minhas mãos agarraram o machado com mais força, minhas garras quase tocando os pulsos, e meu pêlo pareceu se eriçar com o prazer do combate. O troll tentou erguer sua espada, mas meu machado foi mais rápido, encontrando a lâmina e partindo-a ao meio, continuando no mesmo golpe para arruinar a face da criatura, que tombou de imediato. O mesmo movimento carregou-me para os próximos inimigos, que também não duraram um instante. Eram esqueletos e trolls, mortos e vivos, e eu não os enxergava: via apenas coisas para destruir, vítimas, comida para meu machado. Eu gritava — não me lembro de parar para respirar — em júbilo pela quantidade infinita de inimigos. Sempre mais, sempre mais, eu os amava. Gostava mais dos trolls, que urravam e sangravam, e não me satisfazia tanto com os silenciosos esqueletos, que só deixavam um traço de pó branco. Vi algo vermelho em meu caminho, ergui o machado para matar o que fosse, e percebi, vagamente, que era um dos nossos. Suspendi o golpe por um momento.

— Olhe! — disse o Galo Louco, apontando para o castelo. — Olhe! Está vendo?

Eu via, embora não compreendesse. Na verdade, também não reconheci Velk, apesar de entender que não deveria matá-lo. Do castelo, éramos bombardeados por magia. Neve e gelo em forma de ataques letais, meteoros que vinham de lugar algum, relâmpagos que acertavam John-de-Sangue e o urso que era Shantall. De repente, meu mundo virou fogo, e entendi que o Rei em Agonia nos atacava.

— Vamos lá dentro! — alegrava-se o Galo Louco. — Vamos pegar o lich!

Rugi, sorrindo terrivelmente, e Velk acompanhou meu rugido, transformando-o numa gargalhada. Saímos correndo, meu machado abrindo caminho por entre os inimigos, até o fosso seco. Saltei por cima dele, evitando um imenso verme roxo que se ergueu de seu fundo lodoso. O portão estava fechado, mas meu machado encontrou-o antes que eu tocasse o chão, e a grossa madeira se estraçalhou. A magia presente no portão fulminou-me com relâmpagos e uma pura dor interna e desesperada, mas tudo parecia estar acontecendo com outra pessoa. Tudo o que não era matança não me interessava.

Corremos pelo castelo, o Galo Louco atrás de mim, rindo. Largou a pedra que ainda carregava e sacou a grande espada de duas mãos de suas costas. Sua armadura de couraça de demônio, sua crista de cabelos vermelhos e a espada enorme faziam dele uma figura de pesadelo. Por uma ou duas vezes, tive ímpetos de atacá-lo, por puro prazer destrutivo. Ele tinha vermelho por fora e eu por dentro; éramos da Companhia Rubra.

Alcançamos uma previsível sala no topo do forte sisudo, após chacinar alguns guardiões. Encontramos o lich, envolto em suas faixas e sua capa de preto fugidio, de pé na frente de uma espécie de trono mofado. Atrás da grande cadeira, amontoavam-se as peças de armaduras avermelhadas, brilhantes, enervantes por sua própria aparência.

— Tolos! — grasnou o Rei em Agonia. — Vocês não —

Interrompi-o com um golpe de machado na boca. Tenho vontades de atribuir-me alguma frase de efeito aqui, como "Você vai conhecer a agonia agora", mas a verdade é que não existe nada mais simples e desprovido de criatividade do que a fúria. Nunca me ocorreu, naquele estado, que o lich pudesse nos revelar alguma informação importante. Nem ao menos lembrava-me da razão daquela matança, só sabia que ali estava minha próxima vítima. Notava as armaduras apenas pela vaga sensação de desconforto que geravam, que me afetava mesmo embriagado de morte.

O lich fulminou-me com um relâmpago. Meu peito ficou enegrecido, senti todos os pêlos se erguerem, e continuei atacando. Um diminuto raio verde deixou seus dedos, eu tossi um riacho de sangue, senti minha cabeça leve, distante, sem dor nem tato, e soube que estava para morrer. O pensamento resvalou em minha mente, sendo rejeitado pela fúria, e esta então alimentou-se dele. Não podia morrer enquanto não o matasse. O lich recuava e conjurava suas magias, e então o Galo Louco saltou, voando sobre minha cabeça.

Caiu sobre o Rei em Agonia, prendendo-lhe em um abraço. Os dois desabaram no chão cinzento. Velk não largava o oponente, mas começou a morder-lhe o rosto, arrancando pedaços repugnantes de carne putrefata. Vermes pulavam assustados das profundezas da cabeça do lich, que soltava uma espécie de guincho desesperado. O Galo Louco desfazia a face do inimigo, mastigando e cuspindo os pedaços, e rindo. Desci meu machado sobre o lich, fazendo saltar uma nova enxurrada de vermes. Continuei a erguer e descer a arma, sem ver o que estava acertando, num frenesi repetitivo. Voaram os braços do lich, voavam seus pedaços podres, e de repente fui banhado por um esguicho de sangue. Eu acertara Velk em minha raiva, mas continuei a golpear. O Galo Louco soltou um berro, que se transformou em risada, e eu também ri, e continuei cortando, para cima e para baixo com o machado, fazendo voar carne negra e carne vermelha, vermes e sangue.

— *Você está me matando também!* — gritou Velk, sem parar de rir ou de morder.

O lich era pouco mais que um amontoado de nacos apodrecidos, mas eu não notava, e nem meu amigo. Percebi um movimento muito vago atrás de mim, não vi que eram os outros, mal ouvi o grito de Shantall para que parássemos, e então a voz baixa e contida de Reynard:

— Grotesco. Chega.

Ambos desmaiamos.

Acordei, ouvindo a gargalhada cacarejante do Galo Louco, na pequena dimensão particular de Reynard. Shantall me olhava, sua metade serpentina enroscando-se no chão e elevando-a sobre o meu corpo prostrado. Eu estava numa cama, penas confortáveis dentro do colchão que me sustentava.

— Desculpe — foi a primeira coisa que falei.

— Por quê? — Shantall se afastou, cruzando os braços sobre o volume redondo dos seios. — Por correr sem o resto do grupo para dentro do castelo? Por destruir o lich antes que nós pudéssemos extrair qualquer informação?

— Ele só será destruído se destruirmos o seu filactério — informou Reynard, olhando-me com uma satisfação muito amena.

— Não se meta, eu estou criticando o seu amigo — Shantall tinha um tom quase brincalhão, mas não sorria. Voltou-se de novo para mim. — Ou será por quase ter matado Velk? Ou por quase ter matado a si próprio, numa batalha sem grandes desafios?

— Conseguimos as armaduras?

— Conseguimos.

— Que bom.

— Seu tolo.

Velk surgiu, todo couro negro e cabelo vermelho, saltitante e irrequieto.

— Conseguimos as armaduras! Conseguimos as armaduras! *Vamos entrar numa área de Tormenta!* — deu um grito esganiçado de puro prazer. Ele vivia para aquilo, e mais uma vez eu pensei que o Galo Louco nunca estava em casa fora de uma área de Tormenta.

Desapareceu de novo nos corredores da mansão dimensional. Falando com todos os que estavam lá, e com alguns que não estavam. Reynard permitiu-se o menor dos sorrisos, e seguiu-o.

— Dei um nome para o seu machado — disse Shantall.

— E qual é?

— "Inconseqüente".

Ergui-me e beijei-a. Ela me abraçou, e deslizou serpenteando para minha cama de convalescente.

Não sei por que decidi fazer aquilo naquela hora. Não teve relação nenhuma com o que ela falou. Não era um bom momento.

Eu fazia esse tipo de coisas, quando era jovem.

Acordei sozinho — Shantall nunca dormia mais de algumas horas — para encontrar meus companheiros já planejando, já armados e preparados para nossa incursão na área de Tormenta. Quando se é jovem, como eu era então, fica-se entusiasmado com algo assim. Eu estava entusiasmado. Ainda sentia a fervura do combate e do amor nas minhas veias, e isso sempre me fazia ansiar por mais. A juventude é uma época para matar e amar, para fazer amigos e inimigos, e para ser imortal. E naquela época eu era invencível.

John-de-Sangue devorava um banquete a título de desjejum. Já havia três garrafas de vinho caídas, vazias, à sua frente. Syrion estava sentado, em um canto, perdido em devaneios pessimistas — já há alguns anos Syrion transcendera a necessidade de comer ou dormir. Shantall e Reynard discutiam.

— Se matarmos o Lorde da Tormenta, vamos destruir a área — dizia a minha nova amante. — É a única coisa que faz sentido.

— De modo algum — Reynard lia quatro tomos grossos enquanto conversava com Shantall. — Nada leva a crer que a solução para erradicar uma área de Tormenta seja algo tão simples. E além disso, não podemos ter certeza de que sequer existe um Lorde para cada área.

— Ah, existe sim, isso eu garanto — disse John, limpando a boca com as costas da mão. — É sempre assim.

— O que você quer dizer?

— É sempre assim. Sempre existe um sujeito escroto e poderoso no fundo de todo ninho de problemas. É assim com qualquer masmorra, qualquer acampamento inimigo, qualquer dimensão infernal. Por que seria diferente com uma maldita área piolhenta de Tormenta?

Reynard considerou o argumento por um instante. Shantall viu-me e abriu a boca para falar qualquer coisa, mas não lhe dei tempo, envolvendo-a em um abraço e um beijo faminto. Tenho quase certeza de que a machuquei com minhas presas longas e incômodas, mas duvido que tenha se importado.

— Até que enfim, seus molengas flácidos e repulsivos! — John-de-Sangue ergueu um chifre de vinho em comemoração. — Pensei que os dois nunca iriam parar de titubear!

— Ele propôs uma aposta sobre quando vocês iriam se juntar. — Reynard continuava com os olhos nos livros, mas tenho certeza de que viu o olhar indignado de Shantall. — Eu não aceitei.

Reynard, algumas horas antes do amanhecer, tinha destruído as proteções mágicas do Rei em Agonia, e agora podia viajar com liberdade na região. Visitara o Rei Thormy pela manhã, enquanto John, valendo-se também da magia de transporte do amigo, aproveitara aquelas horas para inspecionar sua frota e dar cabo de uma serpente marinha que havia devorado três embarcações do Reinado. Mais tarde, eu veria que o castelo do lich fora reduzido a pedregulhos — Shantall invocara sua magia para varrer todo vestígio do Rei em Agonia.

— Pelo menos até a próxima vez — admitiu.

— Onde está o Galo Louco? — perguntei.

A resposta veio na forma de um guincho, um barulho que não era humano e nem animal, que só poderia vir da garganta de meu amigo Velk.

— *Vamos matar um Lorde da Tormenta! Matar um Lorde da Tormenta!* — Velk surgiu do nada e, como sempre, não conseguimos descobrir onde havia estado. Estava coberto de uma espécie de sangue negro e pegajoso, e sua grande espada parecia tremer de entusiasmo. — Hoje vamos entrar de novo em uma área de Tormenta, e dessa vez vamos matar o desgraçado! *O que estamos esperando?*

Cada músculo de Velk movia-se de excitação. Eu me espreguicei.

— De fato, acho que já esperamos bastante — Reynard fechou seus livros. — Vestiremos as armaduras, e então iremos embora. Recebi esta manhã um convite para visitar Wynna, e não pretendo deixá-la esperando.

Eu estava quase tão ansioso quanto o Galo Louco, e mais ansioso ainda para experimentar as armaduras. Eram várias, mais do que eram os membros de nosso grupo. Havia conjuntos completos, de placas grossas feitas de carapaças, mais fechadas e resistentes que couraças de metal. Havia outras em que as placas eram ligadas por uma espécie de couro maleável, que tornava fáceis os movimentos. Havia uma feita de minúsculas escamas do material duro, tecidas em algo que parecia seda levíssima. Eram todas vermelhas, de tão vermelhas quase negras, e todas tinham um efeito desconcertante que eu já conhecia da armadura de Velk. Por alguma razão, todos em Arton possuíam uma aversão natural e instintiva aos demônios da Tormenta, algo que ultrapassava o medo, ódio ou repugnância, como se soubéssemos que eles eram *o contrário de nós*, criaturas tão diferentes e estranhas que *não poderiam existir*. Mas eu era jovem, e não me importava com isso; eles podiam morrer, e isso me era suficiente. Olhei entre todas as armaduras, e escolhi uma pesada couraça que me recobria o peito, e deixava-me parecido com um besouro peludo. Reynard vestiu a seda trançada como um manto, Shantall recobriu-se de couro escarlate reforçado com pequenas placas, John vestiu uma armadura completa. Syrion recusou-se.

— Você precisa — disse Reynard, sem qualquer emoção.

— Não sou digno. Não mereço qualquer ajuda ou equipamento, enquanto não retomar Lenórienn.

Era uma ladainha conhecida.

— Ora, seu elfo fedorento e sifilítico — disse, é claro, John. — Já havíamos combinado isso, por que agora vai dar para trás?

— Não estou recusando-me a nada — Syrion mantinha seus olhos baixos, envergonhado por existir. — Vou acompanhá-los, mas que eu morra se não puder cumprir meu juramento.

— Isso não é problema, te mato agora mesmo! — rugiu John.

— Respeite-o — Reynard examinava seu manto improvável. — Ele conhece os riscos. Vamos.

— *Vamos!* — berrou o Galo Louco.

Fomos. Mas, antes, ainda ataquei Shantall com mais um beijo. Eu era um selvagem, quando era jovem.

O céu dividia-se entre o cinzento amedrontado e o terrível vermelho, o vermelho da Tormenta. Nada era tão vermelho quanto aquelas nuvens, aqueles céus. O ar era vermelho, e a terra, toda a existência em uma área de Tormenta parecia impregnada da substância que formava as criaturas, que recobria as construções, que chovia quando um lugar caía vítima da tempestade. Mas nós éramos a Companhia Rubra, e o nosso vermelho iria triunfar. Estávamos lá para destruir aquela área de Tormenta, e não havia a *menor* dúvida de que faríamos isso. Reynard fazia anotações enquanto olhávamos, à beira da área dominada, com um interesse de estudioso naquilo que estávamos prestes a enfrentar. Da escuridão carmesim, eu tinha a impressão de ver olhos, coisas espreitando. Mas sempre imobilidade.

Reynard guardou seu diário e pena na minúscula sacola que carregava na cintura, na verdade um pequeno portal para outra dimensão. Fez um gesto arcano e invocou seu familiar. Quase todo mago possui um familiar, um pequeno animal ou criatura mágica que o acompanha, que o serve, que lhe empresta algum minúsculo poder ou realiza tarefas triviais. Surgiu o que parecia ser um homem, mas com cabelos feitos de nuvem, e um torso imenso, azulado, largo como um portão de castelo. Era um *gênio*, e seu nome era Hussan. Era o familiar de Reynard.

O gênio fez uma mesura. Fallyse, o pássaro-roca, guinchou no ar um desafio para os demônios lá dentro. Todos nós respiramos fundo.

O Galo Louco saiu correndo na frente, e desapareceu no vermelho.

— Com cinqüenta mil demônios e cem mil prostitutas! — John-de-Sangue sacou *Desespero*, seu sabre.

— Eu já esperava isso — disse Reynard, e elevou-se do chão, flutuando. O mago fez alguns gestos grandiloqüentes, entoou algumas palavras, e todos pudemos sentir uma aura mágica nos recobrindo. Súbito, as armaduras já não pareciam tão inquietantes, o vermelho à frente menos ameaçador. — *Proteção contra a Tormenta* — explicou Reynard. Meu amigo tinha seus momentos de exibicionismo, e aquela era talvez a maior demonstração de orgulho que eu já vira dele.

Grunhi um sorriso e segui o Galo Louco. Os outros vieram atrás de mim.

Velk embrenhara-se pouco, espreitava agora as ruínas de uma pequena casa. Aquela área de Tormenta não havia engolido nenhuma cidade importante, mas algumas vilas e aldeias tinham sido tragadas. Logo na fronteira, estava uma delas. A maior parte das construções humildes, casebres ou choupanas daqueles que viviam nos arrabaldes do poderio armado de Zakharov, transformara-se em escombros. A chuva vermelha, que era o primeiro sinal da Tormenta, era capaz de corroer tudo, a pedra e a terra e até mesmo a água e o ar. As poucas paredes que restavam em pé estavam cobertas de uma substância dura, vermelha como era o mundo lá dentro, reluzente e repugnante. A *substância*, a *coisa vermelha* que compunha tudo que era da Tormenta, tornava os destroços parecidos com grandes insetos, a própria terra aos nossos pés com um ar ameaçador. Era fácil para um demônio da Tormenta esconder-se numa daquelas áreas: eles eram feitos da mesma coisa.

Certa vez, Reynard me explicara que era como se nossos prédios, solo, montanhas, fossem feitos da mesma carne que nos compõe. Naquela época, não entendi isso direito, e não me importei.

— Estamos livres por enquanto — disse o Galo Louco. Sua voz ganhara um timbre suave, grave e agradável. Apenas dentro de uma área de Tormenta Velk parecia recuperar a sanidade.

Fallyse gritava sob as nuvens escarlates, e Shantall murmurava-lhe reconfortos. Hussan resmungava e vigiava seu mestre. De repente, John gritou e atacou uma parede.

— Acalme-se — disse Shantall, e sua magia fez o corpo do pirata estremecer, e sua fúria esfriar.

— Ele está sendo afetado — disse o Galo Louco. — A Tormenta está corroendo sua mente.

— O diabo que estou — sorriu John. — Se você pode agüentar isso, seu macaco esclerosado, eu também posso.

Velk também sorriu, o olhar tranqüilo. Tamanha calma não combinava com o absurdo cabelo vermelho e eriçado, em crista. Por ordem de Reynard, Hussan começou a recolher amostras da substância vermelha. O resto de nós avançava aos poucos, seguindo os passos do Galo Louco e ouvindo seus conselhos, e obedecendo quando ele nos mandava procurar ao redor, por qualquer coisa interessante ou útil. Já quase saíamos da vila quando encontrei uma grande pilha de ossos, dentro de uma casa que ainda resistia.

— Eles juntaram os ossos. Todos — disse Reynard, pegando um crânio e examinando-o. Com efeito, humanos e animais, adultos e crianças, todas as ossadas pareciam estar reunidas ali.

— Os demônios estão mais organizados — disse Velk. — Os primeiros relatos falavam de mortes aleatórias, de pessoas morrendo apenas pela chuva e os relâmpagos. Nunca ouvi falar de demônios empilhando restos mortais.

As ossadas estavam recobertas da substância vermelha, como se esta fosse uma casca. A crosta penetrava em cada reentrância, impregnava o branco. John quebrou um osso comprido e exibiu o interior para Reynard. A medula tinha adquirido o vermelho também.

— Eles têm truques novos — disse Velk.

— O que você acha que isso significa? — perguntou o mago.

Velk deu de ombros.

— Talvez queira dizer que a Tormenta está mais forte, que as novas áreas são mais *intensas*.

— Ou talvez signifique que eles estão descobrindo um jeito de nos corromper — disse Syrion. Fora de uma batalha, o elfo era um fantasma, e nos surpreendemos com aquele comentário. — A Tormenta até a medula. Por que não até o coração, até a alma?

Não quis pensar sobre isso. A Tormenta enlouquecia, isso todos nós sabíamos, e já tivéramos que enfrentar a tentação de sucumbir ao seu desespero. Mas nunca ouvira falar de alguém que fosse dominado pela Tormenta, que a servisse de vontade própria.

Seguimos viagem. Passamos por milhas de desolação, sem nada vivo, nem mesmo um demônio. Eu me sentia forte. A magia de Reynard deveria nos proteger contra a Tormenta — já fizera isso diversas vezes — mas eu sentia ainda menos os efeitos da área vermelha. A armadura estava cumprindo o seu papel, e eu estava ansioso para testá-la em combate. Reynard nos fez voar sobre uma montanha recoberta de escarlate. Parecia impossível escalá-la: cada escarpa era afiada como uma navalha, cada pedra lisa e reluzente como uma carapaça de inseto, ou então esponjosa e repugnante, como se estivesse *podre*. E talvez fosse isso mesmo. A realidade apodrecida.

No cume da montanha, encontramos um pequeno templo. Estávamos já no território das Uivantes, onde os bárbaros e criaturas cultuavam os deuses mais brutais — Keenn, Megalokk, Ragnar. A simplicidade rústica e a cerca de caveiras humanoides deixavam claro que aquele era mesmo um templo a Megalokk, o Deus dos Monstros. Entramos na pequena construção, e eu tive vontade de vomitar. Talvez os sacerdotes do templo tivessem sido monstros inteligentes, ou talvez estes servissem aos sacerdotes. O fato era que, dentro da construção, estavam vários monstros e humanos, seus pedaços decepados e *colados* uns nos outros, formando pilhérias de criaturas de pesadelo. Eram figuras ridículas, cômicas em seu grotesco, era uma clara *profanação*. A substância vermelha unia as partes desencontradas, e recobria tudo como um orvalho semi-sólido. Eu não era nenhum especialista na Tormenta, mas sabia que os demônios nunca haviam feito algo como aquilo. Eles eram tão diferentes de nós, tão alienígenas — uma palavra que eu aprendi depois disso tudo, e que descrevia com exatidão nossos inimigos — que não pareciam possuir conceito de moralidade, insultos, orgulho, bravatas. Por que aquilo, então?

— Eles podem ser mais parecidos conosco do que achamos — sugeriu John. — Talvez sejam só mais um tipo desgraçado de extra-planares ridículos.

— Não — disse logo Velk. — Eles aprenderam isso por alguma razão. Não têm *nada* em comum conosco.

— Não são nem ao menos vivos — disse Shantall. Eu fiz uma expressão de dúvida.

— Não são *vida* como nós a conhecemos — disse Reynard. — É a minha teoria, embora alguns dos meus distintos colegas da Academia Arcana discordem. Para nós, a vida é feita de carne ou espírito, e criada pelos Deuses. Podemos não saber como definir a vida, mas sabemos o que não é vivo: uma pedra, uma nuvem, um pedaço de metal. Os invasores são coisas diferentes, nem homens nem pedras, por assim dizer. Pode ser que *tudo* em uma área de Tormenta seja vivo, da maneira como eles conhecem a vida. Pode ser que tudo seja *uma coisa só*, uma grande consciência dividida em um corpo infinito.

— Você acredita nisso? — disse Shantall. Para uma serva da Natureza, aquilo era revoltante demais.

— Não. Talvez seja apenas muito terrível para ser acreditado.

Decidimos ir embora.

— Uma coisa é certa — disse o Galo Louco, ao sairmos. — Eles entendem o que é um deus, e como provocá-lo.

Ele estava mais certo do que imaginava.

Não havia dia nem noite numa área de Tormenta, apenas o vermelho. Mas nossos corpos gemiam de cansaço e, de qualquer forma, estávamos acostumados a dormir quando necessário, para que Reynard recuperasse seu poderio mágico e Shantall renovasse suas preces. Era perigoso demais passear entre as dimensões numa área de Tormenta, e por isso descansamos numa caverna forrada de matéria vermelha, onde esperávamos que a chuva escarlate não nos atacasse.

— "Matéria vermelha" — disse Reynard, quando fiz meu comentário. — Excelente expressão. Irei adotá-la.

Fiquei envergonhado. Eu achava que nem conseguia falar direito, com meus dentes longos e pontudos saltando da mandíbula para cima do lábio superior. Aqueles arroubos culturais me faziam sentir fora de lugar, um mamute numa biblioteca.

Syrion estava abatido, era visível. A área de Tormenta nos afetava, mesmo sob a magia de Reynard. Apenas as armaduras faziam com que não nos sentíssemos tão miseráveis quanto o elfo.

— Vista uma armadura — disse John-de-Sangue. — Eu trouxe todas elas, numa sacola dimensional.

— Não — Syrion era um obstinado. — Não mereço. Eu falhei, sou um fracassado e não mereço. Se for digno, Glórienn irá me proteger.

A Deusa dos Elfos parecia surda às preces dos seus filhos, ou apenas impotente. Em sua cabeça, Syrion entendia que apenas um sacerdote poderia invocar o favor da Deusa tão prontamente, mas seu coração recusava-se a compreender. Ele rezou com fervor.

Aproximei-me de Shantall, que já se enroscava em sua própria cauda, para dormir.

— Não — disse ela. — Esse lugar é ruim demais. Não há nada de natural aqui. Não há nada *certo*.

Dei de ombros. Se eu fosse menos verde, teria confortado-a um pouco, dito algumas palavras. Mas, apesar de querer fazê-lo, sabia que de minha boca só sairiam besteiras. Resignei-me ao primeiro turno de guarda.

Decidi não dormir, para velar meus amigos. O Galo Louco ressonava com a tranqüilidade de uma criança. Normalmente, seu sono era curto, agitado, em espasmos, cortado por palavras incompreensíveis, nomes gritados, murmúrios esganiçados. Mas isso era fora de uma área de Tormenta. Eu era um bruto, mas entendia a tristeza de meu amigo, que só alcançava a paz no lugar que mais odiava.

De repente, Velk acordou de um salto.

— *Demônios da Tormenta!* — disse, os olhos muito arregalados.

Eu estava sentado, meu machado, agora batizado Inconseqüente, repousando sobre meus joelhos. Meus olhos não viam nada, eu havia estado atento durante todas as horas, mas confiava na percepção do Galo Louco. Ele dizia poder farejar um demônio da Tormenta a léguas de distância. Ergui-me como um raio, e Syrion, que nunca dormia, levantou-se com rapidez e enfado. Fiz menção de acordar os outros, mas o elfo me deteve.

— Reynard e Shantall precisam descansar.

— E John grita demais — sorriu Velk.

Assenti. Saímos da caverna, prontos para encarar mais aquilo. Iria enfrentar o inimigo, dentro de uma área de Tormenta, com apenas dois de meus companheiros. Assim era a vida então, assim éramos nós. A Companhia Rubra. Olhei ao redor, para o vale desolado, doloroso de tão escarlate, rodeado pelos picos afiados das Uivantes recobertas de vermelho. Não vi nenhum dos demônios, agucei meus ouvidos e meu nariz, pois sabia que alguns de nossos oponentes eram furtivos como sombras. Mas não havia nada, até que o Galo Louco apontou:

— Ali!

E houve um som; não o estalo repugnante que às vezes faziam os demônios, ou os chiados que alguns pensavam que era sua voz. O que ouvimos foi um lamento, um som longo e cheio de agonia exausta, entrecortado de soluços secos. E então eles surgiram: um grupo, dez ou doze, brotando do ar. Não eram os demônios da Tormenta. Eram humanos, vestidos nas peles de feras e trazendo as pinturas e tatuagens que os marcavam como bárbaros das Montanhas Uivantes. Alguns traziam armas, todos tinham rostos de tristeza, bocas abertas e olhos chorosos. Seus corpos eram translúcidos, emitiam uma espécie de luminosidade vermelha, e eu podia ver através deles, como se sua carne fosse um filtro escarlate. Eram fantasmas. Eu perdera a conta de quantas vezes já havia enfrentado fantasmas, espíritos inquietos e outras assombrações, nas nossas inúmeras aventuras. Mas nunca os havia visto como aqueles: não podia confundir o vermelho que emitiam, eram criaturas da Tormenta. Todos traziam ao pescoço correntes vermelhas, translúcidas como eles próprios, que se estendiam ao horizonte, perdendo-se entre as montanhas.

— O que são eles? — perguntei a Velk, erguendo meu machado.

— Não sei — o Galo Louco estava muito sério. — Acho que são novos.

Os fantasmas da Tormenta se aproximavam com lentidão. Não estavam presos ao solo, flutuavam como costumam fazer os fantasmas, mas mesmo assim apegavam-se às antigas realidades de sua vida, e mantinham-se próximos do chão. Aqueles eram espíritos, mas traziam a aparência que deveriam ter tido seus corpos. Pude reconhecer os ferimentos, a pele, a carne e os ossos corroídos, as pústulas fervilhantes e a decadência vermelha daqueles que morriam pela chuva da Tormenta. E não havia como nos enganarmos: eles queriam compartilhar conosco sua dor.

Não interessava; parti para o ataque. Homens menores talvez tivessem medo dos fantasmas. Muitos acreditam que apenas um sacerdote possa dar a paz eterna a um espírito inquieto. Eu não sabia se podia distribuir a paz, mas podia espalhar a destruição, com meu machado, que acertava os inimigos em Arton e nas terras etéreas onde existiam os fantasmas. Urrei e corri até o primeiro deles, partindo seu tronco vaporoso com um golpe certeiro. Meu machado chiou e vi soltar-se dele uma fumaça rosada, e então notei que a "luminosidade" em volta de meu inimigo morto não era luz: eram pequenas gotas de chuva escarlate, girando com rapidez ao redor dos fantasmas, sua cor vibrante parecendo mesmo iluminá-los. Eles eram como nuvens de tempestade, e o *Inconseqüente* fervia ante a matéria agressiva.

O fantasma seguiu em minha direção, atravessando-me com seu caminhar vago, e fui engolfado na névoa de gotas rodopiantes. Eu já havia recebido a chuva ácida no rosto, meu pêlo já havia sido queimado numa das tempestades, mas o que senti foi muito pior. Minha pele chiou assim como chiara meu machado, e senti a carne borbulhando e revelando os ossos do meu rosto abrutalhado. Meu tronco foi protegido pela armadura, mas senti os braços e pernas queimando também. De súbito, um pequeno relâmpago atingiu-me, vindo do fantasma. Era uma minúscula tempestade, e eu fora pego em seu centro.

Meu rosto foi envolvido pela nuvem, vi que meus olhos seriam consumidos em seguida. Cerrei-os e continuei lutando. Concentrei-me em meus outros sentidos, procurei ouvir os lamentos para guiar meus ataques, mas o vale agora era cacofonia, e as vozes dos espíritos se confundiam. Girei o machado, chutei o ar, sentindo as pernas serem dissolvidas, sem saber se acertava o vazio ou a vaga presença do fantasma. E então, de olhos fechados, tentando não ouvir os lamentos confusos, percebi o cheiro. Já me disseram que isso é impossível, mas senti o *cheiro da alma*. O mundo, cego e surdo, abriu-se para mim como um mapa. Golpeei com a certeza da precisão, e pude sentir a ambígua presença do fantasma se esvaindo. De olhos fechados, corri para o próximo. Sua alma cheirava a glórias passadas e constrangimento. Cortava os braços e pernas fantasmagóricos, despedaçava a carne etérea, enquanto eles retribuíam devorando-me aos poucos. Meus companheiros, eu percebia, também faziam a sua parte. Eu corria para um inimigo e para outro, procurava ficar longe do alcance de suas nuvens, e por fim não senti mais nenhum cheiro, exceto um último — uma alma com aroma de saudade esquecida e dever. Ataquei-o, mas meu machado parou com violência na corrente que o prendia. Era a única coisa sólida, vigorosamente pertencente a este mundo. Golpeei de novo, e o fantasma se desfez. Abri os olhos.

Assustei-me quando vi Syrion. Ele não estivera protegido, e atacara os espíritos com o próprio corpo. Era uma ruína vermelha, sua pele havia deixado o corpo quase que por completo, e seu sangue fervia em contato com gotículas que haviam se grudado na carne exposta. Seus longos cabelos azuis tinham sido queimados, e metade de seu crânio estava à mostra.

— Vou chamar Shantall! — disse eu.

— Nem pense nisso. Ela precisa descansar. Mais tarde poderá me ajudar.

Eu não compreendia o estoicismo do elfo.

— Se for meu dever continuar vivo, Glórienn irá me preservar.

Estava tão impressionado com Syrion, que em momento algum demonstrava dor, que só depois notei o Galo Louco. Ele segurava uma das correntes, ainda ligada a um fantasma. O espírito estava envolvido pela corrente sólida, preso como um carretel grotesco.

— Capturei um deles — Velk sorria como uma criança. — Acho que Reynard vai querer estudá-los.

Depois de acordar, Reynard de fato quis estudar o fantasma.

— A Tormenta não está apenas no mundo físico — disse o mago. — Isto é a prova. Recobriu-lhes as almas, assim como recobre construções, chão, ar, carne.

— Isso quer dizer o que eu estou pensando? — disse Velk.

— Isso quer dizer que a Tormenta *transforma* a alma. A Tormenta corrói a mente, ou seja, causa a loucura. Corrói tudo o que é físico, isso é óbvio. Mas agora descobrimos que a Tormenta também pode transformar, não só destruir.

— Então também deve transformar o mundo físico — disse Shantall.

— É claro. Podemos supor que a camada de "matéria vermelha" — Reynard olhou para mim — que recobre as áreas de Tormenta é apenas o início. Nosso mundo pode estar se transformando, lentamente, no que quer que seja a Tormenta.

— E mais uma coisa — disse Velk, com um sorriso sem humor. — Se a Tormenta pode destruir a carne e transformar a alma...

Reynard assentiu com a cabeça e completou:

— ...talvez também possa *destruir a alma*.

Ficamos calados depois daquilo. Eu procurava não me importar, pensar só em matar os próximos inimigos, mas percebia — se a Tormenta podia destruir a alma, então podia nos destruir *por completo*. Eu não conseguia conceber a idéia, mas lentamente compreendia que talvez, depois da Tormenta, não sobrasse nada.

Nas horas seguintes, Reynard conversou com Talude, o Mestre Máximo da Magia, por meio de uma bola de cristal. O velho Talude conhecia-nos a todos, e era muito tolerante com a nossa burrice.

— Está claro que a Tormenta tem duas funções muito diferentes — disse Talude. — Corroer e transformar, ou destruir e conquistar.

— São duas coisas incompatíveis — disse Reynard, levantando as sobrancelhas de forma quase imperceptível.

— E eu duvido que isso seja algo aleatório, meu jovem amigo aprendiz. Eu acho que existem duas facções dentro de nossos inimigos.

Procurei não pensar mais nisso. Somente John estava disposto a falar de coisas simples, como batalhas e bebidas, e refugiei-me em sua conversa.

Continuamos nos embrenhando ainda mais. A corrente que prendia nosso prisioneiro fantasma mostrou-se valiosa: seguimos sua extensão até o ponto que, segundo Reynard, seria o centro da área de Tormenta. A chuva vermelha nos atacou duas vezes, mas, graças às magias de Reynard e às armaduras, sobrevivemos. Syrion estava cada vez pior. Embora Shantall houvesse restaurado sua pele e fechado seus ferimentos, o elfo estava afundando cada vez mais na podridão vermelha. Seu olhar, antes triste mas preciso, tornara-se vago. Ele balbuciava constantemente palavras na língua élfica. Reynard, que entendia o idioma, disse-me que eram preces a Glórienn. O fervor religioso de nosso amigo aumentava na mesma medida em que diminuía a sua sanidade. John sugeriu amarrarmos Syrion para obrigá-lo a vestir uma armadura, mas Reynard foi contrário.

— Devemos respeitá-lo.

Eu admirava a lealdade do elfo ao seu voto, mas desejava que tamanha lealdade servisse para algo útil.

Passaram-se os dias, as horas iguais em sua semi-escuridão vermelha, e nós seguimos. O Galo Louco, que estivera em paz quando entrara na área de Tormenta, voltava a ficar inquieto — porque nós não encontrávamos nenhum inimigo. Os fantasmas eram os únicos sinais de hostilidade consciente até aquele ponto, e Velk enervava-se por enfrentar apenas o ambiente terrível. Ele desejava matar algo, e eu entendia sua ânsia: ele treinara e estudara por anos para combater os demônios da Tormenta, e seus inimigos estavam se escondendo.

A partir do quarto dia, voltamos a encontrar as pilhas de ossos. Eram a única coisa que quebrava a monotonia escarlate das montanhas afiadas cobertas de "matéria vermelha", e do chão duro ou esponjoso, impregnado de decadência. Os grandes montes de ossadas tinham uma organização meticulosa e bizarra — não eram amontoados aleatórios. Velk e Reynard concordavam: os demônios faziam aquilo por alguma razão.

— Como altares — disse o mago, um dia, de súbito. — Sim, como altares.

No sexto dia, encontramos outro templo profanado. Era uma construção dedicada a Allihanna, e eu pude sentir o chão tremer sob os meus pés ante a fúria de Shantall. Fallyse, o pássaro-roca, mantinha-se afastada de nós, mas gritou, dividindo a raiva da mestra. No interior do templo, diversos animais mortos (recobertos da substância escarlate) estavam pregados às paredes. Os corpos de dois homens, sacerdotes por suas vestes, estavam fixos em poses de zombaria, como bonecos horrendos. Na cena construída dentro do templo, os sacerdotes torturavam alguns animais amarrados. Tudo recoberto de vermelho, como um fungo terrível.

— Eles estão ridicularizando os Deuses — disse Shantall, entre dentes. — Zombam dos Deuses enquanto exaltam seu próprio poder.

Os demônios nunca haviam feito aquilo. Pelo menos, ninguém nunca soubera.

O templo profanado virou cinzas ante uma coluna de fogo que Shantall invocou. Não tive coragem de falar com ela naquele dia.

A viagem ficou cada vez pior. Syrion não parava mais de rezar, e não respondia a nós. Reynard e Shantall derramavam proteções sem conta sobre ele, todos os dias. Nada parecia funcionar. John cansou-se daquilo e agarrou o elfo, lutando com ele no chão escarlate e enfiando-lhe na cabeça o elmo de uma das armaduras. Syrion começou a ter convulsões: gritava e se debatia no chão, e implorava, na língua élfica, o perdão de Glórienn, até que o pirata concordou em remover o elmo.

— Porcaria de elfo teimoso e complicado — disse John.

Seguimos a corrente, afundamos na Tormenta, vimos nosso amigo definhar. Até que encontramos a cidade.

⊙

O pavor subiu pela minha espinha como uma aranha gelada, e eu soube a força de nossos inimigos. Meus companheiros estavam calados. Nem mesmo John-de-Sangue conseguiu achar um insulto, nem mesmo Reynard conteve uma inspiração de medo boquiaberto. Syrion emergiu de sua apatia para arregalar seus olhos amendoados. Nós vimos a Cidade na Tormenta.

Eu passara dias ouvindo Reynard e Velk discutir sobre como nossos inimigos estavam mudando, seus métodos evoluindo, e mesmo assim não pude acreditar no que via. Nós havíamos atingido o topo de uma cordilheira, e à nossa frente descortinava-se uma planície vermelha, ocupada por milhares de demônios da Tormenta. Eram formigas ocupadas, todos trabalhando, desempenhando alguma função, construindo, ordenando incontáveis escravos humanos. Meus companheiros talvez não vissem tantos detalhes, mas meus olhos, aguçados demais para meu próprio bem naquele momento, capturavam o estado daquelas pessoas. Os homens e mulheres sobreviviam, mas sua pele tinha um tom vermelho, e seu olhar injetado fixava-se no vazio. Cavavam buracos, moldavam com as próprias mãos a "matéria vermelha" para compor terríveis, horrendas construções daquela cidade infernal. Suas mãos eram derretidas pelo contato com a substância, e estava claro que sentiam dor. Mas pareciam incapazes de fazer qualquer coisa além de obedecer. O chão estava forrado de cadáveres que não apodreciam; apenas eram recobertos lentamente daquele orvalho escarlate que se tornava sólido, e eram tragados pela terra corrompida. Imaginei se os corpos eram decompostos em matéria vermelha, alimentando aquele horror assim como, na natureza, um cadáver pode alimentar a terra e gerar vida.

E havia as construções, as horrendas construções. Uma fortaleza enorme dominava o centro daquela cidade esparramada, numa paródia dos castelos de Arton. Ao seu redor, espalhavam-se casas, quartéis, depósitos, máquinas cuja função não posso começar a compreender. Olhar para aqueles prédios era como ver uma cidade artoniana distorcida por um pesadelo horrendo. Um pequeno canal corria pela cidade, mas transportava sangue e pus ao invés de água. As paredes de todas as construções, grandes e pequenas, eram recobertas de escarpas afiadas, e qualquer humano que tocasse numa delas perdia o dedo ou a mão. As janelas eram guilhotinas, os tetos eram de finíssimas agulhas ao invés de sapé. Havia ruas, que eram pavimentadas não com pedras, mas com milhares de crânios humanos recobertos de vermelho. Ao invés de árvores, pela cidade estavam espalhadas *criaturas,* gordas e imóveis, como tubos repugnantes de carne esponjosa e placas, sem braços ou pernas, com bocarras voltadas ao céu, de onde brotavam demônios em formação. Não havia cavalos; havia monstros revoltantes, formados de inúmeras pessoas retorcidas e coladas umas às outras por alguma arte vermelha terrível, que puxavam carroças feitas de ossos vermelhos e arados feitos de mãos decepadas. Havia filas intermináveis de pessoas esperando para entrar em um grande galpão. Tentei bloquear meu olfato, mas não pude evitar sentir o medonho cheiro de *carne* vindo de lá: era um matadouro. A porta era vasta e escancarada, e pude ter, fascinado pelo horror, um vislumbre do que ocorria lá dentro. Demônios e humanos abatiam as pessoas como se fossem gado, e jogavam seus corpos em enormes tanques de matéria vermelha borbulhante. Vi também alguns cadáveres sendo retirados dos tanques: estavam retorcidos, impregnados da substância escarlate. Eram carregados e servidos para demônios famintos; eram *comida*. O chão do matadouro era um pântano de sangue, que borbulhava em contato com a terra corrompida.

A fortaleza central tinha inúmeras torres, todas afiadas e apontando para um céu impiedoso. Olhei o que, a princípio, pareciam ser janelas estranhas, mas então vi que se moviam; eram bocas. A fortaleza estava viva. Era uma imensa criatura, cheia de dentes, olhos, pequenos braços atrofiados e garras agudas. A fortaleza pulsava lentamente. Demônios voadores, carregados por asas translúcidas, espreitavam em suas torres como pássaros horrendos em seu poleiro vivo. Havia pedras espalhadas pelo chão, e todas eram afiadas como navalhas. Vi uma criança ter seu pé decepado ao tropeçar. Vi os escravos sendo alimentados, comendo *outros escravos*. E meus olhos seguiram a corrente que nos guiava, a infindável corrente que prendia o fantasma da Tormenta, e arrependi-me, pois meu olhar chegou ao templo.

Não havia como confundir a construção: meus instintos, minha *alma* dizia que era um templo. Era um lugar que irradiava adoração, respeito, dominação. Tive ímpetos de me ajoelhar, humilhar-me e me entregar a qualquer coisa que fosse cultuada naquele lugar profano. O templo era um prédio alto e pontiagudo, um cone afiado, oco por dentro, e vivo. Suas bocas eram enormes, as paredes esburacadas como uma colméia, e pude ver o que ocorria lá dentro. Demônios despedaçavam humanos, usando seus corpos para fazer uma imensa estátua de uma criatura que não consegui compreender. Tinha braços, pernas, um estômago rotundo. Mas, por felicidade, a escultura estava incompleta, e fui poupado de conhecer seus horrores de todo. À frente da estátua, dezenas de humanos ajoelhavam-se, curvavam-se ao chão, entoavam cânticos em uma língua que nenhum de nós conseguiu compreender. Estavam adorando a coisa, cultuando-a como se fosse um deus, e talvez já fosse. Era o início do primeiro Deus da Tormenta. Procurei desesperado por sinais de que aqueles humanos estivessem controlados, que os demônios os estivessem obrigando de alguma forma. Mas não, eles faziam aquilo por vontade própria. Eram legítimos servos da Tormenta, pasmados com o poder da criatura que haviam escolhido como seu deus, entregando-se a ele. Ligadas ao templo, brotando de suas paredes, estavam dezenas das correntes vermelhas, inclusive a que nos guiava. Na ponta de cada uma, um fantasma da Tormenta, eu sabia, em mais uma afirmação do poder da criatura que era cultuada ali.

Minha cabeça começou a doer, minha visão se turvou, e de alguma forma eu soube que estava vendo, ouvindo e cheirando *demais*. A área de Tormenta cobrava seu preço, mas eu estava protegido pela magia de Reynard e as armaduras feitas da couraça dos inimigos mortos. Aquilo era diferente. Quanto mais eu olhava para o templo e a fortaleza, para o centro da Cidade na Tormenta, mas eu via coisas que *não podiam* existir. Não horrores: coisas impossíveis. Ângulos e direções que não existiam em Arton, sons que nada podia emitir e que minha mente não conseguia absorver. Cheiros que não existiam em nosso mundo, em nosso *universo*, como Reynard me explicou mais tarde. É impossível descrever o que eu sentia: não existem palavras, não existem os *conceitos* para isso entre nós. Entendi, de súbito, por que os demônios nos eram tão revoltantes: eles não deveriam existir. Seu mundo, onde quer que fosse, era tão diferente do nosso que *nada*, nem o tempo nem o espaço, nenhuma das leis da criação dos Deuses, se aplicava a eles. Quanto mais entrávamos na área de Tormenta, mais nos afastávamos da nossa realidade. Eu não era nenhum novato a outros planos, já estivera nos Reinos dos Deuses em mais de uma ocasião, mas nunca sentira aquela estranheza terrível. E, eu soube, aqueles eram só os menores, mais sutis aspectos do universo da Tormenta.

Começou a chover.

Olhei para nossos líderes, para Reynard e John-de-Sangue, em busca de alguma direção, alguma ordem, qualquer coisa que me dissesse o que fazer frente àquelas impossibilidades. Meus amigos estavam paralisados.

— Nós precisamos voltar — disse Reynard. — Já descobri coisas demais para arriscar tudo. Precisamos voltar e relatar o que vimos.

— Nem pensar, seu poltrão de vestido — a voz de John fraquejava. — Vamos destruir tudo isso, e depois contar o que vimos e o que matamos.

— Você não entende — a face pétrea de Reynard encarava John. — O que sabemos é valioso demais. Conhecimento assim pode nos levar à vitória.

— *Matar todos* pode nos levar à vitória.

— Seu imbecil! — Reynard gritou, abrindo a boca em um rugido de frustração. O berro pareceu um pontapé no estômago de John.

Velk, o Galo Louco, sacou lentamente sua grande espada.

— Nenhum de vocês está entendendo. Se eles nos quisessem mortos, já teriam nos matado. Para eles, nós somos insignificantes.

Não era totalmente verdade, não podia ser. De todo o horror que eram os demônios da Tormenta, uma coisa eu pude descobrir em meus anos de juventude louca e imortal: eles podiam ser vencidos. Naquele lugar, seu poder fosse talvez maior do que qualquer coisa que havia em Arton, mas os artonianos têm uma capacidade infinita para o crescimento, eu sabia e sempre soube. E pessoas como os membros da Companhia Rubra eram o tipo de heróis que matavam demônios da Tormenta, seus escravos e seus deuses.

— Não sei se Velk tem razão — disse Shantall. — Mas sei que, agora, só nos resta lutar.

— Nós não temos opção senão lutar — disse Syrion, um farrapo magro e arruinado. — Como poderíamos viver em paz sabendo que não fizemos tudo para acabar com isso?

Fallyse agitou o ar com suas asas, concordando. Súbito, todos olharam para mim. Eu, que sempre obedecia a todos, era agora a última voz que faltava. Reynard era só um, mas sua mente superior impunha um respeito maior que todos juntos, e ele esperava que eu o apoiasse. Os outros viam em mim um guerreiro, e esperavam que eu fosse o peso definitivo que decidisse ignorar nosso líder. Pensei que não havia nada mais difícil do que aquilo. A obediência era muito melhor. Dei de ombros.

— Vou com a minha mulher — e abracei Shantall.

Era a resposta de alguém muito jovem ou muito simples. A minha resposta.

Reynard suspirou. Recompôs a calma metálica.

— Iremos então. Mas não temos escolha senão vencer.

Éramos a Companhia Rubra. Como poderíamos perder?

Ultrapassamos as montanhas e flutuamos para a planície medonha. Éramos carregados pela magia de Reynard. Estávamos invisíveis, inaudíveis, cercados por uma redoma mágica de proteção. Fallyse seguia-nos de longe, também protegida pelo poderio do mago. Shantall invocara os espíritos e criaturas de Allihanna para nos auxiliar, e éramos seguidos por animais monstruosos, unicórnios, espíritos das árvores e da natureza. Reynard invocara servos de outros planos, criaturas bizarras vindas dos Reinos dos Deuses e além, cada uma capaz de dizimar um pequeno exército. Nossas peles tinham sido transformadas em aço ou pedra ou madeira, prontas para repelir qualquer arma, nossos músculos haviam inchado de magia, éramos como armas vivas, impregnados de poder, e eu sabia que havia muito pouco em Arton que poderia fazer frente ao nosso grupo naquelas condições.

— Para onde? — disse Reynard em nossas mentes.

— Para a fortaleza — John respondeu da mesma forma. Eu podia sentir seu sorriso mesmo assim. — Eu disse; sempre há o escroto-mor no fundo da masmorra.

Seguimos, mais suaves que uma brisa, sobrevoando a planície, em direção ao bizarro castelo. Seu portão era uma boca enorme, suficiente para engolir um dragão, e era repleta de dentes do tamanho de lanças. Passamos pela bocarra, as armas prontas, sem que os demônios parecessem nos notar.

O interior da fortaleza era quente, latejante. Passávamos por dezenas de demônios, alguns parecendo servos, e outros, guardas. Suas formas eram variadas, mas todos lembravam insetos distorcidos, suas carapaças grossas reluzindo de muco. As paredes do castelo eram salpicadas de orvalho vermelho, sua cor tão forte que quase brilhava. Era a luz que havia por lá. Não luz; um contorno vermelho que delineava as formas, como se nossa visão montasse um quebra-cabeças a partir dos pontos que eram as gotículas. Estávamos num labirinto, mas Velk dizia que podia nos guiar.

— Eu sei onde ele está — falava o Galo Louco em nossas mentes. — Eu posso *senti-lo*.

Pensei que aquele era o ápice da existência de meu amigo até então.

Dobramos um corredor e passamos por um grupo peculiar de demônios. De alguma forma, eram altivos, tinham uma postura e um modo que não existiam nos outros de sua raça. Era algo indefinível, que parecia estranho num demônio da Tormenta. Percebi, então: era algo que eles copiavam do nosso mundo. Eles demonstravam algum sentimento — superioridade, orgulho, arrogância — algo que os outros pareciam ignorar. Seus corpos tinham saliências pontiagudas que lembravam adornos, e grandes saias de pele frouxa pendiam-lhes das costas e da cintura. Suas vozes de estalidos e chiados entoavam algo que parecia um cântico.

— São clérigos — disse a mente de Reynard.

Tudo se encaixou: ele tinha razão. A solenidade e seriedade daquelas criaturas era mesmo eclesiástica. Eram os servos do deus daquele lugar. Seguimos o caminho de onde vieram, e o instinto de Velk, e achamos o mestre daquele horror.

A criatura estava numa imensa câmara subterrânea, uma escavação circular por baixo da fortaleza. Emergimos de uma rampa esponjosa (a sensação era uma enorme *língua*) que nos levou para baixo, e vimos ela e seus adoradores. Eram dezenas de demônios da Tormenta, de todas as formas e tamanhos. Alguns pequenos como cães, outros grandes como ogros. Todos se curvavam para o maior daqueles horrores. O Deus da Tormenta era uma coisa enorme, alto como cinco andares, sustentado por uma dezena de pernas minúsculas distribuídas com simetria ao redor de seu estômago descomunal. Era todo inchado e repulsivo, suas placas, grossas como paredes, às vezes revelando uma carne gosmenta por baixo. Seus oito braços tinham tamanhos variados, mas todos acabavam em garras que mais pareciam lâminas, rebarbas e navalhas, e das palmas das mãos nasciam vinte ou trinta dedinhos gorduchos. Tinha três pares de asas nas costas, e o topo de seu tronco era recoberto de uma espécie de pétalas de carne frouxa, como pequenos mantos que pendiam livres de seus ombros. Tinha um enorme olho cercado de dentes no meio da barriga, e sua cabeça era um amontoado disforme de bocas e pêlos negros grossos. Senti a bile na garganta, meu corpo se revoltando contra aquela visão.

O espaço ao redor da criatura se retorcia, parecia tremer, puxando para direções impossíveis. Perdi qualquer noção de tempo, vi minhas unhas e cabelos crescerem desordenados, como se houvessem passado anos. Atrás do deus, estava fincada no chão uma lança, e dela fumegavam nuvens vermelhas, úmidas da chuva ácida. A lança gotejava Tormenta, e o espaço próximo a ela se distorcia mais do que em qualquer outro ponto. Era o centro daquilo tudo, era o lugar de onde brotava aquela área de Tormenta. Decidi que o *Inconseqüente* iria parti-la.

A criatura se mexeu, sua massa esponjosa por trás da dureza das placas balançando livre. Súbito, senti a barreira mágica ao nosso redor se partir, nossas proteções mágicas se esvaírem, estávamos visíveis e audíveis mais uma vez, e nossos aliados conjurados desapareciam. "Ele nos viu," pensei de imediato. "Ele nos viu e está destruindo nossa magia, é hora de atacar."

Ouvi um som abafado ao mesmo tempo em que todos os demônios se voltavam para nós, e vi que John caíra ao chão, seu rosto pálido e peito imóvel denunciando que estava morto. Ele matara John com um olhar, pensei, mas então vi que estava errado. A criatura *não havia nos notado*. Estava alheia, e eu percebi que, para ela, nós éramos menos que grãos de pó. Ele matara John *só por existir*.

— Atacar! — gritou o Galo Louco, correndo com sua grande espada sobre a cabeça.

— Não é a hora, John — rugiu Shantall, e suas mãos brilharam numa força sublime. A sala horrenda se encheu do poder de Allihanna, e John-de-Sangue voltou à vida.

— Odeio quando isso acontece — grunhiu o pirata.

Agarrei meu machado e investi contra o inimigo. À minha frente, Velk estava cercado por uma dezena de demônios, e girava como um ciclone, a espada esticada cortando as partes horrendas das criaturas. O Galo Louco gargalhava de pura felicidade. Ele havia nascido para aquilo, e parecia conhecer cada ponto fraco dos inimigos, atacando onde a carapaça era um pouco mais fraca, onde as placas deixavam entrever a carne macia e convidativa. Eu corria, mas sentia os metros se esticando sob meus pés, o espaço se contorcendo muito perto do mundo impossível da Tormenta. Mesmo assim, golpeava o nada, o ar profano daquele lugar, e sentindo a fúria me tomar de um prazer quase indecente. Urrei, mostrei minhas presas, desafiei aquele deus terrível. Ao meu redor, o salão explodia, os relâmpagos e o fogo de Reynard e as colunas flamejantes de Shantall. Ouvi o rugido de minha amante, enquanto ela se transformava em um monstro e retalhava os demônios. John-de-Sangue, redivivo e raivoso, saltara para os inimigos, mas estava preso no ar, num tempo distorcido em que seu salto se prolongava por minutos. Um grito de uma voz limpa e afiada preencheu meus ouvidos.

— *Glórienn!*

Era Syrion. O elfo renascera tanto quanto John; brilhava mais uma vez com vida, golpeava em todas as direções, seus pés estraçalhando as carapaças e suas mãos cortando cabeças como se fossem lâminas.

— *Glórienn!*

Eu seguia correndo pelo espaço infindável, meus olhos na lança que jorrava outro universo. Um demônio foi tragado pela distorção, seu corpo se alongou e tremulou e ele estava na minha frente, e parti-o ao meio com meu machado. Rugi de alegria, mostrei os dentes ao deus, pronto a devorá-lo.

De repente, o mundo acelerou ao meu redor, a distorção no espaço se quebrou e, por quaisquer leis incompreensíveis que regessem aquele universo, minhas pernas deram um passo de dez metros. Eu estava frente a frente com o Deus da Tormenta, senti seu cheiro impossível, vi as formas de uma geometria desconhecida que se desenhavam em sua carapaça. Gritei de dor, minha mente foi invadida pelo poder daquela criatura, fiquei paralisado, avassalado pela compreensão do que ele era. Minha consciência foi inundada por um nome:

Aharadak, o Devorador.

Era o nome do deus e, sem perceber, dirigi-lhe uma prece rápida. Tentei correr ao seu redor, a imensa criatura golpeando-me uma dezena de vezes com suas garras-navalhas, e senti meu sangue se despejar, meus ossos em contato com o ar fervente. Mantive meus olhos na lança, ignorei a dor e pensei apenas em quebrá-la. O deus ergueu-me do chão, e levou-me à sua cabeça cheia de bocas. Rugindo, golpeei-o com o machado, e consegui extrair um filete de sangue brilhante, mais vermelho do que tudo, cegante. As bocas aproximaram-se de mim, e Aharadak arrancou-me um pedaço do rosto. Ele me mastigava, destroçando um olho, moendo uma bochecha, dissolvendo a cartilagem de meu nariz e quebrando minhas presas. Continuei rugindo, golpeando, e ao meu rugido se juntou um outro, mais forte, e o deus estremeceu com um golpe.

Era um leão descomunal, sua cabeça do tamanho de um cavalo, sua boca imensa repleta de dentes afiados. Era Shantall, minha amante. Pulou com as quatro patas e os dentes no estômago do deus, fez esguichar o sangue luminoso, e o corpo inteiro de Aharadak balançou. Caí no chão, enquanto todas as garras se concentravam em Shantall, e mais uma vez corri para a lança. Num passo, estava lá, senti o tempo e o espaço perderem o significado ao meu redor. Concentrei-me na fúria, rugi sem metade do rosto, coloquei toda a minha força no machado *Inconseqüente*, e golpeei certeiro.

A lâmina do machado se esfacelou em mil pedaços.

Shantall urrou, e seu urro se transformou em grito de mulher, enquanto o deus estraçalhava seu corpo, e ela voltava à forma linda, agora arruinada, de nagah. O Galo Louco abria caminho, ceifando cinco demônios de cada vez, avançando rumo ao deus. John-de-Sangue golpeava frenético, picotando os inimigos, e então soltou um grito de pura dor. No outro extremo do salão, Reynard conjurava destruição mas os inimigos avançavam, e chegavam nele. Três demônios seguraram o seu tronco, e um quarto arrancou-lhe o braço direito. John correu, abrindo caminho até o amigo.

Golpeei o deus com minhas mãos, batendo na carapaça e tentando rasgar-lhe as asas, pronto para morrer por suas garras. Mas ele não me atacou. Estava imóvel.

Ele não notava que eu estava ali.

Seu poder era tão grande que mesmo a minha força nada podia fazer. Eu era insignificante.

Um grupo de demônios voou em todas as direções e, por baixo deles, eu vi Syrion. O elfo tinha um rosto de aço impiedoso, e o chão ao seu redor estava coberto de pedaços de demônios.

— *Glórienn!*

Outra dezena de inimigos vinha em sua direção, mas ouvi o Galo Louco dizer:

— Syrion! Eu mato eles! Vá até o deus!

Os olhos de Syrion estavam no Deus da Tormenta. Se Velk odiava os demônios, Syrion odiava, mais do que tudo, aquela divindade, aquele ser que crescia enquanto sua deusa definhava. O elfo deu um salto que cobriu dezenas de metros, e pousou à frente de Aharadak.

Ouvi um grito e vi um jorro de sangue, e vi os pedaços de John voando para todos os lados. Reynard estava livre, sem um braço mas livre, mas seu amigo pagara com a vida. Morto pela segunda vez e, eu temia, para sempre.

— Vamos fugir! — gritou Reynard. Pela segunda vez naquele dia eu enxergava emoção genuína no seu rosto. Desta vez era medo.

Mas eu o ignorei, tinha um plano e tinha raiva, e precisava matar aquela coisa. Olhei Syrion, esperando ver o elfo num furacão de punhos e pés como nunca antes, mas ele estava imóvel. Tinha os braços abertos e estendidos, o rosto voltado para cima, os olhos encharcados, e estava imóvel.

— Glórienn, confio em você — dizia o elfo. — Entrego-me a você. Sei que seu poder vai nos salvar. Sei que pode vencê-lo.

Era impossível para Syrion vencer o deus, eu sabia, mas ele era um tolo por achar que sua deusa iria intervir. Vi que eu estava sozinho, que o elfo não serviria para nada, e então vi um brilho maravilhoso em suas costas.

Uma luz branca, pura, um cheiro de chuva e folhas, uma luminescência que se alargava cada vez mais, e revelava um paraíso do outro lado. Glórienn ouvira. A Deusa ajudava seu filho. A fenda se alargou, meu coração bateu forte com a certeza da vitória, Syrion deu as costas ao Deus da Tormenta e virou-se para olhar o paraíso.

E viu o vermelho.

Havia o vento limpo, as folhas, o perfume, as árvores. Aquele era o reino de Glórienn. Mas, a alguns metros na paisagem bela, estendia-se uma área de Tormenta, coberta por nuvens escarlates. Os demônios brotavam daquele inferno no paraíso, corriam para a fenda e atropelavam-se de ânsia, e alcançaram a fenda, e alcançaram Syrion, e o arrastaram, berrando.

Ouvi um som terrível, que fez meus ouvidos sangrarem, e soube que o deus estava rindo.

Eu estava em suas costas, eu era insignificante, minúsculo demais para lhe preocupar. Ignorei-o também: voltei-me para a lança, estendi meus braços e agarrei seu cabo que escorria Tormenta.

O tempo e o espaço convulsionavam tão perto daquele objeto. Senti-me do tamanho de um rato, senti-me grande como um castelo. Senti minha vida toda ao mesmo tempo, memórias e realidades e futuros. Meu corpo foi remodelado pelas distorções, borbulhando e escorrendo e ondulando. Fui transformado pelo tempo em frenesi. Senti meus pêlos brancos e quebradiços, senti meus músculos arrefecendo, senti o peso dos anos que corriam em um instante. A presa que me sobrava caiu, junto com meus cabelos. Arranquei a lança do chão, o *portal* por onde se derramava o universo, ergui-a sobre a cabeça e golpeei o deus.

As paredes racharam com a força de seu urro, quando a ponta, que vomitava um mundo impossível, penetrou-lhe nas costas. Eu sempre me julgara um estúpido, capaz de lutar e pouco mais, mas minha idéia dera certo: a criatura ondulava, retorcia-se, e era tragada pela ponta da lança. Assim como aquele universo jorrava, Aharadak estava sendo arrastado de volta para lá.

O deus desapareceu, eu deixei a lança cair, minhas mãos corroídas pelo vermelho que gotejava. A lança estremeceu no chão, e vi os primeiros fiapos da criatura fluindo de novo para o nosso mundo, o deus retornando. Ouvi a gargalhada de triunfo de Velk; o Galo Louco matava os demônios alegremente, comemorando meu feito.

— Reynard! — gritei, com minha voz enfraquecida de velho. — Leve-nos embora!

O mago não disse nada, só cerrou os dentes, gesticulando com a única mão que lhe restava os movimentos familiares da magia de transporte. O ar iluminou-se ao seu redor, e nada aconteceu. A Tormenta bloqueara seu poder.

— Lamentável — Reynard controlou-se, os olhos em lágrimas, o ombro jorrando e os demônios correndo em sua direção. — Mas eu tenho outra magia.

Corri até ele, pronto para lutar com as mãos de ossos aparentes, enquanto o deus já fluía da lança até a metade. Eles estavam próximos demais, suas garras quase já tocavam os mantos vermelhos e a pele negra do mago, e a primeira das criaturas erguia um braço recoberto de carapaça, quando seu tronco foi partido em dois. O Galo Louco era um redemoinho, um dançarino frenético de morte, e eu nunca o vira tão feliz. Cheguei até ele, pronto para lutar, mas repeliu-me com um chute.

— Saiam daqui! — gritava meu amigo. — Saiam daqui! Eu seguro eles!

Ergui-me do chão, onde a bota de Velk tinha me depositado, e fiz nova menção de combater.

— Não vou deixá-lo aqui, Velk — murmurei.

— Saiam daqui! Saiam daqui! Eu estou em casa!

E estava. Matava apaixonado, enamorado de sua violência, num estado de graça e, finalmente, completo.

— *Eu estou em casa!*

Reynard respirou fundo, e disse, em voz impassível:

— Eu *desejo* que deixemos este lugar em segurança.

O chão sumiu debaixo dos meus pés, o mundo ficou branco e depois negro, e nós estávamos fora da área de Tormenta. Numa colina verde (eu havia me esquecido como era a cor verde), à vista da capital do Reinado, Valkaria.

Desmaiei na relva, e dou graças a todos os Deuses por isso.

Reynard divulgou seus achados para o Rei-Imperador e outras pessoas importantes. Eu passei alguns dias bebendo, lembrando-me de Shantall e da águia Fallyse, que nós abandonamos no inferno. Foi o fim da Companhia Rubra.

Reynard continua trabalhando contra a Tormenta, em pesquisas e análises. Eu vendi um de meus castelos e recolhi-me ao outro, onde me enfurnei para escrever esta história. A batalha contra Aharadak foi há uma semana, e já estou quase acostumado a ser um velho.

Às vezes penso em voltar lá, mas estou muito cansado, moderado, repleto de amigos mortos. Acho que o melhor que posso fazer pela Companhia Rubra, a moldura da minha juventude, é mesmo escrever isso, e contar sobre como fomos invencíveis, ferozes, apaixonados, felizes.

Eu era feliz, quando era jovem.

Karen Soarele é autora de quatro livros de fantasia medieval, além de contos, artigos e poemas, através dos quais busca transportar o leitor a lugares memoráveis. Recebeu o troféu Cecília Meireles por seu trabalho de incentivo à leitura. É pós-graduada em Comunicação e hoje vive no Canadá.

A ÚLTIMA NOITE EM LENÓRIENN

Karen Soarele

Goblins são criaturinhas odiosas. Perversos e mesquinhos, vivem para saquear vilarejos e viajantes, valendo-se de táticas desleais e se aproveitando de momentos de fraqueza. É só isso que sabem fazer. Atacam sem organização alguma e, quando as coisas vão mal, não veem problema em debandar, deixando para trás seus aliados. Não têm cultura. Não se importam com nada nem ninguém e se reproduzem como pragas.

Quando um guerreiro elfo morre, são necessárias décadas para treinar novos recrutas e repôr nossas fileiras. Quando um goblin morre, outros dois imediatamente brotam em seu lugar. Não admira que componham as primeiras linhas do exército da Aliança Negra. São todos iguais, deformados, malcheirosos e descartáveis, e sua morte é tão insignificante quanto sua vida. Foi assim que me ensinaram a pensar durante os anos da Infinita Guerra. Mas isso estava prestes a mudar.

Minha história se cruzou com a de Dok no momento em que ele foi capturado por alguns aventureiros na floresta de Myrvallar e trazido até o templo onde eu vivia. Apesar de ouvir os relatos da guerra contra os goblinoides, ela sempre me pareceu um problema distante. Eu nunca tinha visto um monstro desses de perto, então a minha primeira reação foi manter distância. Por sua vez, minha mestra-sacerdotisa, Eleonorariel Nayeronian, do alto de sua sabedoria, usou o bordão para virá-lo de lado e anunciou:

— É um macho adulto. Aerendyl vai gostar de examiná-lo.

Macho adulto. Os goblins eram tratados como animais, e como um animal foi engaiolado e confinado no porão da nossa casa, até que Aerendyl, um dos altos-sacerdotes da igreja matriz, viesse vê-lo.

Em 1385 eu era apenas uma noviça. Lembro de reclamar de meus afazeres e dizer que a vida era difícil, mas, no fundo, eu era feliz. Vivia em um dos templos secundários dedicados a Tanna-toh, a Deusa do Conhecimento, e estava sempre sorrindo e admirando as maravilhas deste mundo. Minha única paixão era o aprendizado. Meu maior desejo, mostrar-me digna dele. Minhas posses... bom, essas eram inexistentes. No entanto, eu tinha sonhos. Muitos deles. Como toda elfa, um futuro glorioso me aguardava. Eu mal sabia da tragédia que se abateria sobre nossa nação.

— Pare de sonhar acordada, Gwen — era o que me diziam. — Esse pergaminho não vai se copiar sozinho.

O templo onde eu morava servia à área rural nos arredores da capital, Lenórienn. Eu dividia quarto com três outras elfas, Lyradelaemys, Violalaerys e Mabelanaelith. Ou, como eu as chamava: Lyra, Viola e Mabel. Éramos as melhores amigas, quase irmãs. Todos os dias acordávamos cedo e trançávamos os cabelos umas das outras, para então alimentar os animais que o templo mantinha, servir o café para a mestra-sacerdotisa, ajudá-la a se vestir e a preparar os instrumentos dos ritos matinais. Recebíamos os fiéis e auxiliávamos nas aulas.

Havia muito trabalho a ser feito e a mestra-sacerdotisa era severa quando faltávamos com nossos deveres. Nossa vida santa apenas começava e já se mostrava árdua. Contudo, se alguma de nós despertaria o favoritismo da deusa, se nos mostraríamos abençoadas o suficiente para ascender em nossas vidas de devoção, isso só o tempo diria.

Todas as noites eu olhava pela pequena janela de nosso quarto, que ficava nas dependências anexas ao templo. Não dava para ver muita coisa, pois morávamos no andar de baixo e as árvores próximas limitavam a vista. Mas meus olhos alcançavam algo que para mim era muito especial: a igreja matriz de Tanna-Toh.

Eu já ouvira muitas histórias sobre aquele templo. Com suas torres repletas de livros raros, obras de arte e artefatos históricos, operava como um ponto de encontro para nobres em busca de sabedoria, pesquisadores que tentavam desvendar os maiores mistérios do universo, famosos bardos trazendo histórias de terras distantes, artistas, historiadores, professores e tantos outros... exceto eu. Para mim, aquele local era inalcançável. Afinal, eu tinha minhas responsabilidades.

A tarefa de cuidar do goblin foi incorporada ao nosso dia a dia com facilidade. Alimentávamo-no logo depois dos porcos e galinhas, e limpávamos sua sujeira jogando baldes d'água, sem nos aproximarmos demais da gaiola. Ele era selvagem e perigoso, mas esperto. Conseguiu arrombar a fechadura. Recapturá-lo foi a tarefa mais difícil que já recebemos, e requereu que uníssemos forças. Quem diria que uma criatura pequena poderia correr tão rápido! Ao ter seus planos frustrados, emitiu berros assustadores, agitou as pernas e os braços e tentou nos morder com os dentinhos afiados. Isso nos obrigou a modificar a tranca, tornando-a inacessível pelo lado de dentro.

Ninguém mais queria ter que lidar com o monstrinho, então começamos a nos revezar nessa tarefa ingrata. Certo dia fui alimentá-lo e, para meu assombro, ele falou comigo.

— Água — ele disse, no idioma élfico.

Recuei até a parede e o encarei. Eu não sabia que goblins tinham o dom do discurso.

— O que você disse?

— Dok tem sede — ele articulou as palavras lentamente, com um sotaque carregadíssimo, esforçando-se para que eu compreendesse. — Água acabou dois dias.

Enchi um jarro de vidro na pia e me aproximei da gaiola. O chão não havia secado desde a última lavada e a umidade fedia a dejetos de goblin. Assim, caminhei com cuidado, evitando pisar com minha sapatilha branca nas manchas escuras no piso, temendo espantar o prisioneiro, ou pior, enfurecê-lo. Agachei-me segurando o vestido, para não arrastá-lo no chão imundo. Passei o jarro pelas grades e pus-me a servir água na velha vasilha de metal corroído. Lutava contra o tremor nas mãos. Minha atenção mantinha-se no goblin. Estava pronta para fugir às pressas caso ele se tornasse agressivo.

— Desculpe pela falta de água — eu disse.

Ele não respondeu. Apenas lambeu os lábios, aguardando o mais longe possível enquanto a água límpida terminava de escorrer para sua tigela. Então me dei conta do quão ridículo era pedir desculpas naquela situação. Privávamos um ser inteligente de sua liberdade. Não houve julgamento, não houve defesa, apenas a imposição pela força. Nesse momento olhei para ele, como já havia olhado tantas vezes, mas senti que finalmente podia enxergá-lo de verdade.

Tinha a altura de uma criança, pele cinza-esverdeada e orelhas enormes. Seus dedos longos e tortos moviam-se freneticamente, apertando uns aos outros, os ombros tensos pareciam erguidos para proteger a cabeça. Mantinha-se sentado e sua expressão era de pura desesperança. Assim como eu, aquela criatura um dia tivera sonhos. Sofria, ansiava. No fundo, não éramos tão diferentes assim. E a falta de água marcava o auge de sua aflição.

Essa constatação me deixou um gosto amargo na boca, um nó na garganta. Tive vontade de arrebentar o trinco e permitir que fugisse. Contudo, a descoberta era ao mesmo tempo surpreendente, arrebatadora. Essa talvez fosse uma oportunidade única de sabermos mais sobre os inimigos que cercavam as nossas terras, de explorarmos o universo e talvez revelarmos conceitos nunca antes imaginados. O prisioneiro era uma janela para o saber.

— Você fala élfico — comentei, por mais óbvio que fosse, apenas pelo impulso de estabelecer um diálogo.

— Dok aprende.

— Eu aprendo coisas novas todos os dias.

— Gwen aprende a abrir gaiola.

Eu ri. Não funcionava desse jeito.

— Eu apenas cumpro ordens. Vamos manter você alimentado e saudável, para que possamos estudá-lo.

— Dok não quer ser estudado. Dok quer ir pra casa! — a voz dele se ergueu. — Mushna espera Dok! Mushna espera Dok!

A paciência do goblin se esvaiu. Ele gritou, agarrou as grades e balançou-as com estrondo. Instintivamente, dei um pulo para trás. Com o susto, o jarro caiu de minhas mãos e se espatifou no chão irregular do porão.

Levei a mão à boca, os olhos cravados nos cacos. Aquele não era um jarro qualquer, mas uma peça milenar, cedida ao templo por uma família tradicional da região. Eu não deveria estar usando para servir um prisioneiro. Minha teimosia fazia com que o usasse para tudo. Adorava o relevo uniforme esculpido no cristal transparente.

— A mestra vai me matar! — bati com a mão na testa.

Dok arregalou os olhos. Agitou-se na cela. Futricou no amontoado de feno que lhe servia de cama e tirou do esconderijo um utensílio formado por um cano, um gatilho e um pequeno reservatório. Eu nunca havia visto nada igual. Ele acionou o gatilho, e um líquido branco e gosmento jorrou sobre os cacos de cristal. O goblin espalhou o fluido com as mãos, e pôs-se a encaixar os pedaços um por um. Levou algum tempo, mas quando terminou o jarro parecia nunca ter se partido.

— Obrigada — eu disse, perplexa, ao receber a peça de suas mãos. Estava como nova.

— Mestra não vai matar Gwen agora. Gwen segura — ele concluiu.

No dia seguinte, disse a Mabel que poderia deixar comigo, eu mesma alimentaria o goblin. Ela me abraçou e saiu saltitando pela porta da cozinha. Mesmo que fosse arriscado, queria saber mais sobre aquela criatura.

— Dok, quem é Mushna? — perguntei.

— Mushna é Mushna — ele respondeu com a voz trêmula, e lágrimas encharcaram seus olhos desiguais. — Mushna não sabe onde Dok está. Dok chegou perto demais dos elfos. Mushna precisa fugir, mas Mushna não sabe.

— É a sua esposa?

Dok escondeu o rosto nas enormes mãos e seus ombros balançaram enquanto ele chorava.

— O que elfos vão fazer com Dok?

— Não sei ao certo.

— Elfos vão machucar Dok, e depois vão matar Dok, e Mushna nunca vai saber que Mushna precisa fugir. Esse lugar é perigoso.

Eu não sabia de que forma ele seria estudado, então fui incapaz de negar essa hipótese. Incapaz de consolá-lo. A partir de então, passei a alimentá-lo todos os dias, e sempre aprendia algo novo sobre ele.

Mushna era sua companheira, com quem tivera diversas ninhadas. Ela estava instalada em uma caverna nos arredores da cidade, mas ele se negou a dar detalhes quanto à localização. Prestavam suas preces a Tenebra, a Deusa da Noite.

— Elfos são cruéis — ele dizia. — Elfos pegaram Dok, agora vão pegar Mushna.

Mesmo que interessantes, nossas conversas sempre faziam eu me sentir culpada. Ao fim de um mês, Aerendyl chegou para ver Dok, e isso foi um alívio para mim. Esperava que ele fosse liberto após os estudos. O alto-sacerdote era corpulento para os padrões élficos, tinha cabelo curto e grisalho, e uma aura de majestade que fazia a bela e altiva Eleonora parecer apenas uma garotinha. Ainda assim, ela se ergueu e saudou-o como mandava a tradição:

— Seja bem-vindo. Que a luz do conhecimento guie seus passos nesse templo do saber.

— Obrigado — respondeu Aerendyl. — A busca pela verdade me trouxe até aqui.

Os dois se cumprimentaram, trocaram algumas palavras, e Aerendyl perguntou onde encontraria o goblin. Eleonora solicitou que eu mostrasse o caminho ao ilustre visitante e o ajudasse com o que fosse necessário, e assim o fiz.

— Esse goblin pode falar. O nome dele é Dok — eu disse ao clérigo, com um sorriso.

— Todos os goblins falam, minha jovem. Alguns até aprendem nosso idioma. Mas são criaturas egoístas e covardes, não lhes dê ouvidos.

Egoístas e covardes? Dok havia me contado sobre sua companheira, seus temores, a floresta de onde veio... não temia por sua vida, mas desejava, com todas as forças, alertar Mushna sobre os perigos da região. Há tempos eu não via tal exemplo de altruísmo. Aerendyl estava errado. Se queria compreender as ações de uma criatura, primeiro precisava entender como ela se sentia. Quis dizer isso tudo a ele, mas na hora a decepção foi tão grande que me calei.

O alto-sacerdote portava uma maleta pesada. Como sua ajudante, me ocupei de transportá-la escada abaixo e colocá-la sobre uma mesa. Quando ele a abriu, revelou uma coleção de pinças, agulhas e bisturis. Ao ver o que o aguardava, Dok voltou a sacudir as grades, berrando:

— Ele vai me matar! Ele vai me matar! — ao contrário de mim, Dok usava a palavra morte sempre no sentido literal.

— Você vai matá-lo? — perguntei a Aerendyl.

— Não, minha querida. Agora, se me permite, gostaria de ficar sozinho com a criatura.

— Gwen! Não abandone Dok! Gwen! *GWEN!* — Dok chamou. Eu lhe dirigi um último olhar, mas o alto-sacerdote já me empurrava para fora.

Assim que saí, a porta foi trancada às minhas costas. Voltei e bati, para ver se Aerendyl abriria, mas ele fingiu não me escutar. Por minha vez, eu o escutei fazer uma prece a Tanna-toh. Em seguida, a voz de Dok se amansou, tornando-se lenta e frouxa, e ele começou a falar coisas sem sentido. Uma calmaria se fez, enquanto o clérigo retirava instrumentos de sua maleta. A porta da gaiola rangeu ao ser aberta, e uma corrente foi arrastada para dentro.

— Não, não... — a voz de Dok era apenas um fiapo.

Apenas ouvir sem poder enxergar estava me deixando atormentada. Bati mais algumas vezes, mesmo sabendo que não receberia resposta. Então me lembrei que, sempre que estava no porão, eu conseguia ver os passos de quem ocupava o primeiro andar. O piso de madeira que separava os dois pavimentos era antigo e modesto, as fendas entre as ripas por vezes largas demais.

Subi as escadas de dois em dois degraus e mergulhei no chão da sala. Por uma fenda pude ver tudo o que acontecia lá embaixo. Meu olhar se encontrou com o de Dok, e ele repetiu:

— Gwen...

Aerendyl vestia um avental por cima do manto, além de luvas e uma máscara de tecido. Sem saber que eu assistia, retirou uma serra de dentro da maleta. Dok já estava acorrentado, imóvel. Aerendyl se posicionou sobre ele e pôs-se a serrar-lhe o crânio.

De repente, a voz de Dok soou tão vívida quanto nunca antes. Seu berro de dor e aflição foi ensurdecedor.

Gritei também, chamei por seu nome, chamei por Aerendyl, esmurrei o assoalho, blasfemei contra os deuses e contra a vida. Odiei Tanna-toh por um momento, a igreja e todos os clérigos. Quis me desfazer de minha vocação, arrancá-la de meu peito. Veja só, o conhecimento é muito democrático. Ele serve tanto às pessoas boas quanto às más.

Com os gritos de Dok tão próximos, Aerendyl não ouviu minha revolta. Mas Viola, minha irmã mais velha, ouviu. Foi ela quem tapou minha boca e me levou para o quarto à força.

— Está louca? — disse ríspida, ao fechar a porta às nossas costas. — Deixe Aerendyl fazer o trabalho dele! Quer que Eleonora a castigue?

— Ele vai matar Dok! — retruquei, desesperada. — Ele disse que não, mas vai matá-lo!

— Aerendyl é um clérigo de Tanna-toh, ele jamais mentiria.

— Mas... mas... O que ele está fazendo é horrível!

— Gwen, você gosta de morar aqui?

— É claro que gosto. Devotar a minha vida ao conhecimento é o que eu sempre quis!

— Gosta de ter um teto sobre sua cabeça, comida quente no seu prato, um futuro pela frente? Então aprenda que nem tudo nessa vida sai como a gente quer. Precisamos fazer certos sacrifícios às vezes.

Fechei os olhos com força e tentei esquecer, mas a imagem da serra se aproximando de Dok ficaria para sempre gravada na minha memória. Mesmo abafados no porão, seus gritos ecoavam pela casa como se ele estivesse em todos os lugares. Minhas pernas bambearam. Eu me abaixei em um canto e abracei os joelhos.

— Fique aqui e se recomponha. Deixe que eu ajudo Aerendyl caso ele precise. Mas esteja apresentável na hora de se despedir — dizendo isso, Viola saiu e trancou a porta.

O choro de Dok se prolongou por horas. Foi seguido de gemidos, e então o silêncio. O sol já se punha quando Viola destrancou a porta e me mandou lavar o rosto. Nos reunimos às outras na porta do templo para desejar uma boa viagem de volta para o alto-sacerdote. De minha parte, eu desejava nunca mais vê-lo na vida.

— Encontrou o que procurava? — perguntou Eleonora.

— Sim, sim. De fato, fiz descobertas que vão para o meu compêndio. — Aerendyl estava cansado após o dia de trabalho. — Em verdade, gostaria de examiná-lo mais a fundo.

Meu coração deu um salto e pensei que fosse vomitar. Mas, antes que eu dissesse qualquer palavra, Viola apertou minha mão, em uma repreenda silenciosa.

— Vou mandar alguém vir buscá-lo amanhã — o sacerdote prosseguiu. — Suas meninas poderiam ajudar no transporte. Seria uma boa oportunidade de conhecerem a igreja matriz.

Lyra, a irmã mais nova, bateu palmas e pulou de alegria. Eu não era a única que sonhava em conhecer o centro de todo o conhecimento élfico.

— Podemos mesmo ir? — perguntou a sua superiora, com olhar esperançoso.

— Estão sendo convocadas, não vejo razão para impedi-las. — respondeu Eleonora, para delírio de Lyra e Mabel.

— Afinal, o que está sendo estudado? — deixei a pergunta escapar.

Todos olharam para mim e sorriram. Nós sabíamos que o livro de Aerendyl estaria disponível para leitura... depois de pronto. Mas eu não aguentava esperar.

— Respostas cerebrais a estímulos diversos — o alto-sacerdote respondeu.

— E o goblin precisa estar, você sabe... vivo?

O sacerdote sorriu gentilmente.

— Cadáveres não me servem. Sinto muito pelo desconforto causado a este local de meditação, mas a cobaia precisa ser capaz de manifestar reações inquestionáveis e imediatas. Peço que tenha paciência só por mais esta noite. A partir de amanhã o goblin não vai mais incomodá-las. Além do mais, ele não vai durar muito depois dos próximos passos dos meus experimentos.

Naquela noite não olhei pela janela. Lyra e Mabel ocupavam-na, antecipando as maravilhas que encontrariam no dia seguinte, na igreja matriz. Além do mais, minha cabeça estava cheia, enquanto meu peito era um casco vazio. Não queria conversar.

Deitei-me na cama e encarei o teto, incapaz de formular um único pensamento coerente, ouvindo o suspirar das mais novas, até que Viola mandou-as dormir. Sopraram as velas e Lyra sussurrou mais um pouco, e logo o silêncio se fez. Teriam bons sonhos. O mesmo não podia ser dito de mim. Eu não queria ter que acordar no dia seguinte, e também não conseguia dormir. Virei de um lado para outro na cama desconfortável.

— Viola? — chamei, mas ela não respondeu.

Sentei-me na cama. Apesar das velas apagadas, o quarto estava iluminado. A lua de Tenebra ia alta no céu, sua luz inundando o aposento. A essa hora, Dok deveria estar orando para ela, pedindo que o fizesse livre, ou o matasse de uma vez por todas. O que um devoto da Deusa da Noite faria no meu lugar?

Engraçado pensar nisso. Eu sequer sabia o que Tanna-toh esperava de mim. Orei para que me mandasse um sinal. Observei o mundo ao meu redor, tocado pela luz pálida. Esperei. Nenhum sinal veio. Por um momento duvidei que os deuses olhassem por nós. Então me dei conta de que havia uma única entidade no universo capaz de tomar essa decisão. Eu mesma.

Levantei da cama e me dirigi à porta. No entanto, espantei-me ao descobrir que estava trancada. Viola. Ela previa meus passos. Alisei o batente áspero da janela. Tentei passar minha cabeça por ela, mas os espaços entre as grades eram estreitos demais.

O peito de Viola subia e descia lentamente, marcando o ritmo de sua respiração tranquila. A chave do quarto estava presa a um cordão em seu pescoço.

Sentei-me ao lado dela. Alcancei a chave. Tentei tirar-lhe o cordão, mas teria que levantar sua cabeça. E se ela acordasse? De repente, ela bocejou. Virou de lado e enfiou a mão embaixo do travesseiro. Eu me mantive como estátua. A emoção ardia em minhas veias, o fôlego preso nos pulmões. Quando ela parou de se mexer, tentei mais uma vez remover o cordão, mas foi inútil. Então percebi que o nó estava ao meu alcance. Meus dedos tremiam enquanto o desatava.

Mal acreditei que enfim tinha a chave em mãos. Caminhei nas pontas dos pés, contive a pressa ao girar o trinco. Ganhei o corredor e fechei a porta atrás de mim. Respirei aliviada, mas ainda havia um longo caminho pela frente. A tábua do centro do corredor rangeria, então pisei na da lateral. Passei em frente ao quarto da sacerdotisa e saí pela porta da cozinha. Meus pés se umedeceram ao avançar pela relva recoberta de orvalho, tatearam o chão ao descer pela escada lateral imersa em sombras.

Quando adentrei o recinto escuro, Dok deu um pulo de susto. Ele também não conseguira dormir.

— Gwen abandonou Dok! — ele disse, entre soluços. À exceção de uma bandagem ao redor da cabeça, parecia incólume. Contudo, seu espírito estava em pedaços. — Dok sofreu! — e debulhou-se em lágrimas.

— Shhh! Dok, faça silêncio. Ninguém sabe que estou aqui.

— Dok tem medo — ele disse, bem baixinho.

Quem visse aquela criatura definhando no canto da gaiola jamais imaginaria o trabalho que tivemos para segurá-lo algumas semanas antes. As forças de Dok se esvaíam, assim como seu desejo de lutar. Sangue manchava suas bandagens na altura da testa.

— Dok, me desculpe — me aproximei da gaiola, não me importando em quais sujeiras meus pés descalços pisariam. Colei meu rosto nas grades e estiquei as mãos para dentro. — Me desculpe, me desculpe. Eu não sabia que isso ia acontecer.

Primeiro Dok olhou com desconfiança. Hesitou, e então se aproximou. Puxei-o pelo ombro e o trouxe para perto de mim. Ele me abraçou por entre as grades. Nada disse, mas suas lágrimas encharcaram minha camisola.

— Eles querem levar você embora daqui. Amanhã.
— Gwen! GWEN! Gwen precisa avisar Mushna! Mushna tem que fugir. Aqui é perigoso!
— Dok... — meu coração retumbava no peito, cada batida estremecendo o corpo inteiro. — Você mesmo vai dizer isso a ela.

A boca de Dok se abriu em espanto quando nos separamos e comecei a vasculhar o local em busca da chave. Seus olhos arregalados pareciam perguntar se eu sabia o que estava fazendo. Ainda bem que não pôs em palavras. Eu não queria admitir minha insegurança.

— Ali — ele apontou para a mesa rústica onde Aerendyl apoiara seus equipamentos. — Caiu no chão.
— Caiu... ou você deu um jeito de derrubá-la? — Sorri e a recolhi.
— Coisas caem.

Em um momento eu via o trinco da gaiola. Em seguida, a imagem se turvou em meus olhos. Pisquei para expulsar as lágrimas. Apertei os lábios para manter o autocontrole. Assim que virasse a chave, o futuro da minha vida seria reescrito. Cometeria uma traição contra minhas irmãs, contra a minha fé, contra a própria Glórienn. Tinha tudo a perder e nada a ganhar. Por outro lado, jamais perdoaria minha covardia caso desse para trás no momento decisivo. Fechei os olhos e girei a chave.

Houve um clique, e mais nada. Nada de alarme, nada de armadilha. Nenhum raio de punição divina caiu sobre minha cabeça. Com as mãos fracas, Dok empurrou a porta gradeada e saiu da gaiola.

— Vá embora e nunca mais apareça — eu disse a ele.

Dok concordou com a cabeça e se dirigiu para a porta. Subiu o primeiro degrau com um pé e depois com o outro. Subiu o segundo degrau com um pé e depois com o outro. Em pouco mais de um mês, o goblin parecia ter envelhecido cinquenta anos. O que nós fizemos? E eu participara passivamente daquela atrocidade. Daquela... tortura.

Fui até ele e pus minha mão em suas costas, oferecendo suporte. Ele sorriu. Apoiou-se em meu ombro e prosseguiu. Uma vez lá fora, abriu os braços e se permitiu inundar pela luz de sua deusa. A lua cintilava com energia.

— Você não pode ir sozinho. Vou te levar até Mushna.

Deixamos para trás o templo silencioso e cruzamos estradas e plantações tingidas de azul pelo frescor noturno. O mundo dormia enquanto nós corríamos, despertos como nunca antes. Pulamos de susto quando uma coruja sobrevoou os campos, testemunhando nossa fuga com seus enormes olhos amarelos. O povoado mesclava-se à fauna e à flora local, oferecendo cobertura para nossa fuga. Dirigimo-nos, no entanto, para uma área de floresta profunda.

A caverna ficava aos pés de um salgueiro, encoberta por ramos compridos. Dok ia diretamente para ela, mas eu hesitei. Parei. Dok me devia a vida, mas será que ele se dava conta disso? Mushna, por sua vez, não me devia nada. Era melhor não me aproximar.

— Aqui nos despedimos — eu disse a ele. — Mas, primeiro, me escute com atenção. Dok, eu sou uma noviça. Uma aprendiz no templo de Tanna-toh. Minha vocação me induz a dizer sempre a verdade, não importa a situação. E agora eu sei onde fica a sua caverna. Se a sacerdotisa perguntar, e ela vai perguntar, eu vou ter que responder. Por isso, vocês precisam sair daqui, ainda hoje. Entendeu? Pegue Mushna e vá.

— Mushna foge hoje. Dok não consegue.

— Consegue sim, com a ajuda de Mushna. Eu serei punida, Dok. Não deixe que meu sacrifício seja em vão.

Até que ponto ele me entendia? Encarei-lhe os olhos cinzentos, tentando transmitir meus pensamentos e preocupações. Quem sabe ele lesse minha expressão. Funcionou, pois Dok respirou fundo.

— Dok foge hoje também.

— Adeus, Dok. Se cuida.

— Obrigado, Gwen.

Ele deu alguns passos bambos, então endireitou-se e venceu a distância até a caverna. Esperei que sumisse em meio aos ramos de salgueiro e dei-lhe as costas. Tinha dado dois passos quando um guincho irrompeu atrás de mim. Virei-me a tempo de ver um outro goblin — Mushna, imaginei — vindo em minha direção. Tinha quase a mesma altura de Dok, pele mais clara e cabeça achatada. Trazia um filhote pendurado às costas, como se fosse um macaco. Naquela época eu não carregava armas, e a camisola leve e comprida não oferecia proteção alguma contra uma possível agressão. Sendo assim, apenas dei um passo para trás e tentei me defender com as mãos. Mushna pulou sobre mim e, para meu espanto, me abraçou. Ao me largar, pôs-se a emitir grunhidos animalescos repetitivos.

— Mushna diz obrigada — Dok explicou, saindo novamente da caverna. — Obrigada por trazer Dok de volta. Obrigada. Obrigada.

Eu sorri e a afastei. Acenei um adeus, mas Mushna continuou a falar em seu idioma que, na época, era incompreensível para mim. Saiu pulando por aí, remexeu em um arbusto de flores azuis e voltou trazendo uma folha larga, coberta por uma pasta gosmenta. Guinchou mais palavras. Passou parte da pasta em seu próprio braço e, em poucos instantes, a pele inchou e se avermelhou.

— Só parece, mas não dói — Dok traduziu o que ela dizia.

Então Mushna me puxou pelo braço. Abaixei, na mesma altura dela, e ela passou a pasta em minha face direita. Pequenos grãos arranharam minha pele, mas não reclamei. A goblin continuava a falar, e Dok traduzia.

— Diga aos elfos que Dok a bateu e fugiu.

Mushna era esperta. Seu plano me transformaria em vítima, e a punição talvez fosse abrandada. Assenti, acenei outro adeus e parti. Ela continuou acenando, repetindo uma mesma palavra em seu idioma nativo. "Obrigada. Obrigada."

O sol nascia quando retornei ao templo. A cada passo meu corpo estremecia. Cogitei correr para a floresta sozinha, fugir para nunca mais ser vista. Escaparia dos problemas, da justiça e da minha vergonha. Porém, Viola estava certa. Eu gostava da vida que levávamos ali. Nasci para me entregar ao conhecimento e para espalhar a palavra de Tannatoh. Punição nenhuma seria pior do que me privar desse destino. Além do mais, eu não tinha para onde ir.

Ergui o queixo. A face inchada formigava. Mabel me viu chegar e foi buscar Lyra, que gritou o nome das outras, anunciando meu retorno. Correu até mim e examinou-me o rosto, tocando-o com cuidado para não piorar a situação. Então abraçou-me, e senti as forças me falharem. Sentamos no chão, ela permitindo que o alívio a tomasse. Eu, sendo consumida pela culpa.

— O goblin se foi! Não vamos mais conhecer a igreja matriz — ela choramingou. — Mas isso é o de menos, minha irmã. O importante é que você está de volta conosco. Ele não a matou.

Viola veio em seguida, mas não se aproximou. Cruzou os braços e manteve a boca fechada em uma linha reta e o olhar reprovador. Ela sabia o que eu havia feito. Em minha cabeça, eu já podia ouvir a bronca. Ela perguntaria quando foi que decidi colocar o bem-estar de um monstro acima de nossa amizade. Demandaria que retribuísse sua lealdade e anunciaria que não pode confiar em mim. Mas isso seria depois, não agora. Ela não me entregaria na frente das demais.

As três abriram passagem para que Eleonora viesse até mim.

— O que houve, minha jovem? Conte-me o que aconteceu essa noite — perguntou a sacerdotisa.

A ideia de Mushna era perfeita. Eu seria a vítima. Em vez de castigo, receberia proteção. Seria censurada por Viola, mas as demais ofereceriam seu amor. Estaria segura mais uma vez. Apenas precisava dizer as palavras certas.

— Libertei o goblin por vontade própria. Ele me respondeu com gratidão. Esse ferimento é falso. — Foi a minha resposta. Afinal, eu era uma noviça devota a Tanna-toh. Jamais mentiria.

O assombro as paralisou. Lyra levantou e se afastou de mim.

— Por que você fez isso? — sua boca se contorcia de frustração, os olhos custavam a acreditar no que viam.

— Nossa crueldade contra ele estava corroendo a minha alma — expliquei.

Lyra tropeçou para longe como se eu tivesse uma doença contagiosa e foi aparada pelos braços ternos de Mabel. Fui deixada sozinha, minha camisola branca já imunda do passeio na floresta e da terra na qual me assentava. As pernas vermelhas, feridas, esparramavam-se pelo chão, os braços finos suportando o peso do tronco. Os pés de Eleonora, por outro lado, eram firmes. Lentamente esmagaram a relva até mim. O bordão vinha arrastando, traçando um sulco no chão. Desviei o olhar, julgando-me indigna de admirar sua presença santa, e esperei pela punição.

— Mestra, não! — Viola se colocou entre nós duas — ela está confusa! Não sabe o que faz.

Eleonora arregalou os olhos para a intromissão.

— O coração dela é fraco, não serve para nós. Sua atitude nos privou de um conhecimento valioso. O que espera que eu diga ao alto-sacerdote?

— Ela cometeu um erro, mas ainda é fiel. Podemos recapturar o goblin, já fizemos isso antes. Ele não deve ter ido longe.

Eleonora ponderou por um momento. Então abaixou-se ao meu lado e perguntou:

— Para onde o goblin foi?

Agarrei a relva ao meu redor e a espremi, descontando a minha frustração. Preferia ter sido castigada.

— Foi para lá do moinho, onde o bosque se adensa — respondi. — Uma caverna sob o enorme salgueiro.

Satisfeita, a sacerdotisa agarrou-me pelos cabelos e arrastou-me pelo quintal. Desceu as escadas até o porão e empurrou-me para dentro da gaiola onde uma vez Dok estivera cativo. Ao comando de sua voz, a porta bateu e trancou-se.

— Reunam os caçadores da comunidade e os aventureiros que encontrarem. Traremos o goblin de volta — disse ela às minhas três irmãs. — E lembrem-se: haja o que houver, nós somos servas do conhecimento. Aquela que tentar ajudar Gwen será considerada cúmplice e sofrerá o mesmo destino dela.

Por três dias não vi a luz do sol. Geralmente, visitantes entravam e saíam do templo, ignorando a pequena moradia adjacente. Naqueles dias, porém, passos iam e vinham no quintal lá fora, vozes masculinas pediam por informações, Eleonora dava ordens. O descanso me permitiu recuperar as forças, mas a dor foi substituída por apreensão. Onde estaria Dok?

No primeiro dia, Lyra me trouxe algo que lembrava comida. Aproveitei para falar com ela.

— Lyra, minha irmã! Por favor, me desculpe pelo que fiz. Sei que você sonhava em conhecer a igreja matriz. Eu também! Nunca quis magoar você. Espero que um dia possamos ir até lá juntas.

Ela, no entanto, não respondeu. Esticou o braço por entre as grades para recolher a vasilha de metal que fora de Dok. Enxaguou-a na pia. A água escorreu marrom-ferrugem, mas algumas crostas de lodo se recusaram a sair. Dando de ombros, despejou na vasilha uma lavagem gordurosa, feita de fubá e restos de comida, e devolveu-a à gaiola. Ao terminar seus afazeres, se retirou.

No dia seguinte eu disse o mesmo a Mabel, e recebi tratamento semelhante.

Quando Viola veio, decidi me calar.

Naquela noite, no entanto, ouvi o sussurrar delas no andar superior. Diziam algo sobre Eleonora estar no templo, sobre ser a hora certa. Lyra e Mabel saíram e Viola ficou sozinha. Então deitou-se no chão, como um dia eu fizera para ver Dok, e falou comigo.

— Gwen! — sua voz era um grito sussurrado, e eu podia ver apenas um olho dela através da brecha entre as tábuas. Ainda assim, eu a enxergava melhor do que ela a mim.

— Viola! Como é bom ouvir a sua voz!

— Eleonora está em cima da gente. Não dá pra falar com você. Mas saiba que nós te perdoamos. E que até agora o goblin não foi encontrado!

Eu estava há três dias sem banho, no escuro, me alimentando de lavagem. A gaiola era pequena a ponto de eu não poder me esticar para dormir. A umidade fazia o cabelo colar no rosto, e o cheiro de goblin ainda estava impregnado. Mesmo assim, irradiei um sorriso. Havia valido a pena, afinal.

— Obrigada — eu disse, apesar de não ser o suficiente para expressar o que sentia.

— Eleonora está vindo! — gritou Lyra, e ela e Mabel entraram correndo na casa.

Eleonora correu para dentro em seguida, quase atropelando as duas noviças.

— Fechem as janelas! — ordenou ela, alarmada. — Rápido!

Dizendo isso, bateu a porta às suas costas e trancou-a. Arrastou um armário de pergaminhos pelo piso de madeira e formou uma barricada.

— Tranquem as janelas dos quartos! Abram o baú e armem-se com o que encontrarem! Estamos sob ataque! Goblinoides!

Um badalar longínquo alarmou a cidade, seguida de tambores de guerra. Minha espinha se arrepiou inteira e um corre-corre irrompeu no andar de cima. Janelas foram batidas. Móveis, arrastados. Depois de muitos anos, o antigo baú de armas voltou a se abrir.

— Gwen ainda está lá embaixo! — disse Viola.

— Gwen está segura! — respondeu a sacerdotisa. — Agora, temos que nos preocupar conosco.

Dezenas de vozes esganiçadas cercaram a casa. Falavam, guinchavam e davam gargalhadas. Batiam com armas de osso e de metal nas paredes e janelas, fazendo barulho de propósito. Divertiam-se.

— O que vamos fazer? — a voz de Lyra vacilava, na soma do medo com o esforço de erguer uma arma.

Um baque na porta fez a casa inteira tremer.

— Fiquem atrás de mim — disse Eleonora. — E defendam-se!

Outro golpe trovejou na porta. E mais um. A porta começou a ceder, assim como as janelas. Eleonora empunhava o bordão de metal com o qual lutara a vida toda. Era quase uma extensão de seu corpo. Girou-o nas mãos e se preparou para o combate. As outras se armaram com qualquer coisa. Maças, adagas, espadas. Eleonora abençoou as armas em nome de Tanna-toh. Não fez a menor diferença.

Lyra foi a primeira a tombar, vítima de uma flecha que zuniu através do buraco aberto a pauladas na janela. Viola gritou o seu nome e correu até ela, mas era tarde demais. A irmã mais nova estava morta. Mabel ergueu um escudo para proteger Viola das outras flechas que se seguiram.

De repente, a porta e o armário que a reforçava se estilhaçaram em mil pedaços, derrubando pergaminhos por todos os lados. O bastão de Eleonora reverberou ao deformar o crânio do primeiro goblin que invadiu a casa, mas vieram outros, e logo a sala estava lotada. Viola e Mabel ficaram uma de costas para a outra, lutando juntas.

Os goblins sucumbiram às dezenas, mas não sem custo. Três deles pularam ao mesmo tempo sobre Mabel, golpeando com machadinhas e rasgando-lhe a carne com os dentes. A noviça sacolejou e lutou, mas sem gritar. Morreu assim como vivera, calada. Seu sangue escorreu para o porão e caiu sobre minha cabeça em gotas volumosas.

— Mabel! — gritei. — Viola! Eleonora! — gritei de novo e de novo. Não havia mais o que pudesse fazer. Tentei abrir a gaiola, mas era impossível. Balancei as barras de ferro, berrei coisas incompreensíveis. Procurei por um objeto qualquer que pudesse usar de arma. Estiquei o braço pelas grades, tentando alcançar as ferramentas na mesa ou presas à parede, mas estava tudo fora de meu alcance. Amaldiçoei o dia em que ouvi o goblin pedir por água.

Eleonora possuía experiência em batalha e os corpos goblinoides se acumularam ao seu redor. Viola era esperta. Tomou o escudo do corpo de Mabel e ocupou-se de proteger a retaguarda da sacerdotisa. Talvez conseguissem aguentar até que alguma ajuda chegasse. Dei-me ao luxo de pensar isso por um momento, mas estava errada. Em seguida, uma lança varou o abdômen de Viola. Minha última irmã morreu, e o goblin saiu pulando e fazendo gracejos.

Minha garganta estava seca e travada, como se engasgasse com um pedaço de pão. Eu estava me afogando. Por sua vez, ao ver as três discípulas mortas, Eleonora bateu com o bordão no piso e deu um grito ensurdecedor. Um grito longo, que martelou meu cérebro. Tampei os ouvidos com as mãos, mas era inútil. Aquele era um som mágico, divino, de desespero e fúria. Cambaleei e caí, as dores misturadas, os sentidos revirados. No andar de cima, alguns goblins caíram mortos.

O zunido que ficou na minha cabeça era tão alto que abafou a confusão da batalha por um momento. Então me dei conta de que o silêncio realmente se fez. Os goblins recuaram e cessaram as flechas, permitindo que alguém entrasse pela porta da casa. De onde estava, eu não podia ver, mas os passos pesados revelavam uma constituição muito maior do que a de um goblin.

— Bugbear — Eleonora cuspiu a palavra.

— Elfa — o bugbear viu por bem responder, o que arrancou risos de alguns goblins. — Diga sua última prece.

Sem aviso, o bugbear avançou. A maça pesada acertou Eleonora na face, fez seu corpo girar, e ela caiu de barriga no chão, deixando o bordão rolar pela sala.

— Eleonora! — gritei.

Ela arregalou os olhos ao me ver por uma fenda no assoalho. Metade de sua cabeça estava em frangalhos.

— Silêncio — ela disse.

De início, pensei que fosse uma ordem. Mas era uma magia. A sacerdotisa soprou pela fenda, um sopro gelado e enevoado. A névoa se espalhou pelo porão e se dissipou. O subterrâneo ficou imerso em seu encantamento. Em seguida, o bugbear a agarrou pelo pé e arrastou-a para fora da casa.

Eu gritei, chorei, chamei por ela e pelas minhas irmãs. Desafiei o bugbear, todos os goblinoides e a fúria do próprio Ragnar, deus impiedoso daquelas criaturas. Chorei. Chorei. Ninguém ouviu. Eleonora usou a última prece de sua vida para me salvar.

A balbúrdia dos goblins se prolongou por algumas horas, e então se distanciou. Fiquei sozinha, no escuro, no silêncio. Não sei quanto tempo se passou, até que passos furtivos surgiram no andar de cima.

— Gwen? — era a voz de Dok.

— Dok? Dok! Estou aqui embaixo.

— Dok vai abrir.

Ele correu para fora. Para alguém que já estivera naquela casa, demorou uma eternidade até encontrar a entrada para o porão. No entanto, uma vez que localizou a porta, abriu-a com facilidade, e o mesmo fez com a porta gradeada da gaiola.

— Quieta. Vem com Dok — disse ele. O corte feito por Aerendyl em sua testa começava a sarar, mas a cicatriz ficaria para sempre.

— Dok, o que foi isso? Foi você? Voltou para se vingar da minha família?

— Dok voltou para salvar Gwen. Bugbears são perigosos. Gwen tem que andar quieta.

Segui Dok para a atmosfera noturna, e o que lá encontrei não foi nada animador. O céu estava coberto por nuvens carregadas, que relampejavam sem chover. O cinza nebuloso tingia-se de reflexos alaranjados. Refletia o fogo, que se espalhava pela região. Casas, florestas e plantações queimavam. Fumaça se erguia por todos os lados, secando o ar dos pulmões e convidando a tossir e a chorar.

— Shhhh! — fez Dok, ao ouvir um soluço meu.

Ao longe, gigantescas máquinas de guerra avançavam. Monstros de madeira e metal, correntes e engrenagens, derrubavam as árvores por onde quer que passassem. Deixavam um rastro de desmatamento, medo e dor. Chegavam ao seu destino: o centro de Lenórienn.

— Por aqui!

Dok puxou-me pela mão, e juntos nos esgueiramos ao redor da casa e pelo quintal. A grama estava completamente arruinada, marcas de marcha e de rodas cortando o verde e tornando-o enlameado.

O templo de Tanna-toh estava ainda pior. O teto sucumbira sobre seu pátio principal e pedras jaziam espalhadas pelos arredores. Nas ruínas, sangue havia sido usado para traçar um mesmo símbolo sagrado inúmeras vezes: o eclipse de Ragnar, Deus da Morte e dos Goblinoides. O cheiro de morte era insuportável. Na entrada do santuário profanado, Eleonora pendia, enforcada em uma árvore qualquer. Sangue escorria dos lados da cabeça. Faltavam-lhe as orelhas.

Um embrulho no estômago anunciou o vômito que veio em seguida. Pus para fora toda a lavagem que Viola me dera mais cedo, misturada com as lágrimas que não pude conter. Dok esperou, alarmado, olhando por sobre o ombro. Quando terminei, me empurrou até a floresta.

Enquanto fugíamos, pude sentir o cheiro de mata verde ardendo, o aperto no peito, o nó na garganta. Tambores retumbavam, e tive noção de que exércitos inteiros marchavam não muito longe dali. Meus olhos, porém, recusavam-se a contemplar tamanha devastação.

O mundo se tornou um borrão incoerente, e toda a certeza que eu tive era de que Dok me puxava pela mão e eu o seguia. Confiava nele. Juntos, avançamos mais uma vez pelos campos e para dentro da floresta. Contornamos as regiões atingidas pelo incêndio e rumamos para leste. Por todos os lados, acumulavam-se máquinas de guerra criadas pelos goblinoides. Ou, pelo menos, o que sobrava de algumas delas. Pedaços grandes e pequenos, engenhos inteiros e aos pedaços, sempre quebrados. Metal, corda e madeira misturavam-se ao verde das plantas, muitas vezes amassando-o, deformando a paisagem. Já estávamos afastados do tumulto quando meu discernimento voltou a funcionar.

— Dok, para onde vamos?

— Longe. Seguro — ele respondeu, ofegante pela corrida.

— Mas esse caminho não é bom. Vamos chegar no mar!

— Barco. Fugir.

Estaquei.

— Não há barcos aqui, Dok. Só na cidade. Se continuarmos por esse caminho, vamos achar um despenhadeiro. Não tem enseada, só falésia.

Ele me encarou. As mãos grandes, ao fim de braços franzinos, gesticulavam em frustração.

— Não pare! Corra! Dok e Gwen fogem para o continente norte.

A frase me atingiu como um tapa. Continente norte? A situação exigia que fugíssemos para tão longe assim? Ele e eu?

— Dok, onde estão Mushna e o bebê?

Ele bateu com as mãos na cara. De novo e de novo. A boca torta mal conseguia articular as palavras.

— Mushna morta. Pogu morto. Floresta morta. Skurmoll queimou tudo. O que sobrou para Dok?

— Quem é Skurmoll?

— Bugbear. — Dok arregalou os olhos ao dizer essa palavra. Então pôs-se a farejar o ar. Seu nariz achatado se agitou ao captar uma presença distante, suas enormes orelhas fizeram o mesmo. — Skurmoll cerca Gwen. Gwen tem que fugir para leste. Dok vai ficar e atrasar Skurmoll. Gwen corre!

Ele tentou me empurrar, mas plantei meus pés no chão.

— Dok, você tem que vir comigo! Se Skurmoll souber que você está me ajudando, ele vai te matar!

Dok balançou a cabeça e olhou no fundo de meus olhos.

— Dok morre. Gwen vive.

Goblins são criaturinhas odiosas. Perversos e mesquinhos, agem apenas para salvar o próprio pescoço. Covardes. Imprestáveis. Vis. Ainda assim, Dok estava disposto a se sacrificar para me dar a chance de fugir. Talvez nossa ideia do que é um goblin fosse um tanto limitada.

— De jeito nenhum vou deixar isso acontecer! — agarrei-o pelos ombros e o chacoalhei. — Dok, você ainda tem a mim! Vamos fugir juntos.

— Mas Skurmoll está chegando!

— Eu tenho uma ideia.

Expliquei meu plano para ele, e voltamos a correr pela floresta. Aqui e ali, restos de engenhocas jaziam, amassando arbustos. Pela quantidade, aquela parte da floresta deveria ter servido como uma das principais rotas de máquinas pequenas para o ataque daquele dia. Dok foi de pilha em pilha de detritos, escarafunchando, jogando peças por cima do ombro e selecionando o que julgava útil. Quebrou algumas partes para que lhe servissem melhor, entortou outras, bateu-as umas às outras, uniu-as para medir, pôs-se a encaixá-las, arrastou pedaços grandes demais. Trabalhava mais rápido do que eu conseguia processar, sempre repetindo o nome do bugbear. Sofrendo com sua aproximação. Não entendi como era possível fabricar algo a partir daquele monte de lixo. Dok tinha um dom.

Continuamos para leste e encontramos a orla da floresta. Um terreno descampado se estendia adiante e terminava abruptamente, em um despenhadeiro. Não precisei me aproximar para saber o quão alto era. Já estivera ali antes. Lembrava também do rochedo lá embaixo. Meu plano precisaria dar certo, pois, se eu caísse, encontraria a morte certa. A partir daquele ponto, o oceano infinito preenchia a vista, trazendo consigo o arrebentar das ondas e o cheiro de sal.

A ausência de árvores me permitiu enxergar muito longe, até Lenórienn, e admirei a igreja matriz de Tanna-toh pela última vez. Suas torres de diamante refletiam as milhares de piras que brilhavam ao redor da cidade. O próprio templo não estava ileso, e havia sido vítima de um projétil das armas de guerra inimigas. Uma cratera se abria em um dos lados como uma boca horrenda gritando por socorro. Mesmo à distância, pude ver lá dentro o quadro da chegada dos elfos a Lamnor. Óleo sobre tela. Um mural de dezenas de metros e mais de mil anos, que marcava a ascensão da nossa raça no continente. Ardia em chamas. O mesmo acontecia com as inúmeras prateleiras repletas de pergaminhos e antigos grimórios. Conhecimento milenar se perdia ante a selvageria dos goblinoides.

— Engenhoca está pronta! — Dok avisou de repente, me tirando do transe.

— Você sabe o que fazer — respondi.

Quando Skurmoll chegou, eu estava no meio do descampado. Vacilava entre voltar para a floresta ou não, mas desisti assim que o vi na orla.

— Aqui está você, elfa! — ele cuspiu a última palavra como se fosse um insulto. E, que Tanna-toh tenha piedade, eu reconheci aquela voz. Era o bugbear que massacrara minha família. Com seus mais de dois metros de altura, caminhava pela floresta como se nada nem ninguém pudesse ameaçá-lo. Possuía o corpo coberto por pelos grossos e castanhos, e protegido por peças de armadura de metal. Trazia presa às costas uma lança leve e curta, e na cintura uma maça de guerra manchada de sangue. Foi esta última que sacou, sem pressa, girou-a no pulso e deu um passo em minha direção.

Dei-lhe as costas e pus-me a correr em direção ao mar. Meus pés descalços venceram o terreno aberto e alcancei as rochas ásperas que ficavam na ponta do precipício. Escalei-as, usando pés e mãos, sabendo que o bugbear não encontrava dificuldade em me acompanhar. Alcancei a maior e mais alta pedra. Estaquei na beirada. Com a minha súbita chegada, um pedregulho rolou e caiu para o abismo. Caiu… caiu… caiu… e atingiu o rochedo lá embaixo com um ruído distante. Minhas tranças estavam em desalinho, e o vento marinho soprou os fios soltos, convidando-me a pular daquela altura, para dentro das águas revoltas que a intervalos encobriam ou desnudavam o rochedo pontiagudo.

— Não tem saída — disse o bugbear, com um sorriso, e subiu na mesma pedra em que eu estava, fazendo com que ela bambeasse com o seu peso. Quanto mais perto ele chegava, melhor eu distinguia seu hálito de carne crua e fresca.

— O que vai fazer comigo? — perguntei, sem, de fato, desejar saber a resposta.

Ele deu mais um passo e soltou uma risada.

— Olhe em volta! O que espera que eu faça com você?

Engoli em seco. Às costas de Skurmoll, Lenórienn queimava. A morte de minhas irmãs, ainda não processada em minha mente, começou a se fazer clara.

— Espero que me mate — respondi. — Que esmague a minha cabeça com a sua maça, arranque minhas orelhas para guardar na coleção e depois devore o resto.

— Devo admitir, esse é um ótimo plano — respondeu o bugbear. — Mas não será assim, tão rápido. Matar elfos é um daqueles pequenos prazeres da vida. Infelizmente, a procura é grande e, como pode ver, a oferta diminui a cada minuto. É preciso saborear cada momento.

Ele deu mais um passo e ficou no lugar certo.

— Vou fazer você implorar para que a mate, elfinha. Mas, antes, onde está aquele goblin estúpido que a trouxe até aqui?

— Está atrás de você.

Skurmoll virou e se deparou com um canhão do tamanho de um cavalo, improvisado com várias peças desencontradas e virado com a boca para ele. Atrás do canhão, Dok acendeu o pavio. Eu me abaixei e cobri a cabeça. O canhão disparou um projétil redondo e amarelado, que voou por pouco tempo e caiu alguns metros à frente do bugbear. Por um momento, pensei que tivesse errado o alvo. Porém, quando o projétil atingiu o chão, arrebentou e respingou uma substância viscosa por uma área enorme. Skurmoll foi pego em cheio e ficou coberto em gosma. Não se feriu, mas urrou de fúria. Tentou investir contra o goblin, mas a substância se contraiu e endureceu, prendendo-o onde estava. Mal conseguia mover sua maça.

— Sinto muito, mas você não terá minhas orelhas — eu disse, ao dar a volta nele com cuidado e descer da larga rocha onde estávamos. O meu peso, mesmo que insignificante, foi o suficiente para fazer a rocha oscilar. — Nem as minhas, nem de mais ninguém.

Dizendo isso, agarrei o pedaço de madeira que Dok posicionara no espaço entre duas rochas e empurrei-o como uma alavanca. O movimento desestabilizou de uma vez por todas a rocha onde Skurmoll estava enredado. Ela bambeou e despencou pelo abismo, levando vários outros torrões de terra. Skurmoll foi com ela, forçando a teia de Dok, tentando arrebentá-la em vão. Deixou cair a maça que carregava. Em plena queda, puxou a lança que trazia nas costas e, em um último esforço encolerizado, arremessou-a. Ele caiu no mar, ou nas rochas, não cheguei a ver. Atentei-me à lança em pleno ar. Ela voou alto e superou o abismo. Skurmoll sabia exatamente onde mirava.

A trajetória da lança descreveu um amplo arco no céu, acima de minha cabeça. Alcançou o ápice e, gradativamente, virou a ponta para baixo. A queda iniciou lenta, mas ganhou velocidade com o tempo. Um zunido alto anunciou quando a arma rasgou o ar como uma águia que mergulha para a presa, e acertou o alvo com estrondo. Trespassou o peito de Dok, arrastou-o para trás e fincou-o no chão como uma estaca.

— Dok! Não! — larguei a alavanca, evitei o que sobrava da substância grudenta e tropecei até ele.

A cabeça de Dok pendia sobre o peito. Ergui-a, mas ele não reagiu. Sangue jorrava pelo ferimento, escorria pela lança e regava o solo. Sua respiração não passava de um suspiro fraco e distante. Após alguns espasmos, seu pequeno corpo amoleceu. Segurei sua mão e chorei. Em um único dia perdi minhas irmãs, minha mestra, meu lar, meus sonhos. Perdi tudo o que eu era, o mundo ao qual pertencia. Cidadã de uma cidade que não existe mais, clériga de um templo em ruínas, elfa de um nome que já não tem significado, estudiosa de ciências perdidas. Minha vida perdeu o propósito. Encarei a vastidão do mar e cogitei seguir Skurmoll até suas águas e abandonar esse mundo de uma vez por todas.

Mas então me lembrei das palavras de Dok. Ele queria fugir para o norte. Eu apenas lera sobre os humanos e suas espantosas fortalezas cercadas por muralhas de pedra. Nunca havia estado lá. Como seria esse território desconhecido que se estendia diante de mim?

De repente, senti uma nova chama surgir dentro de mim. Apesar de todas as adversidades, eu ainda tinha interesse pelo desconhecido. Queria saber. Queria descobrir. E, ao reunir todo o conhecimento que desejava, queria que novas dúvidas surgissem, para que minha jornada nunca chegasse ao fim. E queria que Dok viesse comigo.

— Dok, você não morre hoje — sussurrei em seu ouvido e sequei minhas lágrimas com as costas das mãos. — Vamos sobreviver a essa chacina e fugir para o norte, você e eu. Mas não estaremos sós. Estaremos sempre acompanhados. Guardiã da Mente! Mãe da Palavra! Deusa do Conhecimento! Tanna-toh! Conceda o caminho para que eu o percorra. Eu quero saber mais!

De algum lugar no universo, Tanna-toh ouviu minha súplica. Uma luz desceu do céu e envolveu meu corpo inteiro. Pude sentir a presença divina que um dia apenas sentira na mestra-sacerdotisa. De repente, tudo pareceu fazer sentido. Por mais que minha alma estivesse arrasada, tive a impressão de que o sofrimento que vivi me preparou para aquele momento. Eu sabia o que estava fazendo. Toquei a testa de Dok e algo mágico aconteceu. O ferimento parou de jorrar sangue. A lança se quebrou dentro de seu corpo e cada pedaço foi expelido para um lado. Sem o apoio da lança, Dok caiu no chão como um boneco de trapo. Mas continuou a se recuperar. O ferimento se fechou. Ele abriu os olhos.

Dok virou a cabeça de um lado para outro, assustado. Tentou fugir de meu abraço, mas abracei-o mesmo assim. Ele era meu único raio de sol em um horizonte de infortúnio, um raro indício de que, mesmo com a morte ao nosso encalço, ainda havia alguma esperança. Quem sabe, um dia, eu descobrisse porque a desgraça assola tudo e todos. Quem sabe encontrasse um significado para tudo isso. Ou talvez eu apenas errasse pelo mundo sem saber aonde ir.

Pelo menos, não estaria sozinha.

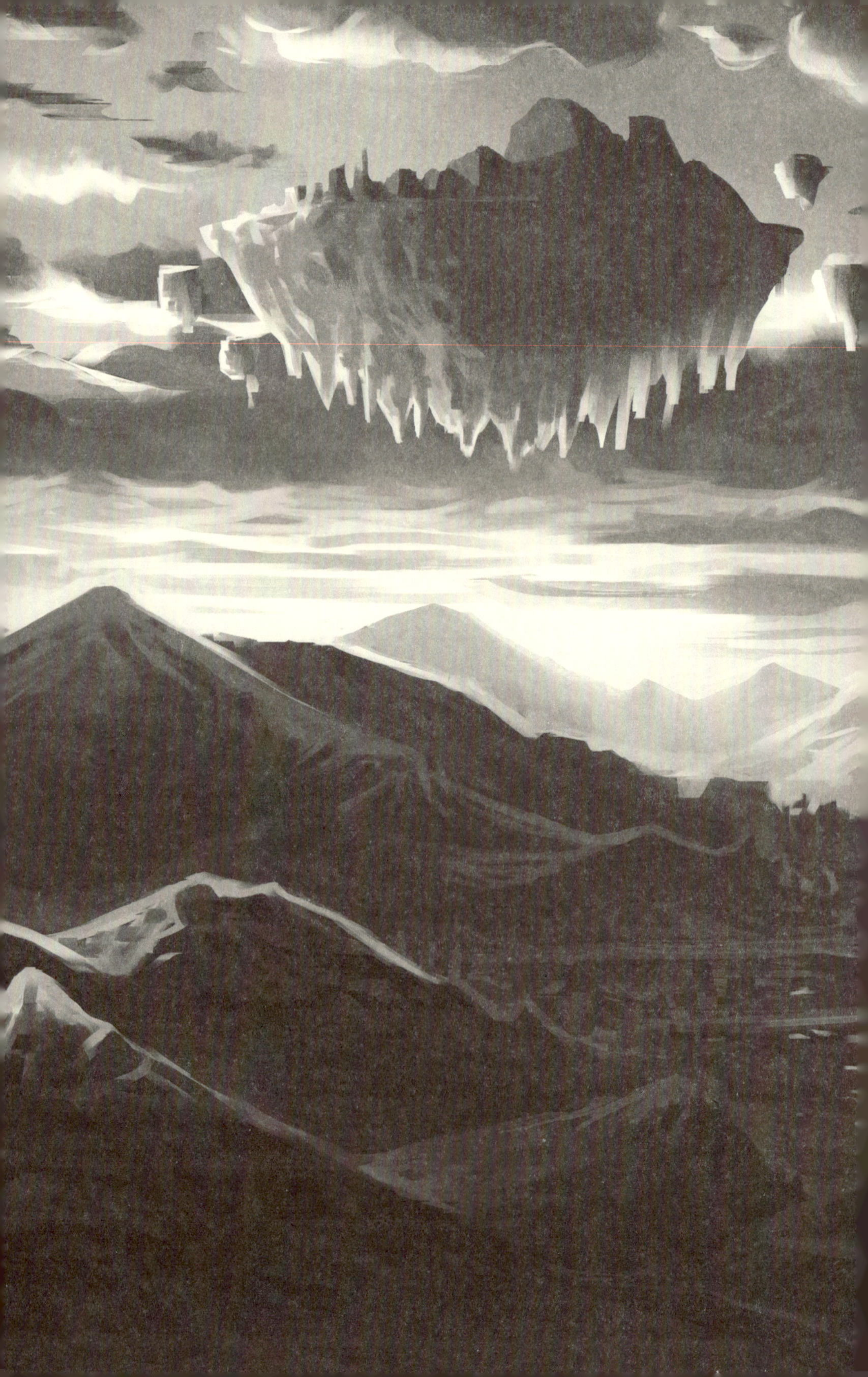

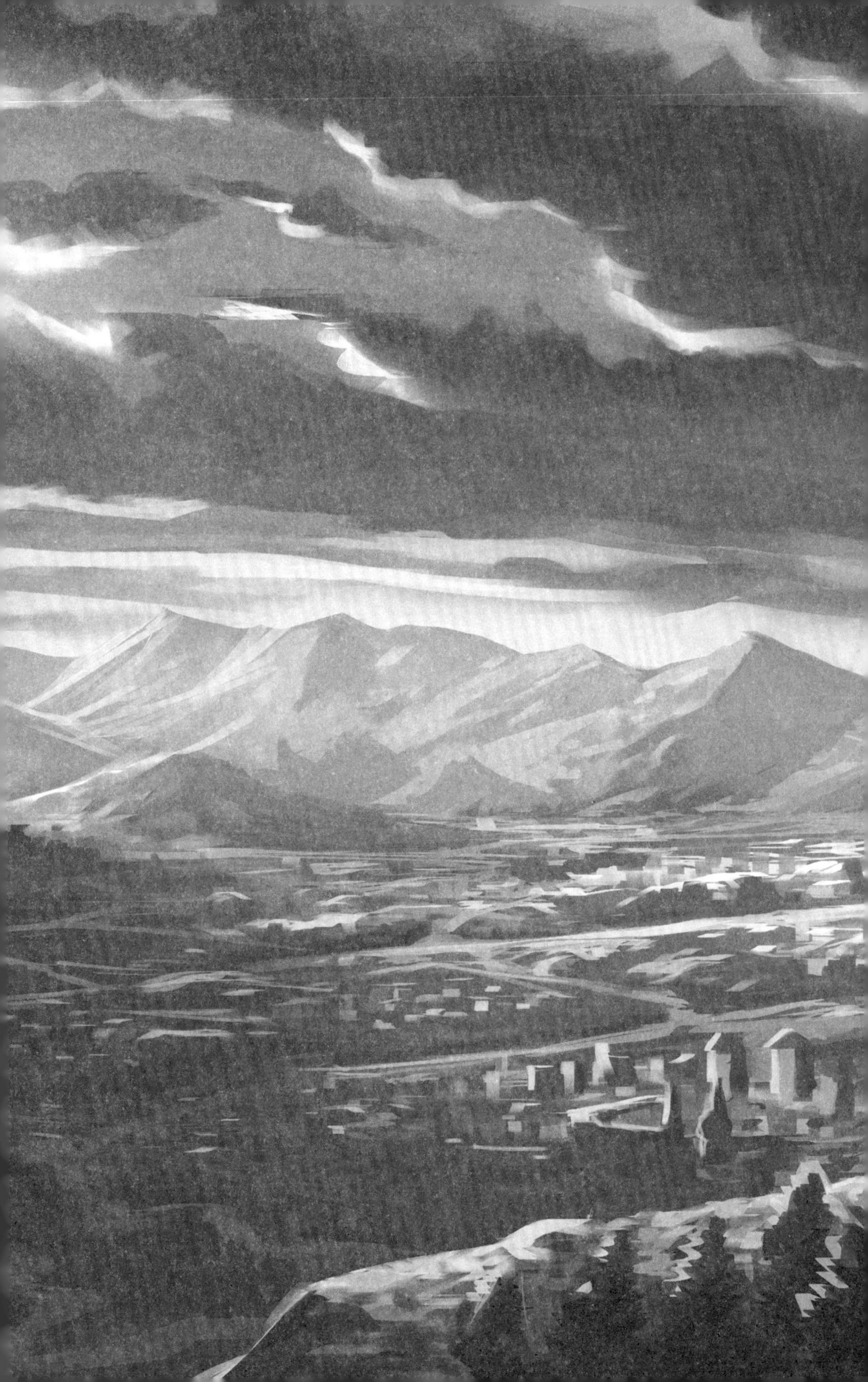

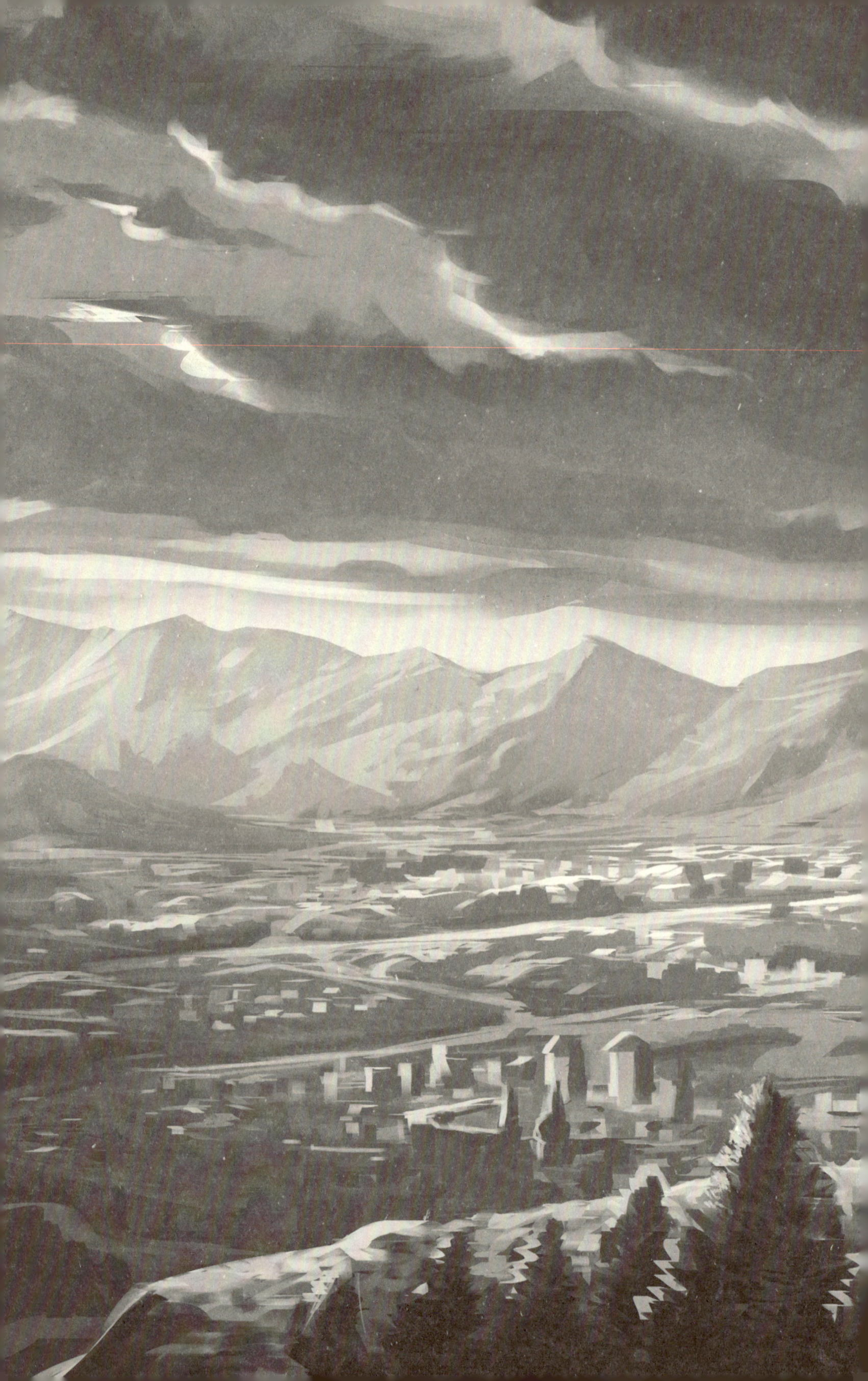

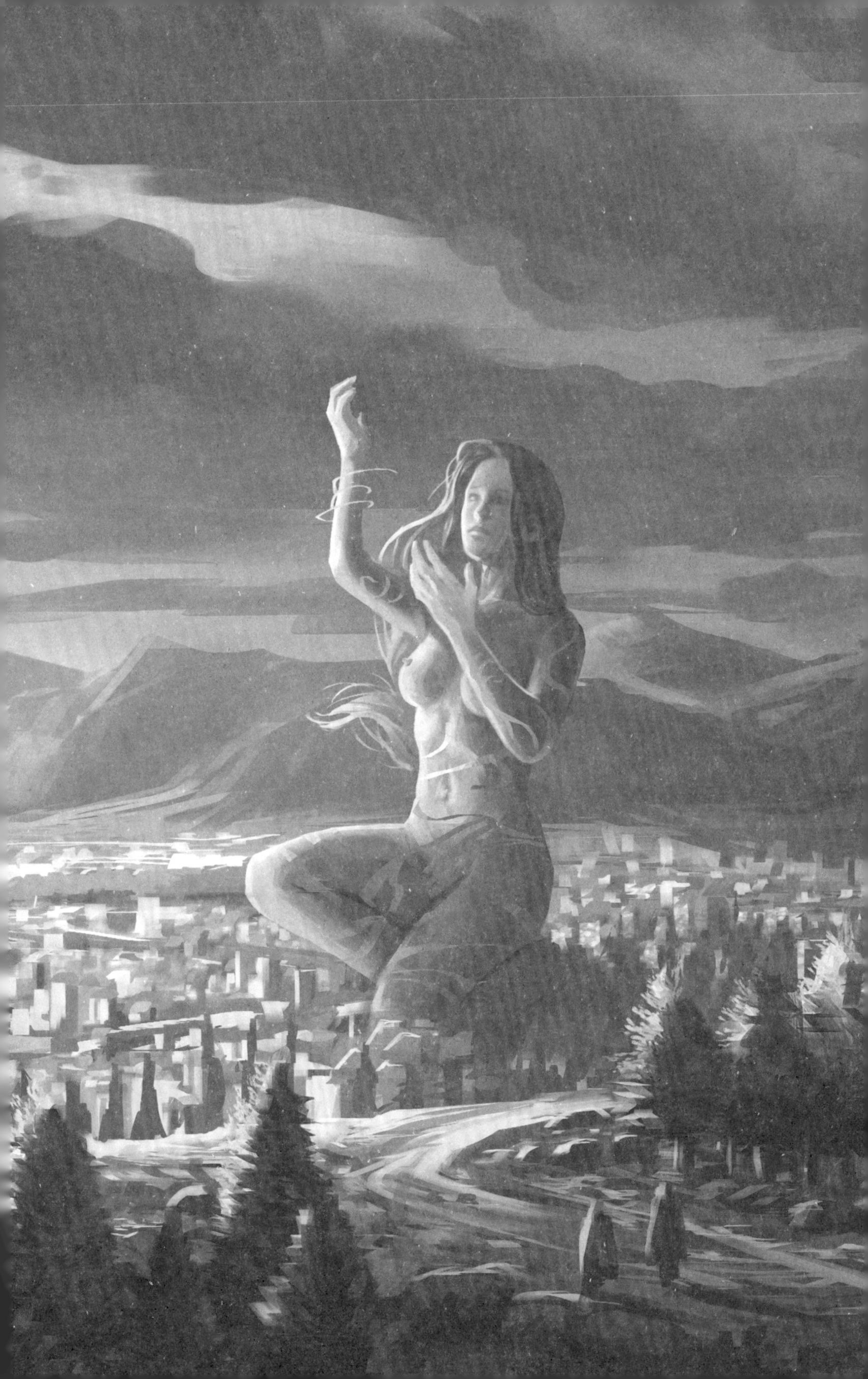

OUTROS LIVROS NO UNIVERSO DE

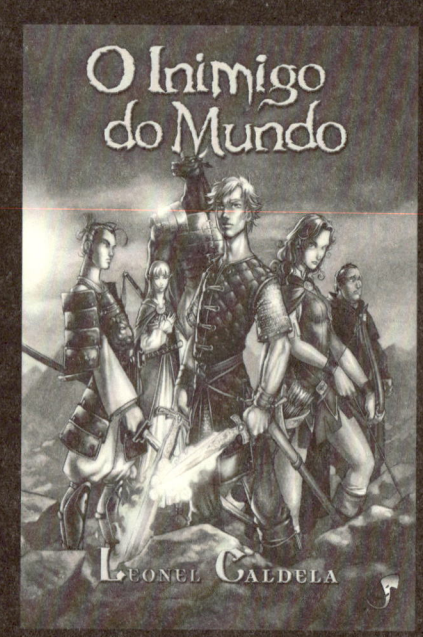

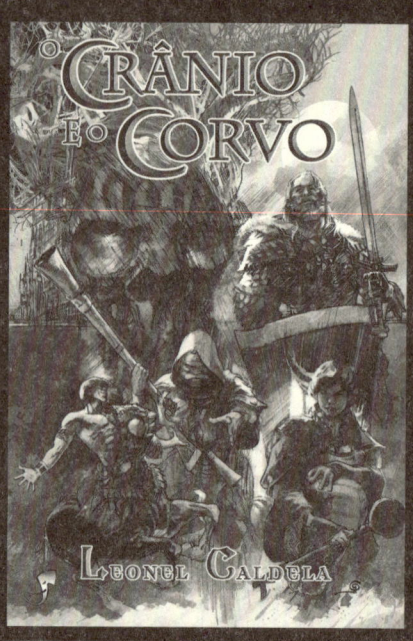

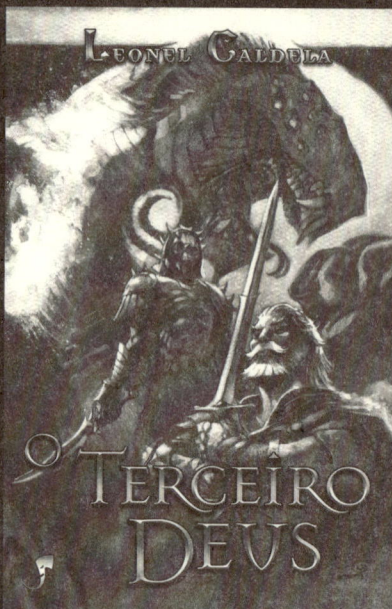

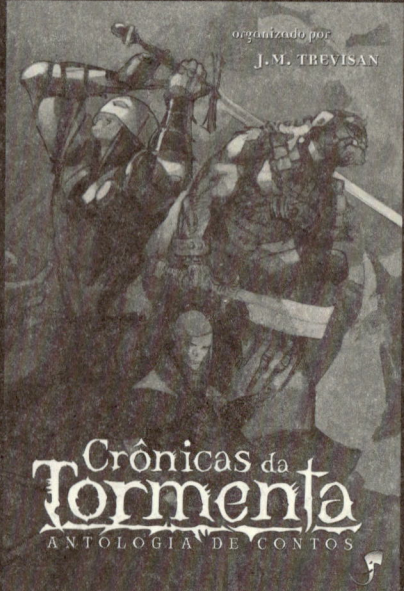

Tormenta

LITERATURA
O Inimigo do Mundo • O Crânio e o Corvo
O Terceiro Deus • Crônicas da Tormenta Vol. 1

OUTROS LIVROS NO UNIVERSO DE

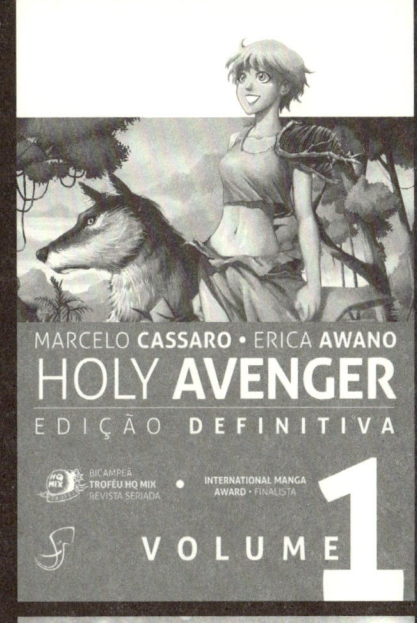

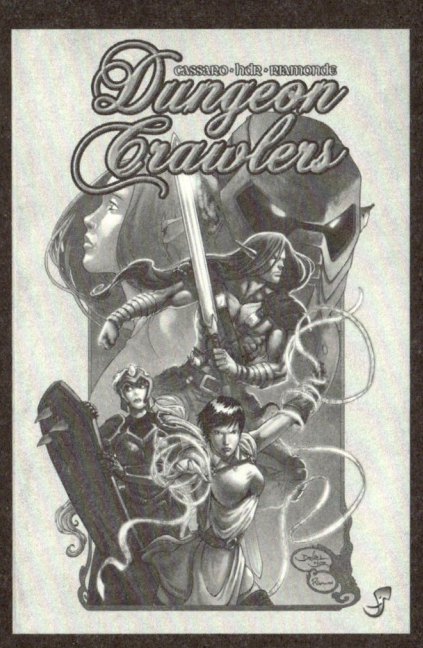

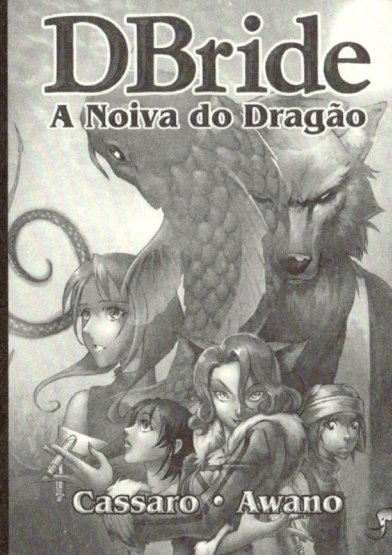

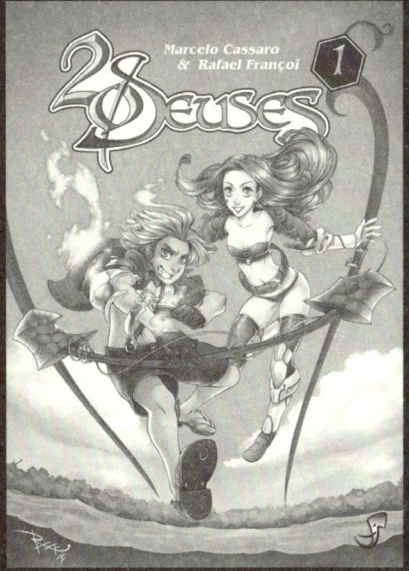

Tormenta

QUADRINHOS
Holy Avenger (4 volumes) • Dungeon Crawlers
DBride: A Noiva do Dragão • 20Deuses

OUTROS LIVROS NO UNIVERSO DE

Tormenta

QUADRINHOS
Ledd (4 volumes) • Khalifor

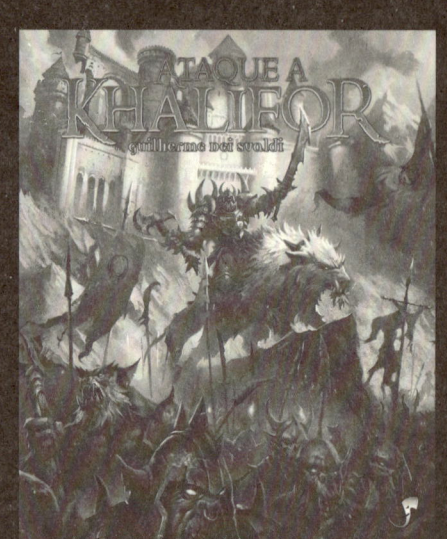

LIVROS-JOGOS
Ataque a Khalifor • O Senhor das Sombras

OUTROS LIVROS NO UNIVERSO DE

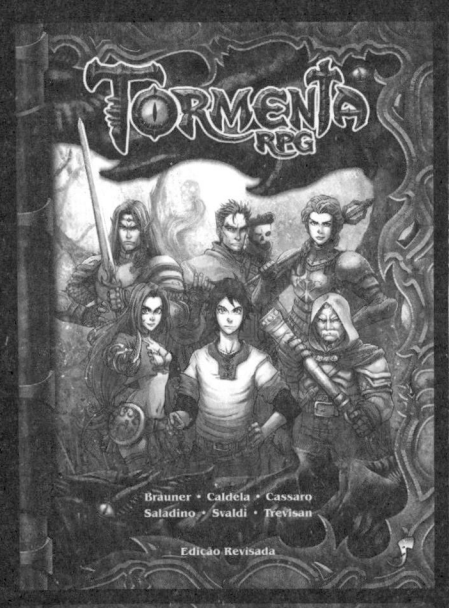

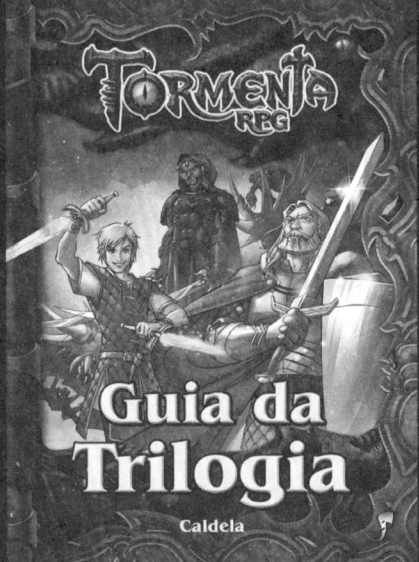

Tormenta

RPG
Tormenta RPG · O Mundo de Arton
Só Aventuras (4 volumes) · Guia da Trilogia...
...E muitos outros!

JAMBÔ
Livros divertidos

Visite www.jamboeditora.com.br para saber
mais sobre nossos títulos e acessar conteúdo extra.